Diogenes Ta

Eva Jungman.
August '92

Patricia Highsmith

*Die zwei Gesichter
des Januars*

*Roman
Aus dem Amerikanischen
von Anne Uhde*

Diogenes

Titel der Originalausgabe
›The Two Faces of January‹
Copyright © 1964 by Patricia Highsmith
Die deutsche Erstausgabe erschien 1966 unter dem Titel
›Unfall auf Kreta‹
Die vorliegende Übersetzung bringt erstmals
den vollständigen Text
Umschlagzeichnung von Tomi Ungerer

Alle deutschen Rechte vorbehalten
Copyright © 1974
Diogenes Verlag AG Zürich
100/90/29/15
ISBN 3 257 20176 1

*Meinem Freund
Rolf Tietgens*

I

An einem Morgen im frühen Januar erwachte Chester MacFarland um halb vier in seiner Kabine an Bord der *San Gimignano* von einem sonderbaren, kratzenden Geräusch. Er setzte sich im Bett auf und sah, als er durch das Bullauge blickte, wie sich draußen unmittelbar davor eine hell erleuchtete gelblichrote Mauer vorüberschob. Sein erster Gedanke war, daß das Schiff an einer anderen Schiffswand entlanggleite. Er erhob sich, noch schlaftrunken, und beugte sich über die Koje seiner Frau, um besser zu sehen. Jetzt erkannte er, daß die Mauer aus Felsgestein bestand; Namen und Zahlen waren eingekratzt: *Niko 1957* war da zu lesen und *W. Mussolini*, und daneben *Pete 1960* – ein Amerikaner offenbar.

Der Wecker rasselte; Chester streckte die Hand aus und stieß dabei die Whiskyflasche um, die auf dem Fußboden stand. Er drückte auf den Knopf, um den Wecker abzustellen, und griff nach seinem Schlafrock.

»Ja, Liebling? Was ist los?« fragte Colette schlaftrunken.

»Ich glaube, wir sind im Kanal von Korinth«, sagte Chester. »Oder wir sind ganz dicht an einem anderen Schiff. Es ist halb vier, wir müssen jetzt eigentlich im Kanal sein. Kommst du mit an Deck?«

»Mmmm – nein«, murmelte Colette und grub sich noch tiefer in ihr Kissen. »Du erzählst mir nachher, ja?«

Chester lächelte und küßte sie auf die schlafwarme Wange. »Ich geh hinauf. Bin gleich wieder da.«

Als er aus der Tür an Deck trat, traf er den Offizier, der ihm gesagt hatte, um halb vier werde das Schiff den Kanal passieren.

»*Si si si! Il canale, Signor!*« bestätigte er.

»Danke.« Erregung und Abenteuerlust ergriffen Chester. Er stand aufrecht im kühlen Wind, beide Hände auf der Reling. Außer ihm war niemand an Deck zu sehen.

Die Seitenwände des Kanals mußten mindestens vier Stockwerke hoch sein. Chester lehnte sich über die Reling und sah nichts als schwarze Tiefe an beiden Enden des Kanals. Die Länge war nicht zu erkennen, aber auf der Landkarte von Griechenland war er ungefähr zwölf Millimeter lang gewesen, das mußte etwa vier Meilen sein. Menschenhand hatte diese lebenswichtige Wasserstraße geschaffen. Der Gedanke gefiel Chester. Er schaute auf die Spuren, die Steinbohrer und Spitzhacken in dem gelblichen Felsen – oder war es harter Lehm? – hinterlassen hatten. Seine Augen wanderten in die Höhe, wo die Mauerwände sich scharf gegen die Dunkelheit abhoben, und weiter hinauf zum sternenübersäten griechischen Himmel. In wenigen Stunden würde er Athen sehen. Er hatte plötzlich Lust, den Rest der Nacht aufzubleiben, seinen Mantel zu holen und oben an Deck zu stehen, während das Schiff sich durch die Ägäis nach Piräus pflügte. Aber dann würde er morgen sehr müde sein. Nach einigen Minuten kehrte er in die Kabine und in sein warmes Bett zurück.

Fünf Stunden später lag die *San Gimignano* im Hafen von Piräus, und Chester schob sich durch die schwatzenden Passagiere und umherwimmelnden Gepäckträger, die an Bord gekommen waren, um den Reisenden beim Transport ihrer Koffer zu helfen. Wie ein staubiger Abfallhaufen lagen Stadt und Hafen von Piräus vor ihm. Chester war enttäuscht, weil er Athen in dem fernen Dunst nicht erkennen konnte. Er zündete sich eine Zigarette an und musterte sorgfältig alle die Gestalten, die auf dem weiten Hafengelände umhergingen oder -standen. Träger in blauen Kitteln; ein paar Männer in schäbigen Mänteln, die ruhelos auf und ab wanderten und zum Schiff herüberschauten ... Sie sehen nicht aus wie Polizeibeamte, dachte Chester; eher wie Geldwechsler oder Taxifahrer ... Sein Blick schweifte von rechts nach links und dann wieder zurück über das ganze Bild vor ihm. Nein – es war nicht anzunehmen, daß einer der Männer da unten auf ihn wartete.

Die Gangway war heruntergelassen; wenn jemand seinetwegen gekommen war, wäre er doch jetzt wohl schon oben an Bord und nicht mehr unten auf der Pier ... Chester räusperte sich und tat einen langen Zug an seiner Zigarette; dann wandte er sich um und erblickte Colette.

»Griechenland ...« Sie strahlte.

»Griechenland, ja.« Er nahm ihre Hand. Sie spreizte die Finger und schloß dann ihre Hand fest über der seinen. »Ich muß mich wohl um einen Träger kümmern. Sind die Koffer alle zu?«

Sie nickte. »Ich hab mit Alfonso gesprochen. Er bringt sie runter.«

»Hast du ihm ein Trinkgeld gegeben?«

»Hm hm ... Zweitausend Lire. Was meinst du, reicht das?« Sie sah ihn mit großen dunkelblauen Augen an. Die langen rötlichen Wimpern blinzelten zweimal, und das halblaute Lachen klang zärtlich-liebevoll. »Du hörst gar nicht zu. Ist zweitausend genug?«

»Zweitausend ist genau richtig, mein Kleines«, sagte Chester und küßte sie.

Alfonso erschien mit der Hälfte der Koffer, stellte sie ab und verschwand wieder, um den Rest zu holen. Chester half ihm beim Tragen über die Gangway, wo sich mehrere Träger sofort um das Gepäck zu streiten begannen.

»Moment! Augenblick mal«, sagte Chester. »Ich muß ja noch Geld holen. Ich geh schnell wechseln.« Er schwenkte sein Reisescheckheft und trabte hinunter in eine der Wechselstuben am Hafeneingang. Dort wechselte er zwanzig Dollar in griechisches Geld um.

»Bitte«, sagte Colette und gab ihrem Koffer einen liebevollen Klaps. Die streitenden Träger verschränkten die Arme, traten einen Schritt zurück und warteten das Weitere ab, wobei sie Colette wohlgefällig musterten.

Colette – diesen Namen hatte sie sich mit vierzehn Jahren, als Elizabeth ihr nicht mehr gefiel, selbst zugelegt – war jetzt fünfundzwanzig Jahre alt und einen Meter sechzig groß; sie hatte hellbraunes Haar mit rötlichem Schimmer, volle Lippen, eine kleine, gerade, sommersprossige Nase und ungewöhnlich schöne lavendelblaue Augen. Mit diesen Augen blickte sie Menschen und Dinge offen und gerade an, wie ein neugieriges, intelligentes Kind, das noch viel zu lernen hat. Männer, die sie so ansah, waren gewöhnlich überrascht und fasziniert von diesem Blick; es lag etwas Prüfendes darin, und die meisten dachten, unabhängig von ihrem Alter: Sie sieht aus, als sei sie im Begriff, sich in mich zu verlieben ... Kann das sein? Frauen hielten den Ausdruck – und auch Colette selbst – für reichlich naiv; für zu naiv, um gefährlich zu sein. Und das war ihr Glück, denn sonst wären manche wohl eifersüchtig oder mindestens doch aufmerksam geworden bei einer so reizvollen Erscheinung. Sie war jetzt etwas über ein Jahr mit Chester verheiratet; sie hatte ihn kennengelernt durch ein Inserat in der *Times,* in dem er eine stundenweise Sekretärin suchte. Knapp zwei Tage hatte sie gebraucht, um zu erkennen, daß Chesters Firma nicht gerade zu den blühenden Unternehmen zählte. Welcher Börsenmakler führte schon sein Geschäft von der Wohnung aus, und wo waren überhaupt seine Effekten an der Börse? Aber er besaß sehr viel Charme und war überdies offenbar recht wohlhabend; das Geld strömte stetig herein, er war also nicht in Schwierigkeiten. Er war schon einmal verheiratet gewesen, acht Jahre lang; seine erste Frau war vor zwei Jahren an Krebs gestorben. Jetzt war er zweiundvierzig und sah noch sehr gut aus, mit leicht ergrauten Schläfen und Anlage zur Korpulenz. Colette neigte selbst etwas zur Fülle, Diäthalten war ihr daher schon zur Gewohnheit geworden. Mahlzeiten vorzubereiten, die sowohl appetitanregend wie kalorienarm waren, machte ihr keine Schwierigkeiten.

»So – alles in Ordnung«, sagte Chester, als er mit einer Handvoll Drachmenscheine zurückkam. »Ruf mal ein Taxi, Häschen.«

In der Nähe stand ein halbes Dutzend Taxis. Colette nahm den Wagen eines Fahrers, der sie freundlich anlächelte. Drei Träger luden die sieben Gepäckstücke in den Wagen, zwei Koffer kamen aufs Dach, und dann begann die Fahrt nach Athen. Chester saß vornübergebeugt und wartete darauf, daß sich der Parthenon oder ein anderes Wahrzeichen gegen den blaßblauen Himmel abheben würde. Aber dann war er auf einmal in Gedanken bei einem Kinderlaufstuhl, riesengroß, rot und verchromt, mit häßlichen Gummihandgriffen und schalenförmigem Sitz. Walkie Kar, so hießen die Dinger. Chester schauderte. Was für eine blödsinnige Dummheit war das gewesen! Ein ganz sinnloses Risiko, das hatte auch Colette damals gesagt, und sie hatte recht gehabt. Diese Sache mit dem Walkie Kar hatte so angefangen: Chester war beim Drucker gewesen, um sich neue Geschäftskarten drucken zu lassen, und dort im Büro lag ein Stapel Handzettel mit Werbetext für den Laufstuhl. Eine Beschreibung mit Bild und Preisangabe – 12.95 Dollar – war auch dabei, ebenso unterhalb der perforierten Linie ein Auftragsformular. Der Drucker lachte, als Chester sich die Zettel ansah, und sagte, die Firma existiere schon nicht mehr, sie hätten nicht mal die Druckkosten bezahlt. Nein, er habe nichts dagegen, daß Chester ein paar mitnahm, er wolle sie doch nur wegwerfen. Chester hatte gesagt, er wolle sich bloß einen Scherz damit machen und sie an einige Freunde, mit denen er manchmal ein

Glas trank, verschicken, und das hatte er zuerst auch beabsichtigt; und dann war er – halb aus Jux, halb aus Bravour – auf die Idee gekommen, es mit dem Verkauf der Dinger zu versuchen. Er hatte die alte Masche angewendet und die Zettel einfach in eine Anzahl Briefkästen geworfen, und auf diese Weise hatte er Aufträge für über achthundert Dollar eingeheimst, meistens von Leuten, die im Stadtteil Bronx wohnten, und alle hatten bezahlt. Eines Tages hatte er einen der Käufer in seinem eigenen Wohnblock in Manhattan getroffen, und ausgerechnet als er dabei war, seinen eigenen Briefkasten zu leeren. Der Mann hatte sich beschwert und gesagt, er habe den Walkie Kar vor zwei Monaten bestellt und bezahlt, aber nicht erhalten, und seinem Nachbarn sei es ebenso ergangen. Chester wußte aus Erfahrung: wenn so etwas zwei Leuten passierte, die sich kannten, dann unternahmen sie etwas. Der Mann hatte sich überdies seinen Namen auf dem Briefkasten sehr genau angesehen. Chester hatte es daher für ratsam gehalten, eine Weile ins Ausland zu gehen; das war besser als umzuziehen und einen andern Namen anzunehmen. Colette wollte schon lange gern mal nach Europa, und im Frühjahr hatten sie ohnehin fahren wollen; die Sache mit dem Walkie Kar hatte die Reise um vier Monate vorverlegt. Im Dezember waren sie von New York abgefahren. Colette hatte ihm wegen dieser Sache ernste Vorwürfe gemacht; sie war auch ärgerlich gewesen, weil das Wetter im Frühjahr natürlich viel schöner gewesen wäre, und da hatte sie recht. Chester hatte ihr, um sie zu versöhnen, einen Set Lederkoffer und eine Nerzjacke geschenkt, und er wollte alles tun, damit sie an der Reise viel Freude hatte. Es war ihre erste Europareise. Bisher hatte ihr London am besten gefallen, sogar – zu seiner Überraschung – besser als Paris. In Paris war das Wetter schlechter gewesen; Chester hatte sich erkältet, und jedesmal, wenn er nasse Füße bekam oder wenn ihm der Regen in den Mantelkragen lief, war ihm die verdammte Sache mit dem Walkie Kar eingefallen. Das bißchen Geld, das sie ihm eingebracht hatte, würde womöglich dazu führen, daß die Behörden Howard Cheever (das war im Augenblick sein Pseudonym, und dieser Name hatte auch an seinem Briefkasten gestanden) etwas genauer unter die Lupe nahmen, dann war es wahrscheinlich aus und vorbei mit einem halben Dutzend Firmen, und vom Verkauf ihrer Anteile bestritt Chester seinen Lebensunterhalt.

Europa war im Augenblick sicherer als die Vereinigten Staaten, und seinen wirklichen Namen, Chester MacFarland, hatte er fünfzehn Jahre lang nicht benutzt. Leider stand aber auch Betrug mittels der amerikanischen Bundespost auf der Liste seiner Delikte, und das war eins der wenigen Vergehen, bei denen die amerikanische Regierung Auslieferungsanträge stellen kann. Es bestand deshalb immerhin eine geringe Möglichkeit, daß man einen Beamten hinter ihm her schickte, wenn jemals der Zusammenhang zwischen Cheever und MacFarland aufgedeckt wurde.

Der Taxifahrer wandte sich halb um und fragte ihn etwas auf griechisch.

»*Sorry*. Nix verstehen«, sagte Chester. »Fahren Sie zum größten Platz, okay? Mitten in der Stadt.«

»Grande Bretagne?« fragte der Fahrer.

»Ach ... Das weiß ich noch nicht«, sagte Chester. Zweifellos war das Hotel Grande Bretagne das größte und beste Hotel in Athen, aber gerade deshalb schien ihm Vorsicht geboten. »Wir wollen mal sehen«, fügte er hinzu, obwohl der Fahrer kaum Englisch verstand. »Da ist es«, sagte er zu Colette. »Das weiße Gebäude da drüben.«

Die weiße Fassade des Hotels Grande Bretagne machte einen steifen und sterilen Eindruck im Vergleich zu den kleineren und schmutzigeren Häusern und Läden am Platz der Verfassung. Ganz rechts stand ein amtliches Gebäude; die griechische Fahne flatterte am Mast, und zwei Soldaten in Röcken und weißen Strümpfen standen Wache an der Tür.

»Was meinst du zu dem Hotel da drüben ?« fragte Chester und wies mit der Hand in die Richtung. »Hotel King's Palace – das sieht doch ganz anständig aus, findest du nicht?«

»Natürlich. Sehr gut«, stimmte Colette freundlich zu.

Das Hotel King's Palace lag gegenüber dem Grande Bretagne. Ein Page in roter Jacke und schwarzen Hosen kam heraus und half ihnen mit dem Gepäck. Chester fand die Eingangshalle erstklassig – vielleicht nicht gerade Luxusklasse, aber tadellos. Sie war mit dicken Teppichen ausgelegt, und die Heizung schien wirklich zu funktionieren; sie war warm.

»Sind die Herrschaften angemeldet?« fragte der Empfangschef an der Rezeption.

»Nein, aber ... Wir hätten gern ein Zimmer mit Bad und mit schöner Aussicht«, sagte Chester freundlich.

»Gewiß, Sir.« Der Empfangschef drückte auf eine Klingel und reichte dem Jungen, der darauf erschien, den Schlüssel. »Zeig den Herrschaften Nummer 621 ... Darf ich um Ihre Pässe bitten, Sir? Sie können sie wieder mitnehmen, wenn Sie dann herunterkommen.«

Chester nahm den Paß, den Colette aus ihrer rotledernen Brieftasche zog, holte seinen eigenen aus der Brusttasche und schob beide über den Tisch. Er fühlte einen kleinen pochenden Schmerz, ein Unbehagen – wie beim Arzt, wenn man sich ausziehen soll. So ging es ihm jedesmal, wenn er seinen Paß über einen Hoteltisch schob oder wenn ihn ein Beamter in die Hand nahm. Chester Crighton MacFarland, einsachtundsiebzig groß, geboren 1920 in Sacramento, Kalifornien, keine besonderen Kennzeichen, verheiratet mit Elizabeth Talbott MacFarland ... Am schlimmsten war das Foto, das ihm – eine Seltenheit bei Paßbildern – sehr ähnlich sah; es zeigte schütteres braunes Haar, ein energisches Kinn, eine mittelgroße Nase, einen entschlossenen, schmallippigen Mund mit Bärtchen. Ein ausgezeichnetes Bild, es gab alles wieder bis auf die Farbe der weit geöffneten blauen Augen und das gesunde Rot der Wangen. Hatte wohl der Portier oder der Beamte – so dachte Chester jedesmal – dieses Bild schon einmal vorgelegt bekommen mit der Weisung, die Augen offenzuhalten? Was den Empfangschef des Hotels King's Palace anging, war dies im Augenblick nicht festzustellen; er schob die Pässe beiseite, ohne sie zu öffnen.

Wenige Minuten später hatten sie ein großes, freundliches Zimmer bezogen, mit Aussicht auf die weißen, geraniengeschmückten Balkons des Hotels Grande Bretagne und auf eine lebhafte Straße sechs Stockwerke unter ihnen, die Chester auf seiner Karte von Athen als die Venizelos Straße ausmachte. Es war erst zehn Uhr. Sie hatten den ganzen Tag vor sich.

2

Zur gleichen Zeit stand in einem erheblich billigeren und schäbigeren Hotel an der Ecke der Kriezotou Straße ein junger Amerikaner namens Rydal Keener im vierten Stock und drückte auf den Knopf, der den Fahrstuhl heraufbringen sollte. Er war schlank und dunkelhaarig; seine Bewegungen waren gelassen, und etwas wie eine leichte Melancholie umgab ihn, eine Melancholie, die eher nach außen als auf die eigene Person gerichtet zu sein schien; es war, als grüble er nicht über seine eigenen Probleme, sondern über die der ganzen Welt. Die dunklen Augen nahmen alles auf und hielten es fest. Gleichzeitig wirkte er sehr sicher, als kümmere es ihn nicht im geringsten, was andere von ihm dachten. Diese Sorglosigkeit wurde oft für Arroganz gehalten. Sie paßte nicht recht zu dem fadenscheinigen Mantel und den abgetragenen Schuhen, die er jetzt anhatte; er sah jedoch so selbstsicher aus, daß man seine Kleidung erst ganz zuletzt wahrnahm.

Jeden Morgen war es Glücksache, ob der Fahrstuhl heute kommen würde oder nicht, und Rydal machte ein Spiel daraus: Kam der Fahrstuhl, so ging Rydal zum Frühstück in die Dionysos-Taverne, das war in der Straße, wo Niko wohnte. Kam er nicht, so fand das Frühstück im Café Brasil statt, und vorher wurde eine Zeitung gekauft. Im Grunde kam es auf dasselbe heraus. Rydal kaufte doch im Laufe des Tages vier Zeitungen; aber in der Dionysos-Taverne kannte er so viele Leute und kam mit so vielen ins Gespräch, daß aus dem Lesen nichts wurde, während er in dem smarteren Café Brasil niemals jemand traf und deshalb stets etwas zum Lesen mitnahm. Geduldig wartend ging er langsam auf dem abgetragenen Teppich vor dem Fahrstuhl auf und ab. Kein rasselndes Geräusch von oben oder unten zeigte an, daß jemand sein Klingeln gehört hatte. Rydal seufzte, schob die Schultern zurück und starrte aufmerksam auf ein dunkles Landschaftsgemälde, das in dem Gang hing, durch den er eben gekommen war. Selbst der Himmel auf dem Bild war von schwärzlichem Grau – keinem noch so schlechten Künstler würde es einfallen, Hügel und Himmel so trübgrau zu malen, daß man nicht wußte, wo das eine aufhörte und das andere anfing; er hatte im Laufe der Jahre die ganze Unsauberkeit der Umgebung in sich aufgenommen, den Atem all der Griechen, Franzosen, Italiener, Jugoslawen, Russen, Amerikaner und anderer Leute absorbiert, die diesen Korridor entlanggegangen waren. Das einzig Helle an dem Bild waren die Hinterteile von zwei Schafen in graubraunen Tönen.

Der Fahrstuhl kam jetzt bestimmt nicht mehr. Rydal hätte noch einmal läuten und es schließlich erzwingen können, wenn er weiter klingelte, aber sein kleines Spiel war ausgespielt. Jetzt brauchte er den Lift nicht mehr. Es war beschlossen: er würde ins Café Brasil gehen. Langsam stieg er die teppichbelegten Stufen hinunter. Der Teppich hatte zwei Löcher, jedes so groß wie ein Fuß. Ob hier schon mal jemand festgehakt und hinuntergestürzt war? Er wäre dann gegen eine Tonvase gefallen, die schlechte Fälschung eines antiken Stücks, die auf einem gußeisernen viktorianischen Blumenschemel stand ... Rydal ging weiter.

Auf dem nächsten Treppenabsatz stand eine hochgewachsene, eckig wirkende Frau; sie trug ein Tweedkostüm, sah nicht eigentlich männlich aus – eher flach und geschlechtslos wie eine Figur aus einer Modezeichnung aus den Zwanziger Jahren. Zuversichtlich drückte sie auf den Fahrstuhlknopf und gab Rydals Blick mit ruhigen grünlichen Augen zurück. Rydal sah sie länger an, als man es gewöhnlich bei einer Fremden in der Hotelhalle tut. Auch dies war eins seiner Spiele, und das Hotel Melchior Condylis war dafür genau richtig. Das Spiel hieß ›Erlebnis‹, und es ging nur, wenn man den oder die Richtige traf. Dann würde etwas geschehen – irgend etwas; sie würden einander plötzlich erkennen, einer von ihnen würde etwas sagen, dann war das Erlebnis da ... Oder die Augen gaben überhaupt keine Antwort, und dann geschah gar nichts. So wie jetzt. Diese Frau da war gewiß merkwürdig und faszinierend, aber in ihren Augen stand nichts.

Das Hotel Melchior Condylis hatte überhaupt merkwürdige und interessant aussehende Gäste. Es war kein Hotel für Leute mit Geld, die meisten Amerikaner hätten ein anderes Haus gewählt, aber fast jede andere Nationalität war hier, so weit Rydal sah, vertreten. Ein indisches Ehepaar und ein ältliches französisches Paar wohnten im Augenblick dort; auch ein junger russischer Student. Rydal hatte versucht, sich auf russisch mit ihm zu unterhalten, aber der andere schien ihm nicht zu trauen, und so verlief die Bekanntschaft im Sande. Im letzten Monat hatte ein Eskimo, der von einem amerikanischen Ozeanographen begleitet war, im Hotel gewohnt, beide kamen aus Alaska. Mit einer gewissen Anzahl Türken und Jugoslawen konnte man immer rechnen. Es war amüsant, sich lauter kleine Punkte in der ganzen Welt vorzustellen, an denen Menschen wohnten, die einmal im Hotel Melchior Condylis abgestiegen waren und die in fünfundzwanzig oder dreißig Sprachen den Namen irgendwann erwähnten und vielleicht das Hotel ihren Freunden, die nach

Athen fuhren, empfahlen (aber wirklich nur wegen der Billigkeit). Der Service war miserabel, eigentlich schlimmer als gar keiner, weil er oft zugesagt wurde und dann doch ausblieb. Treppen und Gänge wirkten auf Rydal immer wie die erwartungsvolle Atmosphäre auf einer Bühne, wenn alles an seinem Platz ist und der erste Schauspieler gleich auftreten wird. Rydal hatte bisher in drei verschiedenen Zimmern gewohnt: jeder Gegenstand im ganzen Hotel entsprach dem Charakter des Hauses, und das war der Charakter eines alten müden Droschkengauls.

Rydal erreichte die Halle. Der Fahrstuhlführer, der gleichzeitig Portier war, saß zeitunglesend auf der Bank neben der Tür und bohrte in der Nase.

»Morgen, Mister Keener«, grüßte Max an der Rezeption. Er hatte einen schwarzen Schnurrbart und trug eine alte graue Uniform.

»Morgen, Max. Wie geht's?« Rydal legte seinen Schlüssel auf den Tisch.

»Wie wär's denn heute mit einem Los?« Max grinste hoffnungsvoll und hielt Rydal einen Stoß Lotterielose entgegen.

»Hmmm ... Ob ich heute Glück hab? Ich glaube nicht. Nein, heute lieber nicht«, sagte Rydal und ging hinaus.

Draußen wandte er sich nach links, dem Platz der Verfassung und der American Express Company zu, wo vielleicht heute ein Brief für ihn lag, wahrscheinlich sogar, denn es war Mittwoch; Montag und Dienstag war keine Post für ihn da gewesen, und er bekam durchschnittlich zwei Briefe pro Woche. Aber er beschloß, erst am Nachmittag zu fragen. Er kaufte den Londoner *Daily Express* von gestern und ein Athener Blatt von heute morgen und winkte Niko zu, der in Leinenschuhen vor dem Reisebüro American Express Company auf und ab schlurfte, gelb und rundlich unter der Last von Schwämmen, die an Bindfäden überall an ihm herunterhingen.

»Ein Los?« schrie Niko und winkte.

Rydal schüttelte den Kopf. »Heute nicht!« rief er auf Griechisch zurück. Offenbar war heute ein großer Tag für Lose.

Er ging weiter zum Café Brasil, stieg die Treppe hinauf zur Bar im zweiten Stock, wo man auch Frühstück bekam, und bestellte einen Cappuccino und eine Waffel mit Gelee. In der Zeitung stand nichts Besonderes; ein kleines Eisenbahnunglück in Italien, ein Scheidungsverfahren gegen ein Parlamentsmitglied. Rydal las gern Mordgeschichten, am liebsten englische. Nach dem Kaffee rauchte er drei Papistratos, und gegen elf erhob er sich und verließ das Lokal. Er wollte ins Archäologische Museum hineinschauen, dann vielleicht in einem Herrenartikel- oder Ledergeschäft in der Stadiou Straße etwas für Pan kaufen, der am Samstag Geburtstag hatte und eine Party geben wollte; später konnte er im Hotel zu Mittag essen und den Rest des Nachmittags an seinen Gedichten arbeiten ... Pan hatte etwas erwähnt von einem Kinobesuch heute abend, aber das war nicht fest abgemacht, und Rydal lag auch nichts daran. Es sah jetzt stark nach Regen aus, genau wie es die Athener Zeitung vorausgesagt hatte. Rydal hatte es gern, bei Regenwetter in seinem Zimmer herumzukramen und an den Gedichten zu arbeiten. Als er auf die Straße trat, fand er, er könnte eigentlich auch gleich zum American Express gehen. Er schritt durch die Arkaden bis zu einer Parallelstraße zum Platz der Verfassung, wo die American Express Company ihre Poststelle hatte.

Es war ein Brief von seiner Schwester Martha in Washington gekommen. Noch mal Vorwürfe, dachte Rydal. Aber er hatte sich geirrt; es war fast eine Bitte um Entschuldigung, weil sie ihm *im Dezember etwas reichlich zugesetzt* habe. Anfang Dezember war sein Vater an einem Herzanfall gestorben. Kennie, Rydals Bruder, hatte ihn telegrafisch zwei Tage vor der Beisetzung benachrichtigt; er hätte noch heimfliegen können und hatte es doch nicht getan. Vierundzwanzig Stunden lang hatte Rydal unentschlossen gezögert, dann hatte er Kennie nach Cambridge telegrafiert, es tue ihm sehr leid, und er sei traurig und bestürzt. Er hatte nicht ausdrücklich gesagt, daß er nicht kommen werde, aber es ging ganz deutlich daraus hervor. Von Kennie hatte er seitdem nichts gehört, aber Martha hatte ihm geschrieben:

... Unsere Familie ist doch wirklich sehr klein – nur Du und ich und Kennie mit seiner Frau und den Kindern. Ich finde, Du hättest versuchen müssen, zu kommen. Er war ja schließlich auch Dein Vater. Ich kann mir nicht vorstellen, daß Dir dabei ganz wohl ist. Willst Du denn Deinen Groll immer weiter hegen, auch jetzt noch, wo Vater nun tot ist? Rydal, glaub mir, Dir wäre wohler, wenn Du etwas großmütiger wärest – und wenn Du

gekommen wärst und mit uns an seinem Grab gestanden hättest...

Rydal hatte den Brief sofort nach dem Lesen weggeworfen, aber er wußte ihn fast auswendig. Jetzt schrieb ihm Martha, sie verstehe, daß auch er Grund zum Groll gehabt habe.

... und Du weißt, daß ich das immer gefunden habe. Nur versuche, nicht bitter zu werden. Du hast mal gesagt, Du hieltest Haß und Groll für etwas Sinnloses. Ich hoffe, daß Du das auch jetzt denkst und daß Du dort drüben in Frieden lebst. Mir gefällt der Gedanke, daß Du in Athen bist und nicht in Rom ... Wann kommst Du wohl zurück?

Rydal faltete den Brief zusammen und schob ihn in die Manteltasche. Dann verließ er das Gebäude und ging langsam zurück in die Richtung der Arkaden. Er wollte nicht mehr lange in Athen bleiben. Der richtige Tag mußte nur kommen; dann würde er das Flugzeug nach Kreta nehmen, den Palast von Knossos und das Heraklion-Museum mit den kretischen Altertümern sehen und dann heimkehren. Dann wollte er sich nach einer Stellung in einer Anwaltsfirma umsehen, vielleicht in New York. Er besaß noch ungefähr achthundert Dollar in Reiseschecks und etwas Bargeld. Er war ganz gut ausgekommen in den zwei Jahren, seit er von zu Hause fort war. Liebe gute Großmutter: von ihr waren die zehntausend gekommen. Sie war damals die einzige in der Familie gewesen, die noch an ihn glaubte, als er die Krise mit seinem Vater hatte. Damals hatte sie ihr Testament gemacht und war dann gestorben, als Rydal dreiundzwanzig war und die Hälfte seines Militärjahres hinter sich hatte. Er hatte sofort beschlossen, was er mit dem Geld machen wollte: nach Europa gehen und so lange bleiben, wie es reichte. Sein Vater wünschte, er sollte gleich in einer Anwaltsfirma anfangen, und hatte sogar schon eine Stellung als Juniorpartner für ihn ausgesucht bei Wheeler (den er kannte), Hooton & Clive, Madison Avenue; aber Rydal kannte Wheeler nicht und war entschlossen, in keiner Firma zu arbeiten, die irgendwelche Beziehungen zu seinem Vater hatte. Du bist schon reichlich spät dran, hatte sein Vater gesagt; er meinte damit, daß Rydal erst mit zweiundzwanzig in Yale das Abschlußexamen gemacht hatte, viel später als die sonstigen Musterschüler in der Familie. Daß sein Vater ihn auf zwei Jahre in eine Erziehungsanstalt gesteckt hatte, das hatte die Ausbildung auch nicht gerade beschleunigt; er war schon neunzehn, als er nach Yale kam. Sein Vater hatte mit neunzehn Examen gemacht, Kennie mit zwanzig – beide in Harvard; Martha auch mit zwanzig, in Radcliff. Alle waren in erstklassigen Verbindungen gewesen. Nur Rydal nicht.

Er schlenderte unter den Arkaden entlang, um Niko zu suchen. Er wollte nun doch ein paar Lose kaufen. Niko schlurfte noch immer in seinen Leinenschuhen auf und ab; er hatte deformierte Ballen und fühlte sich nur wohl in leichten, dicksohligen Schuhen. Lächelnd beobachtete Rydal, wie er jetzt einen gutgekleideten Herrn anredete, der gerade aus dem American Express auf die Straße trat ... Was darf es sein, Sir: ein Los oder ein Schwamm?

Mit einem Ruck blieb Rydal stehen. Der Mann, mit dem Niko da sprach, sah seinem Vater auffallend ähnlich ... Die gleichen blauen Augen, die gleiche scharfe Nase, die gleiche Bartfarbe. Der Mann war etwa vierzig, etwas schwerer und rötlicher, aber die Ähnlichkeit war so verblüffend, daß Rydal einen Augenblick versucht war, hinüberzugehen und den Mann zu fragen, ob er mit ihm verwandt sei und vielleicht auch Keener heiße. Die Keeners hatten Vettern in England, und dieser Mann mochte ein Engländer sein, obgleich seine Kleidung eher amerikanisch aussah. Jetzt legte er den Kopf zurück und lachte – ein lautes, herzliches Lachen, das bis zu Rydal hinüberdrang. Er mußte selber lächeln. Nikos Hand fuhr schnell zurück unter die Last der Schwämme, aber Rydal hatte etwas Weißes darin blitzen sehen – vielleicht Perlen? Der Mann mit dem rötlichen Gesicht und dem dunklen Mantel hatte Nikos Angebot abgelehnt; er kaufte jetzt einen Schwamm. Rydal kreuzte die Arme und wartete gelassen am Zeitungskiosk an der Ecke. Der Mann schob einen zweiten Schein in Nikos bereitwillige Hand, dann winkte er, rief »Auf später!« und ging fort.

Jetzt kam er auf Rydal zu. Rydal sah ihn noch immer an und erkannte sogar in seinem Gang die langen, sicheren Schritte seines Vaters. In der Manteltasche bauschte sich der Schwamm. In der linken Hand trug er einen neuen *Guide bleu*. Er blickte Rydal an, sah weg und schaute ihn wieder an, als er an ihm vorbeiging; dabei drehte er leicht den Kopf, wie um ihn im Auge zu behalten. Rydal starrte zurück. Dies war jetzt kein Spiel mehr; er wartete nicht auf ein Zeichen – er war einfach konsterniert und gefesselt von der Ähnlichkeit des Fremden mit seinem Vater. Der Mann blickte jetzt weg, und Rydal folgte ihm langsam. Der Mann sah sich halb um, entdeckte Rydal und beschleunigte seine Schritte; in der Venizelos Straße lief er auf den Fahrdamm und ging dann plötzlich an der falschen Stelle – vor einem herankommenden Wagen – langsamer, als wollte er den Eindruck erwecken, daß er es durchaus nicht eilig habe. Jetzt war er am Hotel Grande Bretagne angelangt und ging vorbei, nicht hinein, wie Rydal angenommen hatte. Er behielt ihn im Auge, aber sein Interesse ließ nach. Mochte er doch ein Verwandter sein, was hieß das schon. Der Mann trat ins Hotel King's Palace; die Eingangstür bildete mit der Straßenecke einen rechten Winkel, und bevor er eintrat, sah er sich erneut um. Rydal wußte nicht, ob er ihn gesehen hatte oder nicht.

Der letzte Blick machte Rydal mißtrauisch. Was fürchtete der Mann? Wovor lief er davon? Langsam ging er zurück zu Niko und kaufte zwei Lose. »Wer war das vorhin, dein Freund?« fragte er.

»Wer?« fragte Niko grinsend, wobei neben einer Zahnlücke ein bleigefaßter Vorderzahn sichtbar wurde.

»Der Amerikaner, der dir eben einen Schwamm abgekauft hat.«

»Ach, der ... Ich kenne ihn nicht. Noch nie gesehen. Netter Mann, hat mir zwanzig Drachmen extra gegeben.« Niko tat einen Schritt, die Schwämme wogten hin und her. Unter der Riesenlast gelber Schwämme wurden die breitgetretenen, schmutzigweißen Leinenschuhe sichtbar. Langsam traten sie auf und ab, wie die Füße eines ruhelosen Elefanten. »Warum willst du wissen?«

»Ach – egal«, sagte Rydal.

»Mächtig viel Kies«, sagte Niko.

Rydal lächelte. Er hatte Niko das Wort Kies und noch viele andere Slangworte für Geld beigebracht; das war ein Thema, das Niko stets interessierte. »Aber die heiße Ware bist du doch nicht losgeworden, was?«

»Losgeworden?« fragte Niko verwirrt.

Heiße Ware war Niko durchaus ein Begriff, aber ›losgeworden‹ verstand er nicht. »Die Schmucksachen ... Er wollte nicht, was?«

»Ah!« Niko winkte mit der unter den Schwämmen kaum sichtbaren Hand und lachte etwas verlegen. »Er sagte, er will überlegen.«

»Was war es denn?«

»Perlen.« Niko blickte sich nach allen Seiten um und schob seine große schmutzige Hand vor, auf der ein zweireihiges Perlenarmband lag.

Rydal nickte, und die Perlen verschwanden. »Wieviel?«

»Vierhundert Dollar – für dich.«

»Oha«, sagte Rydal automatisch. Der Preis war nicht zu hoch. »Na, dann viel Glück mit dem reichen Amerikaner.«

»Der kommt wieder«, behauptete Niko zuversichtlich.

Er mag recht haben, dachte Rydal. Niko war seit seiner Kindheit Hehler; er verstand sich auf Menschen. Der Amerikaner mit dem frischen Gesicht hatte irgend etwas Unehrliches an sich gehabt, soviel hatte Rydal selbst in den wenigen Sekunden erkannt, als er ihn im Gespräch mit Niko beobachtete. Schwer zu sagen, was es war. Auf den ersten Blick machte er einen freundlich-zugänglichen Eindruck, offen wie ein Kind. Dann aber, als er ins Hotel ging, hatte er entschieden etwas Verstohlenes an sich gehabt. Wahrscheinlich würde er zurückkommen und Niko das Armband abkaufen – und welcher ehrliche oder auch nur einigermaßen vorsichtige Mensch kauft echte Perlen bei einem Straßenhändler? Vielleicht, überlegte Rydal, ist der Mann ein Spieler. Komisch, daß jemand seinem Vater – Lawrence Aldington Keener, Professor für Archäologie an der Universität Harvard und eine Säule der Rechtschaffenheit, der niemals daran gedacht hätte, etwas nicht ganz Korrektes zu tun – so ähnlich sehen und dabei womöglich ein Spieler oder Gauner sein konnte.

Erst drei Tage später sah Rydal den Amerikaner wieder. Er hatte ihn schon fast vergessen oder doch angenommen, er sei längst abgereist, und dann traf er ihn eines Mittags im Benaki-Museum bei den alten Trachten. Er hatte eine Dame bei sich, eine junge und sehr elegante Amerikanerin; sie war fast zu jung, um seine Frau zu sein. Aus der Art, wie der Mann hin und wieder fürsorglich und zärtlich ihren Ellbogen berührte, wie er hin und her schlenderte und mit ihr schwatzte, während sie entzückt die gestickten Kleider und Blusen der Puppen in den Glaskästen betrachtete, aus all dem schloß Rydal, daß sie entweder Liebende oder jung verheiratet waren. Der Mann hielt seinen Hut in der Hand, so daß Rydal die Kopfform erkennen konnte: Ein ausgeprägter Hinterkopf wie bei seinem Vater; über den Schläfen wich das Haar nach hinten zurück, wie bei Ebbe das Wasser der Küstenlinie folgt ... Auch wie bei seinem Vater. Das Lachen des Amerikaners klang laut und herzlich. Nach etwa fünf Minuten blickte die junge Frau auf und sah Rydal gerade in die Augen; sein Herz setzte einen Augenblick aus und schlug dann schneller. Er blinzelte, löste den Blick von ihr und sah jetzt den Mann an, der überrascht, mit leicht geöffnetem Mund und gerunzelter Stirn, zurückstarrte. Rydal wandte sich ab, trat an eine Vitrine und interessierte sich brennend für edelsteinbesetzte Säbel und Dolche.

Einen Augenblick später waren die beiden verschwunden. Zweifellos hatte der Mann angenommen, daß Rydal ihm folgte und ihn beobachtete; er war sichtlich unsicher geworden. Einen Moment überlegte Rydal, ob er zum Hotel King's Palace gehen und ihm versichern sollte, er habe gar nichts im Sinn gehabt und habe ihn gewiß nicht beschattet. Aber der Gedanke schien ihm dann überflüssig und unsinnig, und er schob ihn beiseite.

Langsam verließ er das Museum. Er fühlte sich plötzlich einsam, trübsinnig und mutlos. Er wußte jetzt, was ihm an der jungen Frau sofort aufgefallen war, und es ärgerte und störte ihn, daß sein Herz es früher erkannt hatte als sein Verstand und sein Gedächtnis. In ihren Augen hatte die gleiche Aufforderung gestanden, ihre Figur hatte die gleiche Lockung ausgestrahlt wie ... Agnes war damals fünfzehn gewesen. Seine Cousine Agnes.

»Hund«, murmelte Rydal vor sich hin, als er die breite Straße hinunterging. »Verdammter Hund ...« Es bezog sich auf keine bestimmte Person.

Die junge Frau hatte dunkelblaue Augen gehabt, und Agnes' Augen waren braun. Agnes hatte dunkelbraunes Haar, und das Haar der Amerikanerin war rötlich ... Aber irgend etwas war da. Der Mund? Ja, der Mund vielleicht; aber vor allem der Ausdruck in den Augen. Er war seit damals nicht wieder darauf hereingefallen, das war ganz beruhigend. Aber war er ihm seither wieder begegnet? Es war schon eine komische Sache: Ein

Mann, der seinem Vater wie ein Zwillingsbruder glich, zusammen mit einer Frau, die ihn an Agnes erinnerte – so glatt und schnell, wie man das Licht anknipst. Oder wie ein scharfes Messer, das mit einem Schnitt das Herz bloßlegt ... Zehn Jahre war das her. Damals war er fünfzehn gewesen. Viel, sehr viel war in diesen zehn Jahren geschehen. Heute war er ein reifer Mann, oder er sollte es wenigstens sein ... Eine Bemerkung von Proust fiel ihm ein, derzufolge Menschen emotionell nicht wachsen. Ein einigermaßen erschreckender Gedanke.

An diesem Abend gab Pan in seinem Hause nahe der Hadrianischen Bibliothek eine Party, und Rydal trank etwas mehr Uzo als unbedingt nötig. Wieder gingen seine Gedanken im Laufe des Abends zu dem Amerikaner, der aussah wie sein Vater vor zwanzig Jahren; er stellte sich ihn im Bett vor mit der rundlichen kleinen Frau, deren rötliches Haar und blaue Augen sich hartnäckig in Agnes' braunes Haar und braune Augen verwandelten. Nur die weichen roten Lippen waren die gleichen ... Rydal war schlechter Laune an diesem Abend. In der letzten Stunde gab er sich viel Mühe, eine scharfe Bemerkung wiedergutzumachen, die er zu Pans Freundin geäußert hatte. Am nächsten Morgen erwachte er mit leichtem Kater und schrieb einen Vierzeiler über ›den Marmorgeist‹ seiner Jugendliebe.

Am Montag fuhr er zum fünften- oder sechstenmal mit dem Bus nach Delphi und verbrachte den Tag dort.

Immer noch plagte ihn die Erinnerung an den Amerikaner und sein Betthäschen. Natürlich war die Ähnlichkeit gar nicht so groß, davon war er überzeugt; besonders nicht die Ähnlichkeit mit Agnes. Er mußte die beiden nur noch einmal sehen, ihnen auf wenige Schritte gegenüberstehen und gerade in die Augen schauen, dann würde etwas geschehen, der Zauber brechen, die Illusion vergehen. Wenn er den Empfangschef ihres Hotels fragte, so würde er sicher erfahren, daß es sich um Mr. und Mrs. Johnson aus Vincennes in Indiana oder um Mr. und Mrs. Smith aus St. Petersburg in Florida handelte. Und der Name Keener würde ihnen mit Sicherheit nichts sagen.

3

Am dritten Tag in Athen erhielt Chester einen Brief von Bob Gambardella, seinem Agenten in Milwaukee, der ihn erheblich beruhigte. Er lautete:

Lieber Mac, keine Nachricht ist gute Nachricht, und so ist es auch hier. Diese Woche haben sieben neue Leute Anteile gezeichnet; das Geld – abzüglich meiner Provision – habe ich wie immer eingezahlt. Wegen der Dividenden von CANADIAN STAR *erwarte ich Deine Anweisungen.*

Das hieß also, daß Bob bisher nichts mit der Polizei zu tun gehabt hatte. Dies war der zweite Brief von Bob, und in Paris hatte er auch von Vic, dem Agenten in Dallas, einen bekommen. Weder bei Bob noch bei Vic hatte die Polizei bisher angefragt, ob sie einen Howard Cheever oder William S. Haight oder – Gott sei gelobt – einen Chester MacFarland kannten. William S. Haight war der Name, den Chester als Schatzkanzler der CANADIAN STAR COMPANY für die Dividendencoupons benutzte. Sieben neue Anteile, das war nicht schlecht; besonders, da er Bob im vergangenen Monat geschrieben hatte, er solle bis auf weiteres keine neuen Käufer zu gewinnen suchen. Von den sieben hatte Bob etwa fünfzigtausend Dollar eingenommen, vielleicht sogar mehr. Jeder Käufer erhielt ein Zertifikat und dann Dividenden, die in bescheidenen, aber regelmäßigen Beträgen ausgezahlt wurden. Zwar waren die Anteile bisher noch nicht auf der kanadischen Effektenliste in den Zeitungen notiert worden, aber solange die Aktionäre ihre Dividenden bekamen, hatten sie ja keinen Grund zur Klage. In den Verkaufsgesprächen mit dem potentiellen Käufer betonten Bob und Vic stets, daß hier eine ganz neue Sache angeboten werde, die erst in ein paar Monaten an der Börse notiert werden würde, dann aber auch gleich haushoch steigen müsse. So waren sie mit UNIMEX VALKO-TECH, UNIVERSAL KEY und noch einigen anderen Unternehmungen verfahren – Chester wußte die Namen gar nicht mehr alle auswendig. Es war vorgekommen, daß ein Aktionär in seinen Briefen etwas zu viele Fragen stellte; dann beorderte Chester einen seiner Agenten in Dallas, St. Louis oder San Francisco, mit dem Mann zu telefonieren und ihm anzubieten, seine

Anteile wieder zu verkaufen, und zwar für einen höheren Preis, als er gezahlt hatte. Gleichzeitig wurden ihm Anteile eines neuen Unternehmens angeboten. In neun von zehn Fällen entschloß sich der mißtrauisch gewordene Telefonpartner, die alten Anteile zu behalten und die neuen auch noch zu nehmen. Das Gelände, für das die CANADIAN STAR Anteile ausgegeben hatte, existierte auch tatsächlich, nur war es fast wertlos und enthielt auch wahrscheinlich gar kein Uranium. Es lag im Norden von Kanada; Chester und seine geschäftstüchtigen Agenten zeigten den Käufern auf der Landkarte die genaue Lage; nach ihren Berichten klang es, als müsse das Uranium herausströmen, sobald die Ingenieure mit den Berechnungen über die Schürfstellen fertig waren. Auf der Rückseite des Kaufkontrakts stand in ganz kleiner Schrift, daß das Gelände ›gegenwärtig erforscht‹ werde. Wonach man forschte, war nicht angegeben, und man konnte die Gesellschaft nicht für ihre Pläne und Hoffnungen haftbar machen – die waren ganz gewiß, Uran zu finden.

Die UNIMEX war ein nichtexistierender Ölkonzern, der nahe der Küste an der Grenze von Texas und Mexiko Bohrungen in der See vornehmen sollte. Das Unternehmen hatte bisher über eine Million Dollar eingebracht an Anteilen, die Chester pro Stück mit acht Dollar verkauft hatte. Er war im Besitz einer vom Buchprüfer unterschriebenen Bilanz, die das Guthaben der UNIMEX mit sechs Millionen Dollar auswies; er hatte sogar New Yorker Makler hinschicken lassen, die verschiedene Küstenstreifen am Golf von Mexiko inspizierten, die allerdings jemand anderem gehörten. Er selbst hatte eine kleine, von den großen Gesellschaften bereits aufgegebene Parzelle des Küstengewässers gekauft und rundherum einen Claim von hundert Quadratmeilen abstecken lassen. UNIMEX und CANADIAN STAR waren heute seine hauptsächlichen Einnahmequellen.

Nach ein paar Tagen in Griechenland ließ die Spannung nach, und Chester begann, sich langsam wohler zu fühlen. Er genoß die fremdartigen Mahlzeiten in den Tavernen, die kleinen öligen Gerichte, die sie mit Uzo hinunterspülten oder mit einem Wein, den sie eigentlich beide nicht mochten, obgleich ihn Chester stets austrank. Colette kaufte fünf Paar Schuhe, und Chester ließ sich einen Anzug aus englischem Tweed machen, der beträchtlich schneller geliefert wurde als in New York und nicht mal die Hälfte von dem kostete, was er daheim hätte bezahlen müssen. Er behielt nur die Angewohnheit, sich nervös in der Hotelhalle umzuschauen, ob irgend jemand dort aussah wie ein Polizeibeamter. Eigentlich glaubte er nicht, daß man einen Mann hinter ihm herschicken würde, aber das FBI hatte sicher auch im Ausland Agenten. Sie brauchten nichts als ein Foto und die Aussagen einiger betrogener Aktionäre, dann war mit Hilfe der Paßbehörden sein Name leicht festzustellen.

In diesen sechs Tagen waren Chester und Colette zweimal mit dem *Guide bleu* auf der Akropolis gewesen; sie hatten eine Busfahrt zum Kap Sounion gemacht, um den Sonnenuntergang und Byrons berühmten Namenszug auf einem der Marmorpfeiler des zerstörten Tempels zu sehen. Sie hatten die wichtigsten Museen besucht, waren einmal im Theater gewesen – nur, um es mitgemacht zu haben; verstanden hatten sie nicht ein Wort – und hatten Pläne für die Besichtigung des übrigen Landes gemacht. Als nächstes kam der Peloponnes mit Mykenä und Korinth, dafür wollten sie einen Wagen mieten; dann sollten Kreta und Rhodos folgen. Schließlich wollten sie nach Paris zurückfliegen und dort noch eine Woche bleiben, bevor sie heimkehrten. In New York hatten sie im Augenblick keine Wohnung; sie wollten auch nicht wieder nach Manhattan ziehen, sondern hatten vor, in Connecticut oder im Norden von Pennsylvanien ein Haus zu kaufen.

Am Abend vor ihrer Abreise nach Korinth und Mykenä verließ Chester gegen sechs Uhr das Hotel, um eine Flasche Whisky zu kaufen. Er kam in die Halle zurück, und sein Blick fiel auf einen älteren dunkelhaarigen Mann in grauem Mantel und Hut; er stand mit den Händen in den Taschen an einer der gelblichen Säulen. Er hatte dichte schwarze Augenbrauen; Chester war nicht ganz sicher, daß er ihn ansah, aber er glaubte es. Chester blickte weg, warf einen Blick um sich und erkannte den jungen Mann in dem dunklen Mantel, den er schon zweimal gesehen hatte; er stand nahe der Tür und rauchte ... Polizei, dachte Chester. Er wußte, sein Blick hatte den Mann in dem grauen Mantel nur gefunden, weil er schon mechanisch suchte; er hatte sich in den letzten Tagen so sicher gefühlt, daß er sich gar nicht mehr gewohnheitsmäßig in der Halle umsah. Den jüngeren Mann hatte er ja schon vorher im Verdacht gehabt, ein Spitzel zu sein; hier war jetzt die Bestätigung. Er schritt nachlässig hinüber zur Rezeption und sagte genau das, was er ohnehin hatte sagen wollen.

»Wir reisen morgen ziemlich früh. Können Sie uns wohl die Rechnung schon fertigmachen, damit ich sie heute abend bezahlen kann? MacFarland, Zimmer 621.« Ohne daß er es wollte, senkte sich die Stimme ein wenig bei dem Namen.

Chester ging zum Fahrstuhl hinüber. Der ältere Mann machte eine Bewegung und folgte ihm dann. Der Fahrstuhl kam, die Tür öffnete sich, Chester stand am nächsten und ging als erster hinein. Der Mann folgte ihm.

»Sechster Stock, bitte«, sagte er.

»Sechs«, sagte der Mann. Er sprach Englisch, aber mit Akzent.

Ein Grieche, dachte Chester und faßte ein wenig Mut. Der Mann hatte eine starke, leicht jüdische Nase, schwarzgraues Haar und ein pockennarbiges Gesicht. Im sechsten Stock stieg Chester aus. Der Mann folgte ihm. Chester hob die Hand und wollte an die Zimmertür klopfen. Der Mann sagte:

»Verzeihung ... Richard Donlevy?«

Donlevy – das bedeutete Atlanta. Der Suwannee Club. »Nein«, sagte Chester knapp.

»Dann – Louis Ferguson?«

Das hieß Miami. Chester schüttelte den Kopf. »Bedaure – nein.«

»Sie reisen mit Ihrer Frau? Kann ich Sie einen Augenblick sprechen in Ihrem Zimmer, Sir?«

»Warum? Um was handelt es sich?«

»Vielleicht nichts«, sagte der Mann bereitwillig. »Ich komme von der griechischen Polizei. Ich möchte Sie einiges fragen.«

Chester sah auf die Brieftasche herab, die der Mann geöffnet hinhielt. In einer Ecke steckte eine authentisch aussehende Karte mit griechischer Druckschrift und Signatur; in der Mitte stand in dicken schwarzen Buchstaben: GREEK NATIONAL POLICE.

Wenn er sich jetzt weigerte, mit dem Mann zu sprechen, würde das die Sache wahrscheinlich verschlimmern. »Na schön«, sagte er lässig und klopfte.

Die Tür wurde sofort einen Spalt breit geöffnet. Colette stand da, im Morgenrock.

»Entschuldige, mein Kleines«, sagte Chester. »Hier ist ein

Herr, der mich einen Augenblick sprechen will ... Dürfen wir hereinkommen?«

»Aber natürlich.« Colette war ein wenig blaß geworden.

Sie traten ein. Colette wickelte ihren Mantel enger um sich und lehnte sich an die Kommode.

Der Grieche verbeugte sich vor ihr. »Verzeihen Sie bitte, Madame ...« Dann wandte er sich an Chester: »Darf ich fragen, unter welchem Namen Sie angemeldet sind hier?«

Chester richtete sich auf und runzelte die Stirn. »Was soll das heißen? Mit welchem Recht fragen Sie das?«

Aus der Manteltasche zog der Mann ein kleines Notizbuch, öffnete es an einer vorgemerkten Stelle und hielt es Chester hin. »Sind Sie das?«

Chesters Herz setzte kurz aus. Es war sein Foto; verschwommen durch die Vergrößerung, aber doch erkennbar: Er hielt ein Glas in der Hand und lachte ... Das Bild stammte von einer Gruppenaufnahme der Dinnergäste im Suwannee Club und war etwa drei Jahre alt; damals war er Richard Donlevy gewesen, hatte etwas mehr Haar und keinen Schnurrbart gehabt und Geschäfte mit irgendwelchen Wertpapieren gemacht – er erinnerte sich nicht mehr, worum es sich im einzelnen gehandelt hatte ... Er schüttelte den Kopf. »Nein, das bin ich nicht. Es ist eine Ähnlichkeit da, aber ... Ich weiß auch gar nicht, worauf Sie hinauswollen.«

»Es handelt sich um ... Wie sagt man – Börsengeschäfte. In Amerika.« Der Beamte blieb ruhig und freundlich. »Ich habe die Unterlagen nicht bei mir, und wenn ich sie hätte, wäre es auch nicht meine Sache, darüber etwas zu sagen. Wir arbeiten nur zusammen mit den amerikanischen Behörden, und drüben hat man angenommen, daß Sie in Europa sind.«

Chester wurde von kalter Angst gepackt, die er nicht abschütteln konnte. Sie waren ihm also auf die Spur gekommen. Irgend jemand mußte versucht haben, seine Anteile zu beleihen, und hatte dabei erfahren, daß sie gar nicht auf dem Markt waren. Vielleicht war sogar die UNIMEX-Sache geplatzt ... »Aber Sie sagen doch, Sie suchen jemand ganz anders«, brachte er heraus.

»Verschiedene Namen. Das macht nichts. Würden Sie bitte mit mir kommen, einige Fragen beantworten, ja?« Der Beamte sprach mit gelassener Sicherheit, als habe er keinerlei Zweifel, daß Chester mit ihm kommen werde.

»Nein. Wozu? Der Irrtum liegt bei Ihnen«, erwiderte Chester und zog den Mantel aus.

Colette trat näher heran, nahm das Notizbuch aus der Hand des Polizeibeamten und besah das Bild. »Nein, das ist nicht mein Mann.«

»Also bitte, Madame – unter welchem Namen wohnen Sie hier? Ich kann das sehr leicht feststellen. Ich brauche nur unten anzufragen, wer auf Nummer 621 wohnt.«

Colette sah ihn an und sagte mit ihrer hellen jungen Stimme: »Das geht Sie doch wirklich gar nichts an.«

»Bitte, wollen Sie zur Kenntnis nehmen, daß ich bewaffnet bin. Ich möchte Sie nicht gern unter Zwang mitnehmen.« Die schwarzen Augenbrauen des Griechen senkten sich, er sah Chester leicht verwundert an.

Chester zuckte die Achseln und rührte sich nicht. Aber er blickte im Zimmer umher, als hoffe er, in einer Ecke eine Waffe zu finden, mit der er sich verteidigen könnte.

Mit schnellen Schritten ging der Grieche ans Telefon.

Chester stürzte ins Badezimmer.

»Halt!« rief der Beamte. »Ich habe einen Revolver!«

Chester wandte sich um, sah den Mann mit erhobenem Revolver auf sich zukommen und entschied blitzschnell, daß er ihn kaum benutzen werde. Er sprang auf den Rand der Badewanne und riß das Fenster auf. Es klemmte und öffnete sich nur wenige Zentimeter.

»Chester!« rief Colette angstvoll.

Der Beamte riß ihn am Jackett zurück. Chester wandte sich halb um, hob den linken Fuß und versetzte dem Mann einen harten Tritt in die Magengrube. Er sprang von der Wanne herunter, und bevor der andere sich aufrichten konnte, erhielt er einen schweren Schlag auf den Nacken und schlug krachend mit der Stirn gegen den Waschtisch. Chester riß ihn zurück, versetzte ihm einen Schwinger gegen den Unterkiefer und stieß ihn in die Wanne. Dann riß er ihn zurück, um ihm einen neuen Schlag zu versetzen, und sah, daß er sich nicht mehr regte. Keuchend und mit geballten Fäusten blieb Chester stehen.

»Um Gottes willen ...« Colette stand in der Tür. »Fehlt dir ... Bist du verletzt, Darling?«

Er schüttelte den Kopf und hob den Revolver des Griechen vom Boden auf. Ein Glas war heruntergefallen, die Scherben lagen auf den Fliesen. Nervös schob Chester sie mit dem Fuß beiseite.

»Laß, das mach ich schon«, murmelte Colette.

»Ich muß ihn hier rauskriegen, bevor der andere ... Da unten ist noch einer«, keuchte Chester.

»Ist das wahr?« fragte sie erschreckt. »Wart mal – auf den Balkon?« Vor ihren Fenstern lief ein Balkon die ganze Breite des Hotels entlang.

»Nein, das geht nicht. Der andere kommt doch gleich rauf ... Mal überlegen ... Pack du schon unsere Sachen, ja? Wir müssen heute abend hier raus.«

Colette warf schnell ihren Morgenmantel ab, stopfte ihn in einen Koffer und griff nach einem dunklen Rock, der über dem Stuhl hing.

»Ich hab's!« Chester ergriff den schlaffen Arm des Griechen.

»Was?«

»Am Ende des Korridors ist eine Besenkammer.« Er nahm den Mann hoch und legte ihn sich über die Schulter. »Über der Tür ist eine rote Lampe. Ich hab's neulich abend gesehen, als ich die Toilette suchte, weil du im Bad warst ... Uff – der Kerl ist schwer!« Er schwankte mit seiner Last zur Tür. »Schau mal raus in den Gang, ob jemand ...«

Colette nickte und öffnete die Tür einen Spalt. »Da ist jemand am Fahrstuhl.«

»Verdammt.« Chester verstärkte seinen Griff am Handgelenk des leblosen Mannes. »Der kommt womöglich wieder zu sich, bevor ...« Aber die Kante des Waschtischs war zu hart gewesen, das erkannte er jetzt. Der Mann war vielleicht schon tot ... Bei dieser Vorstellung verließen Chester die Kräfte; er ließ den Körper sacht auf den Teppich gleiten. Er wollte Colette bitten, nach dem Puls zu fühlen, aber in diesem Augenblick sagte sie eilig: »Okay – niemand zu sehen.«

Chester nahm noch einmal alle Kräfte zusammen und hob den Griechen auf. Tot oder lebendig, in der Kammer war er jetzt am besten aufgehoben. Und wenn er tot war: Chester hatte ihn nie gesehen. Ein anderer hatte ihn umgebracht. Bei ihm hatte der Mann nie geklopft, niemals ein Wort mit ihm gesprochen ... Chester wankte den Gang entlang zu der kleinen Tür mit der roten Lampe und hoffte inständig, sie möge offen sein wie neulich.

In diesem Augenblick bog um die Ecke vor ihm der andere Mann. Überrascht hielt er inne, als er Chester sah. Gelähmt vor Schreck starrte Chester ihn an. Der junge Mann öffnete den Mund zu einem ganz leichten Lächeln – war es Zufriedenheit, war es Sarkasmus? Jetzt würde er gleich einen Revolver ziehen ... Sein rechter Arm hing leer herunter, unter dem linken trug er eine Zeitung. Er trat einen Schritt vor.

»Wohin wollten Sie ihn bringen?« fragte Rydal und warf einen schnellen Blick über den Korridor.

»Ich wollte ...« Chesters Beine gaben plötzlich nach, der schwere Körper rutschte von seiner Schulter auf den Boden. »Dahin. In die Kammer.« Er wies schlaff auf die Tür mit der roten Lampe.

Der junge Mann ließ die Zeitung fallen, beugte sich behende nieder, nahm den Griechen bei den Schultern und begann, ihn zu der Tür hinüberzuziehen.

Chester starrte ihn an.

»Hat er keinen Hut gehabt?« fragte Rydal.

Chester nickte beklommen.

»Los – den müssen wir holen!«

Chester öffnete die Tür zu der unverschlossenen Kammer und lief zurück in sein Zimmer. Colette hatte nicht abgeschlossen und stand hinter der Tür.

»Liebling, gib mir schnell seinen Hut. Er liegt da drüben – neben dem Telefon ...«

Sie nahm den Hut von dem Tischchen und gab ihn ihm. Er lief zurück, die Tür unter der roten Lampe stand halb offen, er hörte ein Poltern von Eimern. »Hier ist der Hut ...« Er reichte ihn dem jungen Mann.

»Er ist tot, was?« fragte Rydal.

»Ich weiß es nicht.«

»Doch, ich glaube schon.« Mit fahrigen Händen leerte Rydal die Taschen des Griechen; die Brieftasche war eingeknöpft in die Jacke. Er stopfte alles in seine eigenen Taschen. »Hat er keinen Revolver gehabt? Er trägt ein Schulterhalfter.«

»Den habe ich«, sagte Chester. Tot also, dachte er. Seine Hände zuckten. Er sah zu, wie der junge Mann die leblosen Füße tiefer in die Kammer schob, damit die Tür zuging. Dann schloß sich die Kammertür hinter dem ersten Menschen, den er umgebracht hatte – ein Mann mit blutendem Kopf, der jetzt zwischen Eimern und Besen und schmutziggrauen Tüchern saß.

Rydal nahm Chester am Arm und schob ihn zurück über den Korridor. Unterwegs hob er die Zeitung vom Boden auf.

Chester schlug mit den Fingern gegen die Tür ... Für einen Polizeibeamten hat der sich merkwürdig benommen, dachte er; ob er einfach die Hotelgäste vor dem Anblick einer Leiche bewahren will?

Colette öffnete und hielt den Atem an. Chester trat schnell ein.

Rydal folgte ihm und verbeugte sich mechanisch vor ihr. Er konnte nicht gut Blut sehen und kämpfte mit einer leichten Übelkeit. »Ich bin – mein Name ist Rydal Keener«, sagte er zu beiden gewandt. »Guten Tag.«

»Guten Tag«, murmelte Chester.

»Es war Notwehr«, sagte Colette hastig und blickte Rydal gerade in die Augen. »Ich war dabei; ich habe alles gesehen.«

»Halt den Mund, Colette«, sagte Chester.

»Aber – erlauben Sie ...« Rydal bereute das ›Erlauben Sie‹ sofort. »Ich bin kein Polizeibeamter.«

»Kein ... Und warum haben Sie dann ...?« fragte Chester.

Rydal wußte es auch nicht. Es war ein Augenblicksentschluß gewesen – nein, eigentlich hatte er sich überhaupt nicht entschlossen. »Ich bin bloß ein amerikanischer Tourist ... Sie können mich als Freund betrachten.« Es war weiß Gott komisch, daß er das sagte; ihm war sonderbar zumute. Oder kam das von den Blutflecken auf dem blaßgrünen Teppich? »Wollen Sie nicht die Flecken wegmachen, solange es noch geht?« sagte er zu Chester.

Mit hilfloser Geste bat Chester Colette um Hilfe. Sie ging ins Bad und kam gleich mit dem Schwamm zurück, den er ihr gekauft hatte. »Im Bad habe ich schon alles aufgewischt«, sagte sie. Sie kniete auf dem Teppich und rieb an den Flecken.

Unter dem engen Rock zeichnete sich ihr hübsches Hinterteil fest und rundlich ab. Rydal sah sie an und vergaß einen Augenblick die Blutflecken. Dann ging er schnell zur Tür, öffnete sie vorsichtig und blickte den Gang entlang.

»Haben Sie was gehört?« fragte Chester.

»Nein. Ich wollte nur nachsehen, ob im Gang auch Blut ist ... Wahrscheinlich ist da was, aber auf dem schwarzen Teppich sieht man es nicht ... So«, sagte er und schloß die Tür. Aber was nun? Chesters Augen waren rund und erwartungsvoll auf ihn gerichtet. »Das wichtigste ist jetzt, daß Sie aus dem Hotel rauskommen, bevor der Mann vermißt wird – von seinen Vorgesetzten oder sonstwem.«

»Ja. Oder bevor man ihn da findet«, murmelte Chester. »Wir haben schon gepackt und sind eigentlich fertig, nicht wahr, Liebling?«

»Nur noch zwei Minuten für die Sachen im Bad«, erwiderte Colette. »Nimm du deinen Rasierapparat und den anderen Kram, Ches. Ich bin hier fast fertig ... Wirf mir mal ein Handtuch rüber, ja?«

»Ein Handtuch?«

»Ja, ein Handtuch – ich will das hier auftrocknen.«

Colette ist praktisch und hat einen kühlen Kopf, dachte Rydal.

Sie hob das Gesicht, sah seinen Blick und lächelte; dann fing sie geschickt das Handtuch auf, das Chester ihr zuwarf. »Gräßlich«, sagte sie und beugte sich wieder über den Teppich.

Rydal fielen die Papiere ein, die er in seine Manteltasche gestopft hatte. Er zog sie heraus und blätterte die dicke Brieftasche durch. Unter den vielen Fotos stieß er schnell auf Chesters Bild. Er trat zu Chester, der beim Kofferpacken war, und fragte: »Sind Sie das?«

Chester nickte unsicher.

Aus dem griechischen Fahndungsblatt ging hervor, daß er wegen Betruges und Unterschlagung gesucht wurde. Unter dem Bild standen mehrere Namen in griechischen und englischen Buchstaben. »Welches ist Ihr Name?« fragte Rydal.

Chester faßte die Brieftasche am Rand an und las die Namen. Jetzt kam es nicht mehr darauf an. »Keiner. Mein Name ... Ich heiße Chester MacFarland.« Versteckspielen hatte keinen Sinn mehr; der Mann brauchte nur unten nachzufragen, wer in Zimmer 621 wohnte oder gewohnt hatte.

»Chester MacFarland«, wiederholte Rydal halblaut.

Chester lächelte unsicher. »Haben Sie von mir gehört?«

»Nein ... Nein, das nicht.« Der tote griechische Polizist hieß George M. Papanopolos.

»Wir ... Wir wollten morgen nach Korinth fahren. Sie wissen wohl nicht, ob es heute abend noch einen Zug oder einen

Bus dahin gibt? Wir wollten morgen einen Wagen mieten, aber ...«

»Nein, aus dem Kopf weiß ich es nicht. Aber ich kann unten anrufen und beim Portier fragen, der kann das nachsehen.« Rydal machte einen Schritt zum Telefon.

»Nein. Halt!« Chester hielt die Hand hoch. »Wenn Sie von hier – von diesem Zimmer aus anrufen ...«

»Es fällt mir gerade ein«, sagte Rydal zu Chester und zu der jungen Frau, die mitten im Zimmer stand und ihn ansah: »Niemand hat mich heraufkommen sehen; da kann ich ja einfach sagen, ich sei den ganzen Nachmittag mit Ihnen zusammen gewesen, oder doch ein paar Stunden lang.« Chester sah ihn verständnislos an. »Ich bin nicht im Fahrstuhl raufgekommen: ich habe die Treppe benutzt. Ich glaube nicht, daß mich jemand gesehen hat. Und ... Also, wenn der Mann gefunden wird, bevor wir raus sind, könnte ich Ihnen ein Alibi verschaffen.«

Die Worte schienen von nirgendwoher aus ihm herauszukommen. Er hatte den beiden eine falsche Aussage angeboten ... Wofür? Für wen? Für einen Mann, der nur an der Oberfläche einem Gentleman glich, das war ganz offensichtlich; für einen Mann, dessen Kleidung gut geschnitten und maßgearbeitet war, der aber viel zu auffallende Manschettenknöpfe trug; der wie ein Schwindler aussah, weil er ein Schwindler war ... »Ich überlasse es Ihnen«, fügte Rydal hinzu, »ob ich unten anrufen soll oder nicht. Mir ist es egal.«

»Ja, bitte. Das wäre nett«, sagte Chester und sah Rydal nicht an.

Rydal nahm den Hörer und begann ohne nachzudenken auf griechisch nach den Zügen und Busverbindungen nach Korinth zu fragen. Die junge Frau hatte die Koffer geschlossen und sah ihn an, neugierig und unbefangen wie ein Kind. Er legte den Hörer auf und sagte: »Der letzte Bus ist um sechs gefahren. Vor morgen geht auch kein Zug. Sie könnten vielleicht jetzt noch einen Wagen kriegen, aber es würde sonderbar aussehen, wenn Sie abends nach Korinth fahren. Die Aussicht auf die Küste soll das Schönste an der ganzen Fahrt sein, an der Kinettabucht entlang.«

»Ja. An der Kinettabucht ...« murmelte Chester und sah seine Frau an.

»Sie sind wirklich sehr freundlich«, sagte Colette zu Rydal. »Daß Sie das alles für uns auf sich nehmen ...«

Rydal wußte darauf keine Erwiderung. Er sah die Ausbuchtung des Revolvers in Chesters Jackentasche; es fiel ihm erst jetzt auf ... Die beiden brauchten sofort neue Pässe. Morgen jedenfalls ... Dafür war Niko der richtige Mann.

»Wie wär's mit Kreta?« fragte Chester. »Nach Kreta wollten wir auch noch.«

»Da weiß ich zufällig Bescheid«, sagte Rydal. »Jeden Morgen geht ein Flugzeug, und etwas früher jeden Morgen geht auch ein Schiff. Aber um diese Zeit nichts mehr.«

»Haben Sie eine griechische Mutter?« fragte Colette.

Rydal lächelte. »Nein.« Er versuchte nachzudenken, aber es fiel ihm nichts ein. Sein Gehirn mußte jetzt blitzartig arbeiten und genau das Richtige, was zu unternehmen war, hervorzaubern. Bei Niko verstecken? Nein, irgendwie gefiel Rydal das nicht. Aber warum nicht? Colette und Chester mit ihren Koffern in ein Taxi setzen und zu Niko fahren ... Nikos Frau Anna war jetzt sicher zu Hause und hätte nichts dagegen. Aber die Wohnung war so unbeschreiblich schäbig, und sie müßten auch alle in einem Zimmer hausen. »Das wichtigste ist jedenfalls, daß wir hier schnell herauskommen. Kann ich das Gepäck runterbringen lassen?«

»Ja. Aber wo sollen wir hin?« fragte Chester.

»In ein anderes Hotel hier in Athen ... Ich weiß eins. Das Hotel Dardanelles; zehn oder fünfzehn Straßen von hier. Das ist so ein mittelgroßes Hotel, ein bißchen abgelegen ... Nur für heute nacht. Und morgen – ich wäre für Kreta; das ist besser als der Peloponnes. Größer, und viel weiter weg.«

»Ach, Kreta – wie herrlich!« Colette sprach, als unterhielten sie sich über einen unerwartet schönen Ort auf einer Ferienreise.

»Was soll ich dem Fahrer sagen – einfach Hotel Dardanelles?« fragte Chester.

»Ja. Nur wenn vielleicht einer von den Boys hier unten im Hotel zuhört, dann sagen Sie: zum Bahnhof, und wenn er dann losgefahren ist, ändern Sie das ... Im Hotel unten sagen Sie am besten, daß Sie heute abend den Nachtzug nach ... nach Jugoslawien nehmen.«

»Ja. Ja ist klar.« Chester war verwirrt, weil er nicht gleich verstanden hatte. Er runzelte die Stirn. »Meinen Sie wirklich, das ist das beste – jetzt ein anderes Hotel hier in Athen?«

»Ja, ganz bestimmt. Wenn wir Glück haben, finden sie den

Toten nicht vor morgen früh, wenn die Putzfrauen mit der Arbeit anfangen. Wenn man hier im Hotel annimmt, Sie seien mit dem Zug weggefahren, so wird sich die Polizei erstmal mit den Zügen und Grenzstationen befassen, bevor sie die Hotels in der Stadt überprüft.«

»Ja, Sie haben recht.« Plötzlich fiel Chester etwas ein; er biß die Zähne zusammen. Dann flüsterte er: »O Gott ... die Pässe! Verdammt.«

»Ja, daran hab ich auch schon gedacht.« Rydal ging zur Tür. »Ich denke, ich weiß, was wir da machen.«

»Was?« fragte Chester.

»Vielleicht können wir uns heute abend treffen, dann werde ich es Ihnen erklären. Jetzt dürfen Sie keine Zeit mehr verlieren. Ich komme heute abend ins Hotel Dardanelles, ungefähr um zehn. Geht das?«

Chester zögerte einen Moment.

»Ja, gut.«

Jetzt waren Chester und Colette allein und starrten einander an. Er war hilflos und erschreckt. Sie lächelte unsicher.

»Ich laß jetzt das Gepäck holen«, sagte Chester und ging zum Telefon.

Colette sah ihn an, während er sprach. Sie hatte nachdenklich die Stirn gerunzelt und biß sich auf die Unterlippe, wie immer, wenn sie angestrengt nachdachte. Als er einhängte, fragte sie: »Ches, wie hat er das gemeint mit diesem Griechen? Was heißt das – wenn sie ihn erst morgen früh finden? Wenn er zu sich kommt, wird er doch ...«

»Kindchen, ich glaube, der Mann ist tot«, sagte Chester leise. Er sah, wie Colettes blaue Augen sich weiteten.

»Glaubst du das wirklich? Aber du weißt es nicht sicher?«

»Ja, ich glaube es. Ich hatte keine Zeit, mich zu vergewissern«, murmelte Chester.

»Und dieser junge Mann – weiß er es?«

»Ja.« Chester schob die Finger in die Hüfttaschen und ging mit gesenktem Kopf zwischen den Betten auf und ab; dann beugte er sich nieder und griff nach der Whiskyflasche, die oben aus einer ledernen Reisetasche hervorsah. »Ja, er weiß es, und wir werden dafür bezahlen müssen. Und nicht zu knapp.«

»Was soll das heißen?«

Chester holte das heil gebliebene Glas aus dem Badezimmer.

»Das soll heißen, daß er Geld verlangen wird ... Wart's nur ab. Zum Glück haben wir's ja. Es darf bloß nicht zu weit gehen.«

»Ach – so einer ist das? Meinst du wirklich, daß er ...?« Sie war noch ganz benommen von dem Schock. »So sieht er aber ... Ich finde, er sieht nicht aus wie ein Gauner. Er ist doch Amerikaner.«

»Und nicht gerade mit Reichtümern gesegnet. Wart's nur ab, mein Kind. Warum sonst ist er hier so hereingekommen? Ich würde in irgendein anderes Hotel ziehen, aber er steht vermutlich unten auf der Straße, um uns zu folgen.« Chester schwenkte sein Glas und trank dann aus; es war halb Whisky und halb Wasser. »Warum sonst ist er hier hereingekommen?«

4

Rydal war auf dem Wege von Nikos Wohnung zum Hotel Dardanelles in der Aeolou Straße. Es war noch früh; er ging langsam, zündete sich eine Zigarette an, schlenderte ein paar Straßen weiter und besah sich das dunkle Schaufenster einer verschlossenen Apotheke. Die Vorderfront des Hotel Dardanelles war nur schwach erleuchtet. Rydal fand die Straße ungewöhnlich ruhig; es gab ihm das Gefühl, daß etwas geschehen und endgültig erledigt sei und nicht mehr bevorstand. Ein magerer rotbrauner Hund trottete vorbei, die kleine spitze Schnauze angespannt erhoben, als sei er vor irgend etwas auf der Flucht. Rydal wußte sehr wohl, was geschehen konnte. Die Leiche des Polizisten konnte schon vor Stunden entdeckt worden sein, etwa gegen sieben; die wenigen Züge und Autobusse, die abends von Athen abfuhren, konnten erfolglos überprüft worden sein; dann hatte man sich die Hotels vorgenommen und die MacFarlands entdeckt ... Vielleicht war gerade jetzt die Polizei im Hotel und verhörte sie, und Chester hatte vielleicht schon gestanden, den Griechen umgebracht zu haben; er mochte ein kaltblütiger Betrüger sein, aber bei dem Mord hatte er sichtlich die Nerven verloren ... Und er, Rydal, war jetzt im Begriff, sich ohne jeden Grund, mitten ins Schlamassel zu begeben. Chester würde sich freuen; er würde sagen: ›Ach, da ist ja der junge Mann, der den ganzen Nachmittag bei uns war ...‹ Mit sinkendem Mut erkannte Rydal plötzlich, daß Chester, wenn es ihm so paßte, behaupten konnte, er – Rydal Keener – habe die Leiche den

Korridor entlanggeschleppt, und Chester sei dazugekommen und habe ihn gesehen; Rydal Keener habe gewußt, daß der griechische Beamte hinter Chester her sei, und habe deshalb Chester gezwungen, kein Wort von dem Mord verlauten zu lassen ... Ja – und das Motiv? Nein, Rydal konnten sie nichts anhängen. Das war ja alles bloß Phantasie. Rydal warf die Zigarette fort. Seine Taschenuhr zeigte eine Minute vor zehn; sie ging genauer als die Armbanduhr.

In der Halle des Hotel Dardanelles blickte er sich um. Sah hier jemand wie ein Polizist aus? Außer dem jungen Mann an der Rezeption war nur noch eine Dame in der Halle, sie war um die fünfzig, trug einen schwarzen pelzbesetzten Hut und sah wie eine Deutsche aus.

»Würden Sie bitte Mr. MacFarland anrufen? Er erwartet mich«, sagte Rydal und beobachtete das Gesicht des jungen Mannes. Es blieb unbeweglich. Er steckte einen Stöpsel in eine Steckdose und sagte mit deutlich griechischem Akzent: »Hier ist ein Herr, der Sie sprechen möchte, Sir.«

Chesters tiefe lebhafte Stimme wurde in der Leitung hörbar.

»Sie können hinaufgehen. Zimmer 31, Sir«, sagte der junge Mann.

Es gab einen Fahrstuhl, aber Rydal ging zu Fuß die schwarz-weißen Fliesenstufen hinauf. Zimmer 31 lag im zweiten Stock. Der abgetretene Teppich war mattgrün, die einzige Lampe schwach gelblich. Das Hotel war noch schäbiger als das seine. Vor Nummer 31 klopfte er an.

Nach ein paar Sekunden wurde die Tür schnell, aber nur spaltbreit von Chester geöffnet.

»Guten Abend«, sagte Rydal.

Chester blinzelte.

»Sind Sie allein?«

»Ja.« Er sah, wie Chesters Furcht nachließ. Chester hatte angenommen, er werde die Polizei mitbringen oder vielleicht einen Freund, damit er – wenn nötig – physische Unterstützung hatte, wenn er Geld von Chester verlangte.

»Kommen Sie«, sagte Chester.

Er trat ins Zimmer. »Guten Abend«, begrüßte er Colette. Sie saß mit gekreuzten Beinen in einem Sessel, die Arme auf den Seitenlehnen. Allzu ruhig, dachte er. »Keine Schwierigkeiten beim Ausziehen?« erkundigte er sich.

»Nein, nichts.« Chester strich mit dem Zeigefinger über seinen Schnurrbart und warf einen Blick auf seine Frau.

»Wirklich eine malerische Herberge, die Sie uns empfohlen haben«, meinte Colette lächelnd.

Rydal sah sich um. Der Raum war trübe, das Mobiliar einfach, das war alles. »Es ist ja nur für heute nacht. Ich wollte Ihnen Bescheid sagen wegen der Pässe. Ich kann wahrscheinlich zwei für Sie bekommen, bis morgen mittag. Ich habe mich gerade bei einem Bekannten erkundigt.« Er wollte höflich und ruhig erscheinen, aber Chester schien irgendwie betroffen.

»Aha. Ja. Schön – aber wollen Sie nicht Platz nehmen?« fragte Chester und zog einen Stuhl heran. »Soll ich Ihren Mantel nehmen?«

Rydal wollte ihn ablegen und sagte dann: »Nein, danke, das geht schon.« Er knöpfte den Mantel auf und setzte sich.

»Bei dieser Heizung müßten wir eigentlich alle unsere Mäntel anhaben«, sagte Colette. »Darling, würdest du mir meinen Mohairschal geben?«

»Ja, mein Kleines, natürlich.« Chester trat an den Schrank, der auf einer Seite Wäschefächer hatte, und brachte einen breiten schwarz-weißen Schal. Rydal sah ihr zu, wie sie ihn schnell und geschickt umlegte und die Hände darunter verbarg.

»Sie sprachen von den Pässen«, sagte Chester und setzte sich ebenfalls, in der Hand ein halbvolles Whiskyglas. »Möchten Sie etwas trinken?«

»Nein danke, jetzt nicht.« Rydal entnahm seinem Etui eine Zigarette und zündete sie an.

»Ich kann bis morgen mittag zwei Pässe besorgen. Fünftausend Dollar pro Stück. Das ist nicht viel. Der Mann, der das vermittelt, will – na sagen wir, noch mal tausend haben. Die zehntausend kriegt der Mann, der sie besorgt und zurechtmacht.«

Chester blickte hinüber zu Colette und dann zurück zu Rydal. Er schien etwas sagen zu wollen, besann sich und tat einen langsamen Zug aus seinem Glas.

»Mir liegt wirklich nichts daran, Ihnen die Pässe zu verkaufen, wenn Sie sie nicht wollen.« Chesters unverhohlenes Mißtrauen reizte Rydal. »Nur wird morgen früh die Polizei ganz sicher nach Chester MacFarland suchen. Ihr Name war zwar nicht auf dem Foto, das der Beamte im Notizbuch hatte, aber von dem Foto gibt's ja noch mehr Abzüge. Irgend jemand weiß wahrscheinlich auch, daß der Mann heute nachmittag nach Ihnen fahndete. Sie haben im sechsten Stock gewohnt, und auf demselben Stockwerk liegt die Leiche. Die fragen einfach die Hotelangestellten, welcher Gast im sechsten Stock so aussah wie eins der Fotos in dem Notizbuch. Und dazu kommt die Tatsache, daß Sie abends ausgezogen sind...«

»Hmmm...« Chester nahm ein Taschentuch und schneuzte sich. »Das klingt alles ganz richtig, Ches«, sagte Colette. »Du wolltest, daß wir heute abend noch abreisen, aber ... Stell dir doch mal vor, vielleicht fragen sie an der jugoslawischen Grenze nach unseren Pässen und sagen dann, daß die Polizei uns sucht...«

Sie machte eine Bewegung mit der linken Hand, und Rydal sah den großen Brillanten in ihrem Verlobungsring. Der Wert wurde von dem Ehering aus Platin – am gleichen Finger – noch betont.

Warum nur zögert er noch? dachte Rydal. Ist es das Geld? Fünftausend für einen amerikanischen Paß war lächerlich billig, wenn auch anzunehmen war, daß Nikos Freund nicht gerade erstklassige Arbeit dafür leisten würde. Rydal warf einen Blick auf seine Uhr.

»Haben Sie Eile?« fragte Chester.

»Nein. Na ja, ich bin um halb elf verabredet. Mein Freund wird warten, aber ich möchte ihn nicht allzu lange warten lassen. Es ist Niko; der Mann, der die Pässe besorgen kann.« Rydal saß auf der Stuhlkante, er fuhr sich mit der Hand über die Stirn. Ärger stieg in ihm hoch. Er hätte Chester auseinandersetzen können, daß er selbst an diesem Geschäft keinen Pfennig verdiente; es lag ihm daran, daß Chester das erfuhr. Irgend etwas hielt ihn davon zurück. »Ich habe die Verabredung mit Niko für heute abend getroffen, um ihm die Fotos aus Ihren jetzigen Pässen zu geben, damit er sie seinem Freund weitergeben kann. Die Fotos und eine Anzahlung – ich denke, fünftausend. Aber das überlasse ich ganz Ihnen.« Rydal erhob sich und ging hinüber zum Aschbecher, einem häßlichen Monstrum, das neben Colettes Sessel stand.

»Chester, das – das klingt doch eigentlich alles sehr vernünftig.« Colette sah zu Rydal auf. »Finde ich jedenfalls.«

Rydal wandte sich schnell um und sah ungeduldig zu Chester

hinüber; dann warf er einen Blick auf die Tür. Er hatte jetzt genug – in fünf Sekunden konnte er draußen sein und die beiden nie wiedersehen; er würde Niko sagen, die Sache sei abgeblasen, und würde Nikos Ferngespräche nach Nauplia, wo sein Freund Frank wohnte, aus eigener Tasche bezahlen.

»Ja. Gut, ich sehe es ein«, gab Chester zu. »Wir brauchen eben Pässe und damit basta.« Er sprach wie ein Mann, der zu einem faulen Handel gezwungen worden ist und sich damit abzufinden hat.

»Vielleicht haben Sie einen besseren Lieferanten als mich? Dann nehmen Sie meinen ja nicht«, sagte Rydal. »Es ist auch nicht meiner, ich kenne die Leute bloß.«

»Ich kenne hier niemand«, knurrte Chester.

»Liebling, ich finde, er tut uns einen Riesengefallen.« Colette stand auf. »Und dafür möchte ich mich bedanken.« Sie blickte Rydal an, ihre Hände hielten den Schal dicht unter ihrem Kinn fest. »Ich danke Ihnen sehr.«

Rydal mußte lächeln. »Bitte.«

»Was brauchen Sie jetzt, ein paar Extrafotos?« Colette suchte in ihrer Brieftasche auf dem Schreibtisch.

»Nein, nein – ich brauche die Fotos aus Ihren Pässen. Die Perforation muß übereinstimmen, dann ist es leichter«, sagte Rydal.

»Ach ja, natürlich. Ich hab's mal im Film gesehen, wie das gemacht wird ... Dieses Bild von mir ist zwar gräßlich, aber es muß nun wohl bleiben. Jedenfalls für diese Reise.« Sie gab ihm ihren Paß. »Sie können es sicher besser rauskriegen als ich.«

»Ja.« Er wußte, die Fotos waren fest eingeklebt.

Chester suchte in der inneren Jackentasche nach seinem Paß. »Gut, daß ich mir die Dinger gleich nach dem Abendessen habe wiedergeben lassen ... Ich habe an der Rezeption gesagt, daß wir morgen früh abreisen.«

»Ach so, ja ... Die Maschine nach Kreta geht um 10.45 Uhr. Ich glaube, das wäre am besten, nicht wahr? Wenn Sie keinen besseren Vorschlag haben?« Rydal nahm den Paß, den Chester ihm entgegenhielt.

»Nein, nein, Kreta ist ganz in Ordnung.« Aber er sah sorgenvoll aus.

Rydals Mund verzog sich ein wenig in leiser Verachtung. Er warf Colette einen Blick zu und sah, daß auch sie Chester beobachtete. Dumm ist sie nicht, dachte er.

»Und das Geld. Haben Sie fünftausend in bar?«

»Hab ich alles in Reiseschecks«, erwiderte Chester.

Rydal schüttelte den Kopf. »Ich glaube nicht, daß viele Leute ab morgen noch Reiseschecks mit der Unterschrift von Chester MacFarland annehmen werden.«

Chester nickte tiefernst, blickte sich um und ging hinüber in die Zimmerecke, wo ein neuer Cordkoffer mit Ledereinfassung stand. Er nahm den Koffer, ging damit ins Badezimmer und schloß die Tür.

Rydal wußte genau, was er jetzt tat: er nahm Geld aus einem Versteck; wahrscheinlich waren die Scheine ins Futter eingenäht. Rydal verwahrte sein Bargeld ebenfalls im Kofferfutter. Zur Zeit befanden sich dort noch acht Hunderter. Chester hatte vermutlich ein Vermögen im Koffer.

Colette sah ihn von der Seite an. Sie stand hinter dem Sessel und ließ ihre Fingerspitzen auf der Lehne spielen.

»Woher stammen Sie, in Amerika?«

»Aus Massachusetts«, gab er zurück.

»Ich bin aus Louisiana. Das ist aber schon so lange her. Ich glaube, man hört es mir nicht mehr an.«

Sie sprach mit leicht südlichem Akzent, das hatte Rydal bemerkt. Er starrte stumm auf den Winkel, den der Sessel mit dem Fußboden bildete, und wartete auf das Erscheinen ihrer schwarzen Wildlederschuhe und der wohlgeformten festen Knöchel. Da waren sie. Sein Blick wanderte aufwärts zu den Waden, den runden Hüften, den Brüsten und blieb an ihren Augen hängen.

Chester trat ein. Er blickte von Colette zu Rydal und wieder zurück und stellte den Koffer hart auf den Boden. In der Hand hielt er einen Packen neuer grüner Banknoten. »So – das hätten wir«, sagte er.

»Wollen Sie mitkommen zu Niko?« fragte Rydal höflich.

Chester war auf der Hut. »Wo ist das?«

»Ich treffe ihn an einer Straßenecke, nahe dem Syntagma-Platz. Nicht weit vom Platz der Verfassung. Vielleicht kennen Sie ihn, er steht immer vor dem American Express und verkauft Schwämme.«

»Ach der.« Chesters unsicheres Lächeln vertiefte sich, er blinzelte. »Ja, natürlich kenne ich den. Dem habe ich einen Schwamm abgekauft. Netter Kerl.«

So – findest du? dachte Rydal. Wahrscheinlich, weil ihr einiges gemeinsam habt. Ihr seid beide Gauner ... »Dann wollen wir gehen und ein Taxi nehmen.«

Chester hielt noch immer die Geldscheine in der halb ausgestreckten Hand. Rydal sah darüber hinweg, blickte Colette an und sagte: »Gute Nacht.«

»Gute Nacht«, erwiderte sie. Sie sprach mit heller, wohlklingender Stimme und scharfen Endkonsonanten.

»Wie lange wird das dauern?« fragte Chester und stopfte die Banknoten in seine Jackentaschen.

»Oh, eine knappe Stunde mit dem Taxi«, sagte Rydal.

Chester sah auf seine Armbanduhr. »Dann bin ich kurz nach elf zurück, Liebling.« Er legte ihr die Hände auf die Seiten, über der Taille, und küßte sie auf den Mund. Schweigend gingen die beiden Männer die Treppe hinunter und ein Stück auf der Straße entlang.

Rydal versuchte, ein Taxi anzuhalten, das gelang an der ersten Kreuzung. Auch im Taxi schwiegen sie. Rydal war teils offen und mitteilsam, teils einsilbig-verschlossen zumute, also schwieg er ebenfalls.

An der vereinbarten Straßenecke wartete Niko und trottete langsam auf und ab, weil er ungeduldig war oder weil ihn fror. Rydal sah auf seine Armbanduhr und stellte fest, daß sie sich um sieben Minuten verspätet hatten.

»Ah ja, das ist er – der Mann mit den Leinenschuhen.« Chester hatte Niko erkannt. Er ließ Rydal das Taxi bezahlen.

»*Kalispera*«, sagte Niko zur Begrüßung.

»*'spera*«, gab Rydal zurück und fuhr auf griechisch fort: »Wie steht es mit Frank in Nauplia?«

»O ja, er macht es. Ich hab's dir ja gesagt«, versicherte Niko.

»Darf ich dich mit Mr. Chester MacFarland bekannt machen? Er hat schon einen Schwamm bei dir gekauft ...« Rydal wies auf Chester.

»Erfreut und hochgeehrt«, sagte Niko, dann, zu Rydal gewandt: »Ein echter Grieche macht keinen Unterschied zwischen Schwämmen und Pässen.«

»Sehr schön. Mr. MacFarland hat seinen eigenen Paß mitgebracht und den seiner Frau, beide mit Fotos.«

»Was sagt er?« fragte Chester. Ihm schien die Sache Spaß zu machen, er wiegte sich auf den Absätzen und blickte Niko amüsiert an, als sei der Händler nichts als ein Werkzeug, ein Untergebener, der auf ein gutes Trinkgeld hoffen durfte.

Rydal gab Niko die Pässe und sagte zu Chester: »Jetzt können Sie ihm die fünftausend Dollar geben.«

Leicht ernüchtert knöpfte Chester den Mantel auf; die rosigen Nackenfalten legten sich über seinen weißen Kragen. Er nahm das Geld aus der Tasche und reichte es Niko.

Niko nickte, nahm die Scheine entgegen, ging zu einer Straßenlaterne und begann zu zählen. Chester blickte hinüber auf die andere Straßenseite, wo ein junger Mann und ein Mädchen eng umschlungen vorübergingen und auf niemand achteten. Niko stand etwa fünf Meter entfernt. Gemächlich, als erhalte er jeden Tag solche Summen, kehrte er zurück, wischte sich mit einem Finger die Nase und sagte zu Rydal: »Okay. Und dann fünftausend bei Ablieferung und – äh, achthundert für mich, okay?« ›Okay‹ war das einzige englische Wort in diesem Satz.

»Tausend für dich, hatte ich gedacht«, sagte Rydal lächelnd.

»Okay«, sagte Niko erfreut; der bleigefaßte Vorderzahn schimmerte trübe, die Zahnlücke daneben blieb schwarz wie die Nacht.

»Wann wird Frank hier sein?« fragte Rydal.

»Morgen früh um sieben«, antwortete Niko bestimmt.

»Kann er die Pässe dann bis morgen um halb elf fertig haben?«

Niko gestikulierte mit gespreizten Händen und schüttelte den Kopf. »Nein. So schnell nicht.«

»Was haben Sie ihn gefragt?« fragte Chester.

»Ob er uns die Pässe so rechtzeitig geben kann, daß Sie das Flugzeug erreichen. Er sagt nein. Aber wenn Sie nach Kreta fahren, brauchen Sie gar keinen Paß.«

»Ja, ich weiß.« Chesters blaue Augen weiteten sich. »Aber bis wann kann er sie uns bringen?«

»Bestimmt bis zum Flugzeug am nächsten Tag. Donnerstag«, sagte Rydal und wandte sich wieder an Niko. »Wir müssen sie bis Donnerstag haben, okay? Du nimmst dieselbe Maschine und fliegst mit ihnen, zehn Uhr fünfundvierzig nach Heraklion, okay?«

»Okay«, sagte Niko.

»Und den Flug bezahlst du von den tausend, die du kriegst, okay?«

»Okay«, sagte Niko.

»Wenn Griechisch nur aus okay bestünde, dann wär die Sprache okay«, sagte Chester. Er entnahm seiner Brieftasche noch einen Geldschein.

Rydal wollte protestieren, besann sich dann aber. Wenn er ein Trinkgeld geben wollte, weil ihn das erleichterte ...

»Die Perlen«, sagte Chester. »Perlen. Das Armband, das Sie mir gezeigt haben.«

Niko erkannte das Wort ›Perlen‹ und sprang auf, als habe er einen elektrischen Schlag bekommen. »Will er das Armband kaufen?« fragte er Rydal auf griechisch.

»Kommt darauf an, wieviel du verlangst. Zeig mal her«, sagte Rydal.

»Ich hab's zu Hause. Du hast es ja gesehen.«

»Ja, ich weiß; aber wieviel willst du haben? Hol es doch her, er kauft es. Ich will bloß wissen, wieviel.«

»Fünfzehntausend Drachmen«, sagte Niko.

»Fünfhundert Dollar?« fragte Rydal skeptisch. »Na ja, wir müssen es nochmal sehen, Niko.«

Niko hob einen starken dunklen Zeigefinger. »Zwanzig Minuten.« Er prüfte, ob die Taschen seiner amerikanischen Armeewindjacke zugeknöpft waren, in denen er die Pässe und das Geld untergebracht hatte, und eilte in seiner schnellsten Gangart davon. Es war weder Gehen noch Laufen; es sah aus, als bewege er sich auf der Innenseite der Knöchel.

»Ich weiß nicht, ob Sie verstanden haben, was wir abgemacht haben«, erklärte Rydal. »Sie geben also Niko weitere fünftausend am Donnerstag, wenn er Ihnen in Heraklion die Pässe abliefert. Für sich selbst wollte er achthundert haben, ich habe ihm aber tausend zugesagt. Davon bezahlt er seine Telefongespräche, die Reise nach Heraklion und zurück, und ...« er hielt inne.

Rydal hob den Kopf und verschränkte die Arme. Er wartete, bis eine untersetzte kleine Frauengestalt mit gefüllter Einkaufstasche vorüber war und fragte dann: »Sie interessieren sich für das Perlarmband?«

»Ja – für fünfhundert«, gab Chester zurück. »Sie schienen mir echt zu sein.«

Rydal nickte. Ja, sie waren echt, und für fünfhundert geradezu geschenkt. Ganz bald würden sie um Colettes weiches, etwas sommersprossiges Handgelenk liegen. Und Chester bekam sicher einen großen Kuß und noch etwas mehr dafür ... »Ich weiß nicht...«

»Und?«

»Niko ist jetzt Ihr Verbündeter. Ich halte es für ratsam, daß er gut bezahlt wird. Nicht zu wenig oder gerade ausreichend«, sagte Rydal knapp.

Sie schwiegen. Rydal wartete auf die Frage: *Und was kriegen Sie selbst, oder was wollen Sie haben?* Sie kam nicht. Ein feiner Nebel hing in der Luft; Rydal schlug den Mantelkragen hoch und fühlte mit kalten Fingern, daß Kragenrand und Aufschläge dünn wurden. Er spürte, wie unsicher Chester war, daß er nicht den Mut hatte, von Geld zu reden, daß er vielleicht geizig war; und trotz seiner abgetragenen Kleidung kam sich Rydal dem andern weit überlegen vor.

»Wir haben Zeit, noch irgendwo einen Espresso zu trinken. Dieser Nebel ist häßlich«, sagte er.

»Ja. Gute Idee.«

An der Ecke fand Rydal ein Café mit vielen kleinen, meist leeren Tischen. Er hatte Hunger und hätte gern einen Teller mit Joghurt oder Tapioca gehabt, wie sie hinter den Glasscheiben ausgestellt waren. Aber er bestellte nur einen schwarzen Espresso; Chester nahm einen Cappuccino.

»Woher weiß er, wo er uns in Kreta treffen soll?« fragte Chester.

»Sie können ihn Donnerstag so um ein Uhr mittags am Flughafen in Heraklion treffen. Das ist das einfachste«, meinte Rydal. »Die Maschine kommt zwischen eins und halb zwei an. Niko fliegt dann sofort nach Athen zurück.«

»Hm-m.« Chesters Blick lag auf den Händen des Kellners, der erst zwei Glas Wasser und dann zwei Kaffee auf den Tisch stellte. »Und Sie glauben, daß die Pässe passabel sein werden«, sagte er mit unsicherem oder entschuldigendem Lächeln.

»Ja, sicher. Ich habe nie welche gesehen, die dieser Freund von Niko gemacht hat, aber er scheint ja gut im Geschäft zu sein.« Es klang, als unterhielten sie sich über die Qualitäten eines Herrenschneiders. Rydal sah Chester ruhig an.

Chesters gepflegte, kräftige Hände fuhren ruhelos am Rande des Tisches entlang, als hätten sie nicht genug zu tun mit dem Halten der Zigarette und dem Heben der Kaffeetasse. Seine blaßblauen Augen waren leicht blutunterlaufen. Rydal versuchte, ihn sich mit seines Vaters braunem Backenbart vorzustellen, der am Kinn bis zum Schnurrbart hinaufwuchs. Er konnte sich Chester leicht vorstellen mit seines Vaters Bart. Er konnte sich leicht vorstellen, daß Chester sein Vater sei, ungefähr vierzig und ohne den Bart, denn sein Vater hatte sich den Bart erst wachsen lassen, als er über vierzig war. Rydal erkannte plötzlich, daß die Ähnlichkeit mit seinem Vater der Hauptgrund dafür war, warum er Chester heute nachmittag so impulsiv beim Fortschaffen der Leiche geholfen hatte – wenn es überhaupt einen vernünftigen Grund für eine so unvernünftige Handlung gab. Dahinter steckte eine heimliche Hochachtung für seinen Vater. Der Gedanke gefiel ihm nicht.

»Sie sind wohl schon lange in Athen?« fragte Chester.

»Etwas über zwei Monate.«

Chester nickte. »Sie beherrschen die Sprache gut, was?«

»Das ist nicht schwer«, sagte Rydal. Er rückte auf seinem Stuhl hin und her und dachte daran, wie sein Vater begonnen hatte, ihm Griechisch beizubringen, als er acht war oder noch jünger, jedenfalls sollte er erst ›einigermaßen anständig‹ Latein können; und als er fünfzehn war, kam Neugriechisch dazu; das war die Vorbereitung auf die Europareise, die sein Vater im Spätsommer mit seiner Frau und den drei Kindern machen wollte. Es wäre Rydals zweite Europareise gewesen, aber es wurde nichts daraus, denn in diesem Frühling kam Agnes. Er fühlte, wie Chester ihn jetzt aufmerksamer ansah, und wandte sich gegen seinen Willen zur Seite, um sein Bild in dem großen Spiegel hinter Chester sehen zu können. Das kurze dunkle Haar war gut gekämmt und glänzte ein wenig von der Feuchtigkeit draußen, das blasse Gesicht war klar, Augen und Mund ernsthaft und verschlossen wie immer. Sicher fand Chester, er sei recht zurückhaltend für einen Gauner oder doch für jemand, der sich am Rande der Gaunerwelt bewegte. Mochte er doch denken, was er wollte. »Sind Sie Börsenmakler?« fragte Rydal und zündete sich eine Zigarette an.

»Eh ... ja.« Chester hob die Finger vom Tisch und machte einige Bewegungen in der Luft. »Gewissermaßen, ja. Ich verhandele für verschiedene Leute, wissen Sie. Als Berater sozusagen«, fügte er gewichtig hinzu, als sei ihm das Wort gerade eingefallen. »Wertpapiere, Aktien ... Sie kennen das sicher. Viele sind noch ganz geheim, werden noch gar nicht gehandelt ... Die eine Gesellschaft operiert zum Beispiel auf Basis einer Erfindung, die noch nicht ganz fertig ist. UNIVERSAL KEY. Beruht auf dem Magnetprinzip.« Seine Stimme gewann Schwung und Überzeugung. Er sah Rydal gerade ins Gesicht.

Rydal nickte. Chester war jetzt in heimischem Fahrwasser angelangt, man konnte sich gut vorstellen, wie er seine Geschäfte abschloß. Er war ein Schwindler, und sicher ein erstklassiger; er überzeugte sich selbst, er verfiel selber dem Zauber, mit dem er einen Kunden einzufangen suchte. Er lebte in einer Scheinwelt, dachte Rydal. Kein Wunder, daß die sehr reale Leiche heute nachmittag ihn in Schrecken versetzt hatte. »Ich bin gar nicht in der Lage, welche zu kaufen«, sagte Rydal.

»Soso ... Aha. Nicht in der Lage.« Chester lächelte gewinnend. »Gerade wollte ich Ihnen ... Ich meine, eine Kleinigkeit – Sie haben ja auch Mühe mit der Beschaffung der Pässe gehabt. Was könnte ich Ihnen ...«

»Ich habe nicht an meine finanzielle Lage gedacht«, sagte Rydal und lächelte ebenfalls. »Ich wollte nur sagen, diese Art Geschäfte interessieren mich nicht, und ich kenne auch niemand, dem ich die Geheimnisse weitersagen könnte.« Er erkannte sehr wohl, daß das Problem seiner Entlohnung Chester nervös machte. Er wollte es endlich hinter sich haben, er wollte klar wissen, ob er mit Erpressung zu rechnen hatte. Rydal atmete tief, seufzte und trank seinen Kaffee aus. Er sah auf seine Uhr. In fünf Minuten mußten sie wieder bei Niko sein.

»Also wegen des Geldes – ich hätte gern einen fairen Vorschlag von Ihnen. Ich möchte Ihnen etwas geben. Oder ... haben Sie das mit Niko abgemacht?«

Rydal schüttelte den Kopf. »Danke.« Er winkte dem Kellner und zog sein Geld heraus, um die Rechnung zu bezahlen, die zusammen mit dem Kaffee gekommen war. »Genaugenommen sollten Sie erst mal abwarten, ob die Pässe auch in Ordnung sind. Bis jetzt habe ich ja eigentlich nichts getan, als Ihnen und Ihrer Frau die Pässe und fünftausend Dollar abzunehmen.«

»Oh ...« Chester lächelte. »Nein, nein, dies ist meine Sache, Sie haben das Taxi bezahlt.« Chester legte das Geld auf den Tisch und fügte den gleichen Betrag als Trinkgeld hinzu. Dann sagte er halblaut: »Sie haben mir auch schon im Hotel einen großen Gefallen getan. Sie haben mir ein Alibi angeboten, falls die

Polizei...« Er löste seine Augen von dem Aschbecher und sah jetzt Rydal voll an. »Wenn Sie vielleicht mit uns nach Kreta kommen wollen, so würde ich gern die Kosten übernehmen. Das ist das mindeste, was ich tun kann. Kleiner Ausflug für Sie – vor allem, wenn Sie noch weiterhin zu dem Alibi bereit sind, falls ich gefragt werde.« Jedes Wort kostete ihn Mühe; auf der geröteten Stirn standen Schweißtropfen.

Rydal überlegte. Er hatte ohnehin bald nach Kreta fahren wollen. Aber das war nicht der wahre Grund, warum ihn Chesters Angebot lockte. Sollte er annehmen? War es klug oder unklug? Die Unklugheit lag auf der Hand, die Klugheit nicht, und doch spürte er sie. Chester faszinierte ihn auf eine Art, die wirklich nur Neugier sein konnte. Auch die Frau zog ihn an, wenn er auch nicht die geringste Absicht hatte, mit ihr etwas anzufangen. Die Situation war riskant. War das vielleicht der ganze Grund? Er hatte ein Abenteuer erhofft an den dunkelblauen Dämmerabenden Athens, in den zartrosa Morgenstunden auf der Akropolis, und bisher hatte er vergeblich gewartet. Kam es jetzt auf ihn zu in dem rötlichen Trinkergesicht eines Schwindlers, der seinem Vater ähnlich sah?

»Nun, was ist? Brauchen Sie Zeit zum Überlegen?«

»Nein«, sagte Rydal. »Ich dachte nur nach. Ja, ich komme gern mit. Aber ich wollte sowieso nach Kreta und kann die Reise auch selbst bezahlen.«

»Aha. Nun, das wird sich finden... Sie kommen also morgen früh mit?«

Wortlos nickte Rydal, unfähig, noch weiter darüber zu sprechen. Er erhob sich.

»Es wird jetzt Zeit für Niko.«

5

Kurz nach elf kam Chester ins Hotel Dardanelles zurück. Er fand Colette im Bett; sie hatte geweint. Das Nachttischlämpchen brannte. Sie lag auf der Seite, der Tür zugewandt, der Kopf ruhte in der Beuge des linken Arms.

»Mein Kleines, was fehlt dir?« Er ließ sich neben dem Bett auf die Knie nieder.

»Ach, ich weiß selbst nicht.« Immer wenn sie weinte, klang

ihre Stimme hoch wie die eines Kindes. »Es ist bloß – auf einmal bricht alles über mir zusammen... Über uns.«

»Wie meinst du das, Liebling?«

Sie fuhr sich schnell über das rechte Auge. »Chester – der Mann ist doch tot, nicht wahr?«

»Ja, ich glaube schon. Es tut mir wirklich sehr leid. Aber wenn es schon sein mußte – ich meine, so ein Unfall, und es war doch ein Unfall, dann ist es so am besten für uns, denn wenn er nach ein paar Minuten zu sich gekommen wäre, dann wären wir niemals weggekommen. So ist es...«

»Ich begreife nicht, wie du dabei so kalt bleiben kannst«, unterbrach sie ihn.

»Weil ich muß. Es läßt mich nicht kalt, aber ich muß den Kopf oben behalten, wenn ich... wenn wir hier herauskommen sollen, Kindchen. Du willst doch nicht, daß ich schlappmache, oder?«

»Na-hein«, schluchzte Colette wie ein folgsames Kind.

»Na siehst du. Ich tue einfach, was getan werden muß. Donnerstag mittag kriegen wir die neuen Pässe, in Kreta. Ich treffe den Mann am Flughafen, sobald er aus der Maschine steigt... Und nun schau mal her, was ich dir mitgebracht habe.« Er erhob sich und zog das Perlenarmband aus der Jackentasche.

Sie sah es sekundenlang an, dann streckte sie, ohne den Kopf zu heben, die Finger aus und drehte es auf seiner Hand hin und her. »Wie hübsch.« Die Hand verschwand wieder unter der Bettdecke.

»Aber Liebling...« einen Augenblick war Chester ratlos. »Das sind echte Perlen, und ich habe sie spottbillig bekommen – fünfhundert Dollar! Nun komm mal her... Na, lach mal!« Er hielt ihr warmes Gesicht sanft mit seinen Händen umschlossen.

Stets hatte sie sonst ein Lächeln für ihn und wartete auf seinen Kuß. Jetzt waren ihre Augen verdunkelt, fast zusammengezogen. »Das geht auf dein Konto, nicht wahr, Ches?«

»Was?«

»Das mit dem Griechen. Daß du ihn umgebracht hast.«

Chester ließ sie los und setzte sich grübelnd auf den Bettrand. »Das kommt auf das Konto von Chester MacFarland; ja sicher. Der hat aber mit mir gar nichts zu tun.« Er blickte sie an, als habe er mit seinen Worten eine schlagende Logik bewiesen. »MacFarland – na ja. Donnerstag haben wir beide einen neuen

Namen.« Er wartete auf ihre Entgegnung, die aber nicht kam; dann stand er auf und zog seinen Mantel aus.

»Chester, ich mache mir Sorgen«, sagte sie wie ein kleines Mädchen, das nach Mutters Rockzipfel jammert.

»Ich weiß, mein Kleines. Aber morgen geht's dir schon besser, paß mal auf. Das verspreche ich dir ... Ich habe Rydal Geld gegeben, er nimmt unsere Flugkarten; wir müssen nur um zehn am Flughafen sein, das ist alles.«

Sie sagte nichts, und er sah, daß ihre Augen immer noch weit geöffnet vor sich hinstarrten. Er zog seinen Schlafanzug an – vor dem Dinner hatte er in der winzigen Badewanne ein lauwarmes Bad genommen – und fuhr sich ein paarmal mit dem Rasierapparat über das Gesicht. Während er das Wasser aus der Zahnbürste schüttelte, sagte er ermunternd: »Der Junge kommt übrigens mit uns, morgen früh. Was sagst du dazu? Er wird uns sicher gut helfen können.«

»Mit uns – nach Kreta?« Zum erstenmal hob Colette den Kopf.

»Ja. Ich wollte ihm die Reise schenken. Aber er will nichts annehmen für das, was er für uns getan hat ... Jedenfalls sagte er das. Vielleicht kriegt er was ab von den tausend Dollar, die ich seinem Freund Niko bezahle. Na, jedenfalls kommt er mit.« Chester sprach jetzt mit gedämpfter Stimme und ging hinüber zu Colette, ein Frottiertuch in der Hand, mit dem er sich die Hände abtrocknete. »Das hat außerdem noch den Vorteil, daß er im Bedarfsfall der Polizei sagen kann, er sei den ganzen Nachmittag bei uns gewesen, und wir hätten den Griechen nie...« Chester brach ab. Es fiel ihm ein, daß das Alibi nicht mehr notwendig war, sobald sie nicht mehr MacFarland hießen und neue Pässe hatten.

»Er wollte kein Geld von dir nehmen? Das finde ich wirklich anständig ... Siehst du, du hattest doch nicht recht mit deinem Verdacht.« Colette lächelte jetzt; sie saß aufrecht im Bett und hatte die Arme um die Knie geschlungen.

»Nein. Bloß ...« Ich bin doch ein Narr, dachte Chester. Schön dumm von mir, einen potentiellen Erpresser – denn das ist dieser Keener noch immer – ohne Grund zum Bleiben aufzufordern ... Von Donnerstag an konnte ihm Rydal überhaupt nicht mehr von Nutzen sein. Und warum hatte Rydal darauf nicht selbst hingewiesen? Intelligent genug war er, da war kein Zweifel ...

Chester blickte zu Colette hinüber. Ihr Gesicht hatte sich aufgehellt, die Tränen waren verschwunden. Er nahm die Whiskyflasche vom Tisch. »Trinkst du noch einen Schluck?«

»Nein, danke. Am liebsten hätte ich kalte Milch – ein ganz großes Glas.«

»Soll ich's versuchen?« Chester stellte die Flasche hin und griff nach dem Telefon.

»Hmmm – nein.« Colette schüttelte den Kopf. Sie starrte wieder vor sich hin; ihre Gedanken waren weit weg. »Hoffentlich kriegt er was ab von den tausend.«

»Warum?«

»Er hat's verdient, finde ich. Und außerdem kann er's gebrauchen. Hast du seine Schuhe gesehen?«

»Ja, das habe ich.« Chester trank einen Schluck und zog die Brauen zusammen. »Mir ist gerade was eingefallen. Wir brauchen ihn eigentlich gar nicht mehr, von Donnerstag an. Nur falls was passiert und wir kriegen die Pässe nicht und müssen dann sagen, unsere seien gestohlen, oder so was. Er hat uns ja angeboten, dann auszusagen, daß er den ganzen Nachmittag bei uns gewesen ist.«

Colette lachte leise auf; es war nur wie ein schwacher Atemzug, aber Chester erkannte, daß ihr das alles schon vor Minuten aufgegangen war. Er hatte oft das Gefühl, sie habe den besseren Kopf; ihr Denkapparat arbeitete direkter und daher schneller.

»Er spricht ja auch Griechisch, das wird uns sehr helfen«, sagte sie. »Und außerdem ist er wirklich ein netter Kerl . . . Das sieht man doch.«

»Meinst du? Na ja. Wollen wir jetzt das Licht ausmachen?«

»Ja . . . Er ist aus Massachusetts, sagt er.«

»Na und? Es gibt eine Menge Landstreicher in Massachusetts.«

»Na, wie ein Landstreicher sieht er nun wirklich nicht aus.« Sie schmiegte sich in seinen Arm, den Kopf an seine Brust gelehnt.

»Du hast das doch gerade gesagt, von seinen Schuhen.«

»Ach was, seine Kleidung meine ich doch nicht«, murmelte Colette. »Er hat anständige Manieren, das sieht man. Vielleicht hat er kein Geld, aber er ist bestimmt aus guter Familie.«

Chester lächelte nachsichtig in die Dunkelheit. Es hat keinen Zweck, über diese Dinge mit Colette zu streiten. Darin war sie wohl eine typische Südstaatlerin. Im Badezimmer hörte man ein unbestimmtes Gluckern im Wasserrohr, dann rief eine ärgerliche Stimme ein paar Worte, die sich anhörten, als kämen sie durch mehrere Wände, und eine schrillere Frauenstimme antwortete darauf.

»Mein Gott – wenn das bloß nicht die ganze Nacht so weitergeht«, sagte Colette. Aber sie war jetzt besserer Laune; die Nachricht, daß Rydal Keener mitreisen würde, hatte ihre Stimmung sichtlich gebessert. Dabei hatte Chester gemeint, er müsse sie erst zur Zustimmung überreden ... Seltsam. Er spannte sich. Es fiel ihm ein, wie die beiden sich angesehen hatten, als er heute abend mit seinem Koffer aus dem Badezimmer gekommen war ... Ach so. Ja, vielleicht ... Vielleicht hatte der Junge deshalb unterlassen, darauf hinzuweisen, daß sein Alibi gar nicht mehr sehr lange vonnöten war. Chester wand sich ein wenig. Der junge Mann hatte ihn jetzt in der Zange, wenn er etwa noch länger bleiben wollte. Vielleicht steckte viel, viel mehr dahinter als ein paar hundert oder tausend Dollar.

»Was ist, Liebling? Bin ich dir zu schwer?«

»Du bist mir nie zu schwer«, sagte Chester ... Was sollte er tun? Seine Gedanken gingen, wie schon den ganzen Abend, zurück zum Hotel King's Palace. Vielleicht fand man die Leiche schon früh um fünf. Züge und Autobusse konnten dann gleich kontrolliert werden, und dann kamen die Hotels dran ... Um acht, bevor sie noch das Hotel Dardanelles verlassen hatten, konnte man sie hier schon gefunden haben. Oder sah er alles zu schwarz, weil der Tag so lang und so schrecklich gewesen war? Beim Dinner heute abend hatte er sich ein Beefsteak bestellt und es dann kaum angerührt. Und Colette behauptete, die Sache lasse ihn kalt!

Er lag noch lange wach, als sie schon eingeschlafen war; sein Arm wurde allmählich taub, er zog ihn sanft durch die kleine Mulde, die ihr Hals unten auf dem Kopfkissen machte, und drehte sich auf die andere Seite.

Chester erwachte als erster um halb acht und bestellte telefonisch das Frühstück. »Bitte amerikanischen Kaffee und Toast und Orangenmarmelade. Buttertoast ... Na gut, Butter extra. Meinetwegen. Nein, die Milch bitte extra zum Kaffee. Nicht im Kaffee, verstehen Sie? Nein, ich habe doch gar nichts gesagt von französischem Kaffee – wir möchten amerikanischen Kaffee ... Gut also, wenn die Milch schon drin ist, dann ist sie drin. Nur hätten wir es gern recht schnell, ja? Und machen Sie bitte auch die Rechnung für uns schon fertig.« Er legte den Hörer zurück. »Uff!«

Colette war wach geworden. »Ist was los, Liebling?« Sie setzte sich auf, lächelte, fuhr sich mit den Fingern durchs Haar, spreizte die Hände und dehnte Arme und Rücken. Dann war sie aus dem Bett, lief ins Badezimmer, sprang in die Wanne und schrie über das kalte Wasser, während Chester sich am Waschtisch rasierte. »Soll ich für dich einlaufen lassen?« fragte sie und säuberte die Wanne mit dem Schwamm.

»Nein, danke. Heute morgen nicht.«

Er setzte sich hin, um den grauen Kaffee zu trinken, und aß auch keine der runden weckenartigen Scheiben, die ihnen als Toast serviert worden waren. Colette aß mehrere, sie tauchte sie kurz ein, damit sie weicher wurden, und bestrich sie dann dick mit Orangenmarmelade.

»Riech bloß mal die Butter, Ches«, sagte sie fröhlich und hielt ihm den Teller entgegen. »Riecht wie ein nasses Schaf.«

Chester rümpfte die Nase und stimmte ihr zu. Er war noch mit seinen eigenen Angelegenheiten beschäftigt, und dazu gehörte im Augenblick ein heimlicher Stärkungsschluck im Badezimmer. Colette hatte es nicht gern, wenn er frühmorgens schon trank.

Um Viertel vor neun waren sie im Reisebüro der *Olympia Airlines*. Rydal hatte ihm gesagt, er werde die Flugkarten auf den Namen Colbert kaufen. Chester zählte das Gepäck; er brauchte keinen Namen anzugeben, wurde aber gefragt, für welchen Flug er gebucht habe. Er sagte, für die Maschine nach Heraklion um elf Uhr fünfzehn; an der Tafel hatte er gesehen, daß der Flug um eine halbe Stunde verschoben war. Dann ging er mit Colette hinaus auf die Straße. Er wollte noch etwas herumlaufen, aus dem Büro wegkommen, wo Chester MacFarland so leicht von der Polizei aufgespürt werden konnte. Aber im Flughafen selbst war es natürlich noch leichter.

Die Zeit schlich dahin. Chester mußte an sich halten, um nicht beim American Express nach Post zu fragen, wie er es bisher zweimal täglich getan hatte. Und die fünf- oder sechstausend Dollar in Reiseschecks in seinem Koffer durfte er nicht mehr mit MacFarland unterzeichnen. Vielleicht hatte Rydal Keener eine Idee, wie man die Dinger ohne Totalverlust loswerden konnte.

»O Darling, sieh mal die Schuhe!« sagte Colette und zog ihn

am Arm zu einem Schaufenster. Chester sah lauter rotbraune Schuhe, alle spitz und in konzentrischen Halbkreisen angeordnet, so daß sie alle auf ihn zu weisen schienen. »Ja, ja, sicher – wir haben Zeit«, sagte er automatisch auf ihre Frage und sah nun, wie die zierliche dunkle Gestalt in der Nerzstola an der Tür rüttelte und sich zur Seite bog, als die Tür sich nicht öffnete. Mit offenen Armen und schwingender Handtasche kam sie zurück zu ihm. »Geschlossen – sowas Blödes! Halb zehn. Die hätten ein Geschäft machen können!« Sie glich einem kleinen munteren Vogel.

Chester war im stillen ganz froh, daß der Laden geschlossen war. Er führte Colette langsam wieder zurück zum Brennpunkt der Gefahr, dem Reisebüro der *Olympia Airlines*.

»Da ist er«, sagte sie und streckte die Hand aus, die in einem hellgrauen Wildlederhandschuh steckte. Sie winkte.

Rydal sah sie und winkte zurück. Er kam ihnen auf dem Gehsteig entgegen, einen braunen Koffer in der Hand. Jetzt hob er den Finger, offenbar um ihnen zu bedeuten, daß sie stehenbleiben sollten, und verschwand nach drinnen. Taxis fuhren jetzt vor, die Fahrgäste stiegen aus; Träger liefen mit Koffern herum.

»Er holt unsere Karten«, sagte Chester.

»Ach so. Na, mal müssen wir ja doch hinein.« Sie zog an seinem Arm und wartete, daß er weiterging. »Mußt du ihm nicht Geld geben für die Tickets?«

»Das Geld für unsere habe ich ihm gestern abend gegeben«, sagte Chester. »Seins bezahlt er selber.« Schleppenden Schrittes ging Chester auf die Tür zu.

Sie fanden Rydal bei zwanzig oder dreißig anderen Leuten, die mit ihrem Gepäck in den Räumen der *Olympia Airlines* herumstanden. Er nickte ihnen grüßend zu. Sie schoben sich zu ihm durch, an Koffern und schwerbeladenen Trägern vorbei.

»Guten Morgen«, sagte Rydal und nickte dann Colette zu. »Morgen, Mrs. Colbert.«

»Guten Morgen«, sagte Colette.

Rydal blickte sich unauffällig um und sagte zu Chester: »Heute früh um sieben haben sie ihn gefunden.«

»Ach?« Chesters Kopfhaut prickelte, als habe ihn die Nachricht ganz unvorbereitet getroffen. »Woher wissen Sie das?«

»In meiner Hotelhalle ist ein Radio. Ich habe auf die Neun-Uhr-Nachrichten gewartet. Da kam es.« Er sah Chester an.

Seine kühle Distanziertheit wirkte auf Chester fast wie Verachtung. Aber ihn ging das alles ja auch gar nichts an, absolut nichts ... Na ja, er ist eben arrogant und unverschämt, dachte Chester. Nun, jetzt war nicht die Zeit, darüber nachzudenken. Morgen mittag vielleicht. Wenn er dann fünftausend Dollar forderte und dafür verschwinden wollte, na gut, dann sollte er sie haben, und damit Schluß, aber gründlich.

»Hier ist Ihr Ticket«, sagte Rydal und gab Chester die Flugkarte.

»Wo ist das für meine Frau?«

Rydal warf einen Blick in die schwatzende Menge ringsum und sagte halblaut:

»Ich habe die Karte für Ihre Frau und für mich auf den Namen Colbert gekauft. Sie sind Mr. Robinson ... Das hielt ich für besser. Ihre Frau sitzt am besten in der Maschine neben mir, und Sie sitzen für sich. Mit den Namen, das ist egal. Es wird doch niemand Sie anreden. Man braucht ja keinen Paß.«

Chester fühlte einen Stich; er wußte nicht, was er sagen sollte.

»Wenn Sie jetzt gesucht werden«, fuhr Rydal fort, »vielleicht im Flugzeug, dann sucht man ein Ehepaar. Ich dachte, so wäre es günstiger.«

Chester nickte. Es klang vernünftig, und überdies dauerte der Flug nur zwei Stunden. »Gut. In Ordnung.«

Sie stiegen in den Autobus und setzten sich; die Plätze waren voneinander getrennt. »Die scheinen drüben das Gepäck aufzuladen. Haben Sie Ihre Sachen nachgezählt?«

Chester ging hinüber und vergewisserte sich, daß seine und Colettes Koffer mitgenommen wurden.

Der Bus fuhr gemächlich an den Parkanlagen vorbei und kurvte dann um die Säulen des Zeustempels herum, wo Chester Aufnahmen von Colette gemacht und ein Fremder, ein Italiener, dann Aufnahmen von ihnen beiden gemacht hatte – gestern morgen erst. Der Film steckte noch in Chesters Rolleiflex, er konnte ihn wohl in Heraklion entwickeln lassen und dabei einen Namen angeben, den er noch nicht wußte. Die Rückenlehne des Vordermannes drückte sich gegen seine Knie. Unter seinem Schuh rollte etwas, er bückte sich und fand einen hellgelblichen billigen Kugelschreiber. ›Made in Germany‹ stand darauf. Er versuchte es auf dem Handrücken und sah, daß er blau schrieb. Vielleicht ein kleines Glückszeichen.

Im Flughafen hatten sie noch Zeit für einen Espresso an der kleinen Bar, wo es auch Alkoholika gab. Chester bestellte einen Brandy mit seinem Kaffee. Nervöse Unruhe erfüllte ihn. Unentwegt kamen Aufrufe auf Griechisch, Englisch und Französisch über die Lautsprecher, Abflugs- und Ankunftszeiten, Wetterverhältnisse und Mitteilungen für Fluggäste wurden bekanntgegeben, und er horchte jedesmal auf, ob eine Meldung über die Entdeckung der Leiche im Hotel King's Palace kam. Rydal ließ seinen Kaffee stehen und ging fort, um eine Zeitung zu besorgen. Alles war laut und verwirrend. Nur Colette schien die Ruhe selbst, sie saß mit gekreuzten Beinen auf dem hohen Hocker an der Bar und betrachtete die Leute, die hinter Topfpflanzen und Zeitungen und dünnen Wolken von Zigarettenrauch in den Ledersesseln saßen. Jetzt kam Rydal zurück, im Gehen überflog er die griechische Zeitung, die er in der Hand hielt, und stieß einen der Vorübergehenden an.

Er blickte zu Chester hinüber und schüttelte leicht lächelnd den Kopf, dann bot er Colette eine Zigarette an, die sie ablehnte, und trank seinen Kaffee aus.

Sie bestiegen das Flugzeug. Rydal und Colette gingen voran, dann kamen einige andere Leute und dann Chester. Sobald sie Athen hinter sich gelassen hatten, flogen sie über der See und dann über einem flachen wattigen Wolkenfeld, das den blauen Himmel nicht mehr sehen ließ. Chester blätterte in seinem *Guide bleu* und versuchte, sich auf die Angaben über Kreta zu konzentrieren. Die Karte von Knossos sah heute unverständlich und wenig interessant aus. Hinter ihm und jenseits des Zwischenganges saßen Rydal und Colette und unterhielten sich. Sicher schwatzte er ihr liebenswürdiges Zeug vor. Colette hatte Launen. Nie hatte er sie so verstört gesehen wie gestern abend, und dann war es in wenigen Minuten vorbei gewesen. Mord. Na ja, Mord war etwas Schlimmes, und es war eigentlich erstaunlich, daß sie sich nicht noch mehr aufgeregt hatte. Aber es ist Mord im Affekt gewesen, sagte sich Chester – eigentlich nur Totschlag ... Ja, bestimmt. Nicht vorsätzlich. Im Grunde eher ein Unfall. Nein, dafür konnten sie ihm nicht Lebenslänglich geben. Was ihn beunruhigte, war die Tatsache, daß sie überhaupt auf seiner Spur waren, daß der Tod des Griechen gar nichts gebessert, sondern die Lage nur verschlimmert hatte. Ein paar Stunden Aufschub hatte er gewonnen, weiter nichts. Aus seiner Reisetasche nahm er die flache Flasche, die er vorher gefüllt hatte, steckte sie in die Tasche und ging in die Herrentoilette am hinteren Gangende. Colette hatte den Kopf an das weiße Schutzdeckchen der Lehne gelehnt und die Augen geschlossen. Rydal blickte aus dem Fenster.

Die Fluggäste hatten den kalten Imbiß gerade verzehrt, als die Maschine landete. Groß und öde lag der Flughafen von Heraklion vor ihnen: Ein weites Feld nahe dem Wasser, ein Gebäude wie ein langer niedriger Kasten, einige leere Autobusse der US-Air Force und zwei oder drei Amerikaner in blauen Uniformen. Alle Passagiere stiegen in den unansehnlichen Bus, der sich jetzt auf den Weg in die Stadt machte. Ein paarmal hielt er in kleinen Dörfern oder Landflecken, bis er schließlich eine Haltestelle erreichte, die Chester auch nicht größer oder bedeutender vorkam, und alle Fahrgäste auszusteigen begannen. Sie standen auf einer staubigen, rosiggelblichen Straße, die auf die Küste zuführte. In einiger Entfernung konnte man die weißen Wellenkämme erkennen.

»Hotel Heraklion! Billig! Heißes Wasser!« rief ein schmutziger Junge. Sein einziges legitimes Abzeichen war eine vertragene Schirmmütze mit einem Streifen, auf dem HOTEL HERAKLION zu lesen war.

»Nein«, sagte Rydal. Er war dabei, das Gepäck zu ordnen. Alle Koffer wurden ohne System einfach vom Dach des Autobusses abgeladen.

»Hotel Corona – nur zwei Straßen weit! Hier lang!«

»Hotel Astir – bestes Haus am Platz!« Ein dunkelhaariger Junge in heller Pagenuniform legte vor Chester die Hand an die Mütze und belud sich mit zwei Gepäckstücken, die in der Nähe standen.

»Das ist nicht meins«, sagte Chester hastig. Er ging hinüber zu Rydal und Colette. Von der See her wehte eine frische Brise; die Sonne schien hell und glasklar, wärmte aber nicht. »Was machen wir jetzt?« fragte er. Er sah, daß Rydal damit beschäftigt war, ihre sieben Gepäckstücke zu identifizieren, und machte sich daran, ihm zu helfen.

»Wir wollen erst mal warten, bis die Passagiere alle weg sind«, meinte Rydal. »Dann nehmen wir ein Taxi – erst mal runter an den Strand, denke ich.«

Die Menge begann sich zu zerstreuen. Taxis kamen und fuhren mit Fahrgästen und Gepäck davon. Die erfolgreichen unter den Hotelboys schwankten unter Kofferlasten, die Besitzer im Schlepptau hinter sich.

»Wissen Sie ein Hotel?« fragte Chester.

Rydal hob den Kopf und sah hinunter zum Meer; sein Profil hob sich scharf und blaß vom blauen Himmel ab. »Das Dumme ist, daß wir nicht in ein Hotel gehen können«, murmelte er und warf einen Blick auf Colette. »Bis die Pässe kommen.«

»Wie herrlich!« rief Colette und breitete die Arme aus. »Wir laufen den ganzen Tag hier irgendwo herum. Und in der Nacht auch«, setzte sie begeistert hinzu.

Rydal schüttelte nachdenklich den Kopf und blickte weiter zu dem kleinen Hafen hinüber. Dann blickte er in die andere Richtung, über die Straße mit den gelblichen und rosa drei- und vierstöckigen Häusern. Ein Mann in hohen Stiefeln schlug auf einen Esel ein. Der Esel trug auf jeder Seite ein Ziegenlamm in einer Tragschlinge; die Lämmchen blickten fröhlich um sich, wie kleine Indianerbabies auf dem Rücken der Mutter.

»O wie süß!« Colette wollte hinübergehen.

»Colette!« Rydal hob den Arm. Sie kam zurück.

»Es kommen noch mehr«, sagte Rydal. Dann wandte er sich an Chester: »Ich kenne hier niemand, bei dem wir bleiben können. Heute nacht müssen wir einfach irgendwo herumsitzen. Deshalb ist es gut, wenn wir unsere Kräfte sparen. Und als erstes müssen wir jetzt mal das Gepäck irgendwo loswerden.«

»Sie haben es ja nicht nötig, das alles mitzumachen«, meinte Chester. »Sie haben einen Paß, den Sie überall vorzeigen können.«

»Ja«, sagte Rydal ausweichend. »Jetzt wollen wir mal versuchen, ob wir das Gepäck in einem Restaurant unten am Strand unterstellen können.«

Er ging quer über die Straße zu einem Taxi, das bei der Massenabfahrt der Fluggäste zurückgeblieben war. Der Fahrer wartete offensichtlich, bis sie sich zu irgend etwas entschlossen hatten.

Sie stiegen ein und luden auch die Koffer mit in den Wagen, zu ihren Füßen, auf den Schoß und aufs Dach. Die Fahrt zum Strand war kurz, schon nach wenigen Metern links die Straße hinunter ließ Rydal an einem Restaurant halten, vor dem ein Schild mit einem Fisch über der Tür hing. Rydal kam nach wenigen Augenblicken zurück und berichtete, der Wirt sei gern bereit, das Gepäck unterzubringen.

»Ich glaube, wir sollten hier etwas verzehren«, sagte Rydal. »Lunch, oder wenigstens was zu trinken.«

Sie blieben über zwei Stunden, tranken zunächst Uzo und aßen von kleinen Schüsselchen Radieschen, Meerrettich und Zwiebeln, dann Lunch aus gedünstetem Fisch und halbgaren Bratkartoffeln, dazu gab es zwei Flaschen herben weißen Wein. Das Trinkgeld fiel reichlich aus, und der Wirt war jetzt auch bereit, ihr Gepäck über Nacht aufzubewahren. Rydal hatte dem Mann etwas erzählt von einem Freund, bei dem sie ein paar Tage und auch die letzte Nacht verbracht hatten; dann hatten sie heute morgen die Maschine nach Athen verpaßt und wollten dem Freund nicht noch einmal dadurch zur Last fallen, daß sie ihre sämtlichen Koffer in sein Haus im Gebirge zurückschleppten. Nur die Reisetasche wollte Chester bei sich behalten, das war alles. Morgen mittag gegen ein Uhr würden sie dann das ganze Gepäck abholen.

Sie schlenderten die Hauptstraße entlang, das war die Straße, wo der Flughafen-Bus angehalten hatte. Das Altertumsmuseum war geöffnet; dort verbrachten sie eine weitere Stunde mit dem Betrachten von Statuen, alten Krügen und Geschmeide. Dann ging Colette, um sich die Hände zu waschen, und Rydal berichtete Chester, was er im Rundfunk gehört hatte.

»Also die Todesursache bei diesem Papanopolos war Schädelbruch ... Es war eine ganz kurze Meldung; Ihr Name wurde nicht erwähnt, aber der Name des Hotels wurde angegeben und auch, wie lange der Mann schon tot war. Ungefähr zwölf Stunden.«

Chester überlief es kalt. Dies waren jetzt nackte Tatsachen. Es war im Rundfunk gemeldet worden; Tausende hatten es gehört ... »Heute wird es sicher in der Zeitung stehen.«

»Ja, in Athen schon«, meinte Rydal. »Hierher kommen die Zeitungen wahrscheinlich mit Schiffspost, einen Tag später ... Na ja, in den kretischen Blättern steht es vielleicht heute abend. Es wird hier ja wohl eine Abendzeitung geben. Dann ist es möglich, daß Ihr Name genannt wird. MacFarland, meine ich.«

Chester nickte und schluckte. MacFarland. Davor mußte er sich von jetzt ab verstecken. Er hatte den Namen gefürchtet seit dem Augenblick, als er in New York den Paßantrag ausgefüllt hatte. Warum hatte er bloß nicht gleich für einen falschen Geburtsschein gesorgt? *Chester MacFarland* ... Das war er. Es war furchtbar.

»Aber es gibt natürlich auch Rundfunk hier in Kreta«, fuhr Rydal fort. »Die Meldung wird jetzt sicher hier durchgegeben, und vielleicht auch eine Beschreibung von Ihnen.«

»Jaaa...« Chester lief es wieder kalt über den Rücken. »Aber das Bild, das der Beamte von mir hatte, ist schon Jahre alt. So sehe ich heute nicht mehr aus. Ich bin jetzt dicker und habe einen Schnurrbart ... Den müßte ich vielleicht abrasieren«, fügte er hinzu.

Rydal blinzelte ungerührt. »Da kommt Ihre Frau. Die Polizei wird vom Hotelpersonal eine Beschreibung von Ihnen kriegen ... Ich würde den Schnurrbart behalten; am besten lassen Sie sich noch einen Backenbart stehen; ich glaube, das würde Sie stärker verändern, als wenn Sie den Schnurrbart abrasierten.«

In einem großen billigen Café gegenüber dem Museum tranken sie Tee und aßen scheußlichen Kuchen, aber sie wollten sich aufwärmen, um bei Sonnenuntergang am Hafenpier spazieren zu gehen. Es wurde aber zu kalt draußen, und der schlechtgepflasterte Pier war eine Qual für Colettes Füße in den hochhackigen Pumps. Die Cocktailstunde kam. Sie versuchten es mit dem Hotel Astir. Es gab keine richtige Bar, man trank Cocktails im Restaurant. Sie saßen an einem der weißgedeckten Tische; viele gleiche Tische standen in dem hellen Raum, bis ganz hinten in die halbdunklen Ecken hinein. Chester war jetzt sehr müde. Die Unterhaltung zwischen Rydal und Colette langweilte und reizte ihn. Dummes Geschwätz. Colette redete von Louisiana und den Reisen, die sie zweimal im Jahr dorthin unternommen hatte, als sie noch in Virginia im Internat war, von Ferienparties und wie sie drei Jahre hintereinander in Biloxi versucht hatte, eine Schauspielgruppe zu organisieren, für die sich schließlich doch niemand interessierte. Schade, sagte Rydal. Sie fragte ihn nach Massachusetts. Ja, er sei in Yale auf dem College gewesen. Er beantwortete alle ihre Fragen, aber nicht sehr ausführlich, das merkte Chester. Dann entschuldigte sich Rydal und erhob sich; er wollte eine Abendzeitung holen. Er werde gleich zurück sein. Chester sagte:

»Ich weiß nicht, ob ich die ganze Nacht durchhalte.«

»O Darling! Du mußt Kaffee trinken – keinen Whisky, wenn

du wachbleiben willst. Sieh mich an. Ich habe nur ein Glas getrunken und habe mir jetzt auch Kaffee bestellt. Ich finde es so herrlich aufregend, die ganze Nacht aufzubleiben, findest du nicht? Unsere erste Nacht in Kreta!«

Chester rieb sich das Kinn mit dem Finger, es gab einen kratzenden Laut. Ob er sich doch einen Bart wachsen ließ? Und was sollte er dann mit dem jetzigen, sehr guten Paßbild machen? War ein Bart wirklich ratsam? Ob Rydal ihm da eine Falle stellen wollte? »Ich glaube, ich trinke noch einen Whisky.«

»Ach, meinst du wirklich?« murmelte Colette mißbilligend.

»Ja, weil... Na schön: ich hab ja die Flasche bei mir. Besserer Whisky und erheblich billiger«, fügte er gereizt hinzu. Er füllte sein fast leeres Glas mit Whisky auf.

Rydal erschien mit der Zeitung. Chester wollte ihn gerade bitten, sie ihm zu zeigen, sah aber, daß es ein griechisches Blatt war. Gelassen nahm Rydal Platz und faltete die Zeitung so, daß er eine Meldung auf der ersten Seite ablesen konnte. »›Heute morgen fand Stefanie Triochos, 23 Jahre alt und als Putzfrau im Hotel King's Palace beschäftigt, die Leiche des 38jährigen George Papanopolos im ... in der Besenkammer des Hotels. Papanopolos war Beamter der griechischen Polizei. Als Todesursache wurde Schädelbruch festgestellt. Verdächtigt wird Chester Crighton MacFarland, ein zweiundvierzigjähriger Amerikaner, der wegen Unterschlagung von Aktien‹ ... nein, ›Aktiengeldern gesucht wird. Der Beamte war vermutlich auf der Suche nach MacFarland, als er das Hotel betrat. MacFarland hat im Hotel ein Zimmer auf dem Gang bewohnt, an dessen Ende die Besenkammer liegt, in der die Leiche entdeckt wurde. Blutspuren wurden auch auf dem Boden des Badezimmers und auf dem Teppich des Zimmers gefunden, wo MacFarland und seine Frau Elizabeth‹ ... Elizabeth?« Er blickte Colette an, die unsicher nickte, »›gewohnt haben, und ebenso auf dem Läufer des Korridors, der zu der Besenkammer führt.‹« Rydal hielt inne und trank einen Schluck Wasser, ohne seine gespannt lauschenden Zuhörer anzusehen. »›MacFarland verließ das Hotel gestern abend kurz nach sieben Uhr‹«, fuhr Rydal mit ruhiger, unpersönlicher Stimme fort. »›Einem Hotelangestellten gegenüber gab er an, er sei im Begriff, einen Nachtzug nach Italien zu nehmen. Die‹ ... nein, ›eine Überprüfung der Züge und Autobusse sowie der Fluglinien hatte bisher keinen Erfolg.‹«

Colette blieb stumm. Ihre Hand lag angespannt auf dem Tisch, ein roter Fingernagel grub sich in den Daumen. Sie blickte Chester an; Rydal meinte, einen Ausdruck von Angst und Vorwurf in ihren Augen zu lesen.

»Es geht noch weiter«, sagte er. »›Die Polizei ist daher der Ansicht, daß MacFarland sich noch innerhalb der Landesgrenzen befindet und versucht hat, sich einen anderen Namen zuzulegen. George Papanopolos hinterläßt‹ ... undsoweiter.«

Colette sah ihn an. »Weiter. Hinterläßt ...?«

Rydal räusperte sich und las: »›Seine Frau Lydia, 33 Jahre alt, einen Sohn George, 15 Jahre alt, eine Tochter Doria, 12 Jahre alt; zwei Brüder Philip und Christopher Papanopolos in Lamia, und eine Schwester, Eugenia Milous in Athen.‹« Er legte die Zeitung nieder.

Chester sah Rydal an. Er fühlte, daß seine Augen trübe waren und ohne Glanz. Er richtete sich im Sessel auf.

»Na ja, das geht ja«, meinte Rydal. »Von Kreta ist nicht die Rede, und eine Beschreibung von Ihnen ist auch noch nicht durchgegeben worden. Es steht so gut, wie es unter diesen Umständen stehen kann.«

»Aber tot ist er doch«, murmelte Colette. Sie rieb sich die Stirn mit den Fingerspitzen.

Chester füllte sein Glas von neuem und stellte die Flasche auf den Kopf, um sie ganz auslaufen zu lassen. Er wollte sich betäuben. Betrinken. Warum auch nicht? Was sollte er sonst tun – vielleicht die ganze Nacht hier herumsitzen und sich den Kopf zerbrechen über den Schlamassel, in den er geraten war, hellwach aufsitzen und nicht mal für kurze Zeit Vergessenheit im Schlaf finden? »Na, wenn's gut steht, können wir ja eins drauf trinken.«

Rydal wollte erst nicht, fügte sich aber dann.

Um elf Uhr saßen sie in einem riesigen scheunenartigen Restaurant am Strand, das gleichzeitig eine Art primitiver Nachtklub zu sein schien. Die Musik war laut und schlecht, daß sie Chesters Ohren weh tat. Er wußte nicht mehr, wie er dahingekommen war. Irgendwo hatten sie vor Stunden zu Abend gegessen. Colette und Rydal tanzten jetzt auf der winzigen Tanzfläche, meilenweit von ihm entfernt. Das Orchester machte einen Höllenlärm. Finster starrte Chester auf einen großen runden Nachbartisch, an dem eine griechische Familie saß, Papa und

Mama und Oma und sämtliche Kinder. Die Kinder hatten ihre Sonntagskleider an, und vor ein paar Minuten, als Chester aus der Herrentoilette kam (ein ganz übles Loch), hatte er eins der kleinen Mädchen am Kinn getätschelt und war mit einem kalten verständnislosen Blick belohnt worden. Da war ihm klar geworden, daß er in Griechenland und nicht in einer Pizzeria in Manhattan war, daß die Kleine kein Wort verstanden hatte und ihre Familie – nach den bösen Blicken zu urteilen – vermutlich annahm, er habe etwas Schlimmes zu ihr gesagt. Er war zum Umfallen müde. Die Augen fielen ihm zu, und er nickte trotz des Kraches ein.

Jemand klopfte ihm auf die Schulter, und er erwachte. Rydal stand im Mantel neben ihm, lächelte freundlich und sagte: »Das Lokal schließt jetzt.«

Es gab nicht mal ein Taxi. Chester ging zwischen Rydal und Colette, beide stützten ihn ein wenig; er brauchte ihre Stütze und schämte sich.

»Dies ist die scheußlichste Stunde jetzt«, sagte Rydal. »Es ist kalt.«

Chester hörte sekundenlang, wie sie über ihn berieten, überlegten, was für ihn am besten sei; und obgleich ihm nicht ganz wohl dabei war, dachte er: Meinetwegen, laß sie sich nur Gedanken machen ... Schließlich lag ja die ganze Last auf *seinen* Schultern, *er* war ja in diesen Schlamassel geraten, als er sich und seine Frau beschützen wollte ... Und wer hatte überhaupt diesen Ryburn, oder wie er hieß, gebeten, mitzukommen?

Eine brutale, sehr harte Bank aus kaltem Stein riß Chester aus dem Schlaf. Er saß auf der Bank; links neben ihm hockte Colette, den Kopf an Rydals Schulter gelegt; sie war im Begriff, einzuschlafen. Rydal rauchte und blickte vor sich hin, die Reisetasche zwischen seinen Füßen. Sie schienen auf dem kleinen Platz am Altertumsmuseum zu sein.

Langsam, ganz langsam kroch die Morgendämmerung heran. O verdammt, verdammt, der Teufel sollte sie alle holen, dachte Chester; er war zu müde, um es laut zu sagen. Colette saß mit Rydal Hand in Hand. Chester lächelte überlegen. Kein Mensch konnte ihm Colette wegnehmen. Das sollte nur mal einer versuchen ... Er schloß wieder die Augen.

Die Kälte weckte ihn von neuem. Er wußte nicht, wie spät es war, aber die Morgendämmerung war noch nicht viel weiter gekommen. Colette und Rydal schliefen jetzt beide, Hand in Hand, die Köpfe aneinander gelehnt. Chester erhob sich und stampfte auf dem Gehsteig auf und ab; seine Zähne klapperten, jeder Muskel war steif vor Kälte. Stundenlang, so schien es ihm, verfolgte er gereizt und mit zynischem Sarkasmus die Vorbereitungen zum Öffnen des Cafés auf der anderen Straßenseite. Zuerst erschien der Besitzer oder Pächter auf einem Fahrrad und versuchte, das Vorhängeschloß an der Tür zu öffnen, was aber mißlang. Es folgte eine lange Unterhaltung mit einem Milchmann, der ebenfalls auf einem Fahrrad angefahren kam. Sie teilten eine Zigarette und erzählten sich Witze; der Cafétier schlug dem Milchmann auf die Schulter, zog einen Schuh aus und blieb mit einem bestrumpften Fuß stehen, während er irgend etwas Sensationelles über die Schuhsohle berichtete. Dann zog er den Schuh wieder an und hörte dem Milchmann zu, der nun seinerseits den Fuß auf die Lenkstange stellte und von seinem eigenen Schuh berichtete. Es war Viertel nach sechs.

Eine gute Viertelstunde später wurde die Tür des Cafés endlich geöffnet. Chester rüttelte Rydal heftig und mit Genugtuung aus dem Schlaf und sagte, das Café drüben sei offen und sie könnten jetzt heißen Kaffee kriegen.

6

Keine menschliche Fähigkeit, überlegte Rydal auf der Busfahrt zum Flughafen, ist so sonderbar, so schön, schmerzlich und oft so unzuverlässig wie das Erinnerungsvermögen. Während der ganzen letzten Nacht, die er teils wach, teils schlafend oder im Halbschlaf verbracht hatte, war er gleichzeitig in der Gegenwart und der Vergangenheit gewesen. Colette und das Tanzen mit ihr hatten das alte Begehren geweckt, das er damals für Agnes empfunden und seither nicht wieder gespürt hatte. Und dabei war Colette gar nicht wie Agnes, durchaus nicht. Colette war viel – oberflächlicher. Nein, das stimmte nicht. Etwas Oberflächlicheres, Frivoleres und Gefühlloseres als Agnes damals beim Abschied war schwer denkbar. Typische Gedächtnistäuschung: vor zehn Jahren hatte er Agnes eine Seelentiefe zugeschrieben, wie sie kaum je eine Frau besaß. Gestern abend war es süß gewesen, an Agnes zu denken... Colette sah ihr nicht mal ähnlich. Sie flirtete nur ebenso, daran war kein Zweifel. Er starrte in die gleißende Scheibe der Sonne, bis er es nicht mehr aushielt und mit zusammengepreßten Zähnen die Augen schließen mußte.

Colette spielte nur mit ihm und genoß es, sein Begehren zu wecken; sie spielte, weil sie sonst nichts zu tun hatte in der langen Nacht, ohne ihr warmes Bett, das sie sonst mit ihrem Mann teilte, der fest eingeschlafen war. Ließ man sich verleiten, noch einen Schritt weiterzugehen, so würde sie Nein sagen... *Aber nein, du dummer Junge. Selbstverständlich nicht. Glaubst du wirklich, das würde ich Chester antun?* Rydal hörte sie geradezu.

Er lächelte, als er daran dachte, wie Chester heute morgen im Café mit klappernden Zähnen seinen Kaffee aus der dicken Tasse getrunken hatte. Ganz nahe an den Ofen mit dem hellen Holzfeuer hatte er sich gekauert, mit den Füßen getrampelt und die Hände gerieben, doch weder der Ofen noch der Kaffee hatten viel geholfen. Er war völlig durchfroren von dem Seewind und den Nachwirkungen des Uzo und der vielen Whiskies, wahrscheinlich brauchte er den ganzen Tag, um sich halbwegs zu erholen. Er hatte ganz komisch ausgesehen, aber Colette hatte nicht gelacht, sie war besorgt und ernsthaft und zärtlich gewesen, sie hatte Chesters Schal am Ofen gewärmt und ihm dann um den Hals gelegt. Sie war wirklich eine gute Ehefrau – ein Engel, wenn Chester mal krank war, davon war Rydal überzeugt.

Sie waren am Flughafen angekommen. Rydal musterte die sechs oder acht Leute im Bus, die um halb vier nach Athen fliegen wollten. Amerikaner waren nicht darunter. Keiner sah aus wie ein Kriminalbeamter in Zivil.

Die Morgenausgaben hatten eine Beschreibung von Chester MacFarland gebracht, mit Schnurrbart, obwohl das Bild daneben nach dem Foto aus dem Notizbuch des griechischen Polizeibeamten gemacht worden war, auf dem Chester noch keinen Bart trug. Rydal hatte die Seiten aus dem Notizbuch herausgerissen, in kleine Stücke zerfetzt und in drei verschiedene Mülleimer in Athen versenkt, bevor er gestern abend McFarland aufsuchte. Sicher, er hätte den Ausweis des Polizeibeamten für ein paar hundert Dollar an Niko verkaufen können, aber dazu fehlte ihm der Mut. Es wäre ihm vorgekommen, als verkaufe er Stücke aus dem Körper des Toten, von seinem Fleisch. Der

Mann hatte ja nur seine Pflicht erfüllt, die Pflicht eines ehrlichen, redlichen Beamten. Den Tod hatte er nicht verdient. Rydal hatte den Ausweis und auch die Brieftasche zerrissen und weggeworfen, nachdem er das Geld – es waren nur 280 Drachmen – herausgenommen hatte.

Niko saß auf einer der Holzbänke des öden Flughafengebäudes, die gespreizten Füße in dicksohligen Leinenschuhen. Das nachdenkliche Lächeln wurde zu breitem Grinsen, als er Rydal erblickte. Er hob eine Hand zum Gruß und stand auf. Rydal nickte ihm erfreut zu. Er war also da; dann hatte er auch die Pässe. »Hast du sie?« fragte er.

»Ja, ich hab sie«, nickte Niko.

Sie schlenderten am Rande des Flugfeldes entlang, sprachen über das Wetter und gingen langsam an einem Autobus der amerikanischen Luftwaffe vorbei, in dem nur der Fahrer saß. Rydal zündete sich eine Zigarette an, gab auch Niko eine und zündete sie für ihn an.

»Wie ist das mit dem Alter? Auf den Pässen, meine ich?« Rydal brannte darauf, diesen wichtigen Punkt festzustellen.

»Alter, wieso?« Niko zuckte die Achseln. »Keine Ahnung. Wird schon stimmen.«

Und wenn es nicht stimmt, ist es Niko auch egal, dachte Rydal mit einem Seufzer. Niko hatte jetzt nichts als sein Geld im Sinn und keinen anderen Wunsch, als mit den tausend amerikanischen Dollar sofort nach Athen zurückzukehren. Rydal blieb stehen. »Na, dann wollen wir sie mal ansehen.«

Sie standen an einer Ecke der Rollbahn unter dem weiten windigen blauen Himmel. Niko langte in seine Khakijacke, öffnete einen Knopf seines Hemdes, zog die Pässe heraus und gab sie Rydal. Sie waren noch warm von seinem Körper. Ein unangenehmes Gefühl. Niko stellte sich zwischen die Pässe und das hinter ihm liegende Flughafengebäude und beobachtete ihn aufmerksam.

William James Chamberlain, las Rydal. *Ehefrau: Mary Ellen Forster Chamberlain. Kinder: keine. Größe: eins fünfundsiebzig. Haarfarbe: braun. Augen: grau* ... Das war der erste Fehler; Chesters Augen waren blaßblau. *Besondere Kennzeichen: keine. Geburtsort: Denver City, Colorado. Geburtstag: 15. August 1922.* Und dann die Unterschrift.

»Da stand früher Chambers.« Niko wies mit dem schwarzen

Fingernagel auf die Unterschrift. »Das hat Frank geändert. Auch die Paßnummer.«

Rydal nickte. Er schlug den andern Paß auf und suchte nach der Kennzeichnung. Gott sei Dank, blaue Augen. Sein Herz tat einen Sprung vor Erleichterung. Nach dem Geburtsdatum wäre sie jetzt neunundzwanzig; sie hatte gestern abend gesagt, sie sei fünfundzwanzig, das war also nicht schlimm. Er betrachtete das Paßbild, das er noch nicht kannte, und dachte: Mein Gott, sogar den Fotografen hat sie mit diesem direkten, auffordernden Blick angesehen. Er sah, daß die obere Hälfte des Stempels PHOTOGRAPH ATTACHED DEPARTMENT OF STATE PASSPORT AGENCY NEW YORK unten auf dem Foto genau zu der unteren Hälfte auf der Seite paßte. Auch in Chesters Paß war das gut gemacht; es sah ein wenig verblichen aus. Beide Pässe waren unsauber, als hätte jemand ein paarmal darauf herumgetrampelt. Durch wie viele schmutzige Hände mögen sie schon gegangen sein, dachte Rydal. Er klappte sie zu und schob sie in die Manteltasche.

»Okay?«

»Okay«, sagte Rydal. Dann fiel ihm etwas ein. Er zog die Pässe noch einmal heraus und prüfte in beiden die letzten Stempel. Gut, keine griechischen EXODOS Stempel, dafür in beiden ein EISODOS datiert vom Dezember. Das hieß, daß die früheren Inhaber nach Griechenland eingereist waren, aber das Land nicht wieder verlassen hatten – jedenfalls nicht mit den Pässen.

»Komm, wir gehen weiter«, sagte er und kehrte um, zurück zum Flughafenbüro, die Hände in den Taschen. Seine Linke fühlte die beiden knisternden, zusammengefalteten Fünfhundert-Dollar-Noten für Niko; weitere fünftausend trug er in der Gesäßtasche. Der Gedanke machte ihn etwas unruhig, einfach aus Prinzip, wenn es so etwas gab wie Unruhe aus Prinzip. Verlor er das Geld, so würde das für Chester nicht viel bedeuten. Er dachte daran, wie Chester heute morgen mit dem großen braunen Koffer, den Rydal ihm aus dem Strandcafé geholt hatte, hinter dem Vorhang verschwunden war, wo sich der Bodenloch-Abort des Cafés verbarg. Wenn Chester Geld herausholte, wollte er keine Zuschauer.

»Hast du das Geld?« fragte Niko besorgt.

Rydal zog die linke Hand aus der Tasche. »Hier ist deins.«

Niko warf einen Blick auf die Scheine und stopfte sie in die Tasche, wie ein Eichhörnchen seine Nüsse einsammelt. Rydal sah sich um. Niemand war in der Nähe. Er knöpfte die hintere Tasche auf und nahm das Geld heraus. »Du brauchst nicht nachzuzählen. Es sind zehn zu fünfhundert.« Er sah, wie Nikos Hand bebte, als er das Geld nahm.

»Prima. Danke schön.« Jetzt lächelte Niko. Rydal lächelte zurück. Er wandte sich wieder um und begann zum Flughafenbüro zurückzugehen.

»Was kriegst du?« fragte Niko.

»Ach, das weiß ich noch gar nicht«, murmelte Rydal.

»Er hat einen umgelegt, was? Stand heute morgen in der Zeitung.«

»Ein Unfall«, sagte Rydal.

»Na gut, aber – umgelegt hat er ihn doch.«

Also kann man ihn ordentlich schröpfen... Sicher war das Nikos Gedankengang. »Warten wir's ab«, sagte Rydal unbestimmt.

»Wann kommst du zurück nach Athen?« Niko lächelte ihn an und zeigte dabei den gelben Schneidezahn in der Bleifassung.

Rydal dachte an Colettes weiße Zähne, an ihre frischen Lippen. »Das weiß ich auch noch nicht. Erst möchte ich hier noch ein bißchen mehr sehen. Ich bin noch nie in Kreta gewesen.«

Niko schob die Unterlippe vor und schaute sich um. Das also sollte Kreta sein ... Er nickte und schien eine abfällige, aber bedeutende Bemerkung machen zu wollen, unterließ es dann und sagte feixend: »Ich auch nicht.«

Sie schwiegen einen Augenblick, dann sagte Rydal: »Hör mal, ich glaube, das da drüben ist dein Flugzeug, wo sie die Fracht einladen.«

Niko tat einen Sprung in der Richtung des Flugzeugs, als sei die Maschine eine Straßenbahn, die gerade abfahren will. Er stand ein paar Meter von Rydal entfernt und grinste. »He – Frank sagt, er möchte die Kleine gern mal treffen!« Eine Geste mit dem Finger unterstrich seine Worte.

Erst nach einigen Sekunden begriff Rydal, daß er Colette meinte. Rydal legte lachend den Kopf zurück und winkte Niko zu. »Grüß Anna von mir!« Dann wandte er sich um und ging zurück zum Flughafengebäude.

Der Bus nach Heraklion war weg; Rydal nahm ein Taxi. Auf der Fahrt schloß er die Augen und lehnte den Kopf an die harte Rückenlehne. Seine Augen brannten vor Müdigkeit.

Er traf Chester und Colette am vereinbarten Platz, einem bescheidenen kleinen Restaurant an einem runden Brunnen; es lag an der Hauptstraße, etwa sechs Häuserblocks vom Strand entfernt. Chester hatte sich anscheinend mit seinem Apparat rasiert, sicher in irgendeinem Waschraum; er sah besser aus als vorher, nur die Augen waren noch gerötet und sehr müde. In beider Augen lag gespannte Besorgnis, als er an ihren Tisch trat. Er nickte und lächelte beruhigend. Sie waren anscheinend fertig mit ihrem Lunch. Die leeren Kaffeetassen standen noch auf dem Tisch, auf Chesters Platz außerdem ein großes Glas Uzo.

»Guten Tag«, sagte Rydal und zog sich einen Stuhl heran.

»Sie haben sie?« fragte Chester.

»Ja.« Rydal blickte den müden Kellner an, der neben ihnen stand. »Einen Kaffee bitte«, sagte er auf griechisch. Der Mann entfernte sich, und Rydal blickte sich um. Das geringe Interesse, das sein Kommen ringsum erweckt hatte, war wieder erloschen; er zündete sich ruhig eine Zigarette an und knöpfte den Mantel auf.

Außer ihnen waren nur noch drei Gäste da: ein dicker Mann, der weiter hinten an einem Tisch eine Zeitung las, und zwei Griechen, die ebenfalls gegessen hatten und sich über irgend etwas stritten; sie saßen etwa fünf Meter entfernt. Rydal zog die Pässe aus der Manteltasche und schob sie unter dem Tisch Chester zu.

Chester blickte sich unruhig um, öffnete einen Paß und warf unter dem Tisch einen Blick hinein. Seine Züge entspannten sich, er lächelte und betrachtete auch den andern Paß. Er nickte. »Gut, was? Sieht tadellos aus.«

Rydal nickte. »Ja, das finde ich auch.«

»Willst du sie sehen, Liebes?« fragte Chester seine Frau.

»Nein – hier lieber nicht. Ich verlaß mich auf dich. Ich möchte jetzt nichts als ein Hotel.«

»Wenn Sie schon gehen wollen«, sagte Rydal, »warten Sie bitte nicht auf mich – ich trinke noch meinen Kaffee. Sie können ja meinen Koffer auch mit abholen, wenn Sie Lust haben. Ich habe dem Mann schon Geld gegeben.«

Das Gepäck war noch immer unten in dem Fischrestaurant, nur den Koffer mit dem Geld hatte Chester bei sich. Sie beschlossen, im Hotel Astir abzusteigen, das offenbar das erste Haus am Platze war. Aber Chester und Colette wollten lieber auf ihn warten. »Auf die zehn Minuten kommt es nun auch nicht mehr an«, sagte Chester, aber er lächelte dabei. Sie warteten also. Ihre Stimmung war sichtlich gestiegen durch die Pässe und die Aussicht auf ein heißes Bad. Rydal trank seinen Kaffee aus; Chester zahlte, und sie brachen auf. Rydal und Chester schritten die Straße hinunter, um die Koffer zu holen, während Colette in der Halle des Hotels Astir auf sie wartete.

»Es wäre vielleicht gut, wenn Sie bald die Unterschrift von Mr. Chamberlain ausprobierten«, meinte Rydal. »Im Hotel müssen Sie die Anmeldung unterschreiben.«

»Ja, da haben Sie recht. Ich will's gleich mal versuchen.« Chester wurde wieder nervös; er setzte sich auf die niedrige Steinmauer am Strand und begann, die Unterschrift von William James Chamberlain nachzuahmen. Er schrieb hastig und strich die ersten beiden Versuche ungeduldig aus. Beim drittenmal hielt er das Buch auf Armeslänge von sich und schrieb dann ein viertes und fünftes Mal.

Rydal rückte näher. Selbst umgekehrt betrachtet schien ihm Chesters Imitation bei den letzten Versuchen recht gut – viel besser, als ein Normalbürger es nach so kurzer Zeit fertiggebracht hätte. Zweifellos war er kein Anfänger.

Chester riß die Seite aus seinem Notizbuch, erhob sich und schraubte seine Füllfeder zu. Paß und Notizbuch steckte er in die Tasche. Dann schnippte er das zusammengeballte Papier über den Mauerrand ins Wasser, und sie setzten ihren Weg zum Fischrestaurant fort.

Sie holten ihr Gepäck und erreichten das Hotel Astir mit einem Taxi in fünf Minuten. Der große Liftboy in der hellen Uniform half ihnen beim Ausladen. Rydal und Chester fragten den Portier nach Zimmern, wobei sie offen zu erkennen gaben, daß sie zusammengehörten. Rydal hatte keinen Zweifel, daß die ganze Stadt das bereits wußte. Die Stadt war gar nicht so klein, aber sie hatte die Atmosphäre einer Kleinstadt, es gab auch nur wenige Touristen um diese Jahreszeit. Das war nicht gut. Wer weiß, vielleicht würde heute oder morgen irgend so ein Neunmalkluger vor sie hintreten und fragen, ob Chester wohl Chester MacFarland wäre. Dann mußten sie Chesters Paß vorweisen und seinen Namen angeben, um den Mann loszuwerden. Vor einem Zivilisten hatte Chester keine Angst, aber wenn etwa ein Polizeibeamter anfing zu fragen ...

»Mit Bad?« Der Portier fragte zum zweitenmal. Rydal hatte nicht hingehört.

»Ja, bitte. Mit Bad.«

Chester und Colette bezogen das Zimmer 414 im vierten Stock. Rydal hatte Nr. 408 auf der gleichen Etage. Sie vereinbarten, daß sie sich den Rest des Nachmittags ausruhen wollten.

Rydal stieg in die Badewanne. Das Wasser war herrlich heiß, die Wanne groß und glänzend weiß. Dann zog er seinen Pyjama an, um sich besser ausruhen und vielleicht sogar schlafen zu können, rasierte sich und gab dem Zimmermädchen das gebrauchte Hemd für die Wäscherei. Er legte sich ins Bett, lehnte sich gegen die Kopfkissen und schlug die Zeitung auf. Er las noch einmal die Meldung:... *wird angenommen, daß MacFarland sich noch innerhalb der Landesgrenzen befindet*... Wo man ihn suchte, stand nicht da. Vielleicht überall. Vielleicht wäre es besser, wenn sie in eine kleine Stadt auf Kreta führen. Es wäre auch wohl klüger, wenn Chester und Colette sich etwas billigere, weniger auffallende Kleidung zulegten. Und es wäre ganz bestimmt klüger, wenn er, Rydal, sich von der Familie MacFarland, jetzt Chamberlain, trennte, solange das noch möglich war. Morgen früh gab es doch sicher ein Schiff, das zurückfuhr nach Athen. Rydal hatte für den Flug keine Rückfahrkarte genommen... Ach ja, es gab immer vieles, was klüger wäre, und dann tat man es doch nicht...

Jemand klopfte an die Tür. Rydal hob den Kopf. Er wußte nicht, wie lange er geschlafen hatte, vielleicht fünfzehn Minuten. Benommen erhob er sich und ging zur Tür. »Wer ist da?« fragte er durch die Tür und wiederholte die Frage auf griechisch.

»Colette.« Die Antwort war ein Flüstern.

Rydal warf einen Blick auf seinen Schlafanzug, um zu sehen, ob alle Knöpfe geschlossen waren. Er besaß keinen Schlafrock. Dann öffnete er die Tür.

»Oh – ich habe Sie gestört«, sagte sie und trat ein. Sie trug ihre Nerzstola und einen Hut; den Hut nahm sie ab und warf ihn auf einen Stuhl. »Chester schläft fest und schnarcht, und ich wollte ihn nicht stören. Er hat den Schlaf sehr nötig.«

»Hmm... Wo sind Sie gewesen?« fragte Rydal. Er setzte sich vorsichtig auf das Bett und blickte auf seine nackten Füße. Aber Colette sah gar nicht hin.

»Ach – spazieren... Erst habe ich gebadet, aber ich war nicht müde, und da bin ich nebenan in die Kirche gegangen. Die mit den Rundbogen und den bunten Fenstern, wissen Sie?«

Rydal nickte. Er entsann sich unbestimmt an eine Kirche links vom Hotel.

»Ja.« Sie lächelte ihm zu, trat ans Fenster und blickte hinaus. »Ein interessantes Haus, das da drüben mit den Balkons. Sieht so italienisch aus, finden Sie nicht?«

Rydal wandte den Kopf. Das Dach des Hauses reichte bis zur halben Höhe seines Fensters. Der eiserne Balkon sah aus, als sei er im Begriff, aus der Verstrebung der rötlichen Mauer herunterzufallen. Rydal sagte nichts.

Colette setzte sich ebenfalls auf das Bett, nicht neben ihn, sondern auf der andern Seite, ihm halb zugewandt. Dann legte sie sich zurück; ihr Kopf lag nahe seiner Hüfte.

»Müde? Sie sollten ein bißchen schlafen«, sagte Rydal nervös. »In Ihrem Zimmer, meine ich«, fügte er hinzu.

Ihre Hand glitt über seinen Arm hinunter zum Handgelenk und zog ihn zu sich herab. Zwei Herzschläge lang zögerte er, dann schwang er die Beine auf das Bett, beugte sich über Colette und küßte sie. Ihre Arme legten sich, süß und leicht wie eine Wolke, um seinen Hals. Ihr Atem war warm und duftete nach amerikanischer Zahnpasta, wahrscheinlich Colgate; ihre Erregung ergriff jetzt auch ihn, doch während er es spürte, dachte er: Laß – das ist bloß, weil du so lange – einen Monat? zwei Monate? – kein Mädchen gehabt hast. Dies hier ist nichts als die Fortsetzung von gestern abend, von dem Kuß, zu dem sie dich wortlos überreden wollte und den du dir nicht genommen hast...

»Rydal!« flüsterte sie, als habe sie ihn eben erst entdeckt. Er löste sich von ihr und lächelte. Sein Herz klopfte laut.

»Komm!« sagte sie und öffnete die Arme.

Und als sie jetzt die Schuhe abstreifte und sich in die Kissen zurücklegte, ließ Rydal sich fallen. Sie lagen nebeneinander, nahe und eng aneinandergepreßt, und küßten sich mit geschlossenen Augen... So war es mit Agnes gewesen, immer, die ganze Zeit. Jeden Tag diese wilden, herrlichen Küsse; und dann die Nächte, als Agnes im Bett auf ihn wartete und mehr als Küsse verlangte. Sein Körper hatte nichts, nichts davon vergessen, und auch sein Kopf nicht... Dies hier ist MacFarlands Frau, du Idiot!

Sie öffnete mit einer Hand ihre Bluse; die andere preßte sich gegen seinen Hinterkopf und hielt seine Lippen auf ihrem Mund fest. Gut, die Bluse, ja – aber nicht den Rock. Nicht das andere ... Seine Hand umschloß ihre warme Brust und liebkoste sie langsam. Colette nahm seine Finger und schob sie in ihren Büstenhalter. Nach einigen Augenblicken zog Rydal die Hand zurück, stützte sich auf seinen rechten Arm und hob Colette dabei ein wenig in die Höhe.

»Was ist?« fragte sie. Ihre Lippen sahen jetzt, ohne das Rot des Lippenstifts, noch voller aus.

Rydal fuhr sich mit dem Handrücken über den Mund. »Ich glaube ... Nein, das hat doch keinen Sinn!« murmelte er.

Colette lächelte leicht, die dunkelblauen Augen verengten sich. »Komm doch. Wir sind jung, wir sind beide fünfundzwanzig«, sagte sie leise. »Wir möchten doch gern ... Warum also nicht?« Mit halbgeschlossenen Augen zog sie am Reißverschluß ihres Rocks.

Rydal sah sie an. Warum nicht? Die Tür hatte ein Schnappschloß und war jetzt geschlossen. Chester würde sicher noch lange schlafen ... Warum nicht? Ja, ja, jetzt ... Plötzlich wurde ihm klar, daß er sie benommen mit weiten offenen Augen anstarrte, wie ein Betrunkener. Ich bin ja auch betrunken ... Er blinzelte und sagte: »Nein. Nein. Danke.«

Colette hielt inne und ließ ihren Rock los. Ihre Augen weiteten sich. »Liebling ...«

Die Vokabel für Chester, dachte Rydal.

»Ich hab nicht gemeint, zusammen schlafen«, sagte sie. »Nur hier neben mir liegen ... Komm.« Sie streckte wieder die Arme aus.

Er wollte nachgeben ... Aber wozu jetzt noch mehr? Er erhob sich und ging hinüber zum Fenster, dann wandte er sich um und sah sie an. Sie hatte sich nicht gerührt, nur ihr Kopf war ihm zugewandt, die Arme lagen lang ausgestreckt. Unter der Taillenlinie des schwarzen Rocks zeichnete sich eine weiche Kurve ab. Es stimmte; ihr Körper glich dem von Agnes, bis auf die kleinen Unterschiede zwischen einem fünfzehnjährigen Mädchen und einer fünfundzwanzigjährigen Frau. Colette wartete, daß er den nächsten Schritt tat. Sie wartete angespannt, das sah er.

»Du wolltest also gar nicht mit mir schlafen?« Er ging hinüber zu ihr, setzte sich auf den Bettrand und nahm sie bei den Schultern. »Warum nicht?«

»Rydal – nicht«, sagte sie. Sie lächelte, aber sie versuchte sich loszumachen.

Er hatte gar nichts vorgehabt, als er zu ihr hinüberging, aber jetzt wollte er sie haben. »Los. Zieh den Rock aus«, sagte er und zerrte den Reißverschluß auf.

Sie wich ihm aus und richtete sich auf. Sie hielt sich die rechte Schulter, als habe er ihr weh getan. »Nein, das habe ich nicht gemeint«, flüsterte sie lächelnd und betonte deutlich jedes Wort. »Wirklich nicht.«

Er gab es auf. Aber jetzt wollte er sie haben. Und er würde sie auch kriegen. Er sah auf sie hinunter, als sie ihre Bluse anzog, und wußte, daß auch sie es wußte.

Sie nahm ihren Stift, zog sich die Lippen nach und schwatzte dabei, als sei gar nichts geschehen. Er antwortete ihr ebenso. Sie blieb noch etwa fünf Minuten und war dann verschwunden. Er hatte keine Ahnung, was sie in den letzten Minuten miteinander geredet hatten. Es war ihm, als habe jemand seinen Kopf genommen und ihn mit einer Handbewegung zum Drehen gebracht, und er drehte sich immer weiter und weiter. Er warf sich auf das Bett und schloß die Augen. Ihr Duft lag noch auf seinem Kissen.

Colette hatte schließlich doch Nein gesagt. Das Leben, grau und eintönig, hatte wiederholt, was seine Phantasie längst vorweggenommen hatte. Es überraschte ihn nicht.

7

Rydal erwachte um sieben Uhr abends, zog sich an und ging hinunter, um die Zeitungen zu holen. An der vierten Kreuzung stand ein Straßenverkäufer, ein alter vornübergebückter Mann, der neben seinen Zeitungsstapeln unter einem Cape hockte. Außer dem kretischen Abendblatt nahm er eine englische Ausgabe der Athener *Daily Post* von gestern, was sich als überflüssig herausstellte, denn sie enthielt nichts über den Tod des Griechen. Die Abendzeitung von Heraklion jedoch brachte erneut Chesters Bild und dazu eine Beschreibung von ihm und seiner Frau: ... *eine sehr attraktive, blauäugige und blonde Ehefrau, sehr elegant, knapp zwanzig* ... Die MacFarlands, so fuhr der Bericht fort, hatten am 9. Januar, dem Tag des Mordes, im Hotel Dardanelles in Athen übernachtet. Ihre weiteren Schritte nach neun Uhr am nächsten Morgen waren nicht bekannt. Die Nachforschungen wurden fortgesetzt.

... Es ist möglich, daß sie ein Flugzeug nach Korfu, Rhodos oder Kreta genommen haben. Die Grenzen nach Albanien, Jugoslawien, Bulgarien und der Türkei werden seit dem letzten Mittwoch überwacht; sie dürften das Land noch nicht verlassen haben, da es ihnen kaum gelungen sein wird, sich in der kurzen Zeit falsche Pässe zu beschaffen.

Die Sache wird allmählich brenzlig, dachte Rydal. Jetzt erwog die Polizei schon Kreta, und die MacFarlands wohnten im größten Hotel in der größten Stadt der Insel ... Rydal fuhr sich mit der Zunge über die Lippen. Er sah im Geist, wie ein Polizeibeamter in der Halle des Hotels Astir Chester die Hand auf die Schulter legte und ihn auszufragen begann; wie Chester Rydal herbeirief, damit er dem Beamten sage, daß sie seit Tagen zusammen reisten, seit Tagen unzertrennlich gewesen seien, und daß man überhaupt den Falschen vor sich habe. Seinen Paß würde Chester auch vorzeigen müssen. Rydal konnte sich nicht vorstellen, daß Chester alle Fragen ruhig beantwortete, gelassen seinen Paß hervorzog – außer wenn er betrunken war, und zwar wenn er einen ganz bestimmten Grad von Trunkenheit erreicht hatte.... Rydal hatte jetzt keine Lust mehr, einen Meineid zu schwören. Er merkte, wie er allmählich die Nerven verlor. Es sah alles nicht mehr so leicht und einfach aus wie gestern, oder wie am Mordabend, als er mit Niko die Beschaffung der Pässe vereinbart hatte.

In einem kleinen Laden kaufte er eine Flasche Traubensaft und trank sie im Stehen aus. Aus dem Rundfunkapparat im Laden kam die abgehackte Stimme des Nachrichtensprechers. Konferenz in London; Haushaltsplan in Frankreich; Wettervorhersage ... Und dann – bingbangbong – wieder griechische Volksmusik. Rydal stellte die leere Flasche auf den Tisch und ging hinaus.

Das Telefon klingelte, als er sein Zimmer betrat. Er erschrak, bis ihm einfiel, daß es sicher Colette oder Chester war. Es war Colette.

»Chester fragt, ob Sie auf einen Drink zu uns kommen, bevor wir essen gehen.«

Rydal ging mit den Zeitungen den Gang hinunter zu ihrer Tür und klopfte.

»Herein!« rief Chesters Bariton herzlich; da aber die Tür abgeschlossen war, mußte er kommen und öffnen. Er trug einen seidenen Schlafrock über der Hose.

Rydal sah, daß Chesters Bart, zu dem er ihm geraten hatte, an der unteren Kinnpartie schon schwach sichtbar wurde. »Guten Abend«, sagte er zu beiden gewandt. Colette hatte sich umgezogen; sie trug jetzt ein hellgraues, fast weißes Tweedkleid und stand neben der langen niedrigen Kommode, eine Hand auf der Hüfte.

»Was trinken Sie, Rydal?« fragte sie. »Heute haben wir auch Uzo.«

»Ja. Wir haben uns gerade eine Flasche raufschicken lassen«, sagte Chester.

»Gut«, sagte Rydal. »Dann also Uzo. Danke.«

»Was steht in den Zeitungen?« fragte Chester.

Rydal hatte seinen Mantel ausgezogen und über eine Stuhllehne gehängt. Er nahm die Zeitung und legte sie dann wieder hin – Chester konnte sie ja nicht lesen. »Sie raten noch herum – sie vermuten, daß Sie noch im Lande sind«, berichtete er mit gedämpfter Stimme. »Sie konzentrieren sich auf Korfu, Rhodos und Kreta.«

Chester hörte aufmerksam zu. »Sie konzentrieren sich?«

»Na ja – es steht nicht da, was sie machen. Aber sie suchen.« Rydal war sichtlich unbehaglich zumute. Er sah zu Colette hinüber, die ihm gerade einen Uzo mit Eis und Wasser zurechtmachte. Sie fing seinen Blick auf, aber sie schien ganz heiter und gelassen. »Ich weiß nicht, was Sie vorhaben, aber es wäre vielleicht doch ganz gut, wenn Sie hier auf Kreta in einen kleineren Ort umzögen. Oder Sie könnten versuchen, mit den neuen Pässen sofort das Land zu verlassen. Dazu müßten Sie aber nach Athen zurückfahren, weil von hier aus kein Flugzeug ins Ausland fliegt. Jedenfalls nicht zu dieser Jahreszeit.«

»Ja...« Chester blickte zu Boden. Er hielt ein Glas in der Hand und befühlte sein Kinn mit den Fingerspitzen.

»Der Bart wird helfen«, sagte Rydal. »Zu dumm, daß das immer so lange dauert mit dem Wachsen.«

»Oh, bei mir nicht.« Chester lachte trocken. »Ich gehöre zu den Leuten, die sich zweimal täglich rasieren müssen.«

»Um so besser. In Athen können Sie vielleicht das Paßbild mit einem Bart versehen lassen. Das kann Niko in die Hand nehmen.«

»Ja, daran hab ich auch schon gedacht.«

»Ich finde Bärte gräßlich.« Colette brachte Rydal seinen Drink. »Zu dumm, nicht wahr?« Ihre Finger strichen über seine Hand, die das Glas festhielt. Er sah sie nicht an.

»Wenn ich nicht allzusehr wie ein unrasierter Landstreicher aussehe, könnten wir vielleicht sogar morgen nachmittag das Flugzeug nach Athen nehmen, was, Colette? Was meinst du?«

Colette sah ihn an. Sie hatte offenbar keine Lust zum Nachdenken.

Rydal fuhr sich mit der Hand über die Stirn. »An die Maschine habe ich auch schon gedacht. Ich möchte mir morgen vormittag noch Knossos ansehen und dann das Nachmittagsflugzeug nehmen.« Seine Stimme sollte entschieden und endgültig klingen.

»Hmm... Ich hatte auch schon an Knossos gedacht, für morgen. Es ist von hier bloß dreißig oder vierzig Minuten mit dem Bus. Das hat mir der Portier vorhin gesagt. Wir könnten so um zehn Uhr hinfahren, dann eine Stunde dort bleiben...« Chester sah seine Frau an. »Was meinst du, Kindchen?«

»Was ist doch noch mit Knossos? Ich hab's vergessen.«

»Wo das Labyrinth ist«, sagte Rydal. »Der Palast des Königs Minos.« Er hätte fortfahren und alles über den Knossos-Palast herunterbeten können, was ihn sein Vater als Kind hatte lernen lassen. Er trank seinen Uzo aus.

»Das Labyrinth? Ich dachte, das ist bloß eine Sage.« Colette saß auf dem Rand des großen Doppelbettes und schwenkte ihren Highball; das Eis klinkerte gegen das Glas.

Rydal schwieg.

»Nein, nicht so ganz«, sagte Chester. »Die Sage ist erst hier, in diesem Palast entstanden. Du mußt das mal im Kreta-Führer nachlesen.« Er ging hinüber zum Badezimmer. »Ich zieh mich jetzt an.« Er ging hinein und schloß die Tür.

Colette blickte Rydal an. Es war ein fragender Blick; sie lächelte nicht mehr. Was erwartet sie von mir, dachte Rydal. Daß ich sie küsse, während Chester draußen ist? Er zündete sich eine Zigarette an. Colette kam herüber und stand auf den Zehenspitzen neben ihm, und bevor er zurücktreten konnte, hatte sie seine Schulter gefaßt und küßte ihn neben den Mund. Er zog die Stirn zusammen und ging hinüber zu dem Spiegel über der niedrigen Kommode. Er beugte sich hinab und wischte mit einem Taschentuch an seinem Gesicht herum, fand aber keine Spuren von Lippenstift. Er wandte sich um.

»Solche Dummheiten mußt du nicht machen«, sagte er mit gerunzelter Stirn.

Colette hob die Schultern und öffnete die Arme. »Ich hab dich doch so gern«, sagte sie mit der hohen, kaum hörbaren Stimme.

Chester kam zurück und band seinen Schlips. Er schaute in den Spiegel. »Setzen Sie sich doch, Rydal ... Noch einen Drink?«

Sie beschlossen, zum Essen in das Lokal zu gehen, wo sie den größten Teil des vorigen Abends verbracht hatten, in das Nachtklub-Restaurant am Strand. Der Vorschlag kam von Colette. Sicher will sie tanzen, dachte Rydal.

Der Kellner empfahl ihnen *Shish Kebab*, und sie bestellten für alle drei. Dazu kam Wein, noch mehr Uzo, und Chester trank Whisky. Chester tanzte mit Colette auf der kleinen Tanzfläche, wo sich dralle Mädchen in tiefausgeschnittenen Bauernblusen mit unterernährten Jünglingen in dunklen Anzügen im Tanze drehten. Dann tanzte Rydal mit Colette und überließ sich ihrer Hand, die fest auf seinem Nacken lag, wenn Chester es nicht sehen konnte. Es war gut so, sie so nahe zu haben; und morgen nachmittag, morgen abend um diese Zeit würde er ja doch wieder frei und allein sein... In der großen Stadt Athen, da konnte er sofort verschwinden, seine alten Freunde in den Tavernen treffen, sein altes Zimmer im Hotel Melchior Condylis wieder beziehen, wenn er Lust hatte. Das alte Condylis erschien ihm auf einmal wie ein Stück Zuhause. Als die Musik aufhörte, wollte er die Tanzfläche verlassen, aber Colette hielt seine Hand fest.

»Bleib – sie spielen weiter.«

Sie hatte recht. Die Klarinette gab ein paar Töne von sich, die Baßgeige fiel ein. Das Orchester war miserabel, aber sie blieben noch, immer weiter. Der vierte Tanz war ›Mean to me‹, eine weiche, fast trunkene Melodie. Einmal stießen sie mit einem der robusten Bauernmädchen zusammen – ein kräftiger Stoß.

»Sehen wir uns noch in Athen?« fragte Colette ganz nahe an seinem Ohr.

»Ja, ich ... In ein paar Tagen reise ich zurück nach Amerika.«
Schweigen.
Rydals Augen suchten Chesters grauen Anzug in der Ferne. Er blieb stehen. »Komm – wir müssen zurück.«
»Was ist los?«
»Da spricht jemand mit Chester.« Zwei Männer sprachen auf ihn ein, und selbst aus der Entfernung erkannte Rydal Chesters Unruhe. »Ruhig. Keine Aufregung.« Er verlangsamte seinen Schritt.

Einer der Männer war in Hemdsärmeln, etwa dreißig und leicht betrunken, der andere größer und blond mit hängender Unterlippe, besser angezogen und nüchterner. Chester brachte ein kurzes Lachen zustande, als Rydal und Colette jetzt herantraten.

»Keine Ahnung, was sie von mir wollen«, sagte er. »Alles griechisch. Vielleicht können Sie es herauskriegen.«

»Was möchten Sie ihm sagen?« fragte Rydal höflich und setzte sich mit Colette an den Tisch.

Der Betrunkene zeigte auf Chester. »Der Mann da sieht aus wie Mac-Far-land.« Alle drei Silben wurden gleichmäßig betont. »Mein Freund findet das auch. Deshalb haben wir ihn nach seinem Namen gefragt.«

»Das ist Bill«, sagte Rydal lächelnd und klopfte Chester auf die Schultern. Er tat, als sei er selbst leicht angeheitert. »Bill Chamberlain. Das ist Mary Ellen, seine Frau. Und wie ist Ihr Name?«

Die beiden Fremden sahen sich an. Dann starrte der Betrunkene auf Colette und sagte: »Auch noch eine blonde Frau.«

»Na – ein Rotkopf«, sagte der Mann mit der hängenden Unterlippe.

Der Betrunkene zuckte die Achseln. Seine großen Hände lagen auf dem Tisch.

»Worum geht's denn eigentlich?« fragte Rydal.

»Wieso sprechen Sie griechisch? Sie sehen aus wie ein Amerikaner«, sagte der Mann mit den großen Händen.

Rydal war froh, daß sich die Zielscheibe des Angriffs gewendet hatte. »Ich bin seit ein paar Monaten hier. Ich studiere hier.«

»Hier in Kreta?«

»Na, in Kreta bin ich nur jetzt – mehr zufällig.«

Die beiden Fremden unterhielten sich leise; in dem Lärm der

anderen Stimmen und der Musik konnte Rydal nichts verstehen. Dann sagte der Große: »Frag ihn doch.«

»Haben Sie einen Ausweis, Mister?« fragte der Mann in Hemdsärmeln.

»Er will Ihren Ausweis sehen«, sagte Rydal mit nachsichtigem Lächeln, als rede er Chester gut zu, den beiden Männern nachzugeben. »Haben Sie Ihren Paß bei sich? Sie sind hartnäckig, ich würde ihnen den Paß zeigen.«

Chester sah die beiden gelangweilt an, zog seinen Paß aus der Innentasche, öffnete ihn auf der Fotoseite und hielt ihn hin. Der Blonde wollte ihn an sich nehmen, aber Chester zog ihn zurück. »Mein Name«, sagte er und wies auf die Seite, wo *William James Chamberlain* deutlich zu lesen war. Er lachte triumphierend.

Der Mann in Hemdsärmeln nickte. »Okay.« Er grüßte, winkte kurz und ging hinaus. Sein Gefährte folgte ihm. »Passen Sie auf, Sie sehen aus wie ein Killer«, sagte er heiter und verschwand.

Chester hatte nichts verstanden und lachte zustimmend. Dann starrte er mit hochgezogenen Schultern auf die Tischplatte, als wollte er bis zur Unsichtbarkeit zusammenschrumpfen. Schweißperlen standen auf seiner Stirn.

»Das haben Sie gut gemacht«, sagte Rydal, nachdem er sich umgesehen hatte. Zum Glück war die Auseinandersetzung nicht weiter aufgefallen; es war kein steifes Lokal, und niemand fand etwas dabei, wenn Gäste sich zu anderen Gästen gesellten.

»Ich muß was trinken.« Chesters Stimme schwankte.

»Na klar – das haben Sie verdient«, meinte Rydal heiter, aber er sah, daß Chester ziemlich durcheinander war. Er klatschte in die Hände, um den Kellner zu rufen. Auch Colette sah besorgt aus.

»Setzen Sie beide mal lieber ein vergnügtes Gesicht auf«, sagte Rydal warnend. »Wer weiß, ob die beiden uns nicht weiter beobachten. Ich weiß nicht, wo sie sind, aber schauen Sie sich nicht um.«

Der Kellner trat an den Tisch. »Noch einen Whisky – einen doppelten. Dewar, bitte.«

»Alles in Ordnung, Liebling«, sagte Colette, als der Kellner verschwunden war. »Kein Grund zur Sorge, wirklich.«

Rydal sah durch den Rauch seiner Zigarette zu ihr hinüber.

Nahm sie die Sache eigentlich ernst? Oder redete sie Chester nur gut zu, um den Versorger nicht zu verlieren? Ach, er würde Colette wahrscheinlich niemals verstehen – es blieb gar nicht genug Zeit, um sie zu verstehen. Sie war vielleicht durchaus imstande, mehrere Männer gleichzeitig zu mögen oder zu lieben... Ein Herz mit vielen Kammern. Eine Melodie fiel ihm ein, er wollte sie summen, unterließ es aber dann. Ihm war merkwürdig froh zumute, als er jetzt Chester ansah.

Chester blickte ihn von der Seite an. »Stellen Sie sich vor, was geschehen wäre, wenn Sie nicht hier gewesen wären und mit ihnen griechisch gesprochen hätten.«

»Ach, Unsinn!« sagte Rydal. »Dann wäre es genauso verlaufen. Sie wußten doch, daß sie nach Ihrem Namen fragten? Dann hätten Sie einfach den Paß vorgezeigt.«

Chester nickte. »Ja, vielleicht.« Sein Whisky kam; er nahm das Glas sofort und trank. Die andere Hand lag zur Faust geballt auf dem Tischrand. »Ich glaube jetzt aber doch, daß Sie vorhin recht hatten.« Er sprach leise. »Wir müssen an einen kleineren Ort fahren. Vielleicht nur für ein paar Tage. Bis der Bart richtig gewachsen ist, wissen Sie; dann brauche ich keine Angst mehr zu haben vor... vor solchen Leuten auf der Straße.« Er machte eine Handbewegung.

Rydal seufzte. Er hatte mehrere Dinge auf dem Herzen und wußte nicht so recht, wo er anfangen sollte. »Sie haben nicht zufällig ein paar ältere Sachen bei sich? Älter als die, die Sie anhaben?«

»Ältere? Nein, hier nicht«, antwortete Chester.

»Ihre Kleidung ist hier in Griechenland zu auffallend. Sie sehen zu sehr nach Geld aus«, sagte Rydal ohne Umschweife. »Das müssen Sie vermeiden, wenn es geht... Sie auch.« Er sah Colette an. »Packen Sie zum Beispiel die Nerzstola weg.« Und zu Chester: »Die Schuhe müssen Sie ungeputzt lassen. Nehmen Sei andere Manschettenknöpfe. Machen Sie ein paar Flecken auf Ihren Hut.« Er nahm sein Glas und leerte es. Er kam sich vor wie eine Figur aus einem zweitklassigen Film.

»Was für Städte gibt es noch auf Kreta?« fragte Chester.

»Westlich von hier liegt Chania. Das ist ein Hafen an der Nordküste, wie Heraklion. Ein allzu kleiner Ort darf es auch nicht sein. Da würden Sie auffallen wie ein bunter Hund.«

Sie blieben noch bis nach Mitternacht in dem Lokal. Chesters

Trunkenheit nahm zu, und ebenso seine grübelnde Ratlosigkeit. Er redete unbestimmt von allem, was noch passieren könnte, und erwähnte, daß geschäftlich für ihn in Amerika viel auf dem Spiel stehe. Langweiliges Zeug. Colette wollte mit ihm tanzen, aber Chester sagte schwerfällig: »Süße, es gibt manchmal wichtigere Dinge für einen Mann als Tanzen. Wenn du unbedingt tanzen willst, tanz doch mit Rydal.« Und die blauen Augen blitzten in dem geröteten Gesicht.

Rydal tanzte mit Colette, schon um von Chester wegzukommen. »Was meint er damit?« fragte er. Die Band spielte einen schnellen Walzer, und er war nicht geübt genug, den Rhythmus zu halbieren.

»Ach weißt du – seine Effekten«, sagte Colette. »Börsenpapiere und so.«

Es war schwierig, sich bei dem Lärm zu unterhalten, aber es war weniger langweilig, fand Rydal. »Er nennt sich wohl nicht MacFarland, drüben in den Staaten?« erkundigte sich Rydal.

»O nein, keine Rede. Sein richtiger Name kam uns beinahe wie ein neuer Deckname vor, als wir abfuhren.« Colette sah lächelnd zu Rydal auf. Sie tanzte mit Leidenschaft, aber sie folgte jedem seiner Schritte.

»Wieviele Pseudonyme hat er denn eigentlich?«

»O, er – verdammt noch mal, dieser Idiot kann nicht tanzen!«

»Entschuldige. Ich werd besser aufpassen.« Ein Hüne mit einer zierlichen Frau tanzten in unregelmäßigen Kreisen um sie herum. Rydal hatte ihm ausweichen wollen, aber der Mann glich einem Planeten auf einer festen Umlaufbahn.

»Weißt du«, fuhr Colette fort, »Chester tritt in seiner Firma unter mehreren Namen auf – als verschiedene Personen ... in seinen Firmen, meine ich. Zum Beispiel unterschreibt er für zwei oder drei Gesellschaften seine Schecks mit William S. Haight.«

»Und er bezieht natürlich für Haight auch ein Gehalt.«

»Oh, mehr als eins, glaube ich.« Colette lachte. »Vielleicht ist es nicht ganz legal, was er macht, aber alle seine Kunden kriegen Dividenden. Was wollen sie mehr?«

Es muß so etwas wie ein Schneeballgeschäft mit Aktien sein, dachte Rydall. Chester mußte immer einen Zug voraus sein, darauf kam es an ... »hat Chester denn keine Partner, die seine Geschäfte weiterführen? Ich meine jetzt in Amerika?«

»Na ja – richtige Partner nicht. So eine Art Agenten, ja?

Natürlich, die hat er – vier oder fünf... Die eine Sache ist auch wirklich gut.«
»Welche?«
»Universal Key. Das ist ein Magnetschlüssel, der ein magnetisches Schloß öffnet. Er muß ganz präzise magnetisiert sein, weil...« Sie brach ab, immer noch lebhaft, aber offensichtlich verstand sie nicht mehr von der Sache.
»Das ist doch schon im Handel?«
»Was – die Aktien? Nein, noch nicht.«
»Ich meine den Magnetschlüssel.«
»Nein, der wird gerade erfunden... Nein, Unsinn – er ist schon erfunden, aber er muß erst mal – na ja, hergestellt werden, glaube ich.«
»Aha.«
Sie tanzte wieder enger, schob sich förmlich an ihn heran. »Ich wollte, wir könnten die ganze Nacht so tanzen.«
Rydal küßte sie auf die Stirn. Sie war so nahe, er brauchte nur den Kopf zu wenden, um sie zu küssen.
»Ich hab dich lieb«, sagte Colette. »Ist das schlimm?«
»Nein«, sagte Rydal und meinte es auch in diesem Augenblick. Er öffnete die Augen. Chester saß an einem Tisch, nur drei Meter entfernt, und starrte ihn an. Er fuhr zusammen und schob Colette weiter von sich weg.
»Was ist?« fragte sie und sah zu ihm auf.
»Chester. Er beobachtet uns. Er sitzt an einem andern Tisch, näher bei uns.«
Colette sah ihn jetzt auch; sie lächelte und winkte ihm mit ihrer rechten Hand, deren Finger noch mit Rydals verschlungen waren. »Er sieht böse aus, was? War eine scheußliche Nacht für ihn.«
»Also komm, wir wollen uns hinsetzen, und dann kannst du mal mit ihm tanzen.«
Chester leerte sein Glas; vielleicht war es auch schon wieder ein neues. Kein Zweifel, er war eifersüchtig und wütend. Aber er zwang sich zu einem Lächeln und sagte betont beiläufig:
»Ich bin lieber umgezogen. Die beiden da hinten starren mich immer noch an.«
»Oh...« Rydal setzte sich, nachdem Colette wieder Platz genommen hatte. »Möchten Sie... Sollen wir lieber gehen? Es ist fast eins.«

»Nein. Ich dachte, ich könnte ja auch mal mit meiner Frau tanzen.« Chester erhob sich. Sein Gesicht war plötzlich dunkelrot geworden. Er streckte die Hand nach Colette aus mit einer Geste, die keinen Widerspruch zuließ. Sie gingen zur Tanzfläche.

Rydal lächelte ein wenig über sich selbst und die Gefühle, die ihn beim Tanzen überrascht hatten, als er Chesters Blick auffing – Angst, Schuldbewußtsein... Höchstens Colette hat Grund für ein schlechtes Gewissen, dachte er, und sie ist kühl und gelassen geblieben... Aber er hatte sie ja immerhin auf die Stirn geküßt, und Chester hatte das auch gesehen. Er zündete sich lässig eine Zigarette an und tat, als blicke er über die Menge hinweg, aber seine Augen gingen wieder und wieder zu Chester und Colette. Chester sprach mit ihr, und zwar eindringlich; Rydal konnte sich gut vorstellen, was er sagte. Vermutlich war dies nicht das erste Mal, daß so etwas geschah.

Chester kam mit Colette zurück an den Tisch, bestellte einen weiteren Drink und fragte Rydal, was er trinken wolle. Rydal wollte eigentlich gar nichts mehr, aber er bestellte ein Bier.

»Sie mögen gar nicht mehr, ich sehe es Ihnen an«, sagte Colette. »Wollen wir es uns teilen? Ich trinke gern noch ein Glas.«

Rydal nickte. »Bitte bringen Sie uns zwei Gläser«, sagte er zu dem Kellner.

Chester hatte ein ernstes und ruhiges Gesicht aufgesetzt. Auf Colettes Bemerkung über die Ausdauer einiger griechischer Paare, die noch keinen Tanz ausgelassen hatten, ging er nicht ein. Kurz nach zwei verließen sie das Lokal und nahmen ein Taxi zum Hotel. Chester war etwas unsicher auf den Beinen.

»... Rydal, kann ich mal reinkommen? Ich möchte mit Ihnen sprechen«, sagte er, als sie sich im Korridor trennen wollten.

»Natürlich.« Ein kalter Schauer lief Rydal über den Rücken, so sehr glichen Chesters Worte und sogar seine Haltung dem Auftreten seines Vaters damals. Fast das gleiche hatte sein Vater gesagt, als er ihn wegen Agnes zu sich zitierte und dann die fulminante Rede folgen ließ. Sie war in ihrer Vehemenz nur noch von der späteren Rede vor dem Richter übertroffen worden, als der Vater auf die Zucht einer Erziehungsanstalt für seinen Sohn drängte. *Ich möchte in meinem Arbeitszimmer mit dir sprechen*... Ironie des Schicksals, dachte Rydal. Jetzt wurde er zum zweitenmal für die Sache mit Agnes bestraft.

Sie traten in Rydals Zimmer, und Rydal schloß die Tür. Chester wollte sich nicht setzen. Der Anfang fiel ihm offenbar schwer. Er blieb stehen, leicht schwankend und mit gerunzelter Stirn.

»Ja... Hmm. Also – Sie können sich wohl denken, was ich sagen will«, begann er, ohne Rydal anzusehen.

Rydal hatte seinen Mantel aufgehängt. Er setzte sich auf einen Stuhl und blickte Chester forschend an.

Chester löste seine rötlich unterlaufenen Augen vom Boden und sah ihn an. »Ich... ich brauche Sie noch... Ich meine, wenn wir an diesen kleinen Ort fahren.« Rydal wollte protestieren, aber Chester unterbrach ihn: »Nein, nein, Moment mal. Sie kennen die Sprache und Sie kennen die Verhältnisse hier. Das macht alles sehr viel leichter. Und auch sicherer. Und außerdem bin ich bereit, dafür zu zahlen. Ich will zahlen.«

»Aber ich brauche das Geld nicht. Und, offen gesagt – mir ist nicht sehr wohl in der Rolle.«

»Kein Wunder. Kein Wunder. Ich verstehe das sehr gut. Und deshalb will ich auch, daß es sich für Sie lohnt. Sie helfen damit mir und...« Er hielt verwirrt an, als sei ihm plötzlich Colettes Bild und sein Ärger über die Anziehung, die sie auf Rydal ausübte, eingefallen und habe alles ausgelöscht, was er sagen wollte. »Mir... mir ist einfach wohler dabei.« Der Ton wurde fast feierlich. »Ich kenne mich und weiß, was ich sage. Wenn jemand hinter mir über mich spricht, dann will ich wissen, was er sagt. Die englischen Zeitungen hier sind immer schon einen Tag alt; das ist mir zu riskant. Also. Ich bin bereit, Ihnen fünftausend Dollar zu zahlen, wenn Sie noch... Sagen wir, noch drei Tage bei uns bleiben. Wenigstens bis mein Bart etwas gewachsen ist. Was meinen Sie? Sie haben sich... Sie haben sich großartig verhalten bis jetzt...«

Bis heute abend, was? dachte Rydal. Er beugte sich vor und preßte die Handflächen zusammen. »Sie können sich für weniger als fünftausend Dollar einen falschen Bart besorgen, bis Ihrer nachgewachsen ist.«

»Ach, das allein ist es ja nicht, das wissen Sie doch. Ich möchte, daß Sie bei uns bleiben«, sagte Chester halblaut und leidenschaftlich. »Nennen Sie mir den Betrag.«

Seine Erregung kommt nicht nur von der Angst, dachte Rydal. Sein Stolz war tief verletzt, weil er ihn zu bleiben bitten mußte und heute abend so zornig auf ihn gewesen war, daß er ihn gern geohrfeigt hätte. Fünftausend Dollar für drei Tage. Und für das Risiko, daß die Polizei ihn wegen Mithilfe belangte, falls sie in Chania festgenommen wurden. Fünftausend Dollar: das war ein hübsches Polster auf der Bank, wenn er nach Amerika zurückkam ... Oder gab er nur nach, weil er in Colettes Nähe bleiben wollte?

»Nun?«

»Fünftausend ist reichlich«, sagte Rydal. Er wußte, Chester sah ihm an, daß er im Begriff war, Ja zu sagen. Chester hatte vermutlich Übung im Lesen solcher Mienen.

»Dann ist es also abgemacht? Wir fahren morgen früh?«

Rydal nickte. »Gut. Abgemacht.« Er stand auf und blickte Chester nicht an.

Chester ging zur Tür, wandte sich um, und Rydal hörte seinen tiefen Seufzer. »Na, dann gehen wir schlafen. Es ist Zeit.«

Sie trennten sich.

Colettes Name ist gar nicht gefallen, dachte Rydal. Das Interview war schließlich doch angenehmer verlaufen als jenes vor zehn Jahren in seines Vaters Arbeitszimmer.

8

Obgleich er nicht wenig getrunken hatte, schlief Chester schlecht in dieser Nacht. Er war zwar sofort eingeschlafen, aber nach einer Stunde – auf Colettes Reisewecker erkannte er deutlich das Leuchtzifferblatt – war er wieder wach und fühlte sein Herz pochen in der kribbelnden Leere des einsetzenden Katzenjammers. Es fiel ihm ein, daß er sich, als er Rydal und Colette beim Tanzen – ha, Tanzen! – zusah, fest vorgenommen hatte, sie abends ins Bett zu nehmen, sobald sie im Hotel zurück waren; aber dann war ihm einfach nicht danach zumute gewesen. Er fluchte vor sich hin. Ausgerechnet an diesen Rydal Keener war er jetzt gekettet. Genau der richtige Typ und das Alter, das Colette gefiel. Verdammtes Pech!

Na ja, überlegte er dann, es hätte noch schlimmer kommen können, wenn Rydal ein üblerer Kerl gewesen wäre, ein Gauner, der es richtig auf Colette abgesehen hätte und auch auf ihn selber, finanziell. Rydal war im Grunde doch ein Gentleman.

Aber auch Gentlemen gingen natürlich mit Frauen ins Bett, und leider hatte Rydal gerade die Art von ›Kinderstube‹, die Colette so imponierte, die gewisse distinguierte Noblesse, die ihr gefiel, auch wenn sie etwas fadenscheinig auftrat.

Chester preßte die Lippen zusammen. Drei Tage noch. Wahrscheinlich würde Rydal morgen oder übermorgen etwas tragen, das Colette für ihn ausgesucht und gekauft hatte – ein neues Hemd, einen Pullover, einen Schlips. Sie kaufte gern Sachen für Männer, die ihr gefielen. Damals mit Hank Meyers in New York war es ebenso gewesen. Sie hatte Hank eine Armbanduhr gekauft, das hatte Chester von Jesse erfahren. Auf Chesters Anordnung hatte Jesse dann Hank sofort rausschmeißen müssen. Hank war damals auch ungefähr fünfundzwanzig und sah nett aus. Aber Colette hatte nichts mit ihm gehabt, bestimmt nicht. Chester hatte Colette einen Riesenkrach gemacht wegen Hank, er hatte sie geschüttelt, daß ihr die Zähne klapperten; sie hatte solche Angst gehabt, daß sie gar nicht lügen konnte, und sie sagte, sie habe nichts mit ihm gehabt. Einen ganzen Tag lang hatte sie nach dieser Szene geheult, und die blauen Flecken an ihren Armen, wo Chester sie gepackt hatte, waren zwei Wochen lang zu sehen gewesen. Aber es hat ihr gutgetan, dachte er. Eine Frau soll wissen, daß sie ihrem Mann nicht gleichgültig ist und daß er sie jederzeit zusammenschlagen kann, wenn sie mal aus der Reihe tanzt. Solcher Art war Chesters Lebensphilosophie.

Er mußte wieder eingeschlafen sein, denn er wachte davon auf, daß Colette ihn auf die Stirn küßte. Sie stand in ihrem Morgenrock neben seinem Bett, und die Sonne schien. Auf ihrem Bett stand ein großes Tablett mit Frühstück für zwei.

»Ich habe dir heute mal zwei weiche Eier bestellt«, sagte Colette lächelnd. »Ich dachte, du könntest sie brauchen. Geh schnell Zähne putzen!«

»Prima. Das wird mir guttun.« Chester erhob sich schnell und ging auf bloßen Füßen ins Badezimmer.

Nach dem Frühstück rief Chester Rydal in seinem Zimmer an. Es war kurz nach halb neun. Rydal hatte sich schon nach den Autobussen erkundigt und erfahren, daß einer um halb elf in westlicher Richtung abfuhr. Rydal hatte sich kurz gefaßt – vermutlich aus Vorsicht, falls in der Hotelzentrale jemand mithörte.

»Kommen Sie doch einen Augenblick rüber«, sagte Chester.

Rydal sagte zu, und wenig später klopfte es an der Tür. Colette war noch beim Anziehen im Bad.

Rydal hatte die Morgenblätter bei sich, aber keines brachte irgend etwas Neues.

Chester lächelte. Das war sehr gut. »Keine Nachricht, gute Nachricht.«

»Ich glaube, es ist besser, wenn ich zuerst weggehe«, sagte Rydal. »Ich bin fertig mit Packen, in ein paar Minuten verlasse ich also das Hotel und treffe Sie dann an der Bushaltestelle. Das ist auf dem Platz links die Straße hinauf, nicht weit von dem Restaurant mit dem Brunnen. Sie fragen einfach unten im Hotel, wo die Autobusse nach Knossos abfahren; da ist es. Ich habe mich heute morgen auf der Straße mit jemand darüber unterhalten.«

»Ja. Gut.«

»Ich bin also um halb elf am Bus.« Rydal ging zur Tür.

»In Ordnung.«

»Sagen Sie Ihrer Frau, sie soll sich recht einfach anziehen – wenn sie kann«, sagte Rydal im Hinausgehen.

Um zehn Uhr verließen Chester und Colette in einem Taxi das Hotel. Der Abfahrtsort war ein sandiger Platz, ringsum standen einige Bänke, auf denen Wartende mit Bündeln und Rucksäcken und Pappkartons saßen. An den zwei oder drei Autobussen, die hier geparkt waren, war kein Zielort angegeben. Chester sah Rydal, der mit einer Zeitung ein paar Meter entfernt stand; Rydal wies auf den nächststehenden Bus und kam dann näher, um Chester mit dem Gepäck zu helfen. Den Taxifahrer hatten sie schon entlassen. Der Busfahrer, ein sehr freundlicher Mann, stieg aus und lud die Koffer oben auf das Dach des Wagens.

Bis zur letzten Minute kamen Leute angelaufen, die mitfahren wollten. Dann war es kurz nach elf, Chester und Colette saßen in der Mitte, Rydal hatte einen Platz weiter hinten in der Reihe von fünf oder sechs Männern, die ihre Bündel auf dem Schoß oder zwischen den Füßen verstaut hatten.

Der Bus zockelte über teilweise schlechte Straßen und begann dann mit beängstigender Geschwindigkeit dahinzujagen. An der Straße standen hochgewachsene Bauern in Stiefeln, mit bestickten Beuteln über der Schulter; sie sahen dem Bus nach, und manchmal winkten sie. Chester hielt Colettes Hand. Sie blickte mit lebhaftem Interesse aus dem Fenster und freute sich über einen schneebedeckten Berg am Horizont oder ein paar junge Ziegen, die hinter einem Bauern herliefen. Chester hatte ihr noch nicht erzählt, daß er Rydal fünftausend Dollar angeboten hatte. Merkwürdig: Colette hatte ihn gar nicht gefragt, wie lange Rydal noch bleiben wollte. Sie schien es für selbstverständlich zu halten, daß er blieb, weil sie ihn gern mochte; wahrscheinlich hatte sie ihn auch darum gebeten. Chester nahm sich vor, ihr von seiner Abmachung zu berichten, sobald sie einen Augenblick allein waren; wenn Colette erfuhr, daß Rydal für sein Bleiben bezahlt wurde, so würde sie das von der Vorstellung heilen, daß er nur ihretwegen noch blieb. Er hätte es ihr gern jetzt gleich gesagt, hier im Bus, mitten unter all den Leuten, die doch kein Wort davon verstehen würden, aber es war doch besser heute abend, im Hotelzimmer. Er wollte es ihr mit fester und sachlicher Stimme mitteilen – schließlich war Geld eine sachliche Angelegenheit. Am Sonntag war Rydals Dienstleistung zu Ende, und Montag – vielleicht schon Sonntagabend – konnte er verschwinden.

Der Autobus surrte, Chester wurde müde. Sobald er die Augen schloß, erschien vor ihm das Bild von gestern abend: Die beiden tanzten, und Rydal küßte Colette. Er hatte die Augen geschlossen, sein Mund lag auf ihrer Stirn – und jählings sprang die Angst ihm ins Gesicht, als er die Augen öffnete und sah, daß Chester sie beobachtete. Und dann später in Rydals Zimmer, als er gesagt hatte: ›Sie können sich wohl denken, was ich sagen will‹ – da hatte Rydal offensichtlich mit starken Worten gerechnet, vielleicht einfach mit dem Satz: ›Machen Sie, daß Sie hier wegkommen!‹, und statt dessen hatte er Rydal Geld zum Bleiben angeboten. Unruhig bewegte Chester die Füße, setzte sich auf und zündete sich eine Zigarette an. Hätte er doch bloß ein paar Zeilen, oder besser noch ein Kabel, an Jesse in New York gesandt und ihn angewiesen, alle neuen Berichte an William J. Chamberlain, American Express in Athen, zu schicken. Aber das hatte er leider versäumt.

In Rethymnon, einer kleinen Stadt, machte der Fahrer eine Pause von fünfzehn Minuten. Obsthändler und Getränkekarren hielten am Wege. Fast alle Fahrgäste, die noch weiterfahren wollten, stiegen aus, um sich Bewegung zu machen. Rydal war ebenfalls draußen und kaufte etwas von einem Händler.

»Möchtest du Kaffee, Kleines?« fragte Chester Colette.

Sie hielt ihren Mantel fest um sich; der Wind war scharf und kalt. Die Nerzjacke hatte sie auf Chesters Rat in den Koffer gepackt, aber die hochhackigen Schuhe gaben ihr trotzdem ein sehr elegantes Aussehen. Nun, sie war eben schick, dachte Chester, und es freute ihn. Sie würde auch in einem Hauskleid und flachen Schuhen schick aussehen.

Er sah, daß Colette Rydal anblickte – sie starrte nicht, aber sie dachte mehr an Rydal als an ihn, das merkte er.

»Ja, danke. Wenn er heiß ist.«

Chester ging hinüber und holte zwei Tassen Kaffee. Rydal stand bei dem Händler und hielt seine Tasse und ein Brötchen mit einer Wurst in der Hand.

»Wir kaufen wohl am besten hier etwas zu essen«, meinte Rydal. »Ich glaube nicht, daß der Bus irgendwo Mittagspause macht.«

»Nein? Das ist dumm.« Es war jetzt halb zwei. Chester erstand bei dem Händler zwei der besser aussehenden Brötchen.

Colette trat zu ihnen.

»Sechs Stunden soll die Fahrt dauern?« fragte sie.

»Kurz nach drei sind wir in Chania«, sagte Rydal. »Von Heraklion aus sind es hundertzwanzig Meilen oder so.«

Chester hatte keinen Appetit auf sein Brötchen. Die griechischen Fahrgäste hatten alle große Sandwichpakete mitgebracht. Chester wies auf die Zeitung, die Rydal unter dem Arm trug. »Sind Sie ganz sicher, daß heute morgen nichts drin stand?« fragte er halblaut.

»Ich hab's in meinem Zimmer zweimal durchgesehen«, sagte Rydal.

Rydal sah Colette überhaupt nicht an. Er tat, als existiere sie nicht. Chester merkte es, und es gefiel ihm nicht.

»Da ist unser Fahrer«, sagte Colette. »Der scheint aber was gegessen zu haben.« Der Busfahrer kam gerade aus einem kleinen Lokal und zündete sich eine Zigarette an.

»Ja, man weiß das nie«, sagte Rydal. Immer noch sah er Colette nicht an. »Sie sagen, sie halten fünfzehn Minuten, und dann werden es fünfunddreißig.«

Doch jetzt kletterte der Fahrer auf seinen Sitz, und die Fahrgäste folgten. Sie fuhren los.

Um halb vier kamen sie in Chania auf dem Marktplatz an.

Männer lungerten herum, in der Mitte stand ein steinernes Denkmal, und ringsherum gab es verschiedene Läden und Lokale. Der Ort machte den zurückgebliebenen Eindruck, den Chester aus manchen amerikanischen Städten gut kannte. Man fragte sich unwillkürlich, wovon die Einwohner eigentlich lebten. Die Stadt sah etwas trübselig aus und war auch lange nicht so groß, wie Chester es sich vorgestellt hatte. Zwei Hotelboys in schäbigeren Uniformen als ihre Kollegen in Heraklion kamen herbei, als sie das Gepäck sahen, und priesen ihre Hotels an. Beide Jungen begannen ein großes Geschrei; jeder behauptete von seinem Hotel, dort sei die Heizung besser und das Wasser heißer.

»Wasser – ganz heiß«, sagte einer zu Chester und zeigte auf sich selber. Chester überließ Rydal die Wahl. Rydal sagte etwas, und beide Jungen beluden sich jetzt mit den Koffern.

»Ich habe dem anderen Boy zwanzig Drachmen versprochen, wenn er uns mit dem Gepäck hilft«, erklärte Rydal. »Er sagt, das Hotel ist gleich um die Ecke.«

Sie fanden das Hotel Nike in einer mit Papier und Abfall besäten Straße, in der sich zwei Autos knapp begegnen konnten. Straße und Häuser waren hellbraun, eine Farbe, die Chester auch mit Athen assoziierte, nur hatte man hier den Eindruck, die Farbe sei durch Staub und Sand entstanden, den der Wind in die Steinfassaden trug. Rydal sprach mit dem freundlichen jungen Mann, der an der Rezeption saß und sich bemühte, Englisch zu sprechen, dann aber zu Griechisch überging.

»Billig ist es«, berichtete Rydal, als er zu ihnen trat. »Ich habe für Sie ein gutes Zimmer mit Bad verlangt. Mal sehen, was dabei herauskommt... Sie können ihm Ihre Pässe geben und sich eintragen.«

Chester gab dem Portier seinen und Colettes Paß und unterschrieb: W. J. Chamberlain. Er wollte eilig und nachlässig schreiben, aber das gelang ihm noch nicht; es sah noch nicht ganz so aus wie die Unterschrift im Paß. Er fand, Colettes sei besser ausgefallen: Mary Ellen Chamberlain; sie hatte es ein paarmal im Hotel Astir geübt. Der Portier notierte die Paßnummern neben den Namen. Dann reichte er die Pässe zurück.

Das Zimmer war von fast grotesker Kargheit. Ein Doppelbett, ein Tisch, ein Stuhl – das war alles. Kein Papierkorb, und der Aschbecher war so groß wie ein Nadelkissen. Außerdem war das Zimmer kalt. Der Hotelboy ging zur Heizung und drehte triumphierend an einer kleinen Scheibe, dann sagte er etwas auf griechisch und wartete auf sein Trinkgeld. Chester gab es ihm.

»Ich finde das alles schrecklich aufregend«, meinte Colette. »Wie Camping oder so.«

»Hmm... Willst du dich erst waschen?«

Ja, das wollte sie.

Chester legte die Hand auf den Heizkörper, der noch keine Anstalten machte, sich zu erwärmen. Vielleicht würde es auch heute nacht kalt bleiben, und Colette würde dann irgendwo mit Rydal die ganze Nacht tanzen und nicht schlafen gehen wollen ... Ihre Energie erstaunte Chester oft – sie konnte den ganzen Nachmittag in Radio City eislaufen oder im Central Park reiten und dann bis früh in den Morgen auf irgendeiner Party tanzen. Na ja, die Energie der Jugend. Er konnte da einfach nicht mithalten ... Nun, man mußte abwarten; wenn das Zimmer in ein paar Stunden noch nicht warm war, würde er ein anderes Zimmer oder ein anderes Hotel nehmen.

»Ich geh mal zu Rydal rüber«, sagte Colette. Sie kam aus dem Bad und rieb sich die Hände mit Hautcreme ein.

In ein paar Minuten wollten sie sich alle drei zu einem späten Lunch treffen. Chester nickte stumm. Er wusch sich die Hände, trank einen Whisky und hängte einen Anzug auf, den er aus dem Koffer genommen hatte; dann ging er den Gang hinunter zum Zimmer Nr. 18, wo Rydal wohnte. Die Tür war angelehnt, aber er klopfte korrekt an und hielt die Klinke fest, damit die Tür sich nicht zu weit öffnete. Von drinnen hörte er Colettes und Rydals Stimmen. Colette lachte.

»Herein!« rief Rydal. »Wir vergleichen gerade unsere Zimmer. Wie finden Sie das Bad?« Er deutete auf den Nebenraum.

Chester ging hinüber. Der Heißwasserboiler ging vorne so weit über die Badewanne, daß zum Sitzen kaum noch Platz vorhanden war. Chester lächelte. »Und wie steht es bei Ihnen mit der Heizung?«

»Oh, das macht sich, glaube ich«, sagte Rydal, während er sein Jackett anzog.

Chester schlenderte durch das Zimmer und legte die Hand auf den Heizkörper. Ja, die Wärme war schon zu fühlen. Auf einem Stuhl stand Rydals Koffer, weit offen. Das Futter war verschlissen und hatte sich an einer Ecke abgelöst. Chester sah einen Pullover, ein Hemd und einen Pyjama, der um ein Paar Schuhe gewickelt war. »Ich bin am Verhungern«, sagte Colette.

»Ja, gehen wir«, sagte Rydal. »Mal sehen, was die Stadt zu bieten hat.«

Sie saßen in einem Restaurant an dem großen Platz. Sie bestellten Lammfleisch mit Reis; die Portionen waren nicht sehr groß, aber ausreichend, und auch der Rotwein war trinkbar. Chester lebte auf nach der Mahlzeit.

»Was kann man hier unternehmen?« fragte Colette.

»Keine Ahnung«, sagte Rydal. »Aber es ist ja ein Hafen – wir können mal ans Wasser gehen.«

»Ich muß mir Strümpfe kaufen«, sagte Colette. »Ich hab dummerweise in Heraklion zwei Paar hinter der Badezimmertür hängen lassen. Ich möchte gern welche kaufen, bevor die Läden heute nachmittag schließen.«

»Das wird nicht schwer sein«, sagte Rydal. »Die Läden sind sicher bis sieben geöffnet.«

Sie gingen die Straße hinunter zum Meer, das vom Marktplatz aus zu sehen war. Irgend etwas Reizvolles hatte die Stadt offensichtlich nicht zu bieten. Die Läden waren klein und ärmlich, irgendein Museum oder sonst ein staatliches Gebäude war nicht zu sehen. Der Hafen bestand aus einer langgeschwungenen Kurve der Uferlinie und einer Mole, die weit ins Wasser hinausführte. Zwei alte Tanker waren die einzigen Schiffe im Hafenbecken.

»Tote Zeit hier, scheint mir«, meinte Chester. Colette hatte ihn eingehakt, er legte seine Hand über die ihre.

Nach etwa zehn Minuten machten sie kehrt und gingen zurück in die Stadt, um einen Laden zu suchen, wo Colette Strümpfe kaufen konnte. Rydal wies auf ein Kellerlokal mit einem Plakat, auf dem ein dralles Mädchen in ländlicher Kleidung mit weit offenem Munde sang.

»Hier findet sicher das Nachtleben statt«, meinte er. »Jeden Abend Tanz, steht da drauf.«

Colette beugte sich vor und schaute die enge Treppe hinunter, die zu einer roten Tür führte. »Wie aufregend. Wollen wir das nicht heute abend mal ausprobieren?« Sie blickte Chester an.

Chester spürte – war es eingebildet, war es wirklich? – in ihrem Blick ein Fünkchen Herausforderung, das zu sagen schien: *Mach, was du willst – ich gehe ...* Aber dann sah sie weg, und er brütete über seinem Glas. In Athen mußten Briefe für ihn angekommen sein, sicher mehr als einer. Er erwartete einen Bericht ̣on seinem Agenten in Dallas, der gleichzeitig Buchprüfer war, ̣ber die Geschäftslage. War da eine Untersuchung im Gange? ̣d dann Jesse in New York. Jesse kannte seinen richtigen ̣men, Chester MacFarland. Vielleicht hatte er schon etwas in ̣ Zeitungen gefunden, wenn etwas dringestanden hatte. Jesse ̣m es vielleicht mit der Angst, wenn er nicht bald eine Anṭ auf den Brief bekam, den er sicher nach Athen geschickt ̣. Was brachten die New Yorker Zeitungen über Chester? ̣ar die entscheidende Frage. In Heraklion bekam man ̣al die Pariser Ausgabe der *Tribune*.

̣Musik – nur eine Geige und das Akkordeon – spielte ̣se und langsam, als ob sie nur für Colette und Rydal ̣nd Chester sah gereizt, daß sie beiden die einzigen auf ̣fläche waren. Er preßte die Zähne zusammen. Das ging ̣h noch eine Viertelstunde so weiter. Die Musiker sahen ̣d Rydal mit träumerischen Blicken zu, oder Chester ̣ das ein. Er stand auf und ging in die Herrentoilette. ̣rückkam, saßen beide am Tisch und unterhielten sich. ̣hwieg.

̣ir gehen, Darling?« fragte ihn Colette.

̣ soweit bist«, gab Chester gezwungen lächelnd

̣dal teilten sich die Rechnung und die hundert ̣ Rydal als Trinkgeld für angemessen hielt; ̣ssig noch fünfzig dazu. Dann gingen sie zurück ̣, störten den Liftboy aus seinem Schläfchen und ̣m hinauffahren. Im Korridor oben verabschiẹn ihnen.

̣nd angenehme Träume«, sagte er und winkte ̣r in seinem Zimmer verschwand.

̣ Lächeln ausgesprochen frech.

̣Schlafzimmer, wo Chester sein Jackett auṣmit kaltem Wasser aus der Leitung füllte. ̣ber gewesen, aber mit dem Glas Wasser in ̣lette ihn eher für nüchtern halten, und er

̣ut amüsiert, nicht wahr, Darling?« fragte ̣d auf einen Bügel hängte.

war nicht sicher. Er fand das Lokal schäbig, und halbländliche Tanzereien waren ohnehin nicht sein Fall. Aber er würde natürlich gehen, das wußte er schon jetzt.

Rydal entdeckte ein Strumpfgeschäft auf der anderen Straßenseite. Er war es auch, der den Handel abschloß und die richtige Größe für Colette besorgte.

»Was heißt Strumpf auf griechisch?« fragte ihn Chester. Rydal sagte es ihm, aber Chester vergaß es gleich wieder.

Sie kehrten ins Hotel zurück, um sich vor dem Abend noch auszuruhen. Chester streckte sich auf dem Bett neben Colette aus; sie hatte ihren Morgenrock an und las ein Taschenbuch, das sie in Athen gekauft hatte. Chester legte den Arm um sie, aber sie machte sich los und stand auf.

»Tut mir leid, das mit dem Bart«, sagte Chester. »Aber im Augenblick bleibt mir nichts anderes übrig. Ist ja nicht auf lange.«

»Der Bart ist es nicht«, erwiderte Colette. Sie hatte ihm den Rücken zugewandt, nahm eine Flasche mit Nagellack und drehte sich um. »Ich wollte mir nur grade die Nägel machen.«

Sie kam und setzte sich auf das Bett, ein Kissen im Rücken, und Chester schlief ein, während sie ihre Nägel lackierte. Als er erwachte, zeigte Colettes Uhr auf dem Nachttisch zehn Minuten vor sieben. Rydal hatte Zeitungen besorgen und sich gegen sieben melden wollen, hätte er irgend etwas Wichtiges entdeckt – etwa, daß die Behörden annahmen, Chester MacFarland sei heute morgen aus Heraklion abgereist –, dann hätte er wohl schon eher angerufen ... Plötzlich schoß Chester ein Gedanke durch den Kopf, eine quälende Frage: Was sollte man von einem jungen Mann halten, der wissentlich einem Wildfremden hilft, hinter dem die Polizei her ist, weil er, wenn auch nicht vorsätzlich, einen Menschen umgebracht hat? Dieser junge Mann konnte doch offensichtlich nur ein Gauner sein, der das alte Spiel der Erpressung zu spielen gedachte – langsam, behutsam und beharrlich ... Chester hatte das schon früher erwogen; jetzt, nach dem kurzen Schlaf, kam ihm der Gedanke erneut und klar zum Bewußtsein. Das Schlimmste stand ihm noch bevor. Er fröstelte.

»Kalt, Liebling?« Colette saß neben ihm und las.

»Ja, es ist kalt hier, nicht wahr?«

»Die Heizung macht sich aber. Ich hab's gerade angefühlt.«

Chester stand auf und schenkte sich einen Whisky ein. Er fing einen mißbilligenden Blick von Colette auf, aber sie sagte nichts. Gut, für die nächsten paar Tage hatte er Rydal Keener auf dem Hals. Er nahm sich vor, ihn ein wenig auszufragen über Herkunft, Schulbildung und weitere Pläne, falls er welche hatte. Daraus würde er eine ganze Menge von dem ablesen können, was ihm bevorstand.

Das Telefon läutete.

Rydal berichtete, er habe in den Lokalblättern von Chania nichts gefunden, und fügte hinzu: »Sagen Sie ... Vielleicht wollen Sie heute abend lieber mit Ihrer Frau allein essen?«

Chesters Gedanken waren noch bei seinem Vorhaben. Er wollte Rydal ausfragen, deshalb erwiderte er: »Nein – nicht unbedingt ... Oder würden Sie lieber allein bleiben heute abend?«

»Er will nicht mitkommen?« fragte Colette. Sie streckte die Hand nach dem Telefon aus. »Laß mich mal ...«

Finster und wortlos reichte er ihr den Hörer.

»Hallo, Rydal – was soll das heißen, allein bleiben? ... Selbstverständlich nicht, seien Sie doch nicht albern ... Ach Unsinn, klopfen Sie so um acht bei uns an und kommen Sie auf einen Whisky herein ... Oh, das klingt ja interessant. Ja, schön; ich werd's Chester sagen ... Gut, bis dann also.« Sie legte den Hörer zurück und erklärte: »In dem Nachtlokal, das wir da gesehen haben, kann man auch essen. Wollen wir?«

Es kam, wie Chester es vorausgesehen hatte. Um Mitternacht tanzten Rydal und Colette zusammen, er selbst saß müde dabei, und über Rydal hatte er sehr wenig erfahren. Rydal hatte in Yale studiert und sein juristisches Staatsexamen gemacht; danach hatte er seinen Militärdienst absolviert. Die zwei Reisejahre in Europa waren ein Geschenk seiner Großmutter gewesen, die ihm bei ihrem Tode zehntausend Dollar hinterlassen hatte. Das mit der Großmutter glaubte ihm Chester, aber Yale und das Staatsexamen: da hatte er seine Zweifel. Chester kannte die Yale Universität nur flüchtig, er war erst einmal dort gewesen. Er selber war zwei Jahre in Harvard gewesen. Er wußte aber nicht, was er Rydal fragen sollte, um zu erfahren, ob das stimmte mit Yale. Jedenfalls: Rydal Keener hatte niemals gearbeitet, und das war ein schlechtes Zeichen. Chester blickte immer wieder hinüber zur Tanzfläche, wo die beiden tanzten, Rydal und

»Nein. Und ich finde es nicht sehr klug von dir, so intim mit einem Erpresser zu werden«, sagte er gelassen.

»Mit einem Erpresser?« Sie blickte ihn mit ihren dunkelblauen Augen unschuldig an.

»Na ja – mit einem potentiellen Erpresser.« Er trat näher und sprach so leise, als horche Rydal draußen an der Tür. Was ja auch möglich war, dachte Chester. »Gestern abend in Heraklion habe ich ihm fünftausend Dollar geboten, wenn er noch drei Tage bei uns bleibt.« Schluckweise trank er das Wasser und sah dabei Colette fest an. »Und das hat er angenommen ... Was sagst du nun?«

»Na – verlangt hat er ja offenbar nichts.« Sie hängte ihr Kleid auf und ging hinüber zum Badezimmer. »Du hast es ihm angeboten.«

Chester war einen Augenblick verwirrt beim Anblick ihres schwarzen Höschens und des nackten Rückens mit dem schwarzen Querband des Büstenhalters. »Wenn du ins Bad gehst, kann ich nicht mit dir reden«, sagte er ärgerlich und immer noch halblaut.

»Ich will nur meinen Morgenrock holen ... Lieber Gott, wozu überhaupt die Aufregung?« Sie kam zurück und band den Gürtel fest.

»Hör zu. Ich weiß nicht, was du ihm alles erzählst, aber er weiß schon reichlich viel. Sonntag abend ist Schluß. Danach wird mir etwas wohler sein. Wenn wir ihn für immer los sind.« Er nickte in Richtung auf Rydals Zimmer.

Colette schwieg und hob die Augenbrauen. Sie setzte sich auf den Bettrand, nahm vom Nachttisch eine Feile und fing an, einen Nagel zu feilen. Sie wartete, bis er weitersprach.

»Er wird mir zu intim mit dir. Ich mag das nicht, und ich wünsche, daß du aufpaßt, was du ihm erzählst ... Das verstehst du doch, nicht wahr, Colette?«

»Hmmm«, erwiderte sie kühl. »Ich begreife gar nicht, warum du dich so aufregst.« Sie feilte weiter und betrachtete den Finger kritisch.

»Das ist doch nicht schwer zu verstehen, Kind!« Chester trat näher zu ihr heran. »Ich bin nicht ganz sicher, daß ich ihn Sonntag abend loswerde. Wenn er nun einfach noch bleibt und mehr Geld fordert, was kann ich dann ...«

»Er hat überhaupt noch nichts von dir gefordert.«

»Warum verteidigst du ihn? Er nutzt schon jetzt die Lage aus und knutscht jeden Abend mit dir herum.«

»Sei doch nicht albern, Chester. Knutschen!«

Chester schnaubte, nahm die Whiskyflasche und goß etwas in sein Glas zu dem Rest des Wassers. »Ich muß wissen, woran ich bin, und deshalb muß ich jetzt erst mal wissen, was du ihm schon erzählt hast.«

»Worüber?«

»Über meine Geschäfte. Über uns. Über alles.«

»Du bist schon ganz rot im Gesicht, Liebling. Ich glaube, du hast jetzt genug Whisky getrunken ... Erzählt? Gar nichts«, erwiderte sie ruhig. »Bestimmt nicht so viel, wie du ihm schon nach ein paar Drinks erzählt hast. Außerdem hat er heute abend beinah allein geredet. Er hat mir von einem Mädchen erzählt, in das er mit fünfzehn verliebt war.«

»Mit fünfzehn?« Chester runzelte die Stirn.

»Ja. Sie war auch erst fünfzehn. Seine Cousine; Agnes heißt sie. Zu Ostern war sie auf Besuch bei seiner Familie, und da hatten die beiden zehn Tage lang eine Affäre miteinander, bis seine Eltern dahinterkamen und Rydal hinauswarfen.«

»So so«, knurrte Chester mäßig interessiert. »Rausgeworfen haben sie ihn? Enterbt? Und dann hat er noch studiert?«

»Nein, sie haben ihn nicht gleich rausgeworfen. Sein Vater hat ihn mächtig ins Gebet genommen und ihm vorgehalten, er habe das Mädchen verführt; aber Rydal sagt, sie hätten es doch beide gewollt. Es war nämlich so: das Mädchen ging zu seiner Mutter, als die Familie es gemerkt hatte, und behauptete, Rydal hätte sie verführt und sie hätte immer versucht, ihn sich vom Leibe zu halten und so. Und die Eltern sollten ihn doch von ihr fernhalten, hat sie gesagt. Ist das nicht scheußlich? Wo er doch geglaubt hatte, sie liebten sich und wollten heiraten, sobald sie mündig waren. Ich finde, für einen fünfzehnjährigen Jungen ist das ein schrecklicher Verrat. Findest du nicht?«

»Ach, ich weiß nicht.« Chester zündete sich eine Zigarette an.

»Doch, das finde ich. Es hat ihn fast umgeworfen. Und da ist er in ein Lebensmittelgeschäft eingebrochen und hat das Geld genommen, und darauf war es dann ganz aus mit seinem Vater ... In eine Erziehungsanstalt haben sie ihn gesteckt.«

»Da hat er sicher allerhand Nützliches gelernt.«

»Warum bist du so zynisch? Er fand es schrecklich. Zwei

Jahre war er da. Stell dir das nur mal vor – der Sohn eines Harvard-Professors.«

»Ach nee – Harvard-Professor? Sagt er das?«

»Ja«, bestätigte Colette mit Nachdruck. »Nach zwei Jahren hat ihm dann seine Großmutter geholfen, daß er das College absolvieren konnte – weil sie immer noch an ihn glaubte, weißt du. Sein Vater ... Na, also sein Vater gab etwas dazu, sagt er, aber zu einer richtigen Versöhnung ist es zwischen den beiden nie mehr gekommen. Und Agnes hat mit siebzehn geheiratet. Eine Muß-Heirat. In Great Barrington, wo sie zu Hause war.«

Chester ließ sich in einen Sessel fallen. »Na, da hast du ja eine ganze Familiengeschichte zu hören gekriegt heute abend. Und das alles beim Tanzen und bei dem Lärm?«

»Ja – mit Unterbrechungen, weißt du. Rydal hat mir das alles nicht so ausführlich erzählt wie ich dir. Aber den Sinn davon scheinst du gar nicht zu verstehen. So ein junger Mann – ein Junge noch! –, der macht das alles durch und bleibt am Ende doch ein anständiger Kerl. Das ist doch keine Kleinigkeit. Macht sein Examen in Yale. Ist das etwa nichts?«

Rydal hatte sie völlig für sich gewonnen, das erkannte Chester. Es war noch schlimmer, als er gedacht hatte, wenn auch vielleicht ganz amüsant. »Und woher willst du wissen, daß nicht jedes Wort davon gelogen ist?«

Colette legte die Nagelfeile zurück auf den Nachttisch und blickte Chester offen an. »Das habe ich gemerkt aus der Art, wie er es gesagt hat.«

»Ach? Mir kommt das reichlich unwahrscheinlich vor ... Und wie kam es überhaupt dazu, daß er dir das alles erzählte?«

»Er sagt ... Ach, das verstehst du doch nicht. Du regst dich bloß wieder auf.« Sie erhob sich, wandte ihm den Rücken zu und begann, sich die Strümpfe auszuziehen.

»Wie kam es dazu?« fragte Chester langsam und angespannt.

»Er sagt, ich erinnere ihn an diese Agnes. Nicht mein Gesicht, sondern ... irgend etwas in meiner Persönlichkeit. Meine Figur.«

»Deine Figur? Ach nee! Die kennt er ja auch sehr gut, deine Figur, was? Na ja, kein Wunder. Er tanzt ja auch schön eng mit dir, nicht wahr?« Chester stand plötzlich auf. Er mußte losschlagen, etwas zerreißen, irgendwas. Aber er schüttelte nur die Faust in der Luft.

Colette blickte auf. »Bitte, Liebling, beruhige dich und komm zu Bett«, sagte sie sanft.

»Du tanzt kein einziges Mal mehr mit ihm, hast du gehört? Nicht ein einziges Mal!« Chester wies mit dem Finger auf sie.

Sie blickte ihn ruhig und unbewegt an. »Das ist doch Unsinn.«

Blitzartig erkannte Chester, daß die beiden jetzt in der Lage waren, ihn zu erpressen. Colette im Schlepptau von Rydal ... Rydal hatte dann sein Geld und dazu noch seine Frau. »Das ist kein Unsinn, und ich habe ein moralisches Recht ... Ich habe es nicht nötig, dabeizustehen und zuzusehen, wie sich meine Frau jeden Abend anfassen und abknutschen und küssen läßt von so einem Gigolo, den wir leider Gottes aufgelesen haben.«

»Wir?« Ihre Augen blitzten. »Und du redest von moralischem Recht? Nachdem du einen Menschen umgebracht hast?« Sie sprach mit gedämpfter Stimme und trat nahe an ihn heran. »Du bringst einen Mann um, ohne dir viel daraus zu machen, und dann willst du mir Vorschriften machen, wie ich zu *tanzen* habe?«

So hatte sie Chester noch nie widersprochen. Er war so überrascht, daß er einen Augenblick keine Worte fand. »Aha – er hat dir also was eingeredet – 'ne ganze Menge eingeredet, was?«

»Was soll das heißen?« Sie runzelte die Stirn, immer noch voller Angriffslust.

»Diese Gedanken – das sind nicht deine eigenen. Er tut, was er kann, nicht wahr?«

»Du bist einfach verrückt vor Eifersucht. Oder bloß verrückt.«

»Ich weiß genau, wann jemand anderes aus dir spricht und wann du selbst nachdenkst«, knurrte Chester.

»Ich hab keine Lust, mir von einem Mörder mein Benehmen vorschreiben zu lassen«, sagte Colette. »Und ich schätze es auch nicht, mit einem Mörder verheiratet zu sein, wenn du's genau wissen willst.«

»Du sollst das Wort nicht benutzen! Du weißt sehr gut, daß das mit dem Kerl da ein Unfall war.«

»Deshalb ist er doch tot. Und es bleibt schrecklich.«

»Es gibt noch mehr schreckliche Dinge.«

»Zum Beispiel?«

Dies war jetzt Colettes wahre Natur, das wußte er. Sie stellte sich nicht töricht oder unschuldig oder nachgiebig; sie wandte keinerlei weibliche Taktik an, um ihn in seiner Männlichkeit zu bestärken. Es war, als habe er einen Mann vor sich ... Nein, das stimmte auch nicht ... Er schluckte mühsam. »Was willst du nun eigentlich?« fragte er.

»Was ich will? Ich will keine Befehle mehr von dir. Solche Befehle wie eben.«

»Bist du verliebt in den Kerl?« fragte Chester.

»Ich weiß es nicht.«

»Du weißt es nicht?« Tief in seinem Innern explodierte lautlos eine Granate. Er war leer und ausgebrannt. »Was ... was soll das heißen? Wenn du in ihn verliebt bist, verlassen wir sofort das Hotel hier. Sofort, hörst du? Noch heute abend.« In seine Stimme kam drohendes Grollen.

Er hatte sie erschreckt, das sah er, und es besänftigte ihn ein wenig.

»Ich bin nicht verliebt in ihn«, gab sie ruhig zurück. »Und wenn du weiter so brüllst, werden sie uns heute abend noch aus dem Hotel rauswerfen.«

Er zündete sich eine Zigarette an und schleuderte das Streichholz neben das Bett. »So – das klingt schon besser.«

Sie fuhr herum, als hätten die Worte ihren Zorn von neuem geweckt. »Wieso? Ich habe dir gar nichts versprochen. Ich nehme keine Befehle entgegen von einem ...« Sie hielt inne und schluckte, ihre Stimme verriet Tränen. Dann nahm sie sich zusammen. »Ich finde ihn sehr nett, und ich will nicht, daß du so von ihm redest. Ich habe ihn gern. Und er hat mich auch gern.« Sie sah ihn herausfordernd an.

Aber Chester war erschöpft. Die Müdigkeit überfiel ihn so plötzlich, daß er auf den Fußboden hätte sinken mögen. Er zog die Brauen zusammen, ließ sich schwer auf den Bettrand nieder und begann, seine Schuhe auszuziehen. Genug für heute, dachte er. Morgen ist auch noch ein Tag ... Er liebte Colette und wollte sie behalten.

9

Am Sonnabend morgen schlief Rydal bis gegen neun Uhr. Als er sah, wie spät es war, stand er eilig auf. Eigentlich hätte er wohl, wenn er seine fünftausend Dollar redlich verdienen wollte, schon vor Stunden hinuntergehen und die Zeitungen holen müssen. Aber dann lächelte er über sich selbst und rieb sich den Nacken. Ganz gewiß schnarchte Chester noch in seinem Zimmer weiter unten am Gang; wozu also sollte er, Rydal, sich besonders beeilen mit einer Zeitung, die doch nichts anderes bringen würde, als daß die Polizei noch keine Spur gefunden hatte. Er gönnte sich deshalb ein Bad und rasierte sich sorgfältig, bevor er hinunterging. Die Lokalzeitung von Chania berichtete auf vier schmalen Seiten genau das, was er erwartet hatte, nämlich gar nichts. Auf seine Frage erfuhr er, daß die Zeitungen aus Athen und Heraklion erst am Abend zu haben sein würden.

Er trat in ein Café und trank eine Tasse Kaffee. Sicher, Chania war eine langweilige Stadt, aber Rydal hatte nichts gegen langweilige Städte; sie zwangen einen – weil es nichts anderes zu tun gab – zur Betrachtung von Dingen, die man sonst gar nicht wahrnehmen würde. Etwa die Anzahl der Blumentöpfe auf den Fensterbänken, verglichen mit der Anzahl in Athen oder in anderen kleinen Städten auf dem Festland, die er besucht hatte; oder die Anzahl der Krüppel auf den Straßen; die Art des Baumaterials, aus dem die Häuser bestanden; die große oder geringe Vielfalt der Lebensmittel auf den Märkten. Der Markt hier sah ein bißchen kärglich aus, wie die ganze Stadt. Vielleicht konnte er Colette und Chester dazu bewegen, eine Entdeckungsreise in die Stadt zu machen.

Rydal ging zurück auf sein Zimmer, um seinen Bericht abzustatten. Colette war am Telefon. »Guten Morgen. In der Zeitung steht nichts Neues – jedenfalls heute morgen.«

»Oh ... Das werde ich ihm sagen. Das ist doch gut, oder?« Sie schien hellwach zu sein.

»Ja, ich denke schon.«

»Augenblick mal. Chester will einstweilen im Hotel bleiben, aber ich möchte ein bißchen herumlaufen. Und Sie?«

Sie hatte mit gedämpfter Stimme gesprochen. Vermutlich war Chester gerade im Bad. »Ich muß noch einen Brief schreiben«, sagte er. »Aber das dauert höchstens zwanzig Minuten. Wollen wir uns treffen, ungefähr um halb zwölf?«

»Nein – ich werd bei Ihnen anklopfen. Bis dann.« Sie legte schnell auf.

Rydal schüttelte den Kopf. Er zog seinen Mantel aus und nahm den dünnen Briefblock zur Hand, der auf dem Boden seines Koffers lag. Seit sie gestern in Chania angekommen waren, hatte er das Bedürfnis gespürt, an seinen Bruder Kennie zu schreiben. Er fand, das sollte er ausnutzen; morgen hatte er vielleicht keine Lust mehr. Seit vielen Monaten hatte er ihm nicht mehr geschrieben; jedenfalls war es lange vor dem Tode ihres Vaters gewesen. Und Kennie, der es zweifellos falsch gefunden hatte, daß Rydal dem Begräbnis ferngeblieben war, hatte ebenfalls nicht geschrieben.

*Chania (Kreta)
Sonnabend, 13. Januar 19..*

*Mein lieber Kennie,
wie geht's Dir? Ich bin hier an einem ganz komischen Ort, jedenfalls komisch für Griechenland-Touristen, nämlich in einem kleinen abseitigen Hafen auf Kreta. Vielleicht ist hier im Sommer mehr los. Ich bleibe nicht lange, und meine Adresse ist nach wie vor American Express in Athen. An Martha habe ich geschrieben, das hat sie Dir wohl gesagt. Wie geht es Dir und Lola und den Kindern?*

Ich hatte kürzlich ein sonderbares Erlebnis, das eigentlich auch jetzt noch andauert. Irgendwann werde ich Dir alles erzählen, im Augenblick geht es nicht. Ein ungefähr 40jähriger Amerikaner spielt dabei eine Rolle, dem ich begegnet bin und der das genaue Ebenbild von Papa mit vierzig ist (ich weiß kaum noch, wie er mit vierzig aussah, aber ich habe ja viele Bilder gesehen). Der Mann hier ist in jeder anderen Hinsicht Papas genaues Gegenstück. Ich bin seit einer Weile mit ihm zusammen, und das hat eine ganz komische Wirkung auf mich. (Bitte entschuldige, daß ich so oft ›komisch‹ sage, und auch den leichten Ton meines Briefes. Mir ist heute morgen einfach fröhlich zumute. Nicht etwa frivol, das nicht.)

Weißt Du, für mich war Papa in gewisser Hinsicht einfach kein Mensch aus Fleisch und Blut. Für uns Kinder – jedenfalls für mich – war er fast ein Halbgott, den wir bei Tisch sahen und mit dem wir in einer anderen Sprache redeten als sonst, jedenfalls außer dem Hause. Nie habe ich gesehen, daß er für Mama eine zärtliche Geste hatte, bloß Du hast mir einmal gesagt, daß Du es mal gesehen hättest. Jedenfalls, durch das Zusammensein mit diesem Amerikaner hier – der aus bestimmten Gründen namenlos bleiben muß –, kann ich Papa jetzt irgendwie besser und wirklicher sehen. Es ist schwer zu erklären, besonders da, wie gesagt, dieser Mann hier alles andere als ein Tugendbold ist und ich in seinem Charakter – außer Großzügigkeit in Geldsachen – noch keinen angenehmen Zug entdeckt habe. Das ist aber für meine Absichten nur gut. Ich sage ›Absichten‹ mit Absicht. Ich benutze den Mann für meine eigenen inneren Absichten. Er verhilft mir dazu, daß ich Papa etwas klarer sehe, vielleicht mit weniger Groll und mehr Humor, ich weiß es selbst nicht. Gott weiß, wie gern ich den alten Groll loswerden möchte. Ich bin älter geworden, das macht natürlich viel aus. Merkwürdigerweise erinnert mich die Frau dieses Mannes – die viel jünger und recht lebhaft und attraktiv ist – an die unglückselige Episode meiner Jugend. Irgendwie vollzieht sich in mir so etwas wie eine psychologische Läuterung durch eine Art Wiederholung, die ich selber gar nicht begreife. Aber ich bin ganz sicher, es wird gut enden. Du hast in der Sache mit Agnes immer Verständnis für mich gehabt, lieber Ken, deshalb hoffe ich, Du wirst auch jetzt verstehen, was ich über Papa sagte, und nicht glauben, daß ich sein Andenken nicht achte, wenn ich heute über ihn schreibe. Es war nicht Mißachtung, warum ich im Dezember nicht zu seiner Beisetzung kam; ich habe es einfach nicht fertiggebracht.

Rydal hielt inne und tat einen tiefen Atemzug. Er hatte doch gar nicht wieder von der Beisetzung anfangen wollen. Er machte einen Punkt und begann einen neuen Absatz.

Ich komme bald nach Amerika zurück und will dann sofort irgendwo richtig zu arbeiten anfangen, entweder in Boston oder in New York, denke ich. Aus diesem reichlich vieldeutigen Brief geht jedenfalls hervor, daß es mir ein Bedürfnis war, Dir nach so langer Zeit wieder zu schreiben. Fasse es so auf, mein lieber Bruder; grüße die Deinen von mir und bleib gesund. Gott behüte Dich.   *Dein Bruder Rydal.*

Er verschloß gerade den Brief, als Colette klopfte. Er öffnete die Tür.

»Hallo!« sagte sie. »Wie gefallen dir meine ›vernünftigen‹ Schuhe?«

Rydal lächelte. Sie trug flache rote Schuhe mit Quasten. »Sind es amerikanische?«

»Aber nein – griechische! Siehst du das nicht? Hier in Griechenland sind Schuhe viel billiger. Fünf Paar habe ich gekauft.«

Bei ›Paar‹ brach ihre Stimme wie die eines heiseren kleinen Mädchens. »Wollen wir jetzt gehen, ja?«

»Ja.« Er nahm seinen Mantel und den Brief.

»Soll das mit Luftpost gehen? Ich habe Briefmarken.« Sie legte ihre Tasche auf sein ungemachtes Bett, setzte sich und entnahm ihrem Portemonnaie griechische Marken.

Rydal nahm sie dankend entgegen. Ihre praktische Tüchtigkeit überraschte ihn immer wieder. Gestern abend – da hatte sie Streichhölzer bei sich gehabt, als er seine Zigarette anzünden wollte. Sie hatte stets Streichhölzer in der Handtasche, obgleich sie gar nicht rauchte. Er fragte: »Was macht Chester? Fühlt er sich gut?«

»Och ja, ich denke schon. Bißchen Katzenjammer. Moment noch!«

»Ja – was gibt's?«

»Du wolltest doch ...« Sie schloß die Tür bis auf einen Spalt und flüsterte: »Weißt du nicht mehr, was du gestern abend gesagt hast? Bevor ich aus einer Tür gehe, willst du mir immer einen Kuß geben!«

Er war ganz sicher, daß er es so nicht gesagt hatte. Er hatte gescherzt, und er scherzte auch jetzt, als er sie auf den Mund küßte. Lächelnd verließen sie das Zimmer. Colette machte ihn wieder jung, beinahe wieder wie fünfzehn, aber ohne die Blindheit und die schreckliche Verwundbarkeit und die Art von Unschuld, die bei Fünfzehnjährigen stets mit Torheit gepaart ist.

Sie gingen auf den Marktplatz und schlenderten durch die schmalen Gassen aus Schuhen und Stiefeln, wo es nach tierischem Urin roch. Sie starrten voller Staunen und Abscheu auf das aufgehängte Fleisch, von dem große Stücke so geschnitten waren, daß man sie nicht mehr erkennen konnte. Sie kauften Eiskrem und gingen weiter, Hand in Hand, um nicht getrennt zu werden. Colette entdeckte eine weite knopflose Jacke, unten mit Fransen, die sie für Chester erstand, und Rydal half ihr beim Feilschen. Sie bekamen sie für dreißig Drachmen weniger, als die Frau zuerst gefordert hatte.

»Ich finde, an solchen Orten wie hier sollte man nie den ersten verlangten Preis bezahlen, findest du nicht?« sagte Colette. »Nur die blöden Touristen treiben überall die Preise in die Höhe.«

Rydal stimmte lächelnd zu. »Glaubst du, daß Chester das tragen wird?«

»O ja, zu Hause schon. Aber nur zu Hause. Sonst, außerhalb, ist er sehr penibel.«

Die rotbäckige Bäuerin packte die Jacke sorgfältig in Zeitungspapier, steckte die Ränder nach innen und übergab Colette das Paket.

»*Efharisto*«, sagte Colette. »Danke schön.«

Die Frau erwiderte etwas und lächelte ihr zu. »Was sagt sie?« fragte Colette.

»Ach – gern geschehen, sagt sie, geh mit Gott, sowas ähnliches«, gab Rydal zurück. Sie gingen weiter. Colette hatte ihren Arm unter seinen geschoben.

»Du mußt sehr gut in Sprachen sein, weil du so gut Griechisch gelernt hast. Es klingt sehr schwierig. Nichts klingt nach dem, was es wirklich ist, weißt du? Französisch klingt so wie es ist. Italienisch auch, sogar Deutsch ... Aber Griechisch!«

Rydal legte den Kopf zurück und lachte laut auf. Was hätte sein Vater zu einer solchen Bemerkung gesagt! Er sah sein Gesicht vor sich und stellte sich vor, daß er oder Martha oder Kennie das zu Hause geäußert hätten. Mit steinernem Gesicht hätte sein Vater von einem zum andern geblickt, als quäle ihn ein körperlicher Schmerz; und dann hätte er verkündet, dies sei die Äußerung eines Idioten gewesen. Chesters Gesicht erschien über dem des Vaters. Rydals Lächeln erlosch.

»Kannst du auch Italienisch und Französisch?« fragte sie.

»Ja. Viel besser als Griechisch, aber das ist kein Verdienst. Ich mußte es als Kind sprechen.«

»Wirklich? Seid ihr soviel gereist?«

»O nein, fast gar nicht. Aber mein Vater brachte uns die Sprachen zu Hause bei. Schon als wir noch kaum reden konnten. Einen Monat lang mußten wir Französisch sprechen, dann Italienisch, dann Russisch, dann ...«

»Russisch?«

»Ja, das ist eine hübsche Sprache. Mein Vater dachte, es sei leichter so ... Nein, eigentlich nicht deswegen; das war ihm ganz egal. Aber er meinte, wenn man als Kind eine Sprache lernte, könnte man sie später besser sprechen, oder so was.«

Rydal lächelte, als sie ihm aufmerksam zuhörte.

»Allerhand.«

»Und wenn er hörte, daß einer von uns Englisch sprach in einem Monat, wo wir Spanisch sprechen sollten oder sonstwas, dann kriegten wir Tadel. Oben im Flur hing eine Tafel mit den Tadeln, jeder konnte sie sehen. Sogar meine arme Mutter bekam ab und zu einen.« Er lachte freudlos.

»Menschenskind!«

»Oder wenn wir die Sprachen durcheinanderbrachten, dann kriegten wir Tadel. Erste Satzhälfte italienisch, zweite spanisch, das gab zwei Tadel. Mein Bruder Kennie wußte zum Beispiel nie das französische Wort für Rasenmäher, aber auf Russisch wußte er es. Wir haben auch oft Wortspiele gemacht, wenn mein Vater nicht dabei war. Er sagte zum Beispiel: ›Laß das Fenster zu, Rydal, ich bin ein Frischluft-Feind.‹« Rydal lachte.

»Versteh ich nicht.«

»›Feind‹ ist ein deutsches Wort. Ein Frischluft-Feind, das heißt –«

»Ah so, ja. Ja.« Sie lachte ebenfalls. »Prima.«

Aber Rydal sah, daß ihre Gedanken schon woanders waren. Sie hing an seinem Arm und blickte auf ihre Füße, die große langsame Schritte machten wie ein Kind, das versucht, nicht auf die Fugen des Pflasters zu treten. Er schwieg. Sie hatten jetzt den Markt verlassen und gingen eine ruhige Straße mit zweistöckigen Häusern hinunter. Am Ende der Straße, nicht sehr weit weg, erschien ein Stück Himmel, das sich nach oben weit ins blaue All öffnete. Die Luft war frisch und rein, wie nach einem Regenguß, aber die Straße war ganz trocken. Ein schwarz-weißes Kätzchen wälzte sich im Staub, den Bauch zur Sonne gewandt. Rydal beugte sich vor, um zu sehen, ob Colette ihr Päckchen noch hatte. Ja, es steckte unter ihrem andern Arm.

»Ich dachte gerade«, sagte sie, »wenn wir nach New York zurückkommen, können wir nicht mehr ... Na ja, natürlich sind wir das auch jetzt nicht. Ich meine, wir waren es nicht ...« Der Wind blies ihr das kurzgeschnittene rötliche Haar in die Stirn. Sie blickte immer noch nach unten.

»Was meinst du denn?«

»Ja – in New York war Chester doch Howard Cheever. So stand es an unserem Briefkasten, und den Mietvertrag haben wir auch so unterschrieben. Dann wurden wir Mr. und Mrs. Chester MacFarland, wegen der Pässe. Das war Chesters wahrer Name.« Sie hob plötzlich den Kopf, blickte gerade vor sich hin und lachte. »Chester sagt, er hat vor Jahren in San Francisco mal Schwierigkeiten gehabt bei einem Geschäft mit Autos, das war unter seinem richtigen Namen MacFarland, und deshalb hat er ihn nicht wieder benutzt ... Er muß wohl gedacht haben, das ist schon so lange her oder so unwichtig, daß er ihn jetzt wieder benutzen konnte für den Paß.«

Rydal versuchte zu folgen. »Hmm ... Howard Cheevers Name stand nicht in dem Notizbuch, das der Beamte hatte. Ich glaube jedenfalls nicht. Oder?«

»Nein, nein«, sagte Colette fröhlich, als handele es sich um ein heiteres Spiel. »Darüber war Chester auch mächtig froh. Sonst wären nämlich ein paar Bankkonten und Gott weiß was sonst noch blockiert gewesen.«

Rydal empfand plötzlich Ekel vor Chester. Es war nur ein Moment, wie ein Anfall von Übelkeit. Er hob unwillkürlich die Schultern.

»Du magst Chester nicht sehr, was?« fragte sie.

Er sah sie an und wußte nicht, was er sagen sollte. »Und du?«

»Ich? Ach ...« Sie zuckte ebenfalls mit den Achseln.

Zwei Seelen und ein Gedanke, dachte Rydal. Aber dann besann er sich. Nein, Colettes Achselzucken hieß: *Ich muß ihn mögen, ich bin ja mit ihm verheiratet* ... Der Gedanke gefiel Rydal nicht. Und wenn es heißen sollte: *Ich weiß auch nicht recht, ob ich ihn mag oder nicht* – dann gefiel ihm auch das nicht. Ein so nettes intelligentes Mädchen durfte einen Gauner nicht gernhaben. Rydal runzelte die Stirn und blickte sie von der Seite an, er sah ihr Profil, ihre langen Wimpern, die kleine Nase und die vollen Lippen. Vielleicht machte es ihr Spaß, mit Chester zu schlafen. Vielleicht war er für sie einfach ein guter Versorger. Wer konnte das wissen?

»Dich mag ich lieber«, sagte sie und sah ihn nicht an.

Sie standen still. Wenige Meter vor ihnen lehnte in einer Türöffnung ein schmutziger alter Mann mit verschränkten Armen und sah sie an.

»Und weshalb?« fragte Rydal.

Sie sah mit hellen veilchenfarbenen Augen zu ihm auf. »Du bist ehrlich«, sagte sie. »Du bist offen, und ich kann mit dir reden. Du kannst auch mit mir reden, nicht wahr? Du hast es ja schon getan.«

Rydal fuhr sich mit der Zunge über die Lippen und nickte. Ihm fiel keine Antwort ein. Er wünschte plötzlich, sie wären in seinem Hotelzimmer, allein.

»Deshalb mag ich dich.« Sie blickte sich um, als sei sie jetzt fertig mit dem Nachdenken über ihn. »Ich habe Hunger – du nicht?«

»Doch, etwas.« Rydal sah auf die Uhr: es war schon nach drei.

»Können wir irgendwo essen, wo es nicht so fein ist?« fragte sie.

»Nicht so fein?«

»Ja. Wo die Griechen essen.«

Lächelnd zog Rydal sie am Arm zurück in die Richtung der Stadt.

»Was anderes gibt's hier doch gar nicht.«

Aber Colette hatte eine ganz feste Vorstellung von dem, was sie wollte. Sie wünschte sich eine ganz ordinäre Kneipe, und die fand Rydal in einer Straße am Markt. Dort aßen sie Ziegenfleisch auf grauem Brot und tranken zusammen ein Glas so schlechten Retsina, wie ihn Rydal bisher nicht gekannt hatte. Colette probierte eins der süßen Brötchen, die der Wirt unter einem unsauberen Tuch im Korb liegen hatte; es war aber selbst für ihre Zähne zu hart, und die waren in Alaska mit Walspeck fertig geworden, wie sie erzählte. Vermutlich war sie mit Chester in Alaska gewesen; aber Rydal fragte sie nicht.

Als sie gegen vier ins Hotel zurückkamen, war Chester ausgegangen. Colette klopfte an Rydals Tür, um ihm das mitzuteilen.

»Na – der Portier hätte uns bestimmt gesagt, wenn ihm irgendwas passiert wäre«, sagte Rydal. Er meinte ... *wenn die Polizei gekommen wäre und ihn mitgenommen hätte.* Aber nach dem, was er gesagt hatte, war er nicht mehr so sicher.

»Oh – ich glaube nicht, daß ihm was passiert ist.« Colette trat ins Zimmer und schloß die Tür hinter sich. »Er macht einfach einen Spaziergang.« Sie lehnte sich an die Tür.

Rydal legte unter ihrem offenen Mantel die Arme um sie und küßte sie. Und dann fiel er ganz schnell von einer schwindelnd hohen Klippe in den Abgrund, in die Dunkelheit; er hörte sich protestieren und versuchte, ihre Arme zu lösen, die sich eng um seinen Nacken schlangen, aber Colette ließ ihn nicht los. Chester war doch ausgegangen, und sie würde ihm erzählen, sie sei draußen herumgelaufen und habe ihn gesucht ... Immer wieder sagte Rydal: »Nein.« Schließlich gelang es ihm, ihre Arme zu lösen und sie an den Handgelenken festzuhalten. Ihr Mund öffnete sich, sie war überrascht oder auch betäubt oder erschrocken, er wußte es nicht.

»Geh jetzt«, sagte er. »Bitte, geh.«

»Warum? Was hast du denn?«

»Geh, bitte. Geh jetzt.« Er schob sie hinaus und schloß die Tür. Dann blieb er minutenlang auf dem Stuhl sitzen und dachte gar nichts. Er wollte nicht denken, er wollte nichts fühlen. Er wollte auch nicht wissen, was er eben gefühlt hatte. Und alles nur, weil sie ihn an Agnes erinnerte ... Zum Teufel mit Agnes! Er stand auf. Vielleicht war dies das letzte Mal, vielleicht würde er es mit keiner anderen Frau je wieder erleben, diesen unsinnigen und schrecklichen Überfall aus Glück und Schmerz. Colette war doch gar nicht wie Agnes. Es blieb unbegreiflich.

»Sie ist nicht wie Agnes«, sagte er leise. »Sie ist nicht wie Agnes.«

An diesem Abend trank er zuviel, aber Chester trank noch mehr. An diesem Abend wehrte er sich nicht mehr gegen den Gedanken, daß er Colette liebte. Es ist rein körperlich, sagte er sich. Es war hübsch, mit ihr zu tanzen. Chester sah, daß es ihm Freude machte, und wurde zornig. Auch Colette trank etwas zuviel. Aber es war noch nicht spät, noch vor Mitternacht, als sie einander Gute Nacht wünschten. Chester wortkarg, Colette und Rydal fröhlich munter. Als Colette vorher am Abend einmal hinausgegangen war, hatte Chester zu Rydal gesagt, sie würden sich morgen abend oder Montag morgen trennen. Er hatte das wie eine gewichtige Ankündigung vorgebracht, und Rydal hatte feierlich und zustimmend genickt. Schließlich war das ja die Abmachung. Und der Preis dafür war fünftausend Dollar.

Rydal zwang seinen verschwimmenden Blick zur Klarheit, bis die Zahlen auf den Geldscheinen in seiner Hand ganz deutlich wurden. Fünfhundert. Fünfnullnull. Sie sahen ganz unwirklich aus. Zehn Stück – zehn schöne neue Scheine, die ihm Chester, als Colette draußen war, so lässig über den Tisch gegeben hatte, als reiche er ihm die Speisekarte. »Danke«, hatte Rydal gesagt und kein Wort weiter.

Er schob das kleine Bündel durch den Schlitz in seinem Kofferfutter, wo sich auch sein anderes Geld befand, das nicht so sauber und neu, aber ehrlicher erworben war.

10

Niemals hatte Chester eine Stadt so gehaßt wie Chania. Die Häuserreihe in der Straße seines Hotels war für ihn zum Symbol, zum absoluten Angesicht der Hölle geworden. Chania war die Stadt, in der ihm Colette entglitten war. Chania war der Ort, wo er drei Tage wie ein gehetzter Hase herumgelaufen war und zusehen mußte, wie seine Frau von einem schäbigen Gigolo verführt wurde. Er war ganz sicher, daß die beiden miteinander geschlafen hatten. Colette leugnete, aber was blieb ihr auch anderes übrig ... Es ist das erste Mal, daß sie mich belogen hat, dachte Chester. Und in Chania war es auch, wo er seine Frau zum erstenmal geschlagen hatte. Sonnabend abend, nach ihrer Rückkehr, hatte er ihr einen heftigen Schlag auf die Schulter versetzt, und am Sonntag morgen hatte sich dort ein dunkler Fleck gezeigt. Sie war sehr böse mit ihm an diesem Sonntag. Chania war die Stadt, in der sich Colette gegen ihn gewandt hatte. Sie war jetzt entschlossen, den Jungen festzuhalten, nur weil sie wußte, wie gern ihr Mann ihn losgeworden wäre. Liebend gern wäre Chester am Sonntag nachmittag abgereist, aber Sonntag nachmittags fuhr kein Bus zurück nach Heraklion. Nachts hatte ein Schiff im Hafen angelegt und war wieder abgefahren. Sehr gern wäre Chester mitgefahren, nur mit Colette, egal wohin das Schiff fuhr. Nun, sie würden morgen früh mit dem Neunuhr-Bus fahren. Wahrscheinlich fuhr Rydal mit demselben Bus, das wäre ärgerlich, aber in Heraklion konnten sie ihn dann bestimmt loswerden; und wenn er etwa vorhatte, mit ihnen im gleichen Flugzeug nach Athen zu fliegen, dann wollte ihn Chester ersuchen, eine andere Maschine zu nehmen.

Chania erinnerte ihn an sein zweites Jahr in Harvard, als er die Nachricht von seines Vaters Bankrott erhielt und Annette sofort die Verlobung gelöst hatte. Der Schreck über die Lage seines Vaters und der Verlust des Mädchens waren für ihn zu einer einzigen, welterschütternden Katastrophe zusammengewachsen. Er war von der Universität abgegangen und hatte versucht, das, was er bis dahin von Wirtschaft und Verwaltung gelernt hatte, in New Hampshire in einer Kunstlederfabrik anzubringen, die vor dem Ruin stand. Er hatte sie nicht retten können und ohne einen Pfennig dagestanden. Da hatte er sich geschworen, reich zu werden, mit immer bedenklicheren Methoden, das erkannte er jetzt. Zu Anfang hatte er nicht die Absicht gehabt, auf krummen Wegen zu Geld zu kommen, das ergab sich ganz allmählich von selbst, und es war schlimm, das wußte er wohl. Aber es war nun zu spät; er saß viel zu tief drin und konnte nicht mehr davon lassen – so wenig wie ein Süchtiger vom Rauschgift.

Chania erinnerte ihn an dies alles. An sein Versagen.

Sonntag nachmittag um halb drei lag Chester mit Kopfschmerzen im Bett. Er hätte gern ein paar Flaschen kaltes Bier gehabt, aber in Chania war so etwas natürlich nicht möglich. Er hatte schon vor Stunden unten angerufen und Bier bestellt, worauf man ihm in fehlerhaftem Englisch irgend etwas von einem Laden sagte, der bis vier Uhr geschlossen sei. Er las ein paar Seiten in einem von Colettes Taschenbuchromanen, dämmerte ein und las wieder. Jedesmal nach dem Schlaf fühlte er sich etwas besser, aber im Halbwachen sah er häßliche Bilder von Rydal und Colette vor sich, die jetzt zusammen waren, ›irgendwo spazieren‹, wenn sie nicht ... Er griff nach dem Telefon und verlangte Zimmer 18.

Niemand antwortete. Er hatte ins Leere gesprochen. Endlich meldete sich eine Männerstimme.

»Bitte geben Sie mir Zimmer 18 ... Nein, achtzehn – eins acht ... Ja, im zweiten Stock!«

»Ja, Sir. Ich rufe.«

Chester hörte keinerlei Rufzeichen. Mehrere Sekunden vergingen, dann sagte die Männerstimme wieder: »Ich rufe ...« Wie eine Schallplatte.

Chester seufzte. Es war nicht klar, ob der Telefonist schon angerufen hatte oder jetzt anrief. Man hörte keinen Ton. Seine Geduld war zu Ende. »Lassen Sie. Bevor Sie rufen, kann ich selbst an die Tür gehen.« Er legte den Hörer auf.

In zwei Minuten war er angezogen, nur der Schlips fehlte. Er ging den Gang hinunter bis zu Nummer 18, horchte einige Sekunden an der Tür, hörte nichts und klopfte laut.

Ein Augenblick verging, dann rief Rydals Stimme: »Ja?«

»Ich bin's, Chester.«

Rydal öffnete die Tür. Er war in Hemdsärmeln, trug aber einen Schlips. Er sah Chester besorgt an. »Ist was?«

»Nein, nein ... Kann ich hereinkommen?«

Rydal trat zur Seite, und Chester ging in das Zimmer, in der Erwartung, Colette hier zu finden, aber der Raum war leer. Das

Bett sah zerdrückt aus, war aber mit einer bunten Decke zugedeckt, darauf lagen mehrere mit der Hand beschriebene Bogen und ein schwarz-weiß kariertes Notizbuch.

Chester räusperte sich. »Haben Sie Colette nicht gesehen? Ich dachte, Sie sind mit ihr spazieren gegangen?«

»Ja, das war ich. Sie ... sie ist noch mal ausgegangen, um was zu holen – ich weiß nicht was.«

»Noch mal ausgegangen? War sie denn hier?«

»Wir sind ins Hotel zurückgekommen, und dann ist sie noch mal ausgegangen.« Rydal verschränkte die Arme und sah Chester gerade in die Augen.

Chester nickte und trat an das Bett. »Was ist das da?«

»Gedichte«, sagte Rydal knapp. »Ich schreibe manchmal Gedichte.«

»Ach...« Chester wandte sich um, warf noch einen Blick durch das Zimmer und sah Colettes Handtasche unter einer Zeitung auf dem Sessel. Er lächelte böse. »Wo ist sie? Versteckt sie sich unter dem Bett?«

Rydal ließ die Arme sinken und runzelte die Stirn. »Sie ist...«

Hinter ihm öffnete sich die Badezimmertür, und Colette kam heraus. »Ches, mach hier keine Szene«, sagte sie nervös. »Du lieber Himmel, ich hab mir Rydals Gedichte angesehen.«

»Und dazu versteckst du dich im Badezimmer?« donnerte Chester.

»Ich hab mich nicht versteckt.«

»Doch, du hast dich versteckt – sonst hätte ja Rydal nicht gesagt, du wärst aus!« schrie Chester. »Warum hast du dich versteckt?«

Rydal warf den Bleistift, den er in der Hand hielt, auf das Bett. »Ich will Ihnen sagen, warum sie sich versteckt hat. Weil sie wußte, Sie machen Krach, wenn Sie sie hier finden. Jetzt haben wir den Krach... Machen Sie weiter.«

Chester trat mit geballten Fäusten auf ihn zu. »Sie haben vielleicht Nerven, Sie ... Sie dreckiger Intrigant ...«

»Nerven? O ja ...« Rydal wich keinen Schritt zurück; auch seine Hände waren zu Fäusten geballt. »Ich hab nämlich keine Angst vor Ihnen. Sie sind's gewöhnt, Leute rumzuschubsen, was? Alle müssen nach Ihrer Pfeife tanzen, nicht wahr? Wie Ihre Frau hier, die sich im Badezimmer verstecken ...«

»Ach – Sie geben also wenigstens zu, daß sie meine Frau ist, ja?« Chesters Gesicht glühte. »Ich wäre Ihnen dankbar, wenn Sie sie aus Ihrem Bett heraushielten, junger Mann!«

»Chester, bitte!« Colette rannte zu ihm, blieb aber vor ihm stehen und hob bittend beide Hände.

»Machen Sie, daß Sie hier rauskommen. Dies ist mein Zimmer.« Rydal zündete sich eine Zigarette an.

»So lasse ich nicht mit mir reden«, sagte Chester laut.

»Soll ich Ihnen mal was sagen? Ich lasse auch nicht so mit mir reden. Und auch nicht ... und auch nicht Colette so beleidigen, wie Sie es getan haben.« Rydal flog am ganzen Körper; nur mit Mühe brachte er die Zigarette in den Mund.

Chester sah es und nahm es als Zeichen für ein schlechtes Gewissen. Triumph stieg in ihm auf. Er hatte die beiden so gut wie ertappt beim Ehebruch. In flagranti. Sie konnten gar nichts mehr sagen. »Tiere seid ihr, alle beide. Tiere!«

»Was haben Sie gesagt?« Rydal machte einen Schritt auf ihn zu.

Colette ergriff seinen Arm. »Nicht, Rydal.« Sie hielt seine rechte Hand fest. Chester starrte einen Augenblick mit geweiteten Augen auf ihre Hand, dann sah er Rydal an. »Wissen Sie, was ich jetzt mit Ihnen mache?«

»Sie?« Rydal machte sich mit einer harten Bewegung frei. »Was *Sie* jetzt machen? *Ich* werde machen, hören Sie? Und zwar werde ich Sie anzeigen – heute noch. Zeigen Sie mich doch auch an, wenn Sie wollen. Ich nehm's mit Ihnen auf.«

»Kaum, junger Mann ... Weil ich Sie nämlich vorher umbringe!« Chester fühlte, wie sich sein Mund verzerrte. Sein Herz pochte laut. Wieder ein Triumph! Noch nie hatte er diese Worte ausgesprochen. Es waren gute, klare Worte.

»Ja, das möchten Sie gern ... Versuchen Sie's doch! Ich hab keine Angst vor Ihnen!«

»Hier wird niemand umgebracht«, sagte Colette. »Bitte ... könnt ihr nicht Vernunft annehmen? Entschuldigt euch bei einan ...« Ihre Stimme brach.

»Dafür hab ich weiß Gott keinen Grund!«

»Ich auch nicht«, sagte Chester mechanisch. »Aber ich denke ... Ich denke, er nimmt das lieber zurück, was er über die Anzeige gesagt hat. Andernfalls ...«

»Nein.« Rydal ging zum Nachttisch und ließ die Asche in den

Aschenbecher fallen. »Ich habe beschlossen, Ihnen endlich das zukommen zu lassen, was Sie verdienen und damit basta.«

Chester lachte laut auf. »Und was meinen Sie, was dann aus Colette wird?«

»Die hat ja mit Ihren Verbrechen nichts zu tun«, sagte Rydal.

»Sie haben ›beschlossen‹ ... ›Beschlossen‹!« Chester ging auf und ab. »Sie übersehen nicht mal die Folgen für sich selber! Wissen Sie nicht...« Chester hielt inne. Rydal blickte ihn kalt an, seine Augen waren hart und fest.

»Scheren Sie sich raus«, sagte Rydal. »Halt, noch eins. Wollen Sie Ihre fünftausend zurück? Das können Sie haben.« Er trat rasch an seinen Koffer.

»Interessiert mich nicht. Was sind fünftausend«, knurrte Chester. »Komm jetzt, Colette.« Er ging zur Tür. Rydal kam mit dem Geld in der Hand auf ihn zu. »Nein, nein, nein – das können Sie behalten. Fürs Anzeigen und Spionieren...« Er zuckte zurück, als ihn das Geldbündel ins Gesicht traf.

Die Scheine flatterten langsam zu Boden.

»Also das ist doch zu dumm.« Colettes Stimme klang strafend, als sie sich daranmachte, das Geld aufzuheben.

Rydal lachte – ein fast hysterisches Lachen, dachte Chester.

»Laß doch, Liebling«, sagte Rydal. »Das Zimmermädchen kann das Zeug aufheben. Oder Chester.«

»Ach, Sie nennen sie schon Liebling?« fragte Chester höhnisch. »Das dürfte wohl das letzte Mal gewesen sein.«

Colette hob den Rest der Scheine auf. »Und weißt du was? Es war auch das erste Mal.«

Wieder lachte Rydal, und Colette blickte ihn an.

»Komm jetzt ... Der Kerl ist ja verrückt!« Chester zog sie am Arm.

»Hier, Rydal.« Sie hielt ihm das Geld hin.

»Danke, nein.« Rydal wandte den beiden den Rücken zu.

»Komm jetzt mit ... Und vergiß deine Handtasche nicht.« Chester riß ihr die Scheine aus der Hand und ließ sie auf die Sessellehne fallen. Rydal kehrte ihnen noch immer den Rücken zu. Ein gutes Ziel für einen Pistolenschuß, dachte Chester.

»Wir sehen uns später noch, Rydal«, sagte Colette im Hinausgehen. Er antwortete nicht.

Chester schenkte sich einen Whisky ein, sobald sie wieder in ihrem Zimmer waren. Er beobachtete Colette; sie ging hin und her, hängte ihren Mantel auf, nahm den Kamm aus der Tasche und kämmte sich. Nach einigen Minuten hatte sich Chester beruhigt und setzte sich auf den Stuhl.

»Gewäsch!« knurrte er. »Gewäsch und nichts dahinter ... Anzeigen! Lächerlich.« Er schwenkte das Glas nach Rydals Zimmer hinüber. »Idiot ...« Er lachte kurz auf. »Schmeißt mir das Geld ins Gesicht! Na, daran wird er noch denken. Wird das letzte Mal sein, daß er jemand fünftausend ins Gesicht schmeißen kann ... Hätt ich's bloß genommen!« Er streckte die Beine aus, legte den Kopf zurück und lachte glucksend.

»Ich finde, ihr habt euch beide wie kleine Kinder benommen.« Colette hob den Deckel einer Pralinenschachtel auf, steckte ein Stück Konfekt in den Mund und streifte die Schuhe ab. Sie saß auf dem Bettrand, zog die Füße hoch und schob sich ein Kissen in den Rücken. »Du, er macht gute Gedichte, wirklich. Besser als ... Du weißt doch – der die Liebesgedichte geschrieben hat, die du mir geschenkt hast ... Wie hieß er noch?«

»Keine Ahnung«, murmelte Chester.

»Chester ...?«

»Was?«

»Es war die reine Wahrheit. Ich bin zu Rydal gegangen, weil ich seine Gedichte sehen wollte. Er ist mir kein einziges Mal zu nahe getreten, und ich bin niemals mit ihm ins Bett gegangen. So was darfst du wirklich nicht sagen.«

»Na gut. In Ordnung. Ich will nichts mehr davon hören«, sagte Chester mit erhobener Stimme und stand auf. Er hatte ja wohl ein Recht, seine Stimme zu erheben nach allem, was er eben durchgemacht hatte. Ebenso hatte er ein Recht auf einen zweiten Whisky.

»Darling – hast du nicht jetzt genug getrunken? Hast du nicht Lust, ein bißchen an die Luft zu gehen? Das täte dir gut.«

»Warum? Damit du wieder zu ihm kannst?« Chester füllte sein Glas. Die Kopfschmerzen, die er eine Weile nicht bemerkt hatte, kamen wieder.

»Komm zu mir, Darling ... Komm!« Sie hielt ihm die Arme entgegen. Chester stellte das Glas hin, setzte sich neben sie auf das Bett und vergrub sein Gesicht an ihrem Hals. Er seufzte tief auf. Ihre kühlen Finger streichelten seinen Nacken und taten ihm unendlich wohl, ebenso wie ihr junger Körper, den er klein und weich und rund im Arm hielt.

»Du weißt doch, daß ich dich liebe, Chester, ja? Das weißt du doch?«

»Ja, Kindchen ... Ja.« Es ist wahr, dachte er, und alles andere ist egal. Rydal Keeners törichte Drohung war weit, weit weg und ganz klein und kläglich. »Willst du dich nicht ausziehen?« fragte Chester leise.

Sie zog sich aus.

Er schlief noch, als Colette kurz nach fünf wieder ins Zimmer kam. Er hatte nicht gemerkt, daß sie draußen gewesen war; das Schließen der Tür weckte ihn.

»Hallo«, sagte sie. Ihre Stimme klang gespannt.

»Hallo ...« Sie war wieder bei Rydal, dachte er noch halb im Schlaf und setzte sich auf. »Wo warst du?«

»Kann ich Licht machen?«

»Ja.«

Sie machte die Nachttischlampe an.

»Wo bist du gewesen?«

Sie sah ihn an. »Ich könnte eine Zigarette gebrauchen.«

»Natürlich. Meine sind ... sie liegen da drüben neben dem Whisky.«

Er beobachtete sie. Sie rauchte fast nie.

»Ich bin rübergegangen zu Rydal ... Reg dich nicht auf!« Sie setzte sich mit der Zigarette zu ihm auf den Bettrand. »Ich wollte sehen, was er macht. Ich meine, was er so denkt. Ja, und ...«

»Und?«

»Er ist sehr böse, Ches.« Sie blickte ihn eindringlich und fast verstört an. »Ich weiß nicht, warum. Ich weiß nicht, was mit ihm los ist. Er ist voller Bitterkeit. Er sagt, er will dich bei der Polizei anzeigen.«

»Aaaah«, machte Chester verächtlich, aber ein kalter Schauer überlief ihn. »Und wann? Wenn er das vorhat, worauf wartet er dann noch?«

»Auf Athen«, sagte Colette. »Er will dich bei der Polizei in Athen anzeigen.«

Chester runzelte die Stirn. »Steck mir auch eine an, ja?«

»Ich hab versucht, vernünftig mit ihm zu reden, aber es war zwecklos. Er war ganz ruhig, aber ...« Sie zündete die Zigarette an und gab sie ihm. »Chester, was sollen wir tun?«

Chester nagte an seiner Unterlippe. »Ich glaube nicht daran, daß er das ernsthaft vorhat. Wenn er das wollte, brauchte er nicht zu warten, bis wir in Athen sind. Und er würde es uns auch nicht vorher sagen ... Außerdem steckt er ja doch mit drin.«

»Ich glaube, das ist ihm egal.«

»Ach, das ist doch Unsinn.«

»Nein, Ches, sprich doch selbst mit ihm, wenn du Lust hast. Dann wirst du sehen, was ich meine.«

»Ich denke nicht daran! Ihn womöglich bitten ... Ah, jetzt verstehe ich. Ich hab wohl heute eine lange Leitung. Er will mehr Geld haben. Diesmal will er einen ordentlichen Batzen, nehme ich an.«

»Nein, das will er nicht. Von Geld hat er gar nichts gesagt, kein Wort.«

»Er will bloß, daß ich anfange.« Chester stand auf, griff nach seinem Hemd, das auf dem Stuhl lag, und ging hinüber ins Bad, wo er seinen Morgenrock anzog. »Wart's nur ab. Wir werden ja sehen, wie er sich morgen verhält – oder heute abend. Ich wette, er sitzt morgen mit uns im Bus nach Heraklion.«

»Ja. Er sagt, er will dich nicht aus den Augen lassen.«

Chester lächelte dünn. »Paß auf: Entweder heute abend oder morgen früh wird er was von Geld sagen. Oder von dir. Außer Geld bist du das einzige, von dem ich mir vorstellen könnte, daß er es haben will.« Chester beugte sich vor und kniff sie leicht in die Wange. »So, und nun mach dir weiter keine Sorgen, hörst du? Ich habe genug und kann ihn bezahlen. Wenn ich auch nicht gerade scharf bin auf eine zweite Zahlung«, fügte er hinzu und sah nachdenklich auf das zerdrückte Bett. »Das geht dann immer weiter.«

»Laß nur, darüber brauchst du dir keine Sorgen zu machen.«

»Wir werden ja sehen. Jedenfalls, reg dich nicht auf ... Hast du wegen heute abend was mit ihm ausgemacht?«

»Er will nicht mit uns essen.«

»Sehr schön. Dann laß ihn nur allein essen und sein Dinner selbst bezahlen.«

»Er zahlt doch genug für sich selbst, oder? Heute abend wird er gar nichts essen.« Sie zog ein wenig an ihrer Zigarette und stieß den Rauch, ohne zu inhalieren, in einer dicken Wolke aus.

Etwas in ihrer Stimme, ein teilnehmender Ton, ließ Chester aufblicken. »Gott, wie traurig ... Hat er dir das angekündigt?«

»Nein. Aber dazu kenne ich ihn genug. Ich weiß, in welcher Stimmung er ist.«

»Und er tut dir leid, weil er nicht essen will?« Chester machte einen schnellen Schritt auf sie zu. »Dieser Gigolo da hinten?«

»Chester, wenn du mich noch einmal schlägst, schrei ich! Ich hab's dir einmal verziehen, aber nicht ein zweites Mal.« Sie war vom Bett aufgesprungen und ging auf die Tür zu.

Chester schob die Finger durch sein dünnes Haar. »Mein Gott, Liebling, ja ... Ja! Lieber Himmel, ich wollte dich doch nicht schlagen, Liebling. Jetzt hör mal zu ...« Finster und mit nackten Füßen kam er schwer auf sie zu und blieb erst stehen, als sie zurückwich. »Wenn du so weitermachst, werd ich verrückt. Wir hängen den Jungen ab. In Heraklion. Und ich sag dir, wenn wir ihn erst los sind, kommt alles von selber ins Lot. Wir ... wir dürfen uns einfach nicht mehr so streiten wie jetzt eben.«

»Gut, Chester. Ja.«

11

Bis Montag morgen hatte Rydals Zorn verschiedene Stadien durchlaufen. Zuerst, als Chester ihn angebrüllt hatte, war es blinde Wut gewesen, und Rydal kannte auch sehr wohl den Grund. Die ganze Szene war jener, die er mit seinem Vater wegen Agnes durchgemacht hatte, allzu ähnlich gewesen. Sein Vater hatte ihn beschuldigt, Agnes verführt oder praktisch vergewaltigt zu haben; und Chester hatte ihm Ehebruch mit seiner Frau vorgeworfen. Seinem Vater gegenüber hatte Rydal sich nicht behaupten können, wohl aber Chester gegenüber. Er hatte auf die einzig mögliche Weise zurückgeschlagen, indem er ihm mit Anzeige drohte. Eine Stunde später, als er etwas abgekühlt war, hatte er das Unsinnige seiner Wut eingesehen; aber den Plan, Chester der Polizei auszuliefern, hatte er trotzdem nicht aufgegeben. Nur gab es da einige Klippen: Erstens haßte er die Rolle des Denunzianten, und zweitens würde auch Colette darunter zu leiden haben. Rydal konnte auch sich selbst als Helfer anzeigen, so gut wie Chester das konnte, aber dazu hatte er keine Lust, und das bedeutete, daß ihm dazu der Mut fehlte.

Die ganze Nacht hatte er im Bett über das Problem nachgedacht und gar nicht geschlafen. Fest stand nur eines: die dreckigen fünftausend Dollar wollte er nicht haben. Colette würde sie gewiß von ihm zurücknehmen, da war er sicher. Aber Chester würde sie wahrscheinlich nicht annehmen, weil er wußte, daß er sich wegen des Geldes schämte.

Ein dutzendmal in der Nacht war Rydals Zorn von neuem aufgeflammt, als er noch einmal die Szene durchlebte, wie Colette aus dem Badezimmer kam. Und dabei waren auch die Szenen in seinem Elternhaus wieder lebendig geworden: Seine Mutter kam zu ihm, sanft, behutsam, verlegen suchte sie nach Worten, um ihm zu sagen, daß Agnes ihr berichtet habe, sie sei von ihm belästigt worden, er habe ihr ›Gewalt angetan‹. *Ich habe es für richtig gehalten, deinem Vater davon zu berichten, Rydal,* hatte seine Mutter gesagt, *und er möchte dich in seinem Arbeitszimmer sprechen* ... Ja, gestern abend hatte Rydal sich plötzlich erinnert, daß es seine Mutter gewesen war, die gesagt hatte, sein Vater wolle ihn sprechen. Seine Mutter hatte die Worte *dich mal sprechen* verwendet.

Die Nacht war chaotisch, aber an einem Gedanken hatte er festgehalten, den er schon vor dem Zubettgehen gefaßt hatte. Er wolle Chester in dem Glauben lassen, daß er ihn anzeigen werde. Chester sollte Angst haben, egal ob er angezeigt wurde oder nicht. Deshalb war Rydal so fest dabei geblieben, als Colette hereinkam und ihm gut zureden wollte. Chester sollte von Panik erfaßt werden ... Daß Chester ihm gefährlich werden könnte, war Unsinn. Wollte er etwa eine zweite Leiche auf dem Hals haben? Chester mußte schon am Rand der Panik stehen.

Gestern oder vorgestern hatte er irgend etwas gemurmelt von dem Film in seiner Kamera und daß es wohl besser wäre, er ließe ihn nicht entwickeln. Sicher waren es Aufnahmen von ihm und Colette in Athen oder sonstwo in Europa. Ja, das war bestimmt besser. Er hatte Rydal auch nach den Bernsteinketten gefragt, mit denen so viele Männer herumspielten, während sie irgendwo auf der Straße standen. Rydal hatte ihm erklärt, sie kauften die Ketten nur, um etwas zum Schlenkern in der Hand zu haben, einfach zur Entspannung. Chester hatte den einen Mann mit so einer Kette fast neidisch angesehen. Die Ketten gab es an jedem Kiosk zu kaufen. Rydal hatte sich amüsiert über ihn.

So früh wie möglich hatte sich Rydal nach dem Autobus nach

Heraklion erkundigt. Er fuhr um neun Uhr morgens. Um Viertel vor acht rief Rydal in Chesters Zimmer an und sagte Colette Bescheid wegen der Fahrt. Colette verhielt sich genau so steif wie er. Er bezahlte seine Hotelrechnung, ging mit dem Koffer zur Bushaltestelle auf dem öden Platz und stieg um zwanzig vor neun in den Bus. Er hatte eine Zeitung gekauft, nicht wegen Chester, sondern weil er die Meldungen durchsehen wollte. Die fünftausend Dollar lagen zusammengeknäult in seiner linken Hosentasche. Um zehn Minuten vor neun kamen Chester und Colette im Taxi an und stiegen in den Bus.

»Morgen«, sagte Rydal zu Colette von seinem Platz aus.

»Guten Morgen«, erwiderte ihre helle Stimme.

Sie und Chester setzten sich nebeneinander, zwei oder drei Reihen vor Rydal, auf der anderen Seite des schmalen Ganges. Chesters Bart war jetzt auch aus der Entfernung deutlich zu erkennen. Rydal merkte, wie einige Leute ihn betrachteten wie eine wichtige Persönlichkeit, etwa einen Wissenschaftler oder College-Professor.

Der Bus setzte sich in Bewegung, und Rydal war bald eingeschlafen. Es war ein leichter Schlaf, ruhelos und voller zusammenhangloser Traumfetzen; er schreckte immer wieder auf und rutschte auf seinem Sitz hin und her. Richtige Träume konnten es nicht sein, nur die Halbträume eines müden und rastlosen Gehirns. Einmal sah er, wie Chester anlegte und auf ihn schoß. Dann wieder fühlte er, wie Chester ihn von hinten packte und den Arm um seinen Hals preßte, irgendwo in einer dunklen Straße in Heraklion oder Athen, wo niemand sonst zu sehen war und Rydal sich gegen den plötzlichen Überfall nicht wehren konnte. Aber in den Pausen zwischen den wilden Alpträumen umarmte er Colette und küßte sie; das war schön und beruhigend. Es milderte die Härte der Fensterbank, auf der sein Ellbogen ruhte, und auch die metallene Rückenlehne des Vordersitzes, die in seine Kniescheibe stieß, war nicht mehr ganz so hart. Mit halbgeschlossenen Augen blickte er hinüber auf Colettes rotblonden Kopf neben Chester, der seinen Hut aufbehalten hatte. Manchmal wandte Colette den Kopf und sagte ein paar Worte zu Chester, doch meistens blieb der Kopf an die Rückwand gelehnt.

Rethymnon, ein kleiner Ort, lag etwa auf halbem Wege; dort wollte er ganz bestimmt fünfzehn Minuten mit Colette verbringen, ihr Kaffee oder eine Coca bringen und ein Sandwich aus dem besten Restaurant besorgen. Als sie in Rethymnon ankamen, nickte er ihr steif zu, zündete sich eine Zigarette an und wandte beiden den Rücken zu. Er goß eine Tasse Kaffee herunter, lief in das nächstgelegene W.C., stürzte zurück – immer noch die Zeitung aus Chania in der Hand – und nahm seinen Platz wieder ein.

Wolken erschienen am Himmel, und dann setzte ein feiner dünner Regen ein. Sie waren nun nicht mehr weit von Heraklion, und Rydal spähte nach dem Mount Ida aus, den er bei der Ausfahrt aus der Stadt gesehen hatte, aber in dem feuchten Nebel war nichts zu sehen. Die Straße wurde schlechter, dann wieder besser, und endlich waren sie zurück in Heraklion. Der Bus hielt auf dem ungepflasterten Platz. Es war Zeit genug für das Athener Flugzeug um halb vier. Rydal vermutete, daß Chester mit dieser Maschine fliegen wollte; er vermutete auch, daß Chester ihn ersuchen würde, eine andere Maschine zu nehmen. Aber dann hat er eben Pech, dachte Rydal. Chester würde es überhaupt schwer haben, ihn abzuschütteln. Vielleicht fuhren sie sogar zusammen nach Amerika zurück. Rydal stand auf dem Platz, seinen Koffer zwischen den Füßen, und sah hinüber zu Chester und Colette, die ihr Gepäck vom Busfahrer in Empfang nahmen. Chester winkte einem Taxi.

Rydal ging hinüber und fragte Colette: »Fahrt ihr zum Flugplatz?«

»Nein. Er will den Palast von Knossos sehen«, antwortete sie. »Nicht gerade ein idealer Tag dafür, was?« Sie sah fröstelnd und unglücklich aus und hielt die Hände in den Manteltaschen.

»Dann bleibt ihr also über Nacht in Heraklion«, sagte Rydal.

Rydal sah, daß Chester Schwierigkeiten bei der Verständigung mit dem Chauffeur hatte.

»Chester will die Koffer irgendwo lassen, während wir den Palast besichtigen«, erklärte Colette. »Er sagt wohl dem Fahrer, er soll in ein anderes Hotel fahren, nicht ins Astir. Da will er nicht wieder hin.«

Chesters drängende Fragen bezogen sich jedoch auf die Koffer, das merkte Rydal, denn der Fahrer schrie auf griechisch zurück: »Es gibt hier keine Gepäckaufbewahrung!«

Rydal überließ die beiden ihrem Wortgefecht. Er hörte sie das Hotel Corona erwähnen, auf das sie sich dann einigten. Es war nur drei Straßen weit, drüben beim Museum, das wußte Rydal noch. Chester winkte Colette zu sich. Sie blickte verwirrt von ihrem Mann zu Rydal und sagte dann »Bye-bye«, als handle es sich nur um eine kurze Trennung.

Und das ist es auch, dachte Rydal. Er nahm seinen Koffer und machte sich auf den Weg zum Hotel Corona. Bei seiner Ankunft kamen Chester und Colette gerade die Eingangsstufen herunter. Das Hotel war weder alt noch neu, etwas schmutzig, erbaut im schlechten Stil amerikanischer Kinos der dreißiger Jahre. Chesters Taxi wartete am Straßenrand. Chester blickte Rydal kalt an, zum erstenmal heute.

»Sie haben wohl nichts dagegen, wenn ich mit nach Knossos fahre?« fragte Rydal. »Ich würde es auch gern sehen.«

»O doch, ich habe was dagegen. Ich bin lieber allein«, knurrte Chester und ging auf das Taxi zu. Dann wandte er sich um. »Und wenn Sie uns nicht in Ruhe lassen, werde ich einen Polizisten rufen und Sie abführen lassen.«

»*Sie* wollen einen Polizisten rufen?« fragte Rydal ungläubig.

Chester wandte sich ab und stieg zu Colette ins Taxi. Rydal blickte sich hastig um, sah kein Taxi und beschloß, sein Glück auf dem Platz bei dem kleinen Park am Heraklion-Museum zu versuchen, das nur eine Straße entfernt war. Hier fand er zwei wartende Taxis, in einem saß ein Fahrer. Er freute sich sichtlich über die Fahrt nach Knossos.

Sie verließen die Stadt; Chesters Taxi war nirgends zu sehen. Rydal saß aufrecht und sah hinaus. Er entsann sich des Bildes von Knossos in seines Vaters Arbeitszimmer; es war eine alte Fotografie gewesen, auf der man ein paar Ruinen im Hintergrund sah – viel zu wenige für seine kindliche Neugier. *Wo ist denn das Labyrinth?* hatte er seinen Vater gefragt, und sein Vater hatte mit einem Seufzer versucht, ihm zu erklären, daß man auf dem Foto nur wenig von dem Palast sah, der Palast sei vier Stockwerke hoch und der größere Teil liege hinter dem Hügel. An den Hügel erinnerte sich Rydal am besten: dunkles Gras mit ein paar Zypressen, die wie schwarze Ausrufungszeichen wirkten. Ein heller gewundener Pfad lief über das ganze Bild, und im Vordergrund sah man zwei grasende Schafe und einen schwarzen Esel. Diesen Hügel suchte er jetzt während der Fahrt nach Knossos. Gab es überhaupt ein Labyrinth? Das hatte er auch seinen Vater gefragt – das Kindergemüt konnte das

Durcheinander von Fakten und Legende nur schwer begreifen. Viel später erst hatte er begriffen, daß die verwirrende Anzahl der ineinandergehenden Palasträume die Legende von einem Labyrinth oder Irrgarten hatte entstehen lassen, so wie die Stiertänze der jungen Männer die Sage vom Minotaurus, dem Menschen mit dem Stierkopf, hatte entstehen lassen.

Immer noch regnete es in dünnen Fäden.

»*Knossou*«, sagte der Chauffeur und wies auf einen Drahtzaun, an dem sie entlangfuhren. Nirgends sah man Häuser oder Bauten.

»Wo ist der Palast?« fragte Rydal.

»Hinter dem Hügel.«

Sie fuhren auf einen mit Kies bedeckten halbrunden Platz, wo an einer Bude Eintrittskarten verkauft wurden. Rydal sah Chester und Colette drüben den Hügel hinaufgehen, den Zypressen zu und den Palastsäulen mit dem Dach, die er jetzt erkannte. Das war der Hügel aus dem alten Bild. Er bezahlte den Fahrer und gab ihm ein so reichliches Trinkgeld, daß der Mann sich erbot, auf ihn zu warten. Aber Rydal entließ ihn; Chester hatte offensichtlich seinen Fahrer auch fortgeschickt.

»Es fährt doch jede Stunde ein Autobus, nicht wahr?« fragte er.

»Ja, Sir. Jede Stunde.«

Rydal winkte ihm freundlich zu und ging hinüber, um sich eine Eintrittskarte zu kaufen. In der kleinen Bude saß ein schläfrig aussehender Mann in Hut und Mantel, bis zu den Augen in einen Schal eingewickelt.

»*Ena, parakalo*«, sagte Rydal und reichte ihm das Geld. Er erhielt eine kleine weiße Karte.

»Nicht viel los heute, was?« fragte er.

Der Mann gab etwas Unverständliches, italienisch Klingendes von sich und hob die Hände, als wolle er sagen, daß nur Idioten an einem solchen Tage kämen.

Rydal schlug den Mantelkragen hoch und nahm seinen Koffer in die Hand. Dann fiel ihm etwas ein und er fragte den Mann, ob er den Koffer kurze Zeit bei ihm stehenlassen dürfe. Gewiß, sagte der Mann.

»Oder ... Nein, lassen Sie nur. Er ist nicht schwer. Ich nehme ihn doch mit«, sagte Rydal. Der Mann sah nicht allzu vertrauenerweckend aus.

Rydal stieg den Hügel empor. Langsam erschien vor ihm der Palast – links eine offene Fläche, wie ein Hof oder eine Bühne, mit Steinen gepflastert, dahinter fiel das Gelände ab; rechts der Palast selbst, eine Anhäufung von großen Kästen, Außentreppen ohne Geländer, offenen Terrassen, deren Dächer von dunkelroten Säulen getragen wurden. Das berühmte kretische Braunrot.

Rydal schritt durch einen Torbogen, der kaum höher war als sein Kopf. Treppen führten nach oben und unten. Der Fußboden sah aus wie hartgetretene Erde. Hier war es wenigstens trocken. Der Raum hatte drei Türöffnungen; als Rydal durch die rechte Öffnung geschritten war, fand er sich erneut in einem Raum mit drei Torbogen. An der Wand lehnten zwei lange Speere, und Rydal erkannte, was für tödliche Werkzeuge das waren, wenn man einen Menschen damit durchbohren wollte. Er fröstelte und stellte seinen Koffer in eine Ecke, wo er nicht im Wege stand. Es schien kein Mensch sonst im Palast zu sein, nicht einmal ein Wächter. Aber es war ja auch Januar und dazu ein Montag, und es regnete.

Er ging zu einem der Torbogen – die Türen fehlten überall – und horchte. Jetzt hörte er über sich Colettes Stimme. Er blickte nach oben und sah ein Stück einer steinernen Außentreppe und die gerade Kante einer Terrassendecke oder eines Daches, dahinter begann der graue Himmel. Er stieg einige Stufen nach oben und hielt sich vorsichtig an der Wandseite, denn zu seiner Rechten fiel der Bau zwei Stockwerke tief ab. Die Treppe endete in einer Halle. Er hielt den Atem an, als er die Wandbilder erkannte. Da waren die schmalhüftigen Stiertänzer; sie sprangen über die Hörner des tänzelnden Bullen.

»Chester?« hörte er Colettes Stimme von oben.

Lächelnd sprang Rydal, zwei Stufen auf einmal nehmend, noch eine Treppe hinauf. Hier war das Dach – oder eines der Dächer. Über ihm erhob sich wieder eine Terrasse, und dort zeichnete sich Chesters Silhouette gegen den Himmel ab; seine Hand lag auf einer Säule am Kopf der Treppe. Jetzt wandte er sich unmutig ab. Rydal stieg zu ihm hinauf. Wenige Meter entfernt sah er Colette unter einer steinernen Arkade, wo große urnenähnliche Vasen aufgestellt waren. Rechts von Rydal schlenderte Chester mit gesenktem Kopf auf dem verlängerten Terrassendach entlang, das in einer Art Sackgasse endete. Rydal trat näher. Links und rechts von Chester sah er runde Löcher im

Boden, über einen Meter tief, wo einst – er entsann sich der Beschreibung seines Vaters – Behälter für Öl und Wein gestanden hatten. Chester sah ihn kommen und kehrte sofort um, als fürchte er, daß Rydal ihn plötzlich hinunterstoßen werde. Rydal trat zur Seite und ließ ihn vorbei – obwohl Platz genug vorhanden war für zwei Menschen, ohne daß sie sich berührten.

»Interessant, nicht wahr?« sagte Rydal. »Dies waren sicher die Vorratsräume.«

»Gesinderäume«, verbesserte Chester. Rydal lächelte. Genau wie sein Vater.

»Hallo, Rydal«, rief Colette. »Großartig hier, was?«

Rydal ging ohne Umschweife zu ihr hinüber. Er war froh, sie zu hören und ihr nahe zu sein. »Phantastisch. Ich sehe jetzt, was mit dem Labyrinth gemeint ist. Eine systematische Besichtigung kann ich mir hier gar nicht vorstellen – jeder Raum führt in drei neue Räume.«

»Komm, wir wollen mal die Haupttreppe hinuntergehen. Chester sagt, die große da drinnen, das ist die Haupttreppe.«

Sie ergriff seine Hand. Seine Erregung hatte sie angesteckt.

Sie fanden sich vor einem neuen Wandgemälde, das mehrere elegant gekleidete Frauen mit entblößten Brüsten darstellte; sie schienen zu schwatzen und zu lachen wie Besucher in einer Theaterloge.

»Sieh bloß mal die Buuusen! Das Bild ist sicher ganz berühmt, was? Sollte man jedenfalls annehmen.« Sie kicherte.

»Ja, ich glaube wohl ... Komm, hier ist jetzt die Haupttreppe. Siehst du hier die Auskehlung für das Regenwasser? Davon hat mir mein Vater auch erzählt. An den Biegungen steigen die Rinnen etwas an, um den Abfluß zu verlangsamen, damit das Wasser nicht auf die Treppen überläuft ... Sie hatten technisch schon was los damals.«

»Colette?« Chesters Stimme klang weit entfernt.

»Hier bin ich!« rief Colette zurück. »Auf der Haupttreppe.«

Aber einen Augenblick später hatten sie die Haupttreppe verlassen und standen in einem Raum mit dem Schild BAD DER KÖNIGIN. Sie gingen auf einmal auf Zehenspitzen.

»Also – wenn das das Bad war, dann war es aber sehr klein.« Colette blickte auf einen Steinbehälter, der in den Boden eingelassen war.

»Vielleicht waren die Menschen damals kleiner.«

Darüber mußte Colette lachen. »Du, ich glaub, wir sind die einzigen Leute in dem ganzen Palast. Wundervoll, nicht?«

Und plötzlich küßten sie sich. Ihre Körper drängten zueinander, wieder und wieder, dann riß sich Colette los, nahm seine Hand und zog ihn durch einen Torbogen.

»Sieh mal den Stuhl«, sagte sie. Es war ein gerader Stuhl mit hoher Lehne.

»Das ist der Thron«, erklärte Rydal. »Der Thron von König Minos.«

»Tatsächlich?« fragte sie atemlos. Behutsam nahm sie darauf Platz und hob mit einem Lächeln den Kopf. »Du – er ist sogar bequem.«

An der Wand lehnten große Schilde und Speere von der Art, wie er sie vorhin gesehen hatte.

»Colette!« Chester war nebenan und kam jetzt mit schnellen Schritten herein, den Kreta-Führer geschlossen in der Hand. Er sah gereizt aus. »Donnerwetter, hier kann man sich aber leicht verirren!«

»Na, dann tun Sie's doch!« murmelte Rydal frech.

Chesters Gesicht rötete sich.

»Komm, komm, Chester«, beschwichtigte Colette. »Hier sind wenigstens keine geschlossenen Türen. Eingeschlossen können wir nicht werden.«

»Ich finde, wir haben jetzt genug gesehen«, sagte Chester. »Wir könnten aufbrechen und...«

»Nein, ich will noch nicht. Ich habe noch lange nicht alles gesehen. Immerzu finde ich neue Räume.«

Rydal wäre gern bei ihr geblieben, aber Takt und Vorsicht rieten ihm zum Weitergehen. Er schlenderte durch die Räume. Plötzlich trieb es ihn nach draußen. Er ging mit schnellen Schritten durch einen Torbogen nach links, in der ungefähren Richtung der Haupttreppe und der Außentreppen. Nach zwei falschen Wendungen und zwei falschen Räumen fand er sich draußen auf einer Terrasse zu ebener Erde. Wieder schlug ihm der Regen ins Gesicht. Langsam suchend ging er weiter. Vor ihm lag der Weg, auf dem er zum Palast gekommen war, dorthin also ging es zum Ausgang. Er behielt die Richtung im Auge, damit Chester und Colette nicht abfahren konnten, ohne daß er sie sah. Dann fiel ihm sein Koffer ein; er ging um den Palast herum bis zu der Tür, durch die er gekommen war, fand den Koffer und blieb draußen stehen, um auf die beiden zu warten.

»Chester?« Schwach hörte er Colettes Stimme. »Chester, wo bist du?«

»Wo bist du denn?« rief Chester zurück.

Rydal verzog das Gesicht. Spielte Chester Versteck mit ihr?

»Chester? Sag doch, in welchem Raum bist du? Du klingst höher – bist du oben? Ich bin hier unten!«

Von Chester kam keine Antwort.

»Hier ist der Ausgang!« rief Rydal. »Colette, kannst du mich hören?«

»Ja, aber ... Ruf noch mal. Ich geh dann der Richtung nach.«

Rydal stellte seinen Koffer hin und trabte um die Ecke des Palastes. Es mußte noch einen direkteren Ausgang geben, an einer seitlichen Terrasse, oder vielleicht war es auch die hintere – er wußte nur, daß es da eine Terrasse gab. Er ging unter einem Mauerüberhang entlang, fand eine Türöffnung und rief: »Colette! Hierher! Hörst du mich?«

»Ja, okay. Danke schön!« rief sie fröhlich zurück.

Rydal wartete, ob sie aus einer der beiden anderen Türöffnungen käme, rief dann noch einmal: »Hierher!« Lächelnd trat er wieder nach draußen.

Er ging zurück bis zur Ecke, sah sich nach Chester um und entdeckte ihn nirgendwo. Er schlenderte wieder in die Mitte der Terrasse.

Gerade erschien Colette unter dem Torbogen, wo Rydal eben noch gestanden hatte. Lachend lief sie auf ihn zu.

Dann war da ein schwaches Geräusch, ein Schatten, und etwas wie ein sechster Sinn veranlaßte ihn, nach oben zu blicken. Mit einer blitzschnellen Reflexbewegung duckte er sich und warf sich zur Seite.

Es krachte wie ein Donnerschlag. Dumpf prasselten Steinbrocken auf Stein.

Rydal war der Länge nach auf den Terrassenboden gestürzt. Er stand zitternd auf. »*Dio mio!*« flüsterte er, und immer wieder: »*Dio mio ... Dio mio ...*«

Colette lag mit dem Gesicht nach unten. Der Schädel war zertrümmert, und alles war voller Blut. Unmittelbar neben ihr schaukelten träge zwei riesenhafte Bruchstücke einer steinernen Urne wie häßliche Wiegen mit gezackten Rändern.

Rydal sah nach oben. Zwei Stockwerke höher stand Chester, die Hände um die niedrige Einfassungsmauer einer Terrasse gekrallt.

»Du Schwein!« flüsterte Rydal kaum hörbar. Die Stimme versagte ihm.

Chester stieß einen seltsam bellenden Laut aus; es klang wie ein Schluchzen. Rydal rannte nach links, auf die Treppe zu, stolperte und lief weiter. Plötzlich gaben seine Knie nach, er griff mit den Händen nach den Stufen. Ihm wurde übel, hundeelend, er konnte nicht weiter. Chester stand oben am Kopf der Treppe und kam jetzt langsam herunter.

Gleich tritt er mir ins Gesicht, dachte Rydal und richtete sich auf.

Mit einem Hechtsprung umklammerte Rydal Chesters Beine. Chester verlor das Gleichgewicht und stürzte; Rydal ließ nicht los, und beide landeten zwei Meter tiefer auf dem Boden der Terrasse. Rydal kam auf den anderen zu liegen und war völlig unverletzt; Chester setzte sich benommen auf und hielt sich den Kopf. Rydal atmete schwer und versuchte, die Schwäche abzuschütteln. Er blickte auf Colette.

»Sie ist tot«, sagte er. Und dann, drei Schritte von Chester entfernt, knickten seine Beine ein. Er kniete nieder, legte die Hand über die Augen und überließ sich der Übelkeit in Magen und Kopf. Er wollte sich erbrechen und konnte nicht.

Chester stand neben ihm. »Sie sind schuld...« murmelte er. »Sie ganz allein.« Und mit sonderbar weichen, schwankenden Schritten ging er hinüber zu Colette und ließ sich neben ihr auf die Knie nieder.

Rydal runzelte die Stirn, als er sah, wie Chester eine Hand ausstreckte, um ihre Schulter zu berühren. Er beobachtete ihn mißtrauisch, als könne er sie jetzt noch verletzen. Und Rydal hatte doch ihren Kopf gesehen. Er stand jetzt auf.

Chester wandte sich auf einem Knie um zu Rydal und sagte: »Das wird dich teuer zu stehen kommen, du ... du Lump.« Er zupfte an seinen Mantelärmeln. Es war vielleicht eine mechanische Geste, aber es sah aus wie die Bewegung eines eleganten Herrn, der seine Manschetten zurechtzieht, bevor er sich verabschiedet.

Rydals Kräfte kehrten langsam zurück. Er trat auf Chester zu.

Chester erhob sich, ging zum Ausgang der Terrasse und wandte sich nach links.

Rydal eilte hinter ihm her. »Wollen Sie sie einfach hier liegen lassen?« schrie er.

Mit schweren Schritten und ohne zu antworten, stapfte Chester weiter. Der Regen verschluckte seine Gestalt.

Rydal wollte ihm nachlaufen, stolperte über seinen Koffer und nahm ihn mechanisch wieder in die Hand. Aber nach wenigen eiligen Schritten stellte er ihn wieder hin und lief zurück auf die Terrasse.

»Colette«, brüllte er. »Colette...« Er faßte sie an die Schulter und starrte auf ihre linke Hand mit dem Ehering. Die Hand sah so heil und so lebendig aus. Der strömende Regen verdünnte das Blut auf dem Boden; es umgab ihren Kopf mit einer hellroten Aureole, die sich langsam vergrößerte. Rydal leckte sich die Regentropfen von den Lippen. Dann erhob er sich und lief entschlossen zurück zu seinem Koffer und dann weiter in die Richtung, die Chester eingeschlagen hatte.

Chester war nirgends zu sehen.

»War hier eben ein Taxi?« fragte Rydal den schläfrigen Torhüter am Eingang.

»Was?« Der Mann saß ganz hinten in seiner Bude. Wie mit Scheuklappen wurde seine Sicht durch die Holzwände begrenzt.

»Ist hier eben jemand in einem Taxi abgefahren?«

»Nee. Niemand ist weggefahren. Das hab ich gesehen. Wie viele sind noch oben?« Er wies auf den Palast. »In zwanzig Minuten schließen wir.«

Rydal eilte wortlos weiter. Unklar dachte er daran, daß sein Gesicht das einzige war, an das sich der Mann erinnern würde, wenn sie Colette fanden. Von Chester würde die Polizei nichts wissen. Aber das alles schien ihm unwichtig.

Er trabte die Straße hinunter bis zur Biegung. Es war noch hell genug, um einen Mann zu sehen, der dort ging oder wartete. Aber die Straße war leer. Rydal blickte sich noch einmal um. Gegenüber dem Eingang zum Palastgelände stand ein Touristenpavillon, ein Restaurant, wie sie überall von der Regierung aufgestellt wurden. Dorthin hätte sich Chester wohl kaum gewagt. Die Lichter aus dem niedrigen Gebäude schienen gelblich durch den dünnen Regen. Nein, ganz gewiß verbarg sich Chester irgendwo in der Nähe in einem Graben, hinter einem

Gebüsch. Vielleicht hatte er auch Glück gehabt und einen Autobus erwischt. Oder sogar ein Taxi ... Rydal lächelte grimmig. Er hatte Zeit.

12

Chester lag in seinem Versteck. Er war knapp dreißig Meter vom Palasteingang entfernt am Rande eines Gebüschs zusammengebrochen. Dort lag er nun; er zitterte an allen Gliedern. Der Regen rauschte; seine Kleidung war durchnäßt. Nach langer Zeit, als es schon dunkel wurde, begannen sich seine Gedanken zu formen. Was er zuerst wahrnahm, war die zunehmende Dunkelheit. Allmählich sammelte er sich.

Rydal mußte hier schon vorbeigekommen sein. Sicher wartete er im Hotel in Heraklion auf ihn; dort stand noch das ganze Gepäck. Und Colette lag immer noch im Regen auf der Terrasse ... Der Gedanke an sie riß Chester mitten durch. Er keuchte und zitterte von neuem ... Es war alles Rydals Schuld, und er sollte es büßen! Steifbeinig stand Chester auf und machte sich auf den Weg nach Heraklion. Er weinte. Irgendwann fiel ihm unterwegs ein, daß er den *Guide bleu* auf der oberen Terrasse des Knossos-Palastes zurückgelassen hatte. Er nahm den Kamm und fuhr sich zweimal durch das nasse Haar. Ein Bus – er mußte einen Bus kriegen. Taxis gab es hier sicher nicht.

Er war etwa eine halbe Stunde auf der Straße nach Heraklion entlanggetrottet und war mehreren Autobussen begegnet, als endlich einer kam, der nach Heraklion fuhr. Er winkte, und der Fahrer hielt an. Chester stieg ein und ließ angstvoll seine Augen durch das erleuchtete Innere schweifen. Rydal saß nicht drin. Nur dunkle, griechische Gesichter, manche unrasiert und schwärzlich, starrten ihn an.

Wieder suchten seine Augen nach Rydal, als der Autobus auf dem großen Platz anhielt. Sicher war er im Hotel Corona. Der Name fiel Chester jetzt ein; noch vor wenigen Minuten war er nicht darauf gekommen. Chester versuchte, möglichst unbefangen auszusehen, und ging langsam auf ein kleines Café zu, dessen Lichter er von der Haltestelle aus gesehen hatte. Er hatte das Gefühl, daß die Leute ihn anstarrten. Wenn er doch seinen Hut gehabt hätte; aber der war in Knossos geblieben.

Die nächsten zwanzig Minuten wären ihm zu jeder anderen Zeit ein Alptraum gewesen. Jetzt trug er sie mit stoischer Geduld. Zunächst mußte er im Telefonbuch Hotels nachschlagen – unter *Xenodochaion*, einer Vokabel, die er kannte. Dann mußte er das Hotel Corona anrufen und bitten, man möchte die Koffer, die er unter dem Namen Chamberlain dort deponiert hatte, ins Hotel Hephaestou schicken, das er jetzt im Telefonbuch gefunden hatte. Im Hotel Corona war zwar jemand am Telefon, der Englisch sprach, aber entweder konnte Chester sich nicht verständlich machen, oder der Mann war bestrebt, den Gast mit allen Mitteln festzuhalten.

»Ich will ja das Zimmer für heute nacht bezahlen«, sagte Chester. »Verstehen Sie mich? Sie brauchen mir nur eine Rechnung zu schreiben, und ich schicke Ihnen das Geld durch den Boten, der mir die Koffer ins Hotel Hephaestou bringt.«

Diesen Satz mußte er in verschiedenen Versionen mehrfach wiederholen, bis schließlich der Mann am Telefon düster sagte:

»Das wird Ihnen noch leid tun.«

»Wieso?« fragte Chester sehr ruhig.

Er war immer noch gelassen, als er es schließlich aufgab und sich an einen Tisch im Restaurant setzte, wo er einen Whisky bestellte. Whisky gab es nicht. Er verlangte einen doppelten Uzo. Heute fühlte er sich genauso schäbig und heruntergekommen wie die andern Gäste des Lokals. Das war gut; er fiel nicht weiter auf, höchstens dadurch, daß er Amerikaner war.

Noch einmal versuchte er es mit dem Telefon. Diesmal kam ihm der Wirt, ein freundlich lächelnder Mann, zu Hilfe. Chester erklärte ihm, was er wollte. Der Wirt konnte etwas Englisch, aber er wußte nicht, was ›Gepäck‹ oder ›Koffer‹ hieß. Einer der Gäste mischte sich ein und erklärte es ihm; der Wirt ging ans Telefon und sprach mit dem Hotel Corona. Es folgte eine kurze Diskussion; dann schien es endlich geglückt zu sein.

»Ich danke Ihnen«, sagte Chester. »Vielen Dank.« Er hinterließ ein reichliches Trinkgeld und wollte hinausgehen, als ihm einfiel, daß er ja nicht wußte, wo das Hotel Hephaestou war. Er wandte sich um, besann sich aber und ging hinaus. Es war besser, jemand anders zu fragen; hier hatte er sich lange genug aufgehalten.

Er mußte so viele Leute fragen, daß er zu zweifeln begann, ob das Hotel Hephaestou überhaupt existierte. Vielleicht waren sie deshalb im Hotel Corona so widerspenstig gewesen? Schließlich fand er einen Zeitungshändler, der ihm wenigstens die Richtung angeben konnte.

Eine enge dunkle Gasse. Trübes Licht über einem Haus. Auf einem kleinen Schild stand XENODOCHAION HEPHAESTOU. Chester versuchte festzustellen, ob sein Gepäck schon da war. In der winzigen Halle hätte man es, wenn es gekommen war, jedoch kaum unterbringen können.

»Nein«, sagte der Portier und schüttelte den Kopf. Chester glaubte ihm nicht recht. Es war jetzt zwanzig Minuten her, seit der Grieche für ihn mit dem Hotel Corona telefoniert hatte. Erschöpft bat er um ein Zimmer mit Bad. Die Vokabel schien der Portier zu kennen; er nickte und sagte:

»Ihren Paß, bitte.«

Unruhig machte Chester ein paar Schritte zur Tür und griff in seine Tasche, wo sich sein und Colettes Paß befanden. Er wollte den Mann nicht sehen lassen, daß er zwei hatte. Er kam mit seinem Paß zurück und legte ihn auf den Tisch. Colettes Paß mußte er irgendwie loswerden. Es war ja in Wahrheit auch gar nicht der ihre. Und wenn man sie identifizierte ... *Ist das überhaupt möglich? Ist genug von ihrem Gesicht übriggeblieben?* ... Wenn es also möglich war, dann war sie eben Mrs. Chester MacFarland. Ob sie ein Foto von sich oder von ihm bei sich hatte? Warum hatte er das nicht schon viel früher bedacht? *O Himmel, wo bleibt das Gepäck mit meinem Geld und meinem Whisky?* Er blickte auf den leeren Hoteleingang. Dann ging er durch die kleine Halle und ließ sich in einen Stuhl fallen.

Der Portier lächelte und sagte etwas.

»Ich warte auf mein Gepäck«, knurrte Chester. Er wollte gar nicht wissen, was der andere gesagt hatte.

Ein Taxi hielt vor dem Eingang. Chester richtete sich im Sessel auf, er war zu müde zum Aufstehen. Rydal stieg aus dem Taxi. Chester fühlte einen Schmerz in der Brust, als habe eine Hand sein Herz gepackt und es für einen Augenblick zum Stillstehen gezwungen. Langsam erhob er sich. Anscheinend war Rydal allein. Kein Hotelboy war mitgekommen, aber Chesters ganzes Gepäck wurde jetzt aus dem Taxi geladen. Rydal bezahlte den Fahrer; der Mann von der Rezeption kam heraus und half ihm mit dem Gepäck. Chester blieb unbeweglich stehen. Beim Eintreten blickte Rydal ihn an und nickte, er trug seinen Koffer und die Reisetasche selber; sein Gesicht war fremd und starr. Das schwarze Haar hing ihm naß in die Stirn.

Der Portier sagte etwas zu Rydal, was Chester nicht verstand. Rydal antwortete kurz und wies nickend auf Chester; ein schwaches Lächeln erschien auf seinem Gesicht. »'n Abend«, grüßte er und sprach auf griechisch weiter zu dem Portier, der lächelnd nickte und seinen Paß in Empfang nahm. Während er die Eintragung im Hotelregister machte, trat Rydal zu Chester.

»Nehmen Sie morgen das Schiff oder das Flugzeug?« fragte er.

»Ich wollte eigentlich das Schiff nehmen«, sagte Chester hastig.

»Und jetzt?«

Chester erwiderte nichts. In seinem Kopf schien etwas stillzustehen.

Rydal wandte sich um und ging langsam an die Rezeption. Mit ruhiger Stimme sprach er zu dem Portier, der ihm zuhörte und ernsthaft nickte. Chester beobachtete ihn mit halbgeschlossenen Augen. Zweifellos instruierte Rydal den Mann, daß er benachrichtigt zu werden wünsche, wenn sein Freund das Hotel verließ oder abreiste. Vielleicht setzte ihm Rydal auseinander, Mr. Chamberlain habe gerade eine schlimme Nachricht erhalten und stehe unter der Wirkung des Schocks oder so ähnlich.

Chester nahm zwei seiner Koffer und fuhr mit dem Portier nach oben in den dritten und höchsten Stock, Rydal hatte ihm den Vortritt gelassen.

»Wo ist mein Freund?« fragte Chester und zeigte nach unten. »Welches Zimmer hat er?«

»Zimmer?« Der Portier zeigte ihm ein Schildchen an einem der Schlüssel, die er in der Hand hielt. Nummer 10.

Nr. 10 war Chesters Zimmer, wie sich gleich darauf herausstellte. »Der andere Schlüssel. Seiner«, sagte er und griff nach dem zweiten Schlüssel.

»Ah – *pende*. Nummer 5«, sagte der Portier.

Einen Stock tiefer, dachte Chester. In seinem Zimmer warf er den feuchten Mantel aufs Bett und ließ sich in den schäbigen Sessel fallen, um auf den Rest seiner Koffer zu warten. Was brauchte es ihn auch zu kümmern, wo Rydal wohnte – der würde ihn ja ganz sicher nicht aus den Augen lassen. Chester verzog den Mund zu einer Grimasse. Wäre er nur schon in

Athen oder einer anderen Großstadt, dann könnte er die Polizei wegen Rydal Keener anrufen. Er brauchte nicht mal seinen eigenen Namen – Chamberlain oder sonstwas – dabei anzugeben. Wenn die Polizei Verdacht hegte, daß er Chamberlain sei, oder wenn Rydal bei seiner Festnahme aussagte, Chester sei MacFarland alias Chamberlain, dann konnte Chester schon Hunderte von Meilen weit weg in einem andern Land sein. Deshalb mußte er sich vor allem sofort mit Niko in Verbindung setzen, damit der ihm noch einen Paß besorgte – einen neuen Paß, von dem Rydal nichts erfahren durfte. Er würde Niko genügend Geld geben, damit er den Mund hielt. Vielleicht würde das sehr viel kosten. Aber es war noch genug da.

Endlich kam jetzt sein Gepäck, das Geld in dem großen braunen Koffer und die Whiskyflaschen in der Reisetasche. Chester gab dem keuchenden Portier ein Trinkgeld und füllte, sobald die Tür sich geschlossen hatte, sein Glas. Weiß Gott, das hatte er nötig.

Er würde morgen das Flugzeug nehmen. Rydal vermutlich ebenfalls. Sie würden zusammen fliegen ... Komisch.

Aber dann fiel ihm ein, daß das Flugzeug erst um halb vier nachmittags ging, und so lange konnte er nicht riskieren zu warten. Es war doch sicherer, das Schiff zu nehmen, das morgens um neun abfuhr, obwohl es bis Piräus vierundzwanzig Stunden brauchte. Denn ganz bestimmt würde man morgen früh die Leiche finden – aus irgendeinem Grunde nahm er an, daß man sie heute abend nicht finden würde, auch wenn ein Wächter durch den Palast ging, der die letzten zum Gehen aufforderte; er würde kaum mit der Taschenlampe über sämtliche Terrassen gehen, um zu sehen, ob noch jemand da war. Aber bis neun oder spätestens bis zehn morgen früh würde man die Leiche bestimmt finden. Chester versuchte, nicht an die *Leiche* zu denken, sondern nur daran, daß man sie finden werde.

Er trank den Whisky aus und füllte sein Glas von neuem. Dann zog er sein Hemd aus und wusch sich am Waschtisch – das Bad lag irgendwo am Ende des Korridors, hatte man ihm erklärt. Er stank vor Schweiß. Das Gesicht im Spiegel erschreckte ihn – es war alt und hager und sah grau und erschöpft aus. Wie ein Schlafwandler schob er, weil ihm kalt war, die Arme wieder in die Jacke, ohne ein Hemd anzuziehen. Er warf sich auf das Bett. Schlafen konnte er nicht. Ein kleiner fester Knoten wirbelte durch sein Bewußtsein, er blieb hellwach, aber nachdenken konnte er nicht. Im Gang draußen knarrte eine Diele; seine Nerven spannten sich.

Er sprang vom Bett auf, sah den Schlüssel im Schloß und drehte ihn um. Die Tür war nicht abgeschlossen gewesen. Sein Herz pochte, als sei er einer tödlichen Gefahr entronnen.

Draußen blieb alles still.

Er fiel in einen Halbschlaf. Hin und wieder schlug der Regen an die Scheiben; der Wind heulte. Irgendwo kämpften Katzen miteinander. Chester sah zwei räudige Kater oben auf dem Dachrand sich balgen und ineinander verkrallt herunterfallen ... Erschreckt fuhr er aus dem Schlaf und setzte sich auf.

Warum eigentlich nicht jetzt gleich? dachte er. Er konnte die Polizei doch auch jetzt schon anrufen und angeben, wo Rydal Keener war. Er konnte sagen, daß dieser Keener Colette umgebracht habe, weil sie ihren Mann nicht verlassen wollte; Keener sei nicht ganz richtig im Kopf – im Hotel King's Palace habe er einen Mann getötet und gedroht, jeden umzubringen, der ein Wort davon laut werden ließ. Er, Chester, habe diesen Mord im Hotel selber mit angesehen, und dann ... Er war ein Opfer der Situation geworden; er hatte dem Kerl fünftausend Dollar gegeben, nur um von ihm loszukommen. Das Geld war noch in Rydal Keeners Besitz, wenn die Polizei suchte, würde sie es finden ... Beinahe glaubte er selber seine Geschicht. Ja – am besten gleich alles sagen.

Er besann sich. Nein, alles nicht ... Er konnte nicht angeben, daß er Chamberlain war und immer gewesen war – im Hotel King's Palace war er ja unter Chester MacFarland angemeldet gewesen. Wie war er also zu dem Paß mit dem Namen Chamberlain gekommen? Ach was, den hatte er sich eben als letztes äußerstes Mittel verschafft, um nicht selber verhaftet und des Mordes an dem Griechen angeklagt zu werden, den doch Rydal Keener begangen hatte ... Motiv? Da würde ihm schon noch was einfallen. Die Hauptsache war jetzt dies: Rydal Keener war ein Psychopath; er hatte Colette umgebracht, um damit Chester zu treffen, und auch weil er sie nicht kriegen konnte. So was gab es, das wußte Chester.

Warum also nicht jetzt gleich?

Chester stand auf. Das Zimmer hatte kein Telefon. Er konnte hinuntergehen und irgendwo draußen telefonieren. Das war überhaupt viel besser. Er hörte sich sagen: *Sie finden die Leiche von Mrs. Mary Ellen Chamberlain auf einer Terrasse im Knossos-Palast* ... Ja. Jetzt gleich. *Der Mörder ist Rydal Keener. Er wohnt im Hotel Hephaestou* ... *K-e-e-n-e-r* ... Ja, das ging. So ging es. Er brauchte bloß zu sagen: *Rydal Keener ist auch schuld am Tode von George Papanopolos in Athen, letzte Woche* ...

Chester hob den Koffer auf das Bett, um ein sauberes Hemd herauszunehmen. Fast hätte er es nicht geschafft. Er fühlte den Schmerz im rechten Arm und merkte, wie erschöpft er war. Er hielt das Hemd in der Hand und wußte: Heute abend wurde nichts mehr aus seinem Plan. Die Stadt war auch zu klein ... Wie viele Amerikaner mochte es hier schon geben? Alles Unsinn. Er würde dann das Hotel verlassen müssen, bevor die Polizei Rydal abholte, und Rydal würde ihn gar nicht weglassen. Nein, das ging alles nicht. In Athen aber lag die Sache ganz anders.

Chester beschloß, jetzt hinunterzugehen und sich nach dem Schiff morgen früh zu erkundigen. Vielleicht mußte er die Fahrkarte im voraus kaufen. Er zog das saubere Hemd an.

Es klopfte an der Tür, und der Griff drehte sich.

Rydal. Chester wußte es. Er ging an die Tür. »Wer ist da?«

»Sie wissen, wer hier ist. Machen Sie auf.«

»Ich will Sie nicht sehen.«

Rydals Schulter krachte gegen die Tür. Das Holz ächzte, aber die Tür gab nicht nach.

Chester schloß auf.

»Danke.« Rydal trat ein.

Einen Augenblick dachte Chester, Rydal sei betrunken. Aber sein Blick war nüchtern. Er ließ die Tür achtlos zufallen, stand da und sah Chester sekundenlang an, die Daumen im Gurt seiner Hose.

Chester wich dem Blick aus. Dann erwiderte er ihn. »Was wollen Sie?«

»Ich will Sie umbringen«, sagte Rydal. Seine Finger bewegten sich ein wenig. »Ich werde nämlich sagen, es war Selbstmord. Der Wirt unten ist schon darauf vorbereitet, dafür habe ich gesorgt.«

Chester brach der Schweiß aus. Nicht vor Angst, dazu war das alles zu unsinnig. Er verzog das Gesicht. »Und wie wollten Sie das machen?«

»Aufhängen. Ein paar Schlipse genügen ... Die Lichtleitung sieht ganz solide aus.«

Chester blickte zur Decke. Die Lichtleitung sah durchaus nicht solide aus. Keineswegs. Er stellte die Füße fester auf den Boden und sagte: »Machen Sie, daß Sie hier rauskommen.«

»O nein.« Rydal lächelte. »Sie wollen mich doch gewiß erst noch anzeigen. Vorher möchten Sie doch nicht sterben, was? Na los doch, worauf warten Sie noch?« Er lachte. »Probieren Sie doch, wie weit Sie kommen!« Seine Stimme wurde sehr laut: »Sie Schweinehund, haben Sie überhaupt keinen Grips im Kopf?« Er beugte sich vor; eine Ader im Nacken schwoll an. »Sie Schwein, Sie!«

»Scheren Sie sich raus. Sie sind ja hysterisch ...« Jetzt bekam Chester doch Angst.

Rydal biß sich auf die Lippen. Er gewann seine Ruhe ebenso schnell zurück, wie er sie verloren hatte. »Für heute hab ich die Nase voll von Ihnen«, sagte er und ging zur Tür. »In Athen setzen wir unsere Unterhaltung fort, verstanden? Und Sie nehmen besser morgen früh das Schiff – nicht das Flugzeug.«

Chester schwieg. Er hatte sich nicht gerührt und blickte Rydal unverwandt an.

»Leider muß ich auch das Schiff nehmen. Sonst holt mich vielleicht die Polizei morgen noch vor dem Nachmittag, und dann hätten Sie eine Chance, zu entwischen.« Er ging hinaus und schloß die Tür.

Chester hatte keine Lust mehr, hinunterzugehen und sich nach dem Schiff zu erkundigen. Sollte sich Rydal darum kümmern, wenn sie doch beide mit dem gleichen Schiff fuhren. Er ging zur Tür und schloß ab. Dann zog er sich langsam aus und schlüpfte ins Bett, ohne einen Schlafanzug anzuziehen. Das Licht ließ er brennen. Er fühlte sich sicherer, wenn es hell war. Es wurde ihm jetzt klar, daß er Angst davor hatte, Rydal anzuzeigen, auch telefonisch. Auch wenn er seinen Namen nicht angab. Auch in Athen. Rydal wußte zuviel von ihm. Er konnte ihn, wenn nötig, mit Niko konfrontieren und Niko als Zeugen für die Paßfälschung angeben. Rydal konnte auch der Polizei von dem falschen Chamberlain berichten, und ... Gott weiß, was ihm Colette noch alles erzählt hatte. Vielleicht sehr viel. Es gab nur noch einen Ausweg: er mußte Rydal loswerden, und dazu mußte er ihn töten. Der zweite Versuch durfte nicht fehlschlagen. Am besten, überlegte Chester, ließ man so etwas durch einen anderen ausführen. Vielleicht wußte Niko jemand in Athen, der ... Aber Niko brauchte nicht zu erfahren, worum es ging. Das brauchte nur der eine Mann zu erfahren, der die Sache übernahm. Chester würde wissen, ob es der richtige war, sobald er den Mann sah. Wenn es mit dem ersten nicht klappte, dann wußte der vielleicht einen. Ausführbar war es jedenfalls.

13

Am nächsten Morgen um halb acht klopfte Rydal an Chesters Tür und wunderte sich, als keine Antwort kam. Er klopfte wieder und wieder und rief Chesters Namen. Schweigen. Dann lief er hinunter.

Der gleiche Mann wie gestern saß unten an der Rezeption. Er hatte die Augen geschlossen und den Stuhl nach hinten gegen die Wand gekippt. Als Rydal auf den Tisch klopfte, setzte er sich auf.

»Sagen Sie – der Herr von Zimmer 10 ... Ist er abgereist?«

»O nein, er ist ausgegangen ... vielleicht um vier oder fünf Uhr früh.«

»Heute morgen? Mit seinen Koffern?«

»Nein, nein.« Der Mann lächelte. »Nicht mit den Koffern. Ich weiß ja nicht, vielleicht wollte er einen Morgenspaziergang machen?«

»Danke.« Rydal ging zum Eingang und sah die Straße hinauf und hinunter. Nur ruhig, dachte er. Chester würde schon kommen. Außer wenn er sämtliches Geld aus seinem Koffer genommen hatte und damit verschwunden war – unter Verzicht auf das ganze Gepäck ... Als er sich gerade umwenden und ins Hotel zurückgehen wollte, kam Chester um die Ecke. Rydal trat in die Halle. »Da kommt er«, sagte er.

»Aha. Schön. Vielleicht schläft er schlecht, Ihr Freund.«

»Ja, das nehme ich an ... Wir reisen in einer halben Stunde. Können Sie unsere Rechnungen fertig machen?«

»Ja, gewiß.«

Rydal wandte sich langsam zur Treppe. Er wollte vermeiden, daß der Mann die Spannung zwischen ihm und Chester bemerkte. Als Chester auf die Treppe zuging, wandte sich Rydal auf der vierten Stufe um und sagte: »Guten Morgen. Ich habe eben unsere Rechnungen bestellt. Wir müssen so bald wie möglich gehen. Das Schiff fährt um neun.«

Chesters Augen waren geschwollen, er sah bleich aus. »Okay«, murmelte er.

Rydal ging in sein Zimmer im zweiten Stock. Chester stieg bis zum dritten hinauf. »Um acht treffen wir uns unten«, sagte Rydal.

Um acht bezahlten sie unten schweigend ihre Rechnungen, verluden das Gepäck ins gleiche Taxi und fuhren zusammen zum Hafen. Am Kai nahe dem Schiff stand ein Zeitungsjunge; Rydal kaufte eine Zeitung aus Heraklion. Nach einem Blick auf die erste Seite wußte er, daß von einer Leiche in Knossos nichts darin stand. Er sprach mit einem Steward auf dem Kai und erfuhr, daß die Fahrkarten im Salon auf dem Hauptdeck verkauft wurden. Das Gepäck wurde einem Träger übergeben, der es an Bord brachte.

Zum Glück waren in der ersten Klasse noch Kabinen frei. Rydal hatte keine Lust, auf so einem Schiff auch nur zweiter Klasse zu fahren. Vermutlich gab es unten im Schiffsbauch auch noch eine dritte Klasse; das Heck auf dem Hauptdeck war schon gedrängt voll mit Leuten, die für die Vierundzwanzigstundenfahrt keinen Kabinenplatz nahmen; sie verzehrten Orangen und Bananen und Butterbrote und warfen die Abfälle über Bord oder ließen sie einfach an Deck fallen. Rydal hatte sie gesehen, als er die Gangway hinaufkam, und der Anblick hatte ihn deprimiert. Die Menschen sahen aus wie Vieh in einem Pferch, nur zankten sie sich schon jetzt um einen Schlafplatz für die Nacht, manche hatten sich bereits hingelegt und weigerten sich, Platz zu machen. So sorgte der Mensch für den morgigen Tag.

»Ich kann Ihnen zusammen eine Zweibettkabine erster Klasse geben«, sagte der Zahlmeister.

»Nein, nein – lieber zwei einzelne«, sagte Rydal beinahe zu hastig. Er sprach englisch mit dem Zahlmeister, der am Schreibtisch im großen Salon saß, und Chester stand einige Meter entfernt. Die Aussicht, eine Kabine mit Chester zu teilen, hatte eine sichtbar vehemente Reaktion hervorgerufen, das fühlte er. Chester bekam Nr. 27, Rydal Nr. 12. Die Kabinen lagen auf entgegengesetzten Seiten des Schiffes.

Zu seiner Erleichterung fand Rydal die Doppelkabine leer; es war auch wenig wahrscheinlich, daß noch jemand kam. Er hatte nicht gesehen, daß sonst noch jemand einen Kabinenplatz buchen wollte. Als er seinen Koffer hatte, zog er die Jacke aus, schob die Gardine am Bullauge beiseite und blickte hinaus. Heraklion sah aus wie ein Haufen weißgelber Steine, die den Hügel herunterrollten. Dicht an seinem Fenster sah er einen Träger mit blauer Mütze vorbeilaufen, draußen am Deck. Er ließ sich auf das Bett fallen. Jetzt, dachte er; jeden Augenblick muß Colettes Leiche gefunden werden ... Er lag mit geschlossenen Augen, die Hände hinter dem Kopf, und horchte auf die Alltagsgeräusche rings umher. Arbeiter riefen laut, Säcke fielen dumpf auf den Boden, Metall schlug auf Metall. Sicher kam noch vor Mittag eine Meldung im Radio und machte unter den Fahrgästen die Runde ... Colettes Handtasche fiel ihm ein; sie hatte unter ihrem rechten Ellbogen gelegen. Was mocht darin sein? Ihr Paß wahrscheinlich nicht, aber vielleicht ein Führerschein für Mrs. Howard Cheever; vielleicht auch ein Foto von sich und Chester, oder eins von Chester allein ... Ob Chester daran gedacht hatte, all diese Sachen zu vernichten? Er stellte sich den Redefluß des Billettverkäufers in Knossos vor, wie er der Polizei von dem jungen Mann mit dem amerikanischen Akzent berichtete, der ihn gefragt hatte, ob jemand in einem Taxi weggefahren sei. Ja, der junge Mann sei ihm verdächtiger vorgekommen als der ältere. Den älteren habe er überhaupt nicht weggehen sehen ... Rydal malte sich aus, wie sich die Polizei vielleicht fragte, ob Chester etwa auch von dem jungen Mann umgebracht worden sei, ob die Leiche vielleicht noch irgendwo im Gelände lag, in einer der Gruben oder irgendwo in einer Ecke des Labyrinths, vielleicht auch in einer der Rohrmulden im Fußboden, womöglich hinter dem Bad der Königin.

Rydal wußte, daß es kein Problem war, sich hier herauszumanövrieren, Chester war in seiner Hand, nicht umgekehrt. Möglicherweise würde er versuchen, ihn umzubringen – nein; eher würde er einen Killer heuern; er selber war nicht geschickt und nicht mutig genug dazu ... Ja, Chester befand sich in einer sehr, sehr üblen Lage, und Rydal weidete sich daran. Die Angst in seinem Gesicht ... *Ich will nicht den Polizisten spielen, auch nicht den Rächer Colettes. Ich will nur* ... Ihn amüsierte nur das böse Spiel, und nach drei oder vier Tagen würde er es satt haben. Bis dahin waren sie vielleicht schon in Italien oder

Frankreich. Dann würde er es aufgeben. Er würde Chester laufenlassen, aber nicht ohne ihm vorher noch einmal einen Schrecken eingejagt zu haben, wie er ihn noch nie erlebt hatte. Vielleicht würde er ihm eine Falle stellen, die ihn direkt in die Arme der Polizei lieferte. So ungefähr stellte er es sich vor.

Rydal stand auf und hängte die Kette an der Tür ein, so daß sie nur wenige Zentimeter nachgeben konnte, wenn jemand sie zu öffnen versuchte. Dann rasierte er sich. Rechts vom Waschbecken war eine schmale Tür, die in den Duschraum führte.

Das Schiff war jetzt ausgelaufen.

Um halb elf ging Rydal nach oben, um sich das Meer anzusehen. Nur hinter sich, nach Kreta, blickte er nicht. Er wollte Kreta nicht verschwinden sehen. Vor ihm und zu beiden Seiten waren keine Inseln in Sicht, rundherum gab es nichts als blaue rollende und leicht bewegte Wellen. Der Himmel war ungewöhnlich hell und klar, als habe der Regen gestern alle Wolken fortgewaschen. Rydal schlenderte über das Deck, ging noch einmal durch den kleinen Salon mit dem Schreibtisch des Zahlmeisters und stieg eine Treppe hinunter, auf der das abgetretene Linoleum mit Metallstreifen eingefaßt war. Das schwere Holzgeländer hatte um die Jahrhundertwende vielleicht eine gewisse Eleganz besessen. Im ganzen war das Schiff einigermaßen sauber, nur wirkte alles ein wenig heruntergekommen. Der Erste-Klasse-Salon sah trübe aus; es war ein runder Raum im Hinterschiff, oberhalb des offenen Decks, wo sich die Passagiere drängten, die keine Kabinen genommen hatten. Es gab nicht genügend Stühle im Salon und nur ein Sofa, das voll besetzt war. Aus dem Rundfunkapparat kam griechische Tanzmusik. Das Schiff begann leicht zu schlingern. Rydal hörte, wie eine untersetzte Frau auf französisch bemerkte, wenn es so bliebe, würden nicht viele Passagiere zum Lunch kommen. Links von der Tür war eine ganz kleine Bar mit einer schmalen Theke und ohne jede Sitzgelegenheit. Auch einen Barmixer gab es nicht.

Rydal stand an einem der Fenster und rauchte, als die Elf-Uhr-Nachrichten kamen. Es war gleich die erste Meldung.

»... auf der südlichen Terrasse des Knossos-Palastes die Leiche einer jungen Frau gefunden ... offensichtlich von einer großen Vase aus der oberen Terrasse erschlagen ... noch nicht identifiziert...« Atmosphärische Störungen löschten ab und zu einen

Satz aus. »... für eine Amerikanerin gehalten ... steht fest, daß es sich nicht um einen Unfall handelt, denn auf der Brüstung direkt über ihr hatte sich keine Vase befunden ... vorläufig keine weiteren Informationen ...«

»Was sagt er?« fragte die Französin, die eifrig an etwas Weißgelblichem strickte.

»Ein Mord im Palast von Knossos«, erwiderte ihr Begleiter auf französisch mit griechischem Akzent.

»Was – ein Mord? Und wir waren erst am Sonntag da! Wer ist denn ermordet worden?« Die Strickerin setzte sich aufrecht.

»*Une jeune américaine ... Mon Dieu, ces américains!*« Kopfschütteln.

Rydal beobachtete, wie die Meldung langsam den Salon durchlief, gleich einem kleinen, noch ungefährlichen Feuer. Er sah die lächelnden Gesichter, das Achselzucken, die neugierig erhobenen Augenbrauen. Viele der Passagiere hatten sicher eben erst Knossos besucht und den Palast gesehen. Das gehörte zum Pensum jedes Touristen. Das Interesse im Salon war nur mäßig; immerhin ließen sie die restlichen Meldungen unbeachtet. Der Bericht kam aus Athen; er war von Kreta nach Athen gegangen und kam jetzt fast den ganzen Weg wieder zurück. Er drückte seine Zigarette in einem der Aschenständer aus und ging in seine Kabine zurück. Der lange Metallschlüssel steckte in seiner Tasche. Chester saß sicher in seiner Kabine und trank. Rydal nahm sein schwarz-weißes Notizbuch und schrieb:

16. Januar 19..
11.10 Uhr

Keine Eintragung für Montag, den 15. Heute ist Dienstag, ein Tag später. Diesen Montag werde ich nicht vergessen; und ich weiß, ich könnte ihn doch nicht richtig schildern. Ich bin jetzt mit C. auf einem Schiff zwischen Heraklion und Piräus. Eben habe ich die Nachricht gehört – ohne Namensnennung. Das Schiff ist voller Schweine und Idioten, und mit einem davon bin ich fest verbunden, als wäre er ein Magnet, als stände er in einer wichtigen Beziehung zu mir (wie ein Vater) und wir hätten gemeinsam ein bedeutsames Schicksal zu erfüllen. Ich kenne das Schicksal; es ist ganz klar, einfach und widerwärtig; es ist

nichts Geheimnisvolles daran und es wird keinerlei Überraschungen geben. C. ekelt mich an, und ich glaube, das eben fasziniert mich. Ich habe nicht den Wunsch, ihn zu töten; niemals habe ich jemand töten wollen. Aber soviel ist sicher: ich möchte ihn fallen sehen. Fallen in jedem Sinne des Wortes. Und er wackelt schon.
Im Gegenteil: Ich muß mich meiner eigenen Haut wehren. Chester hat Grund genug, mich aus dem Wege zu schaffen – nicht allein, weil ich zuviel weiß, sondern weil er glaubt, ich hätte mit seiner Frau geschlafen. Darum haßt er mich. Und sie ist tot. Ich könnte heulen über all den Unsinn und den Irrsinn des Ganzen. Sie ist tot ... Chester haßt sich selber deswegen. Und wie alle Dummköpfe, die sich selber hassen, wird er auf jemand anders losschlagen.

Rydal wartete sehr lange und ging erst spät zum Lunch. Chester saß in einer Ecke und aß; eine Flasche mit gelbem Wein stand neben seinem Teller. Rydal wandte sich in der Tür um und ging zurück in seine Kabine. Chester hatte ihn nicht gesehen. Um vier bestellte sich Rydal einen kleinen, aber erlesenen Lunch, so erlesen, wie das Schiff ihn zu bieten hatte; dazu trank er einen kalten Montrachet, den teuersten Weißwein auf der Karte.

Dann zog er von neuem sein Notizbuch hervor. Die vordere Hälfte war für Gedichte bestimmt, die hintere für das unregelmäßig geführte Tagebuch.

Was mich so anekelt, ist das Alltägliche – nein, falsch: das Prosaische, Trübsinnige und Öde an der Sache – und daß dies alles so gräßlich überschaubar und durchsichtig ist. Ich warte auf irgend etwas, das mich wie ein Blitzschlag trifft, wie ein grelles Licht mitten ins Gesicht. Ich warte auf einen Moment der Wahrheit, der mich dann vielleicht umbringt. Ich will Erleuchtung; und ich bin ganz sicher, sie kommt wie ein Blitz der Erkenntnis, nicht wie eine Rechenaufgabe, zu der man sich hinsetzt und die man in Gedanken ausarbeitet. Colette hatte gerade begonnen, mir die Erleuchtung zu vermitteln. Es fing an, als sie mich zum Lächeln brachte und dann zum Lachen. So habe ich zuletzt als Kind gelacht. Vielleicht hätte ich die Wahrheit gefunden, wenn ich mit Colette geschlafen hätte. Und ich habe sie sterben lassen. Hätte ich mich doch nach vorn geworfen anstatt zur Seite ...

oder nach hinten? Ich weiß es gar nicht mehr richtig... Ich hätte sie an den Schultern packen und wegstoßen können. Und dann? Mein Gott, wäre sie auch dann noch bei Chester geblieben?

Nein. Gewiß nicht. Sie hätte mit der Einfachheit kindlicher Logik gesagt: ›Chester, du hast ihn umbringen wollen. Du bist ein böser Mensch, ich verabscheue dich.‹ Vielleicht auch noch: ›Ich habe Rydal lieb.‹ Alles ganz einfach.

Und jetzt sitzen die Idioten hier im Salon und grinsen bei der Meldung von ihrem Tod. Wenn ich ehrlich sein soll, muß ich zugeben, es würde mir große Freude machen, sie zu rächen. Meine Pallas Athene, meine Vesta intacta. Lieber zurück zum Latein, für Krieger ist das eher geeignet als Griechisch.

Der Wein ist mir zu Kopf gestiegen. Ich will mich hinlegen.

Kurz vor sechs war Rydal wieder im Salon. Er hielt ein Glas Metaxa in der Hand und wartete auf die Nachrichten. Ein Mann trat auf ihn zu und fragte auf englisch mit italienischem Akzent, ob er mit Bridge spielen wolle, sie brauchten einen Vierten.

»Danke, ich... Ich bin nicht ganz wohl.« Rydal hob sein Glas mit dem rotbraunen Apéritif in die Höhe, um anzudeuten, daß er ihn aus medizinischen Gründen trinke.

»Ach, Sie sind Italiener!« sagte der andere lächelnd auf italienisch.

»Si, signor«, nickte Rydal. Sein Anzug war jedenfalls italienisch. Die Schuhe stammten aus Frankreich.

»Ich hatte Sie für einen Amerikaner gehalten...«

»Mit dieser Kleidung?« sagte Rydal lächelnd. »Nein, vielen Dank – sehr freundlich, Ihre Aufforderung, aber ich denke, ich werde nur eine Kleinigkeit essen und mich dann hinlegen.«

Der Ansager begann mit den Nachrichten.

»Seekrank?«

»Nein, nein, ich hab mir in Kreta irgendwas weggeholt.« Rydal sprach weiter italienisch.

»... Na, dann gute Besserung«, sagte der Mann und entfernte sich. Rydal winkte ihm freundlich zu.

Die Meldung über Knossos kam an dritter Stelle. Der Billettverkäufer war vernommen worden und hatte, wie Rydal es vorausgesehen hatte, ihn und nicht Chester beschrieben. Dunkles Haar, dunkle Augen, ungefähr fünfundzwanzig. Auf dem

Palastgelände hatte man einen Filzhut amerikanischer Machart und einen Griechenlandführer gefunden, aber sie enthielten keinen Namen oder Initialen. Rydal mußte sich zur Ruhe zwingen; er lehnte mit gekreuzten Beinen gegen eine Fensterbank im Salon und blickte versonnen in sein Glas. Er durfte kein Wort Griechisch mehr auf dem Schiff sprechen, zu keinem Menschen, auch nicht zu dem Steward. Den Lunch heute mittag hatte er in einer Mischung von Englisch und Italienisch bestellt. Der Mann in Knossos hatte ausgesagt, der junge Mann habe fließend Griechisch mit englischem Akzent gesprochen. Als die Nachrichten zu Ende waren, starrte Rydal am Fenster ein paar Minuten lang hinaus auf die dämmerige See. Im Salon ging es lebhafter zu als heute morgen; er konnte nicht feststellen, daß sich jemand über die Meldung aus Knossos äußerte. Er schlenderte zur Tür und ging in seine Kabine. Auf das Dinner würde er heute abend verzichten.

Er überlegte, daß die Polizei in Piräus wahrscheinlich am Kai sein und unter den Passagieren nach einem jungen Mann von fünfundzwanzig und so weiter Ausschau halten würde, der Griechisch sprach. Kalte Angst packte ihn. Wenn nun Chester dazukam, während man ihn, Rydal, verhörte, oben auf Deck oder an der Gangway, bevor einer der Passagiere das Schiff verlassen durfte? Vielleicht fand er dann, dies sei jetzt der ideale Augenblick, vorzutreten und anzugeben, dies sei Rydal Keener, und der habe seine, Chesters, Frau umgebracht; Rydal Keener könne sehr wohl Griechisch, und er selber habe die Absicht gehabt, Rydal Keener der Polizei zu übergeben, sobald er sich lange genug von ihm freimachen konnte, um ein Telefon zu erreichen ... Chester konnte sagen, Rydal Keener habe gedroht, ihn umzubringen, wenn er der Polizei erzählte, was in Knossos passiert war ...

Aber Rydals Panik dauerte nur Sekunden. So würde es bestimmt nicht kommen. Dazu hatte Chester selber zu viel zu verlieren.

Um seine Gedanken einigermaßen zu ordnen, wenn auch nur für kurze Zeit, nahm er sich heute abend Gedichte vor. Er hatte zwei schmale Bändchen bei sich, eines aus Amerika und eines aus London. Der amerikanische Titel war ›The End‹ von Robert Mitchell. Sein Lieblingsgedicht war das erste, es behandelte einen jungen Mann, der spürt, daß er in einer großen Stadt ganz allein war. Nach diesem liebte Rydal am meisten das Gedicht ›Innocence‹, in dem es hieß:

I have never sung. Never sung a song.
I have been happy and opened my mouth and only shouts would
    follow.
Great bellows.
I was trying to make the world see me,
... But I did not sing when I was young
Although I have always been all song,
My lips have burst with the songs I have never sung
And never even known –
All disconnected and bursting to be said.

Der letzte Vers war traurig, der Mann war nun reif geworden, und es gebe keine Lieder mehr, sagte der Dichter. Den letzten Vers las Rydal nicht mehr. Das Gedicht erinnerte ihn an die Unvollkommenheit seiner Liebe, damals zu Agnes' Zeit. Das war ihm vor einem Jahr eingefallen, als er das Gedicht zum erstenmal las, und bis jetzt war er dem Gedicht, obgleich er es liebte, aus dem Weg gegangen. Heute las er es gern und sah sich sogar die Orthographie genau an. Er entsann sich an ein eigenes frühes Gedicht, das er mit fünfzehn geschrieben und jetzt nicht bei sich hatte:

Was gestern purpur war
Ist heute rot.
Der Himmel ist größer,
Der Bach unterm Fenster
(soundso soundso)
So wie der Wasserfall –
Ändert sich das Wasser.
Oder ist es das gleiche
eingebettete Wasser,
das unentwegt abwärts fließt?
Ich wünschte, die Landschaft draußen,
die kahlen schönen Bäume,
die Vögel, die vorüberflogen,
als wir ihnen zuschauten, du und ich,
ich wünschte, sie würden anhalten,

*Deine Hand, dein Auge, sie fangen es ein –
Ich will keinen Frühling.
Nichts will ich mehr.*

Jahre später hatte Rydal in so vielen Gedichten von angehaltenen Wasserfällen gelesen, daß das Bild für ihn zum Klischee geworden war. Das phantasievollste Element des Gedichtes war vermutlich die Tatsache, daß er es im Frühling geschrieben hatte, als die Bäume gar nicht kahl waren, und daß er es in den Winter versetzt hatte. Es brachte ihm die Erinnerung an Agnes viel stärker zurück als bessere Gedichte, die er seither an sie oder über sie geschrieben hatte.

Gegen zehn Uhr abends zog Rydal seinen Mantel an, band sich – es war windig und regnerisch – den Schal um die untere Gesichtshälfte und ging nach oben. Man konnte nicht ganz um das Deck herumgehen, sondern nur ein Stück auf beiden Seiten des Mittschiffs. Rydal ging mit gleichmäßigen Schritten an Backbord auf und ab. Dann erreichte er durch einen Korridor die Steuerbordseite. Niemand war zu sehen. Von der Reling sprühte ihm Gischt ins Gesicht. Der Himmel war schwarz und ohne Sterne. Das Schiff fuhr scharf gegen den Wind, und Rydal stemmte sich dagegen, die Mantelenden flogen. Er war froh, daß die Reise morgen um neun vorüber war und nicht noch weitere zwei oder drei Tage dauerte. Rund um das Schiff lag ein kleiner Lichtkreis; außerhalb des Kreises war alles dunkel, und weder Sterne noch Lampen zeigten an, wo die See aufhörte und der Himmel anfing. Rydal trat zurück in den Gang, um sich eine Zigarette anzuzünden; dann stellte er sich an die Reling. Hinter ihm schlug eine Tür im Wind. Rydal warf einen Blick über die Schulter.

Chester stand hinter ihm, eine Mütze auf dem Kopf. Er schien zu zögern und auf den Fußspitzen zu schwanken; Rydal wußte nicht, ob er betrunken war oder ob der Wind im Rücken ihn nach vorn drückte. Er trat auf Rydal zu.

»'n Abend«, sagte Chester mit tiefer und fester Stimme.

Rydal war auf der Hut. Er richtete sich ein wenig auf. »Besser, man sieht uns nicht zusammen.«

»Was?« fragte Chester und beugte sich vor.

Rydal wiederholte seine Worte etwas lauter und warf einen Blick nach oben, um zu sehen, ob jemand auf dem Oberdeck sie hören konnte. Er sah nichts als die leere weiße Reling und die Glasfassade des Steuerhauses über der Brücke.

Chester schwieg, kam einen Schritt näher und lehnte sich an die Reling.

Rydal wollte weg, aber nicht so schnell, daß es wie ein Rückzug aussah, wie eine Flucht. Ein plötzliches Schlingern des Schiffes hob beide auf die Zehenspitzen. Wenn das noch einmal kommt, dachte Rydal, kann ich ihn wie eine Puppe hochheben und über Bord... Vermutlich konnte Chester das gleiche noch leichter mit ihm tun. »Gute Nacht«, sagte er und wandte sich ab.

Chesters Hieb, mit unglaublicher Behendigkeit geführt, traf ihn in die Magengrube; der Mantel fing nur wenig ab. Ein zweiter Hieb landete auf seiner Hand, die sich auf den Magen preßte; der Schmerz fuhr ihm durch alle Finger. Der dritte traf die Kinnspitze und warf ihn zu Boden. Er lag regungslos in der Rinne unter der Reling, hielt sich den Magen und rang verzweifelt nach Luft. Dann packte er mit beiden Händen Chesters Fußgelenk und riß daran. Chester versetzte ihm einen Tritt an den Hals. Der Schmerz machte ihn fast ohnmächtig, er sackte zusammen und konnte sich sekundenlang nicht rühren. Er fühlte, wie Chester ihn vorn am Mantel hochriß, gegen die Reling gepreßt immer höher schob... Endlich konnte er sich wieder bewegen, sich wehren. Er schlug um sich wie rasend. Chester ließ ihn fallen.

Stille. Rydal lag am Boden, eine Wange gegen die Decksplanken gepreßt. Er hörte, wie Chester sich entfernte. Eine Tür fiel ins Schloß. Irgendwo pfiff jemand eine kleine Melodie.

Auf Händen und Knien kroch Rydal vorwärts in den Schatten. Das Pfeifen verstummte. Eine Hand berührte seinen Rücken.

»He – was ist mit Ihnen los? Krank?« Die Stimme sprach griechisch.

Rydal erkannte mühsam die breiten Seemannsschuhe, die ungebügelte blaue Hose. Mit einiger Anstrengung richtete er sich auf. »Danke. Ich habe etwas verloren, hier auf dem Deck«, erwiderte er auf englisch.

»Was sagen Sie? Fehlt Ihnen was?«

Rydal tat einen tiefen Atemzug und lächelte mühsam. Gott sei Dank war es dunkel hier. »Nein, nein... Ich suchte bloß etwas auf dem Deck.«

Der Matrose nickte, er verstand kein Wort. »Vorsicht! Rauhe See. Gute Nacht, Sir«, sagte er, wandte sich ab und stieg die weiße Leiter zur Brücke empor.

Rydal hielt sich noch ein paar Minuten an der Reling fest, bis sein Atem wieder normal ging. Der Magen tat immer noch weh, und der Kiefer schmerzte. Er verzog bitter das Gesicht. Für einen Mann mittleren Alters war Chester recht gut in Form. Natürlich war es ein Überraschungsangriff gewesen, aber ... Das durfte nicht noch einmal passieren. Er fuhr sich mit den Fingern über das Gesicht und besah die Hand. Blut war nicht daran. Dann ging er zurück in seine Kabine.

14

Der griechische Polizist blickte Rydal nur flüchtig an, legte ihm eine Hand auf die Schulter und sagte auf englisch: »Wollen Sie bitte hier zur Seite treten?«

Auf der anderen Seite der Gangway stand noch ein Polizist und prüfte den dünnen Strom der aussteigenden Passagiere. Aus der ersten und zweiten Klasse waren bisher etwa dreißig heruntergekommen. Die Passagiere aus der dritten Klasse und vom Zwischendeck wurden weiter unten ausgeschifft.

Ohne Widerspruch war Rydal zur Seite getreten und hatte sich hinter den Beamten gestellt. Die Blicke der beiden Polizisten hafteten noch auf der langsam vorrückenden Reihe der Passagiere. Rydal stand allein. Dann sah er neben dem andern Beamten einen untersetzten jungen Mann mit hellbraun gewelltem Haar und hochgezogenen Augenbrauen; er suchte jemand unten am Kai. Seine Hand fuhr in die Höhe, er grinste, und von unten her kam ein lauter Ruf.

»*Non so!*« rief der junge Mann mit dem hellbraunen Haar. »*Non so!*« Dann brach er in Lachen aus und rief, ebenfalls auf italienisch: »Vielleicht halten die mich für einen Rauschgifthändler! Sehe ich so aus? Wart auf mich – warte doch!«

In der Tür zum Salon erschien jetzt Chester und trat hinaus an Deck, die Mütze auf dem Kopf. Er war größer als die Leute vor ihm. Er erblickte Rydal hinter dem großen schlanken Polizeibeamten, und Rydal sah sofort, daß er die Lage erkannte. Auf seinen Lippen erschien ein Lächeln nervöser Schadenfreude.

Er zögerte und ließ einige Leute vor sich durchgehen. Dies war für ihn, dachte Rydal, der geeignete Augenblick, dem Polizeibeamten *seine* Geschichte zu erzählen und zu bestätigen, daß Rydal der junge Mann war, den der Billettverkäufer am Montag nachmittag in Knossos gesehen hatte. Dies alles ging Chester auch offensichtlich durch den Kopf, aber seine argwöhnischen Augen mieden den Blick des hochgewachsenen Polizisten; er trottete mit den andern Passagieren die Gangway hinunter. Er hatte also Angst um seine eigene Haut. Rydal ließ ihn nicht aus den Augen. Chester stand jetzt unten am Kai und wartete auf den Träger mit seinem Gepäck. Unten stürzten sich eifrige Taxifahrer auf die Koffer der Passagiere und schleppten sie, bevor sie noch vollständig waren, zu ihren Wagen; entrüstete Touristen riefen ihnen in fünf oder sechs verschiedenen Sprachen zu, die Finger davon zu lassen.

Ein junger Mann mit dunklen Locken war ebenfalls auf die Seite getreten und blieb bei Rydal stehen. Er blickte ihn mit großen erschreckten Augen an.

Die Beamten vernahmen zunächst den jungen Mann mit dem hellbraunen Haar. Er sprach italienisch und etwas Französisch, aber kein Griechisch. Der eine Beamte versuchte es auf griechisch: »Sind Sie dumm? Können Sie kein Griechisch?« Das Gesicht des jungen Mannes blieb ohne Reaktion, er blickte hilflos den andern Beamten an, der ihn auf griechisch gefragt hatte, ob er in Knossos gewesen sei. Darauf kam keine Antwort; die Frage wurde in primitivem Französisch wiederholt.

»*Si. Domenica. Dimanche, je visite*«, sagte der junge Mann und sah die Beamten offen an.

»*Combien de temps est-ce que vous êtes dans Crête?*« fragte einer der Beamten.

Er berichtete, er habe drei Tage in Heraklion mit seinem Onkel und seiner Tante verbracht, die unten am Kai standen. Er mußte seinen Paß vorweisen, den die Polizeibeamten prüften. Dann fragten sie ihn, wohin er jetzt reisen wolle.

»*Nous allons à la Turquie demain*«, sagte er.

»*Bien.*« Der Beamte klappte den dunkelgrünen Paß zu und übergab ihn dem jungen Mann, der erleichtert die Gangway hinunterlief.

Jetzt war Rydal an der Reihe.

»Sie sind Amerikaner?« fragte der eine Beamte.

Rydal nickte. »Ja.« Er zog seine Paßhülle aus braunem Leder aus der Tasche, öffnete sie und gab dem Beamten den Paß.

Die beiden verglichen das Paßbild mit ihm. Auf ihre Frage antwortete er, ja, er sei vier Tage in Heraklion gewesen.

»Sie sind seit über zwei Monaten in Griechenland. Sprechen Sie Griechisch?« fragte einer der Beamten auf griechisch.

Rydal war auf der Hut und gab kein Zeichen des Verstehens. »Was haben Sie gefragt?«

»Ob Sie sprechen Griechisch«, half ihm der junge Mann, der rechts von ihm stand, mit freundlichem Lächeln.

»Bitte!« wies der Beamte den jungen Mann streng zurecht.

»Nur wenige Worte«, sagte Rydal: *»Kalispera, Efcharisto...«* Er lächelte entschuldigend.

»Wann waren Sie in Knossos?« fragte der Beamte auf griechisch.

Gereizt erwiderte Rydal: »Können Sie nicht Englisch mit mir sprechen? Was haben Sie gefragt?«

»Quand...«, fing der Polizeibeamte wieder an. *»Vous avez visité Knossou, sans doute.«*

Rydal lächelte. *»Vous – avez – visité – Knossos*... Ah ja. Ja, Sonnabend... Oder Sonntag? Ja, Sonntag. Warum? *Pourquoi?«*

»Di-manche?« fragte der Beamte und fuhr auf griechisch fort: »Zeugen? War jemand bei Ihnen?«

Rydal lehnte noch immer an der Reling. »Ich verstehe Ihre Fragen nicht.«

»Mit wem reisen Sie zusammen?« fragte der Beamte auf französisch.

»Je... moi... seul«, erwiderte er stirnrunzelnd. »Niemand.« Er spreizte die Hände nach unten.

Der Beamte zuckte die Achseln, gab Rydal seinen Paß zurück und wandte sich an den jungen Mann, der neben ihm stand.

»Partir«, sagte der andere Polizist und machte mit der Hand die Andeutung eines Grußes.

»Danke«, sagte Rydal, steckte den Paß in die Tasche, nahm seinen Koffer in die Hand und schritt die Gangway hinunter.

Chester war nirgends zu sehen. Rydal blickte sich überall um, dann winkte er einem Taxi und sagte dem Fahrer, er solle ihn nach Athen bringen. Chester würde dem Hotel King's Palace ganz sicher weit aus dem Wege gehen. Er würde wahrscheinlich ein Hotel nahe dem Omonia Platz aussuchen, etwa das Palasthotel Akropolis oder das Greco; beides waren erstklassige Häuser, und Chester hatte es gern bequem. Und als erstes würde er jetzt versuchen, Niko zu erreichen, aber zunächst mußte er sein Gepäck irgendwo lassen. Er würde wohl kaum vor dem American Express aus dem Taxi steigen und mit Niko ein entscheidendes Gespräch auf dem Gehweg anfangen, während das Taxi mit seinen Koffern am Bordstein wartete.

Das Taxi fuhr in die Stadt ein. »Wo wollen Sie hin?« fragte der Fahrer.

»Ins... zum American Express«, sagte Rydal. Er wollte sofort mit Niko sprechen.

Auf dem Platz der Verfassung standen die weißen Häuser erwartungsvoll in der Sonne und blickten auf das Durcheinander der kleinen Bäume und gepflasterten schmalen Wege. Rydal spürte einen Stich im Herzen, er dachte an Colette. Der Platz wirkte auf ihn wie ein leeres Zimmer, ein Raum, der auf jemanden wartete und nicht wußte, daß der Erwartete nie wiederkam. Es war plötzlich ein trauriger Platz geworden. Rydal setzte sich auf und spähte nach Niko aus, als sie in die Nähe von seinem Standplatz kamen. Und da war er, halb verborgen unter dem Gebirge seiner Schwämme.

»Hundert Drachmen, okay?« sagte Rydal. Er hätte die Fahrt für achtzig haben können, aber er war nicht zum Handeln aufgelegt. Er gab dem Fahrer einen Hundertdrachmenschein und stieg aus, den Koffer in der Hand.

Niko sah ihn erst, als er bis auf wenige Meter herangekommen war, und strahlte vor Überraschung. »Rydal Keener! Eben war dein Freund bei mir. Hör zu – ich muß mit dir reden!« Das letzte flüsterte er nur.

»Was wollte er?« Unruhig nahm Rydal einen der großen Schwämme in die Hand, die bis zu Nikos Ellbogen herunterhingen, und fingerte an ihm herum.

»Er will mich heute um ein Uhr sprechen; ich soll ihn an der Ecke Stadiou und Omirou treffen. Hast du eine Ahnung, was mit ihm los ist?«

»Er hat in Knossos seine Frau umgebracht«, sagte Rydal.

Niko erstarrte. Dann sagte er auf englisch: »Aha... Ja, davon hab ich gelesen. In Zeitung. Das war sie also. Seine Frau!«

»Ja.«

»Du bist eben gekommen, von Piräus? Auch mit Schiff?«

»Ja, Niko, hör zu: Weißt du, was er zur dir sagen wird, wenn ihr euch heute mittag trefft?«

»Nein – was?«

»Er wird dich beauftragen, einen Mann zu finden, der mich umbringen soll«, sagte Rydal in einfachem Griechisch.

»Dich *umbringen?* Das ist doch nicht möglich.« Niko tat, als habe er nie etwas so Unerhörtes vernommen.

»Na ja, er wird dich bitten, einen brutalen Schläger für ihn aufzutreiben ... Vielleicht sagt er dir nicht wofür, denn er weiß ja, daß du mein Freund bist. Aber das ist der Grund, dafür will er ihn haben ... Niko, hör jetzt gut zu. Ich brauche einen Ort, wo ich eine Weile bleiben kann. Einen Unterschlupf, verstehst du? Entweder bei dir oder bei irgendeinem Freund von dir, dem du vertrauen kannst. Natürlich bezahle ich die Unkosten für ...«

»Ja, bei mir. Bei mir kannst du wohnen«, sagte Niko bereitwillig. »Komm nur. Ich muß nicht einmal Anna vorher fragen. Anna mag dich.«

Rydal nickte. »Es ist so: Chester wollte mich umbringen, und dabei hat er seine Frau getötet. Sie ging gerade vorbei unter der großen Urne, aus Versehen. Verstehst du? Du hast doch die Zeitung gelesen, was?«

»Natürlich, und im Radio war's auch ... Warum will er dich umbringen? Du hast ihm doch geholfen.« Niko sah Rydal prüfend an. »Hast du zuviel Geld verlangt von ihm?«

»Ich habe überhaupt kein Geld von ihm verlangt«, sagte Rydal geduldig. Er hätte gern geflucht vor Unruhe und Nervosität. »Seine Frau hatte mich gern, und ich mochte sie auch. Das hat's nicht gerade besser gemacht.« Rydal hielt inne und wartete, bis dieses wichtige Detail in Nikos Gehirn eingedrungen war. »Dieser Chamberlain, alias MacFarland, ist ein Gauner, weißt du – und Gauner trauen keinem. Er hat jetzt Angst, weil ich zuviel weiß. Verstehst du?« Es war absolut notwendig, daß Niko das alles einsah und begriff. Er tat zwar alles für Geld, und in Geldsachen konnte Rydal es mit Chester niemals aufnehmen; aber darüber hinaus war Niko doch so etwas wie ein Freund. Er würde niemals, davon war Rydal überzeugt, seine Hand dazu hergeben, daß er umgebracht wurde. Deshalb mußte

Niko die Sache genau erfahren und alle Gründe von Rydals Verhalten verstehen; dann mochte er Chester soviel Geld abnehmen, wie er wollte, das kümmerte Rydal nicht.

»Letzte Nacht auf dem Schiff hat er versucht, mich umzubringen«, sagte Rydal.

»Was? Wie denn?«

»Er hat mich zusammengeschlagen, und dann wollte er mich über Bord schmeißen.« Rydal sah sofort, daß Niko ihm nicht ganz glaubte. Egal. Er hielt es wahrscheinlich für eine zusätzliche Anekdote, mit der Rydal das Wesentliche ausschmücken wollte. Das Wesentliche glaubte er. »Verstehst du, Niko, es geht jetzt um wenige Stunden. Heute mittag wird man ganz bestimmt mit der Identifizierung...« Er verstummte. Ein kleiner Mann mit einer Zigarre im Mund war herangetreten.

»Ein Schwamm, Sir?« fragte Niko auf griechisch. »Dreißig, fünfzig und achtzig Drachmen.«

»Nyah«, murmelte der Mann und befühlte, ohne Niko anzusehen, mehrere der Schwämme, die an ihm herabhingen, als lägen sie ausgebreitet auf einem Ladentisch. »Ich hatte neulich erst einen, der ist nach vier Wochen auseinandergefallen.«

»Was?« Niko lachte. »Der war aber nicht von mir – ich hab nur echte Schwämme. War sicher ein unechter – haben Sie vielleicht in Piräus gekauft.« Wieder lachte er, man sah den bleigefaßten Zahn.

»Welches sind die zu dreißig?«

Rydal stand etwas abseits und wartete. Der Mann hatte ihn gar nicht angesehen. Der Handel wurde abgeschlossen, und der Käufer entfernte sich mit seinem Schwamm. Rydal trat wieder zu Niko. »Okay, ich gehe jetzt also zu Anna. Aber ich wollte, daß du vorher Bescheid weißt, Niko. Die Polizei sucht jetzt schon nach einem dunkelhaarigen Mann meines Alters. Meinen Namen werden sie auch noch herausfinden – ich habe ja mit Chamberlain zusammen in mehreren Hotels gewohnt. Deshalb kann ich jetzt nicht in ein Hotel gehen, wo ich meinen Paß vorlegen muß.«

»Brauchst du neuen Paß?« fragte Niko und beugte sich vor.

Rydal mußte lachen. »Kommst du zum Essen nach Hause, heute mittag?«

»Nein. Hab mir was mitgebracht.« Niko ging wieder zum Englischen über. Eine Hand erschien unter den Schwämmen und hielt ein Päckchen, das mit schmutzigweißem Bindfaden umschnürt war.

»Komm doch nach Hause zum Essen«, schlug Rydal vor. »Ich möchte mit dir reden.«

»Ich muß doch den Mann um eins treffen.«

»Ja, das sollst du ja auch. Komm um zwölf. Okay?«

Niko tat, als überlege er. »Okay.«

In einem kleinen Laden zwischen dem Platz der Verfassung und Nikos Wohnung kaufte Rydal eine Zeitung und las den Polizeibericht. Darin stand, daß die Polizei in den Hotels in Heraklion nachforsche, ob dort eine junge Amerikanerin mit rotblondem Haar gewohnt habe, allein oder mit ihrem Mann, und zwar am Tage des Mordes oder am Tage vor dem Mord, Montag. Heute war Mittwoch; die Meldung stammte vom Dienstag, vielleicht von Dienstag abend. Die Leiche war erst gestern morgen gefunden worden. Als nächstes würden sie bei den Luft- und Schiffahrtslinien nachforschen in der Annahme, daß die junge Frau vielleicht schon am Tage ihrer Ankunft in Kreta den Knossos-Palast besucht und nicht vorher ein Hotel aufgesucht habe. Dann – und das hieß zweifellos heute – würde man in anderen kretischen Städten nachfragen und bald feststellen, daß eine Frau, die der Beschreibung entsprach, mit ihrem Mann William Chamberlain im Hotel Nike in Chania angemeldet gewesen war und daß sich ein dunkelhaariger junger Amerikaner namens Rydal Keener in Begleitung der beiden befunden hatte, der offenbar identisch mit dem jungen Mann war, an den sich der Billettverkäufer in Knossos erinnerte.

Rydal schritt weiter. Ein Lächeln erschien auf seinem Gesicht. Offenbar hatte also Chester doch dafür gesorgt, daß Colette alle verräterischen Papiere und Fotos vernichtete. Oder vielleicht hatte sie auch selber daran gedacht. Sie war so praktisch gewesen... Ob Chester sich wohl darüber im klaren war, daß es sich nur noch um Stunden handeln konnte, bis die Polizei ihn im Hotel aufsuchte, wenn er sich irgendwo als William Chamberlain eintrug? Das mußte er wissen, auch ohne Zeitungen und Radiomeldungen, wenn er eine Spur von Grips hatte. In Athen gab es eine englische Morgenzeitung, die *Daily Post*. Die hatte Chester sicher gekauft.

Niko wohnte in einer Einbahnstraße, die man zu Kanalisationszwecken aufgegraben, aber aus irgendwelchen Gründen niemals gepflastert hatte. Immer stand an der Ecke ein Hausierer mit billigen Schuhen. Zwei Türen vor Nikos Haustür hatte ein Händler ein paar Kisten übereinander gestellt und verkaufte dort Obst und Gemüse. Nikos Hausnummer 51 war in verwaschenen Buchstaben und kaum noch leserlich neben die Haustür gemalt. Rydal klopfte laut und wartete. Hinter der Tür lag ein langer Korridor, der zu Nikos Wohnungstür führte. Rydal mußte noch einmal klopfen, bevor er Annas behenden Schritt über den Zementboden klappern hörte.

»Wer ist da?«

»Grüß dich, Anna. Rydal.«

»Ahh!« Der Riegel wurde zurückgeschoben, und Anna strahlte ihn mit hellen Augen und roten Backen an. Sie war breit und von niedrigem Wuchs, ihr Schwerpunkt lag nahe dem Erdboden. Das graublonde Haar lag in Flechten um ihren Kopf und erinnerte Rydal an klassische griechische Statuen, nur das Gesicht war nicht von einem Genius geformt. Sie hatte eine formlose rötliche Nase und fast kein Kinn, aber die Augen waren lebhaft und freundlich. Anna war eine einfache Seele, aber keineswegs dumm.

Sie führte ihn durch den feuchten Gang in ein Zimmer, das Wohnstube und Küche zugleich war und in dem ein Holzfeuer brannte. Hinter einem Vorhang lag ein Raum von der Größe eines Alkovens; das war das eheliche Schlafzimmer. Niko hatte Rydal mal erzählt, sie hätten keine Kinder, weil Anna nicht ganz in Ordnung war, sie konnte keine haben. Für Niko war das ein Grund, sich manchmal mit anderen Frauen einzulassen; er behauptete, wenn eine ein Kind bekam, so werde er gern für das Kind sorgen. Rydal war nicht ganz wohl bei dem Gedanken, er hielt das für eine Lüge. Rydal nahm gern die angebotene Tasse Tee mit dem Schuß von Nikos zweitklassigem Brandy, der immer auf einem Bord über dem Herd stand. Es roch nach Huhn mit Zwiebeln. Ein großer schwarzer Topf stand auf dem Herd und brodelte leise.

Nach einigen freundlichen Begrüßungsworten wurde Annas Gesicht ernst, und sie fragte fast flüsternd: »Weißt du etwas von dieser schrecklichen Sache in Kreta? Mein Gott, eine Amerikanerin im Palast von *Knossou* umgebracht!«

»Ob ich was davon weiß? O ja«, sagte Rydal. Er erzählte ihr alles so kurz und klar, wie es ihm möglich war. Nach jedem Satz machte er eine Pause; dann japste sie, stieß ein Wort aus, bekreuzigte sich oder warf die Hände in die Luft und ließ sie wieder fallen. Als er ihr berichtete, wie ihn die Polizei vor wenig mehr als einer Stunde vernommen hatte, lief sie auf ihn zu und packte seine Schultern mit ihren starken kleinen Händen, als wolle sie sich oder ihn überzeugen, daß er noch unter den Lebenden war.

»Ungefähr drei Stunden bin ich ihnen zuvorgekommen«, sagte er.

»Wieso?«

»Ich denke, in zwei Stunden wissen sie meinen Namen. Sie hätten ihn schon heute morgen haben können, wenn sie sich etwas beeilt hätten. Ich hatte bloß Glück.«

»Woher sollen sie deinen Namen kriegen? Von Chamberlain?«

Sie hatte doch noch nicht alles verstanden. »Nein; ich sagte ja, er hat Angst, mich auszuliefern – nehme ich jedenfalls an. Bisher wenigstens hatte er zu viel Angst. Nein, die Polizei kann meinen Namen von den Hotels erfahren, wo ich mit den Chamberlains gewohnt habe.«

Sie nickte. Das Wesentliche hatte sie jetzt wohl verstanden. Bestimmt begriff sie, daß Chamberlain ihn haßte, weil seine Frau ihn gerngehabt hatte. Das war klar und einfach und völlig ausreichend als Motivierung für Chesters Verhalten. Sie hatte natürlich auch von dem Tode des griechischen Polizeibeamten George Papanopolos gehört; aber das war schon mehrere Tage her, und er war schließlich ein unbekannter Polizeibeamter gewesen. Was von diesem Fall am besten in ihrer Erinnerung haftete, waren zweifellos die tausend amerikanischen Dollar, die er Niko eingebracht hatte. Rydal blickte sich im Zimmer nach Zeichen von Wohlstand um und sah, daß der Teppich neu war, eine scheußliche Orientimitation. Auf dem Tisch, an dem sie saßen, stand ein neues, größeres Rundfunkgerät und spielte leise.

»Ein schöner Apparat«, sagte er. Es war ein großer heller Holzkasten mit blanken Messingknöpfen, der Ton kam aus einer runden, mit dunkelrotem Stoff bespannten Öffnung.

Wortlos drehte Anna das Gerät auf volle Lautstärke und wartete, als der ohrenbetäubende Lärm das Zimmer erfüllte, mit verschränkten Armen auf Rydals Lob.

»Großartig! Wunderbar! Dreh es leiser!«

Sie drehte es leiser. »Wir können jetzt England kriegen... England! Dies ist auch England.« Sie zeigte auf den Apparat, aus dem leise Musik kam.

»Ja, wirklich?« sagte Rydal bewundernd. Er dachte an die Programme der B.B.C. und an Anna, wie sie den englischen Gedichten und Theaterstücken lauschte, von denen sie nur hie und da ein Wort verstand. Anna war anglophil und liebte alles Englische. Sie war nie in England gewesen, und ihre sprachlichen Bemühungen hatten ihr, soweit Rydal wußte, ein Vokabular von zehn oder zwölf Wörtern eingebracht. Schade, daß er nicht daran gedacht hatte, ihr ein paar Päckchen Players mitzubringen. Beim nächsten Ausgang wollte er daran denken. Anna rauchte nicht viel, aber die Players liebte sie, weil es englische Zigaretten waren, und sie rauchte manchmal gern eine nach dem Essen.

Sie schenkte ihm noch einmal Brandy ein. Rydal blickte auf die Uhr; es war 11.37 Uhr. Er räusperte sich und sagte: »Anna, ich habe mit Niko gesprochen. Ich glaube, es ist das beste, wenn ich ein paar Tage bei euch bleibe. Jedenfalls bestimmt heute nacht. Ich weiß nicht, wie die Lage morgen ist.«

»Bei uns? Natürlich, ja. Bei uns kannst du immer gern bleiben, Rydal. Immer. Hier, auf der Couch.« Sie wies auf die kurze, durchgelegene Couch neben dem Küchenschrank.

Rydal war noch nie über Nacht bei ihnen geblieben, aber sie hatten ihn oft aufgefordert, doch mal für 'ne Woche bei ihnen zu wohnen, hauptsächlich weil sie fanden, er bezahle viel zuviel im Hotel Melchior Condylis.

»Wirst du Geneviève anrufen?« fragte Anna mit verschmitztem Lächeln.

Ach ja – Geneviève. Rydals Herz tat einen kleinen müden Sprung. Geneviève war die zwanzigjährige Tochter eines Archäologen am Französischen Archäologischen Institut von Athen; sie hatte selber ebenfalls Archäologie studiert. Rydal hatte sie einmal nach dem Dinner, als sie beide besonders gut aufgelegt waren, zu Anna und Niko mitgenommen. Für Anna war das nun die große Leidenschaft, die unbedingt zur Ehe führen mußte. Rydal wußte, Geneviève hatte ihn gern, aber ob sie ihn liebte, wußte er nicht. Wahrscheinlich nicht. Sie war das hübscheste Mädchen, das er in Athen kennengelernt hatte, und einmal war es bei ihr in der Wohnung auch eine Viertelstunde lang zu Zärtlichkeiten gekommen, als ihre Eltern aus waren. Er hatte schon mal vorgehabt, sie zu bitten, seine Frau zu werden und mit ihm nach Amerika zu gehen (vielleicht konnte er auch eine Stellung in Paris annehmen, als Rechtsberater für einen amerikanischen Konzern), aber ganz sicher war er dann doch nicht gewesen, irgend etwas sagte ihm, sie sei nicht ganz die Richtige, er müsse noch warten. Und nun, nach der Episode mit Colette, wußte er, daß Geneviève nicht die Richtige war. Sie war verblaßt – nicht ganz zu einem Nichts, denn jetzt war sie zu einer Episode geworden, einer halbfertigen Episode, deren er sich ein wenig schämte und die er nicht einfach abtun konnte. Er konnte nicht aus Athen abreisen, ohne Geneviève Bescheid zu sagen, ohne sich zu verabschieden. Er wußte nicht recht, was er ihr versprochen hatte, was sie aus seinem Verhalten hatte schließen dürfen. Alles war etwas unklar, verschwommen.

»Na –?« Anna wartete. »Oder gibt's da eine andere?«

Anna schien Colette schon vergessen zu haben. Er hatte den Bericht vielleicht abgeschwächt oder angedeutet, Colette habe ihn lieber gehabt als er sie. Rydal kam sich plötzlich ganz allein vor. Er erhob sich. »Ja, ich denke, ich werde mal mit Geneviève sprechen.« Er leerte sein Glas. »Weißt du, heute abend kann mein Name in den Zeitungen stehen. Ich stehe unter Mordverdacht – Mord an Mrs. Chamberlain, Anna.«

Anna setzte ein ernstes Gesicht auf.

Rydal überkam das hoffnungslose Gefühl eines Erwachsenen, der einem Kind etwas viel zu Schwieriges klarzumachen versucht.

Anna spürte seine Unruhe. Sie nahm die Flasche und schenkte ihm freundlich noch einmal ein; das kleine Glas war bis zum Rand gefüllt. »Ja, ich weiß. Aber das geht vorbei. Du wirst sehen.«

»Anna, aber die Sache ist die: ich *bin* schuld an...« er suchte nach den richtigen griechischen Worten. »Ich habe ja tatsächlich einem Mann geholfen, von dem ich wußte, er hatte jemand umgebracht. In dem Hotel neulich, den griechischen Polizeibeamten. Helfershelfer nach der Tat nennt man es im Englischen.« Er übersetzte den Satz wörtlich ins Griechische. »Ich hätte ihm niemals helfen dürfen. Ich weiß auch nicht, warum ich es getan habe. Chester wird jetzt also behaupten, ich hätte seine Frau umgebracht, und ich kann nicht beweisen, daß ich es nicht war. Da steht dann sein Wort gegen meines.«

»Chester?«

»Ja, so heißt er mit Vornamen. Chester.«

15

Chester hatte in der Nähe des Omonia Platzes, an der Ecke der Athinas und Lycourgou Straße, ein Zimmer im Hotel Greco genommen. Der Omonia Platz war viel staubiger und proletarischer als der Platz der Verfassung; Chester hatte das Gefühl, im falschen Teil der Stadt zu wohnen. Aber es war wenigstens weit entfernt vom Hotel King's Palace. Bis zum Omonia Platz war es jedenfalls mit dem Taxi eine lange Fahrt gewesen. Hier im Greco in seinem Zimmer, das so funkelnagelneu wirkte wie ein Ausstellungsschlafzimmer im New Yorker Kaufhaus Macy's, blätterte er zum zweitenmal die *Daily Post* durch, die er nach dem Gespräch mit Niko gekauft hatte. Colette war immer noch nicht identifiziert worden; man schloß nur aus ihrer Kleidung, daß sie Amerikanerin sei. Er hatte eilig ihre Koffer durchsucht, um festzustellen, ob sich darin etwas fände, das besser bei ihm aufgehoben war. Die Kleenex-Schachtel und ihre Zahnpasta nahm er an sich. Seine Hände flogen; er beeilte sich mit der Durchsicht aus Furcht, sonst etwas Sonderbares zu tun. Vielleicht würde er schreien oder über dem Koffer zusammenbrechen und sich die Haare raufen. Oder er würde einige ihrer Sachen, den Lieblingsschal oder ihr Parfum, in den eigenen Koffer stopfen. Colettes zwei Koffer verschloß er mit den Schlüsseln, die am Griff hingen; der dritte mußte sonstwie verschlossen werden, aber darum sollte sich die American Express kümmern. Die Koffer wollte er an Jesse Doty nach New York schicken, der sie für ihn aufbewahren sollte.

Gegen eins ging Chester, gestärkt von mehreren Whiskies, die er auf seinem Zimmer getrunken hatte, die Treppe hinab und verließ das Hotel, um Niko an der Ecke der Stadiou und Omirou Straße zu treffen. Die Straßennamen hatte er sich auf dem Rand seiner *Daily Post* notiert. Er war nicht ganz sicher, daß Niko die Verabredung einhalten würde, wenn Rydal inzwischen mit ihm gesprochen hatte, und das war wohl als sicher anzunehmen. Am Hafen hatte Chester von seinem Taxi aus zugesehen, daß die Polizei Rydal entlassen hatte. Chester hatte gehofft und geglaubt, man werde ihn in Haft nehmen; sie hatten sich so lange mit ihm beschäftigt. Und dann war Rydal, den Koffer in der Hand, die Gangway heruntergekommen, und Chester hatte eine merkwürdige Erleichterung gespürt, die er sich nicht erklären konnte, bis ihm einfiel, daß Rydal, wäre er verhaftet worden, der Polizei alles über Chester MacFarland alias William Chamberlain berichtet hätte. Das wäre scheußlich gewesen; er hätte versuchen müssen, irgendwie über die Grenze zu kommen. Jetzt hingegen konnte er etwas gegen Rydal unternehmen. Sicher war er irgendwo bei einem Freund untergekommen und wohnte nicht im Hotel.

Chester erkannte Niko auf den ersten Blick nicht wieder. Niko trug einen neuen dunkelblauen Mantel und einen tadellosen grauen Hut. Erst an den schmutzigen Leinenschuhen erkannte er ihn.

»Hallo, Niko«, sagte Chester.

»Hallo, *Sir*«, sagte Niko, als sei ›Sir‹ ein Eigenname.

»Ja, wohin können wir...« Chester blickte sich um, sah ein Café auf der anderen Straßenseite und schlug vor, die Unterredung dort fortzusetzen.

»Sie haben sicher Rydal schon gesehen«, begann Chester ohne Umschweife, als sie Platz genommen hatten.

»Ja. Heute morgen, gleich als Sie fort waren.« Niko nahm die amerikanische Zigarette, die Chester ihm anbot.

Der Kellner kam.

Chester bestellte einen Whisky. Niko verlangte einen Kaffee und etwas, das Chester nicht verstand.

»Ich nehme an, er wohnt bei Ihnen?« fragte Chester lässig.

»Nein«, sagte Niko.

»Wo wohnt er dann?«

»Er wohnt bei Freund.« Unbestimmt wies Niko mit dem Daumen nach draußen.

»Wissen Sie wo?«

»Ja. Ich weiß.«

Chester nickte. »Wo?«

»Ach – bei Akropolis.« Wieder fuhr der Daumen hoch. »Weiß ich nicht die Straße.«

»Aber Sie kennen den Freund, bei dem er wohnt?«

»O ja.«

»Und wer ist es?« fragte Chester.

Niko beugte sich grinsend über den Tisch. »Warum wollen Sie wissen?«

Chester richtete sich auf und lächelte ebenfalls, von Mann zu Mann, von Gauner zu Gauner. Niko hatte immerhin ein hübsches Sümmchen von ihm erhalten. »Niko – Rydal und ich, wir haben irgendwie – miteinander zu tun, verstehen Sie? Wir müssen in Verbindung bleiben. Er hat mir hier in Athen einen großen Gefallen getan, als ich die Pässe brauchte. Und Sie ebenfalls. Heute morgen in Piräus wurden wir getrennt, und es war besser, daß wir heute früh nicht zusammen blieben. Verstehen Sie?« Er sprach leise, aber sehr deutlich. »Aber vielleicht kann einer von uns dem anderen helfen, und zwar sehr bald. Wenn Sie mir nicht sagen wollen, wo er wohnt, so werde ich das auf andere Weise feststellen. Oder Rydal wird sich mit mir in Verbindung setzen. Ich bin leicht zu finden, ich wohne im Hotel.«

»Wo?«

Chester verzog den Mund zu einem Lächeln. »Das werde ich Ihnen sagen, wenn Sie mir sagen, bei wem Rydal wohnt. Und dazu die Adresse.«

Ein breites, leicht verlegenes Lächeln erschien auf Nikos Gesicht. »Okay, wenn Sie im Hotel wohnen, das ist leicht. Rydal kann *Sie* finden.«

Chester lachte mechanisch. Die Spannung ließ nicht nach. »Ja, das stimmt. Das wird er sicher tun.« *Hat er Ihnen von Kreta erzählt?* wollte er fragen; aber er hatte schon im Hotelzimmer beschlossen, davon nicht anzufangen. Niko glaubte ihm vielleicht nicht, wenn er sagte, daß es Rydal war, der Colette umgebracht hatte. Wozu sollte er Niko mit viel Mühe davon überzeugen? Niko waren Recht und Gerechtigkeit völlig einerlei. Chesters Atem ging etwas schneller. Er nahm seinen Whisky und trank einen Schluck und dann noch einen. Vor Niko stand eine Tasse mit schwarz-dickem Kaffee und ein weißliches Stück Kuchen. »Zwei Sachen brauche ich von Ihnen, Niko, und ich verspreche anständige Bezahlung«, sagte er.

»Ja?« Nikos Vorderzahn erschien.

»Ich brauche wieder einen Paß. Ein Foto habe ich mitgebracht.« Chester blickte sich um, ob jemand in Hörweite war; er sprach so leise, daß Niko sich vorbeugen mußte. Ihr nächster

Nachbar war ein Mann, der drei Meter entfernt saß und in seine Zeitung vertieft war. »Wie schnell können Sie mir einen neuen Paß besorgen?«

»Hmm ... Vielleicht übermorgen.«

»Dann möchte ich, daß Sie ihn beschaffen. Hier ist das Bild.« Chester verdeckte das Foto mit der Hand und reichte es über den Tisch. Nikos schmutzigbraune Pfote kam heran und schob es in die Manteltasche. Er nickte.

»Ich zahle wie üblich. Vorschuß heute.«

»Die Hälfte«, sagte Niko ungerührt. »Fünftausend. Neuer Paß macht zehntausend.«

Chester starrte ihn an. »Zehn? Wieso nicht fünf?« - »Zehn.«

Chester verzog das Gesicht. »In Ordnung. Und kein Schnurrbart diesmal. Der Schnurrbart muß von dem Paßbild entfernt werden. Verstanden?«

»Klar.«

»Und nun die andere Sache. Ich brauche einen zuverlässigen Mann für eine sehr wichtige Aufgabe. Es muß jemand sein, der keine Angst hat.«

Niko schob sich den Kuchen in den Mund und biß ein großes Stück ab. »Was für eine Aufgabe?« fragte er undeutlich.

»Eine gefährliche«, sagte Chester. »Ich brauche nur den richtigen Mann, dann werde ich's ihm schon erklären. Es muß aber schnell gehen. Heute abend, wenn möglich.«

Niko kaute und überlegte.

»Glauben Sie, daß Sie so jemanden kennen? Er muß Mut haben. Oder vielleicht wissen Sie jemand, der einen kennt. Ich zahle gut. Fünftausend Dollar.«

»Ja«, sagte Niko schnell und bestimmt.

Chester horchte. Hatte das echt geklungen? »Gut«, sagte er. »Als nächstes dann: Können Sie ein Treffen vereinbaren zwischen mir und diesem Mann? Es geht auch heute am Spätnachmittag ... Er ist doch in Athen, Ihr Mann?«

»O ja. Ich telefoniere.« Es klang aufrichtig.

»Und ... Eh, wo sollen wir uns treffen? Das sagen Sie mir am besten jetzt gleich. Ich finde schon hin.«

»Dieser Mann, er ... Seine Arbeit ist in ... in Leoharos Straße. Kennen Sie Klafthmonos Platz?«

»Nein, das kenne ich nicht.«

»Ja ... Gut, ich schreibe. Leoharos.«

Chester ließ Niko die Adresse aufschreiben. In der Leoharos Straße gab es ein Restaurant, das so ähnlich hieß wie *trapezium,* das griechische Wort für Bank. Chester meinte, das werde er bestimmt finden. Niko sagte, er werde seinem Freund, einem gewissen Andreou, bestellen, er solle um fünf Uhr dort sein, gleich nach der Arbeit.

»Wie sieht er aus?« fragte Chester.

»Sehr großer Mann.« Niko spreizte die Hände. »Kräftig. Schwarzes Haar.« Eine kreisende Bewegung mit dem Finger konnte bedeuten, daß der Mann Locken hatte, vielleicht aber auch, daß er etwas sonderbar war.

»Sie können ihm sagen, ich gebe ihm heute abend die Hälfte, wenn wir uns einig werden. Zweitausendfünfhundert. Ist das klar, Niko?«

»Klar.«

»So – jetzt also der Paß«, murmelte Chester und griff nach der Brieftasche.

Fünf Minuten später verabschiedete er sich von Niko auf dem Gehweg vor dem Café. Er hatte Niko fünftausend gegeben. Niko rechnete mit tausend für sich selbst, wenn der Handel abgeschlossen war. Das hatte er gesagt, und Chester hatte zugestimmt. Automatisch schritt er jetzt die Stadiou Straße hinauf in der Richtung seines Hotels. Ihm war leichter zumute, viel leichter. Aber in das Hotelzimmer wollte er nicht zurück. Nur das nicht. Er wandte sich um und ging die Straße wieder hinunter. Seine Gedanken waren bei den Briefen, die zweifellos in der Postabteilung des American Express auf ihn warteten. Gut – übermorgen, wenn er den neuen Paß hatte, konnte er neu anfangen und Anweisungen geben, an den neuen Namen zu schreiben. Und zwar an den American Express in Paris. Bei Gott: sobald er den Paß hatte, würde er nach Paris fliegen. Nun war es doch gut, daß er sich keine Post auf den Namen William Chamberlain nach Athen hatte schicken lassen. Er mußte das geahnt, mit einem sechsten Sinn gewußt haben. Schade, daß er keinen sechsten Sinn besaß für den Gang seiner Geschäfte in Amerika. Es war wenig beruhigend, daß die *New York Times* und die Pariser Ausgabe der *Herald Tribune* von der Untersuchung des Falles Chester MacFarland oder Howard Cheever nichts brachten. Er wußte, die Sache wurde verfolgt; daß die Zeitungen nichts brachten, gab ihm das Gefühl, als häuften die

Behörden in aller Stille einen Berg von Beweisen gegen ihn auf.

Chester ging weiter und stand nach einer Weile vor einer Kinokasse. Er hatte keine Ahnung, was gespielt wurde, aber das war ja auch einerlei. Was er dann sah, war ein japanischer Film in japanischer Sprache mit griechischen Untertiteln.

Das Restaurant Trapeziou oder Trapezium – die Buchstaben konnte Chester nicht lesen – lag an einer Ecke; es war ein mittelmäßiges Hotel mit nicht allzu sauberen Tischdecken und Kellnern in langen schmutzigweißen Schürzen. Drinnen war es ebenso kalt wie draußen; die wenigen Gäste – meist Männer – legten beim Essen Hüte und Mäntel nicht ab. Chester war früh da und setzte sich an einen Tisch; als der Kellner kam, murmelte er, daß er noch auf jemand warten wolle. Eine Minute später trat der Mann ein.

Chester wußte: das ist er. Der Mann war groß und stark, mit schwarzem, lockigem Haar; er trug keinen Hut und hatte einen grauen abgetragenen Mantel an. Seine Lippen waren halb geöffnet, er sah sich mit gerunzelter Stirn im Lokal um. Chester starrte auf das Tischtuch und rauchte seine Zigarette weiter. Der Mann würde doch wohl zu ihm kommen. Aber wenn er nun kein Englisch konnte? Dann mußten sie sich an Niko wenden ... Nein, lieber an jemand anders, lieber an einen Freund dieses Mannes.

»Chamberlain?« sagte eine gedämpfte Stimme.

Chester nickte. »Guten Abend.«

Der Mann zog sich einen Stuhl heran und gab dem Kellner eine Bestellung. Chester verlangte einen Uzo. Whisky gab es in dieser Art Lokal sicher nicht. Wo Whisky geführt wurde, standen die Flaschen immer sichtbar auf einem Regal.

»Ich ... ich hoffe, Sie sprechen soviel Englisch, daß Sie mich verstehen.« Ein Hindernis war die Sprachenschranke auf jeden Fall, das irritierte Chester. In Amerika hätte er sofort gewußt, wie mit dieser Art Mann umzugehen war: das war nur eine Frage der Worte und der Art, wie sie gesprochen wurden.

»Klar«, sagte der Mann.

»Ich bin bereit, fünftausend amerikanische Dollar zu zahlen für etwas, das ich erledigt haben will.«

Der Mann nickte, als habe er mit solchen Beträgen jeden Tag zu tun. »Was ist es?«

»Haben Sie Mut?«

»Mut?« Er schien nicht zu verstehen.

Chester holte tief Atem. Wenn die Sache nicht klappte, wollte er die Unterhaltung kurz machen.

Der Kellner brachte den Uzo für Chester und einen großen rötlichen Drink für den andern Mann.

»Sie sind doch ein Freund von Niko?« fragte Chester.

»Klar. Ja.«

»Ein guter Freund?«

»Guter Freund.« Der Mann nickte. Seine Stirn legte sich von neuem in Falten.

»Sie sollen einen bestimmten Menschen töten. Erschießen vielleicht. Verstanden?«

Der Mann schien zu zögern oder zurückzuweichen; die große Hand hob sich ein wenig vom Tisch, aber er nickte zustimmend. »Klar. Ich verstehe.«

»Aber eins verlange ich für das Geld, das ich Ihnen biete«, sagte Chester hastig. »Sie dürfen Niko kein Wort von dem sagen, was Sie tun. Sie sprechen überhaupt nicht mit Niko darüber. Verstanden? Das müssen Sie versprechen.«

Der andere nickte. »Wer ist der Mann?«

»Erst müssen Sie versprechen, daß Sie nicht mit Niko darüber sprechen.«

»Okay.«

Es klang nicht sehr überzeugend. Chester griff langsam nach seiner Brieftasche, sah unterhalb der Tischplatte hinein und zog lässig, als handele es sich um einen Hundert-Drachmen-Schein, drei Fünfhundertdollarnoten hervor. Es ist Zeit, daß der Bursche Geld sieht, dachte er. »Ich gebe Ihnen jetzt fünfzehnhundert als Vorschuß«, sagte er.

Der Mann starrte die grünen Scheine an, die fast in Chesters großer Hand verschwanden. Er fuhr sich mit der Zunge über die Lippen und sagte: »Ich muß alles haben, bevor ich es mache, weil ... nachher ist zu gefährlich, wenn wir zusammen. Sie verstehen? Gefährlich – Sie und ich.« Er gestikulierte mit den Händen.

Chester begriff, was er sagen wollte, aber er traute ihm noch nicht. Er wischte sich mit den Fingern über die feuchte Stirn. »Gut. Aber Sie müssen mir zuerst mal sagen, ob Sie es überhaupt machen können.«

»Wer ist der Mann?« Die Zigarette, die Chester ihm hinhielt, wurde mit Kopfschütteln abgelehnt.

Chester zündete sich eine Zigarette an und sagte: »Der Mann heißt Rydal Keener.« Nichts im Gesicht des andern verriet, ob er den Namen kannte. Das war gut. Aber vielleicht war er darauf vorbereitet gewesen, und der Name hatte ihn nicht überrascht. »Kennen Sie ihn?«

»Nein.«

»Er ist Amerikaner, ungefähr fünfundzwanzig. Er hat dunkles Haar.« Chester sprach sehr deutlich. »Mittelgroß, ziemlich schlank. Sie müssen feststellen, wo er wohnt. Niko weiß das. Wissen Sie, wo Niko wohnt?«

»Nein«, sagte der Mann mit leerem Gesicht und schüttelte den Kopf.

Chester wußte nicht, ob er ihm glauben sollte. Ein guter Freund von Niko, der nicht wissen wollte, wo Niko wohnte? »Na, jedenfalls weiß Niko, wo Rydal Keener ist. Er wohnt entweder bei ihm oder bei einem Freund. Das müssen Sie von Niko herauskriegen. Sie müssen ihn finden, und ich hätte die Sache gern so bald wie möglich erledigt. Heute abend, wenn das geht.«

»Heute abend?« Der Mann überlegte und zuckte dann die Achseln.

»Vielleicht ist Niko noch draußen vor dem American Express. Sie müssen eben hingehen, wo Rydal Keener wohnt. Das wird Ihnen Niko sagen. Oder nicht?«

»Klar, er wird sagen.« Der Mann schien andeuten zu wollen, daß dies seine geringste Sorge sei.

»Okay. Aber ich finde doch...« Chester sah sich um und beugte sich dann vor: »Ich meine, es ist nicht zuviel verlangt, wenn ich Sie bitte, mir jetzt mal ein paar Einzelheiten zu geben, wie Sie die Sache anfangen wollen. Bevor ich Ihnen die fünftausend Dollar zahle. Das ist doch nur fair, oder?«

Der Mann schien das Wort fair nie gehört zu haben.

»Wie wollen Sie es also machen?« fragte Chester.

Der Mann runzelte immer noch die Stirn. Er streckte den kräftigen rechten Arm aus und riß die Faust zurück, um zu zeigen, wie er sein Opfer von hinten packen und ihm das Genick brechen werde.

Die Geste beruhigte Chester. Der angespannte Ausdruck in dem Gesicht seines Gegenübers erschien ihm jetzt wie die natürliche gesunde Spannung eines Menschen vor einer gefährlichen Aufgabe. »Haben Sie heute abend Zeit dafür?«

»Für fünftausend Dollar?« Zum erstenmal lächelte der Mann. Zwei seiner Schneidezähne hatten Goldfassungen. »Ja«, sagte er.

Das Wort klang überzeugend. Chester stellte ihm noch einige Fragen. Nein, eine Schußwaffe hatte er nicht. Schußwaffen waren zu gefährlich, sie machten zuviel Lärm. Er war stark und hatte zwei kräftige Hände, die er zu gebrauchen wußte. Chesters Zweifel schwanden.

Als Chester das Lokal kurz vor halb sechs verließ, befanden sich die fünftausend Dollar in Andreous Tasche. Andreou wollte noch ein paar Minuten bleiben und sein Glas austrinken, dann wollte er zum American Express gehen, um mit Niko zu sprechen. Chester nahm ein Taxi zum Hotel. Er würde jetzt ein heißes Bad nehmen, den Schlafanzug anziehen und sich das Essen vom Restaurant heraufschicken lassen.

Die Polizei war schon in der Hotelhalle, als er kam. Auf den gepolsterten Stühlen zwischen dem Empfangstisch und dem Fahrstuhl saßen ein uniformierter Beamter und ein anderer in Zivil. Chester sah, wie der Portier den Beamten zunickte, sich erhob und einen Schritt auf ihn zukam. Chester blieb stehen. Er sah, wie ein Gast seinen Schlüssel auf den Tisch legte, ihm und den Polizeibeamten einen neugierigen Blick zuwarf und dann hinausging.

»Mr. Chamberlain?« fragte der Mann in Zivil. Er hatte dunkles Haar und eine lange Nase.

»Ja?«

»Polizei ... Platon Stapos«, stellte sich der Mann vor und hielt ihm seine offene Brieftasche unter die Nase. Es ging zu schnell; Chester konnte nichts erkennen, aber er hatte keinerlei Zweifel an der Echtheit des Beamten. Er sah sich in der Hotelhalle um. Hinter ihm standen Tische und Stühle, in denen niemand saß, aber der Mann an der Rezeption hatte offensichtlich die Ohren gespitzt; er beugte sich vor, damit ihm kein Wort entgehe. »Können wir auf Ihr Zimmer gehen? Es ist dort ungestörter.«

»Selbstverständlich. Ich bin froh, daß Sie da sind und daß ich mit Ihnen sprechen kann.« Furchtsam wandte sich Chester um und warf einen Blick durch die beiden Glastüren. Das gehörte zu seiner Show. Dann ging er mit den Beamten zum Fahrstuhl.

Sie fuhren ohne den Liftboy nach oben, gingen den Gang hinunter, und Chester steckte seinen Schlüssel in die Tür. Das Zimmer stand voller Koffer, einige offen, andere geschlossen.

»Ich bin wirklich sehr froh, daß Sie da sind«, sagte Chester. »Bitte, wollen Sie nicht Platz nehmen? Warten Sie, ich nehme den Koffer weg.«

Der Mann in Zivil setzte sich auf den angebotenen Stuhl. Der Uniformierte wollte lieber stehen.

»Sie sind also William Chamberlain, dessen Frau Mary Ellen Chamberlain am Montag umgebracht worden ist?« fragte der Mann in Zivil.

»Ja«, antwortete Chester.

»Warum haben Sie das nicht der Polizei gemeldet?«

»Ich hatte Angst«, sagte Chester schnell. »Bis jetzt noch, bis heute...« er brach ab. »Der junge Mann, der es getan hat, Rydal Keener, hat mich keine Minute allein gelassen. Bis heute. Auch heute folgte er mir auf der Straße und beobachtete alles, was ich tat. Ich war ... Ich fürchte, ich war gar nicht in der Lage, zur Polizei zu gehen. Ich meine, um ihre Hilfe zu bitten. Der Tod meiner Frau war für mich ein so furchtbarer Schock, daß ich ... Ich bin einfach nicht ganz bei mir.«

»Sagen Sie uns, wie es passiert ist«, sagte der Mann in Zivil und zog Block und Füllfederhalter aus der Tasche.

Chester begann zu erzählen. Er fing damit an, wie sie Rydal Keener in Heraklion kennengelernt hatten und wie er dann mit Colette geflirtet habe. Das ging drei Tage so weiter, dann fuhren sie nach Chania. Rydal sprach Griechisch und leistete ihnen manchen kleinen Dienst; er hatte auch nicht viel Geld und Chester gab ihm etwas für seine Hilfe. Aber er machte sich immer wieder an Colette heran, die ihn jedesmal zurückwies. Am Montag hatte Chester Rydal aufgefordert, sie zu verlassen; aber er weigerte sich und bestand darauf, mit ihnen nach Knossos zu fahren und den Palast zu besichtigen. Rydal war voller Wut, weil er bei Colette gar nichts erreicht hatte und Chester ihn fortschicken wollte. Er rächte sich brutal, indem er von der oberen Terrasse eine Urne hinunterstieß, als Colette gerade dort stand.

»Natürlich wollte er mich treffen«, sagte Chester am Schluß seiner Geschichte. »Nur so ist es zu verstehen. Ich hatte zuerst allein da gestanden – sie war gerade zu mir getreten, als das Ding sie traf... Ich kann die Einzelheiten nicht alle behalten.«

Chester fuhr sich mit der Hand durch das dünne Haar. »Entschuldigen Sie, aber darf ich Ihnen einen Drink anbieten? Whisky?«

»Jetzt nicht, danke«, sagte der Mann in Zivil mit gesenktem Kopf und schrieb weiter in seinem Buch. Der andere Beamte schüttelte den Kopf.

Chester goß sich Whisky in das leere Glas, das auf dem Nachttisch stand, und füllte es im Bad mit Wasser auf. Er kam zurück und setzte sich wieder an den Tisch. »Also... Wo war ich stehengeblieben? Ach ja... Ich blieb eine Weile bei meiner Frau. Ich war so betäubt von dem Vorfall, daß ich nicht mehr wußte, was ich tun sollte. Später erfuhr ich dann aus den Zeitungen, daß Keener den Mann am Eingang gefragt hat, ob ich herausgekommen sei und ein Taxi genommen hätte. Da fing er schon mit seinem Plan an, wissen Sie – er wollte es so hinstellen, als hätte ich den... die Tat begangen und wäre dann weggelaufen.« Ein Klumpen in der Kehle, irgendein echtes Gefühl hinderte ihn einen Augenblick am Weiterreden. Er wartete und blickte die beiden Männer an. Er suchte nach einem Anzeichen, daß sie ihm glaubten. Ihre Gesichter zeigten nichts als sachliches Interesse.

»Weiter«, sagte der Mann in Zivil. »Was geschah dann?«

»Nach ein paar Minuten, ich weiß nicht wie lange, begann ich Keener zu suchen. Ich war rasend vor Wut; ich wollte ihn mit bloßen Händen erwürgen... Im Palast konnte ich ihn nicht finden, deshalb lief ich hinaus. Ich suchte auf der Landstraße. Es wurde schon dunkel, viel konnte ich nicht mehr sehen. Da fuhr ich nach Heraklion und wollte...«

»Wie sind Sie nach Heraklion gekommen?«

»Ich habe den Bus angehalten, auf der Straße.«

»Aha... Weiter.«

»Und da fand ich ihn dann auch, in Heraklion. Er...« Chester zögerte und entschloß sich dann, fortzufahren. »Er wartete tatsächlich auf mich in dem Hotel, wo ich meine Koffer gelassen hatte. Er sprach mich an und sagte, wenn ich die Polizei riefe, würde er mich umbringen. Er habe einen Revolver in der Tasche... Ich war überzeugt, daß er es ernst meinte. Ich mußte mit ihm in ein anderes Hotel ziehen – ich weiß nicht warum, es war viel schlechter; vielleicht hat er dem Wirt Geld dafür gegeben, daß er den Mund hielt, wenn ihm irgend etwas an uns auffiel – ich weiß es nicht.« Chester tat ein paar tiefe Züge aus seinem Glas. »Dann, am nächsten Morgen ...«

»Haben Sie mit ihm im gleichen Zimmer übernachtet?« fragte der Mann in Zivil.

»Offiziell nicht«, sagte Chester mit bösem Lächeln. »Wir hatten zwei Zimmer. Aber er ist die ganze Nacht in meinem Zimmer geblieben und hat mich bewacht ...« Plötzlich fiel ihm der kleine Spaziergang ein, den er frühmorgens unternommen hatte. Der Wirt würde sich vielleicht daran erinnern ... Vielleicht würde man ihn auch gar nicht so eingehend vernehmen, aber wenn es doch zur Sprache kam, so konnte Chester immer noch sagen, er habe sich hinausgeschlichen, aber um diese Stunde keinen Polizisten gefunden. Oder er sei einfach noch zu benommen gewesen und habe Angst gehabt, sich an die Polizei zu wenden.

»Und dann?«

»Am nächsten Morgen nahmen wir das Schiff zurück nach Athen. Er hat ... Sogar auf dem Schiff hat er noch versucht, mich umzubringen. Er hat mich zusammengeschlagen und versucht, mich über Bord zu werfen ... Zum Glück ist dann jemand gekommen, da mußte er aufhören. Ich war froh, als wir in Athen waren, weil ich dachte, hier könnte ich bestimmt Hilfe bekommen.«

»Und haben Sie es versucht? Heute?« unterbrach ihn der Mann in Zivil.

»Heute habe ich den Tag damit verbracht, Keener zu suchen. Sobald ... Als das Schiff den Hafen anlief, verschwand er. In Piräus habe ich ihn aus den Augen verloren. Ich ging zuerst von Bord. In Athen wollte ich ihn der Polizei übergeben.« Chester legte die Hand über die Augen. Dann nahm er sein Glas, ging unsicher zum Bett und setzte sich.

»Nur ruhig«, sagte der Mann in Zivil. »Was geschah dann, als Sie in Athen waren?«

»Verzeihen Sie«, murmelte Chester. »Die letzten Tage waren entsetzlich für mich ... Sicher können Sie mit dem, was ich sage, gar nichts anfangen – es klingt so unlogisch, ich weiß ... ich hatte immer nur einen Gedanken: In Athen gibt es genügend Polizisten; ich gehe einfach auf einen zu, selbst wenn Keener bei mir ist, selbst wenn er versucht, mich zu erschießen, und dann sage ich zu dem Polizisten: ›Hier haben Sie den Mann, den Sie suchen wegen... wegen des Mordes an meiner Frau.‹« Seine Stimme brach bei den letzten Worten.

Das Schweigen dauerte einige Sekunden. Der Mann in Zivil blickte den anderen Beamten an. Chester tat das gleiche. Im Gesicht des uniformierten Beamten bewegte sich kein Muskel. Man hätte denken können, er verstehe kein Wort Englisch.

»Ein Mann, dessen Frau ermordet worden ist, benimmt sich nicht immer ganz logisch«, sagte der Mann in Zivil langsam.

»Nein, sicher nicht«, stimmte Chester erleichtert zu.

Der Mann in Zivil blickte seinen Kollegen an und schloß dabei die Augen, was alles bedeuten konnte: daß er ihm einen Wink geben wollte, daß er Chester kein Wort glaubte oder daß ihm die Augen wehtaten. Dann sah er Chester an und fragte:

»Wo haben Sie Keener heute gesucht?«

»Ich habe mich beim Platz der Verfassung umgesehen«, sagte Chester. »Er hat mal gesagt, daß er dort häufig zu finden sei. In der Nähe des American Express.«

»Hm... Der Mann ist doch Amerikaner, nicht wahr? Er reist nicht etwa auf einen gestohlenen amerikanischen Paß?«

»O nein. Nein, er ist schon Amerikaner. Aber er spricht ganz gut Griechisch, soweit ich das beurteilen kann, und meine Frau sagte, er habe ihr erzählt, daß er auch noch mehrere andere Sprachen spreche.«

»So...« Der Mann in Zivil sah seinen Kollegen an, nickte und sagte etwas auf griechisch. Der andere nickte ebenfalls und hob die Schultern.

»Er ist heute morgen auf dem Schiff vernommen worden und ist uns dann doch entkommen. Entwischt«, sagte der Mann in Zivil.

»Wirklich? Wieso?«

»Alle jungen männlichen Passagiere, die so aussahen wie er, wurden von der Polizei angehalten und vernommen. Auch er muß festgehalten worden sein. Aber... Na ja, die Polizei von Piräus... Und nun – wir haben seit heute mittag in sämtlichen Athener Hotels nach Rydal Keener gefragt. Er ist nirgends angemeldet.«

»Nein, das hatte ich auch nicht erwartet. Ganz sicher wußte er, daß Sie über kurz oder lang seinen Namen feststellen würden – über die Verbindung mit uns.«

»Ja. Aber so leicht war das auch nicht. Wissen Sie, daß Ihre

Frau keinen einzigen Gegenstand bei sich hatte, an dem man sie hätte identifizieren können? Nicht mal irgendwas mit ihren Initialen.«

Chester schüttelte betrübt den Kopf. »Nein, das wußte ich nicht... Gewöhnlich habe ich ihren Paß bei mir.« Das Wort ›Paß‹ hätte er im gleichen Moment gern zurückgenommen.

Der Mann in Zivil sah ihn nachdenklich an. »Die Identifizierung haben wir einem Mann in Chania zu verdanken, dem Manager des Hotels Nike, der heute früh mit der kretischen Polizei gesprochen hat. Er hatte Ihre Namen im Hotelregister.« Er erhob sich. »Darf ich Ihr Telefon benutzen?«

»Aber bitte«, sagte Chester.

Der Beamte sagte ein paar griechische Worte zu dem Telefonisten und begann nach einer kurzen Pause eine Unterhaltung auf griechisch, die er fast allein führte. Der Name Chamberlain, den er auf einmal ganz langsam, fast geringschätzig aussprach, versetzte Chester von neuem in Unruhe.

Der andere Beamte stand still wie ein Soldat, die Hände auf dem Rücken. Ab und zu wanderte sein Blick zu Chester und wieder weg.

Der Mann in Zivil legte seine Hände über den Hörer und fragte Chester: »Kennen Sie – kennen Sie vielleicht noch andere Orte, wo sich Keener aufhalten könnte? Hat er noch irgendeine andere Stadt erwähnt?«

»Nein«, sagte Chester. »Tut mir leid.«

»Hat er Leute hier in Athen erwähnt? Kennt er jemand hier?«

Chester schüttelte den Kopf. »Ich weiß niemand. Ich glaube nicht, daß er überhaupt jemand genannt hat. Aber er kennt bestimmt ein paar Leute hier, die ihn auch verstecken würden.«

Der Beamte sprach wieder ins Telefon und legte dann auf. Er wandte sich wieder an Chester. »Es wird nicht in die Zeitungen kommen, daß wir Ihre Frau identifiziert haben. Keener soll uns nicht noch einmal entkommen, verstehen Sie? Er soll nicht wissen, daß wir mit Ihnen gesprochen haben und daß Sie Ihre Aussage gegen ihn gemacht haben.«

Chester sah das ein. Aber würde Rydal es nicht durchschauen? »Wenn Sie...« begann er, aber er ließ den Satz unvollendet. »Ich bin sehr nervös, wissen Sie – wo er hinter mir her ist. Ich möchte am liebsten sofort nach Paris weiterreisen. Wenn es notwendig ist, bin ich natürlich bereit zurückzukommen, wenn Sie ihn gefunden haben.«

»Also das wäre jetzt *nicht* ratsam, denn wir haben vor, *Sie* bewachen zu lassen. Wir stellen Ihnen einen Bewacher, weil wir auf die Weise vielleicht Keener finden. Vielleicht ist er so unklug, daß er versucht, Sie umzubringen, bevor Sie mit der Polizei sprechen ... Verstehen Sie?«

Sein Lächeln war sanft, er machte eine flüchtige Geste mit der Hand. Und seine Augen waren belustigt.

»Das heißt, ich soll Ihnen als Köder dienen«, sagte Chester langsam.

Der Mann überlegte und nickte dann unbestimmt. »Ich glaube eigentlich nicht, daß er wirklich hinter Ihnen her ist. Das Nächstliegende wäre, daß er versucht, aus Griechenland zu entkommen, vielleicht mit einem anderen Paß.« Der Mann knöpfte seinen Mantel zu. Er winkte dem anderen Beamten, und beide schritten zur Tür.

Chester wollte sie bitten, mit ihm in Verbindung zu bleiben, ihn heute abend anzurufen und zu sagen, ob es etwas Neues gäbe. Aber er blieb stumm.

»Wir lassen einen Mann unten in der Halle. Wenn Sie ausgehen, folgt er Ihnen«, sagte der Mann in Zivil. »Lassen Sie sich dadurch nicht stören. Er ist zu Ihrem Schutz da.« Er lächelte. »Danke, Mr ... eh, Chamberlain.«

»Ich habe zu danken«, sagte Chester. »Vielen Dank.« Er schloß die Tür.

Dann tat er einen tiefen Atemzug und ließ sich der Länge nach auf das Bett fallen. Wenn alles gut ging, so würde man heute abend oder morgen früh in einer dunklen Gasse Rydal Keeners Leiche finden. Aber er hätte den Kerl doch nicht vorher bezahlen sollen. Es verstieß gegen jedes Geschäftsprinzip, das war ihm klar. Andererseits: Wie hätte er ihn nachträglich bezahlen können, wenn er beschattet wurde? Und wenn der Mann sein Geld nicht bekam, so könnte er vielleicht – trotz des Wächters – versuchen, Chester eins über den Kopf zu geben ... Nein, es war doch besser so.

War Rydal Keener erst tot, so war die Sache zu Ende; der Wächter wurde abgezogen, und er selbst konnte mit neuem Paß nach Frankreich reisen. William Chamberlain verschwand dann von der Bildfläche. Backen- und Schnurrbart fielen, und er wurde zu Mr. Soundso, den man in Frankreich und in Amerika nie gesehen hatte.

Brachte aber Andreou Rydal nicht um, war er etwa ein Freund von Niko oder gar von Rydal und spielte ein doppeltes Spiel: dann mußte ein anderes Verfahren angewendet werden, und dabei kam es vor allem darauf an, daß alle Rädchen präzise ineinander griffen. Alles hing davon ab, ob die Polizei Rydal auftrieb. Wenn sie ihn fanden und er erzählte ihnen seine Geschichte, dann mußte Chester seinen neuen Paß bereits in der Hand haben, er mußte seinem Wächter ein Schnippchen schlagen, selbst wenn dabei sein ganzes Gepäck im Hotel zurückblieb, und mußte in Richtung Paris entkommen. Aber so weit würde es kaum kommen. Chester hatte einige Hochachtung vor Rydals Klugheit. Er würde sich nicht fangen lassen. Vielleicht würde er versuchen, sich an Chester zu rächen, aber nicht durch die Polizei ... Ihre Motive unterschieden sich gar nicht so sehr voneinander, überlegte Chester; und er hielt Rydal für rachsüchtiger als sich selbst ... Es würde schließlich auf ein Duell hinauslaufen.

Chester hatte wieder Hoffnung; die alte Zuversicht kehrte zurück. Es sang in seinen Adern, das war ihm ein langvertrautes Gefühl. Noch hatte sein Optimismus stets gesiegt. Ohne Optimismus taugte ein Mann gar nichts. Im Halbschlaf legte er den rechten Arm auf das Bett neben sich in der unbewußten Erwartung, Colette dort zu finden. Es war ein Doppelbett, und die andere Hälfte blieb leblos und leer.

16

Rydal hatte sich am Nachmittag eine Weile hingelegt. Niko war nach seinem Gespräch mit Chester heimgekommen und hatte berichtet, was von ihm gefordert worden war: ein Paß und ein Killer. Rydal kannte Andreou flüchtig; er war im Dezember einmal abends zu Niko gekommen. Andreou war Blumenhändler; er hatte Treibhäuser bei seiner Wohnung am Westrand der Stadt, und jeden Morgen brachte er frische Blumen in seinen Laden in der Leoharos Straße, den seine Frau versorgte. Rydal freute sich, daß Andreou und seine Frau die fünftausend Dollar von Chester erhalten würden; es waren ordentliche und fleißige

Leute. Als also Niko kurz nach zwei gekommen und wieder gegangen war, hatte sich Rydal auf die dreiviertel lange Couch gelegt und geschlafen, nahe bei dem leise brodelnden eisernen Kochtopf.

Nach einer Stunde erwachte er herrlich erfrischt; Anna saß ihm gegenüber und zog grüne Bohnen ab, die sie in einen Topf auf ihrem Schoß fallen ließ; durch das kleine horizontale Fenster fiel ihr ein Sonnenstrahl auf Hals und Schultern. Sie sah aus wie ein Bild von Vermeer.

»Du schläfst gut? Das ist schön«, sagte sie.

Sie hatte das Radio abgestellt, offenbar aus Rücksicht auf ihn. Jetzt machte sie ihm eine Tasse Tee. Er blieb noch ein wenig schläfrig auf der Couch liegen, trank den Tee in kleinen Schlucken und erwachte langsam zum Leben. Er dachte an Andreou und seine Zusammenkunft mit Chester um fünf. Niko hatte Andreou angewiesen, sich so hart und finster wie möglich zu geben und so wenig wie möglich zu reden. Andreou war eine Zeitlang in der griechischen Handelsmarine gewesen und hatte sich auf den Reisen etwas Englisch angeeignet. Er machte das sicher ganz gut, dachte Rydal. Und außerdem blieb Chester kaum eine Wahl. Bei wem außer Niko konnte er einen Mörder dingen? Zweifellos vermutete er, daß Rydal bei Niko wohnte oder daß Niko doch wußte, wo er war. Aber Chester würde sich hüten, die Polizei auf Nikos Spur zu setzen. Chester würde Niko überhaupt nicht erwähnen, denn er wollte ja gar nicht, daß Rydal gefunden und vernommen wurde. Bei Niko und Anna Kalfros konnte sich Rydal völlig sicher fühlen. Trotzdem hielt er es nicht für ratsam, nach draußen zu gehen; und als Anna sagte, sie müsse um vier Uhr ausgehen und Butter holen, erbot er sich nicht, das für sie zu tun, und sagte ihr auch den Grund. Das verstand sie vollkommen. Sie fand es ausgezeichnet, daß Andreou Geld für ein Verbrechen bekam, das er nicht auszuführen gedachte. Das entsprach neben ihrem Gerechtigkeitssinn auch ihrem Sinn für Humor.

Kurz vor sieben kam Niko. Um drei hatte er mit Andreou gesprochen, der zugestimmt hatte, Chester um fünf zu treffen, und zwar in einem Lokal in der Nähe seines Blumenladens. »Andreou hat gesagt, er kommt heute abend her, um dir guten Tag zu sagen«, berichtete Niko und lächelte.

»Ja? Um welche Zeit?« Rydal hielt es für möglich, daß

Andreou beschattet wurde, wenn Chester vielleicht heute nachmittag von der Polizei vernommen worden war und wenn ihm jemand in das Lokal, wo er Andreou traf, gefolgt war.

»Abends, nach Arbeit«, sagte Niko unbestimmt. Er ließ seine Schwämme vorsichtig in einer Ecke des Zimmers auf den Boden fallen. »Arbeitet heute bis ungefähr acht.«

»Hast du ihn gesprochen, nachdem er mit Chester zusammen war?« fragte Rydal.

»Nein. Ich habe nicht mit ihm gesprochen seit drei Uhr.« Niko führte gern sein Englisch vor – besonders seiner Frau, die kaum etwas verstand –, obwohl Rydal griechisch gesprochen hatte – vor allem, um sicher zu sein, daß Niko alles begriff.

»Ich hoffe, Chester wird nicht von der Polizei beschattet«, sagte Rydal.

»Polizei?«

»Wenn einer Chester gefolgt ist, dann werden sie Andreou vernehmen. Er wird nicht so leicht erklären können, warum er mit Chester verabredet war.« Rydal nahm die Zeitung auf, die Niko mitgebracht hatte. Der Fall Knossos war auf die zweite Seite gerückt und erschien in einer zehn Zentimeter langen Meldung. Die Polizei verfolgte noch immer Spuren wegen der Identität *der jungen Frau mit den roten Haaren,* hatte aber bisher nichts gefunden. Gesucht wurde Rydal Keener, der junge Mann mit schwarzem Haar, den Perikles Goulandris, der Billettverkäufer, beschrieben hatte. Man nahm an, daß Keener sich in Athen verborgen hielt.

Wenn sie seinen Namen wußten, dann wußten sie auch den des Ehepaars Chamberlain – die Auskunft konnte nur aus dem Hotelregister stammen. Für wen also veranstaltete die Polizei dieses Blindekuhspiel? Vielleicht für die Öffentlichkeit. Ihn jedenfalls konnten sie nicht zum Narren halten. Er legte die Zeitung hin.

»Hm... ich hab's auch gelesen«, sagte Niko. Er füllte drei Gläser mit Rezina.

»Ich glaube das nicht«, sagte Rydal halb zu sich selbst.

»Was?«

»Daß sie Colette noch nicht identifiziert haben... Anna, welcher Sender ist am besten für Nachrichten in Griechenland?«

Beglückt ging Anna an den Apparat und stellte den Athener Sender ein. Es war sieben Uhr, die Nachrichten kamen fast sofort. In der Mitte der Sendung kam ein kurzer Satz: *Die Polizei von Heraklion setzte ihre Bemühungen zur Identifizierung der jungen Frau fort, die im Palais von Knossos tot aufgefunden wurde; bisher jedoch ohne Erfolg.*

»Die halten den Namen zurück«, sagte Rydal.

»Warum?« fragte Anna.

Rydal erklärte. Die Polizei mußte unbedingt jetzt wissen, daß die Tote Mrs. William Chamberlain war. Es war sehr einfach, in einem Athener Hotel einen Gast namens William Chamberlain aufzutreiben. Chester hatte sicher gar nichts dagegen, von der Polizei gefunden und verhört zu werden, denn dann konnte er behaupten, daß Rydal Keener seine Frau umgebracht habe. »Sicher steht es deshalb nicht in den Zeitungen, weil die Polizei – wenn sie Chester glaubt – annimmt, ich würde versuchen, ihn umzubringen, bevor er seine Aussage macht.« Ihm erschien das ganz einfach und auch sehr einleuchtend.

»Schrecklich«, sagte Anna und seufzte tief auf. »Gräßlich, daß die glauben, du könntest jemand umbringen, Rydal.«

Er lächelte. »Na ja – das versucht Chester ja schließlich auch mit mir ... Und wenn ich ein Kerl wäre, so würde ich ganz bestimmt versuchen, ihn um die Ecke zu bringen.« Er bog und streckte die Arme. Ihm war nicht recht wohl – es war ihm, als habe er auf der Bühne eine Rolle übernommen, die ihm nicht lag.

Niko lachte beifällig wie ein Zuschauer, dem das Stück gefällt.

»Aber ...« Rydal trank einen Schluck Rezina, »... mich interessiert es nicht mal, in welchem Hotel er wohnt. Sicher entweder im Akropolis oder im Greco. Da wird er bleiben, bis er übermorgen seinen Paß bekommt ... Das ist doch übermorgen, nicht wahr, Niko?«

»Ja, heute nachmittag Frank hat das Foto von mir bekommen.«

»Dann wird Chester versuchen, das Land zu verlassen«, sagte Rydal.

Anna und Niko sahen ihn einen Augenblick ruhig an.

»Und du, Rydal?« fragte Anna. »Was tust du dann? Ich hoffe, du läßt ihn gehen. Er ist ein böser Mensch.« Dann schob ihm Anna den Teller mit Radieschen und Zwiebeln und weißen Käsebrocken zu, die sie zu ihrem Rezina knabberten.

Sicher hatte sie recht. Er sollte ihn laufenlassen, das sagte ihm sein Verstand. Aber Rydal glaubte nicht, daß es so kommen würde. Er lächelte Anna zu. »Weißt du, ich werde ja seinen neuen Namen erfahren. Und wenn er dann der Polizei entwischt und in ein anderes Land entkommt?« Er runzelte die Stirn. »Mit einem neuen Paß ist das durchaus möglich, Anna. Aber ein böser Mensch dürfte nicht so einfach entkommen, findest du nicht?«

Auf ihrem Gesicht zeigte sich langsames aber deutliches Verstehen. Von falschen Pässen hatte sie schon oft gehört; es war in ihren Augen kein großes Vergehen. Nur hatte sie wohl noch nie begriffen, daß hinter falschen Pässen in der Regel nur Gauner verschiedener Schattierungen verborgen waren. »Du willst der Polizei seinen neuen Namen sagen. Meinst du das?« fragte sie.

Daran hatte er noch nicht gedacht, aber er nickte: »Ich werde es mir überlegen. Vielleicht.«

Nikos Lachen kam tief aus der Kehle. Er rieb sich die Hände. »Gut, gut! Dann kommt er zu mir für neuen Paß. Geschäft für Frank und für mich.«

Anna sah ihn von der Seite an. »Hmm ... Nein. Das kann jemand anders machen. Wenn sie den Mann kriegen, wird er der Polizei sagen, wo er die falschen Pässe her hat. Und was dann?« Sie gab ihrem Mann einen freundschaftlichen Klaps auf die Schulter und erhob sich, um nach dem Kochtopf zu sehen.

Bald danach kam Andreou. Er war ruhig und zurückhaltend, aber die Freude leuchtete aus den schwarzen Augen und dem vorsichtigen Lächeln. Der Handel mit Chester war erfolgreich abgeschlossen. Er erzählte, er habe die fünftausend Dollar bekommen, und griff in die Tasche.

»Meine Frau ist allein im Laden. Sie könnte ja überfallen werden«, sagte er scherzend. »Ich wollte das Geld nicht dalassen, und deshalb habe ich es lieber mitgenommen.«

Um es zu zeigen, dachte Rydal. Er blickte auf die neuen Fünfhundertdollarscheine, die neben den abgegessenen Suppentellern auf dem Holztisch lagen. Sekundenlang starrten alle auf das Geld. Niko und Andreou mit breitem Grinsen, Anna und Rydal lächelnd. Jeder der vier dachte an etwas anderes. Für Niko und Anna konnte ein solcher Betrag ein Häuschen auf dem Lande bedeuten. Für Andreou war es vielleicht die Überfahrt nach Amerika, zusammen mit seiner Frau. Und Rydal dachte beim Anblick der Geldscheine: Da liegt mein Leben und mein Tod, beides zusammen, in dieser Handvoll grüner Scheine.

Andreou lachte laut.

»Was wollen Sie damit machen, Andreou?« fragte Rydal.

»Oh, ich denke, Helen und ich wandern aus nach Amerika.« Er zeigte vergnügt mit dem Finger auf Rydal: »Vielleicht treffen wir uns dort!«

Rydal hatte ein seltsames Gefühl von *déjà vu*. Vielleicht war es eine Vorahnung. Es deprimierte ihn. Niko nahm die Geldscheine und streichelte sie nachdenklich, wie man ein kleines Tier liebkost. Er hatte sich die Hände am Ausguß gewaschen, aber die Nägel waren noch schmutzig.

Anna schenkte Andreou Kaffee ein. Essen wollte er später mit Helen.

»Sind Sie ganz sicher, daß niemand Ihnen gefolgt ist?« fragte er Andreou.

»Ja«, erwiderte der ernsthaft. »Ich hab mich umgesehen.«

»Und in dem Lokal, hat da niemand Sie beobachtet?«

»Nein. Ich war pünktlich, und Mr. Chamberlain war schon da.«

Rydal fragte, wie lange sie geblieben seien, wer zuerst das Lokal verlassen habe, ob Chester einen unruhigen Eindruck gemacht habe. Nein, das fand Andreou nicht.

»Er wollte mir bloß die Hälfte geben«, sagte er und verzog das Gesicht zu einem Lächeln. »Aber ich hab gesagt, ich muß alles heute haben.«

»Dann treffen Sie ihn nicht noch einmal? Weiter ist nichts verabredet?« fragte Rydal.

»Nein.«

»Gut.« Rydal lehnte sich erleichtert in seinen Stuhl zurück, doch ein Krachen im Gang ließ ihn zusammenfahren. »Die Kinder«, sagte Anna mit einer Handbewegung. »Sie treten gegen die Tür.«

Er fingerte an den Geldscheinen in seiner linken Hosentasche herum, zog sie dann spontan heraus und sagte mit einem Lächeln zu Andreou: »Ich tausche mit Ihnen.«

»Was ist das?«

»Fünftausend Dollar.«

»Fünftausend Dollar?« Andreous Augen weiteten sich. Auch Niko und Anna staunten und beugten sich vor, um das Geld zu betrachten.

»Genausoviel wie Ihres. Zählen Sie's nach«, sagte Rydal und gab Andreou das Geld.

Mit geduldigem Lächeln und sichtbarer Freude an seinem Tun zählte Andreou Rydals Scheine und legte einen nach dem anderen auf den Tisch. »Zehn!« verkündete er. »Warum wollen Sie tauschen?«

»Ich mag dieses Geld nicht. Ich hätte lieber das Geld, das für meinen Tod gezahlt worden ist.«

»Woher hast du?« fragte Niko auf englisch.

»Aus derselben Quelle. Damit ich den Mund halte ... Mr. Chamberlain bestand darauf.«

»Okay, tauschen wir.« Andreou schob Rydals Geld in die Tasche. Rydal steckte Andreous Geld ein. Niko sah mit Interesse zu. »Mr. Chamberlain bestand darauf«, sagte Rydal noch einmal. Andreou blickte ihn mit verträumten Augen liebevoll an.

»Andreou, ich habe noch eine Bitte«, sagte Rydal. »Ich bitte Sie um einen Gefallen, für den ich – na, tausend zahle.«

»Dollar?« fragte Andreou.

»Ja ... Ich muß über die Grenze, nach Jugoslawien. Ich dachte, Sie kennen vielleicht jemand, der mit dem Lastwagen rüberfährt.«

»Was sagst du? Warum nach Jugoslawien?« fragte Niko.

Und plötzlich erkannte Rydal, daß dieser Plan schiefgehen würde, daß er gefährlich und schwer ausführbar war und verschiedene Komplikationen in sich barg. »Ich will Mr. Chamberlain folgen«, sagte er.

Andreou und Niko sahen ihn einen Augenblick verständnislos an.

»Du brauchst einen Paß«, sagte Niko.

»Pässe sind dein Ressort.« Rydal lachte.

»Mr. Chamberlain wird auf seinen Paß reisen, nicht wahr?«

»Ja, das wird er wohl.«

Niko wechselte einen langen Blick mit Andreou. »Ich werde mit Frank darüber sprechen. Was für einen möchtest du?«

Rydal überlegte. »Einen italienischen vielleicht ... Einen amerikanischen kann ich mir nicht leisten.«

»Ich spreche heute abend mit Frank.« Niko blickte aufmerksam auf seine Armbanduhr, ein wuchtiges Gebilde aus falschem Gold. »Ich werde versuchen, ihn bis elf anzurufen. Ein Foto hast du doch? Das muß er dann heute abend noch haben.«

Ein Foto hatte Rydal.

Als Andreou sich verabschiedete, ging Rydal mit ihm zur Vordertür am Ende des langen Ganges. Er mußte sich selbst überzeugen, ob draußen jemand herumlungerte und auf Andreou wartete oder das Haus beobachtete. Er sah einen jungen Mann, der auf der anderen Straßenseite entlangschritt, aber niemand trieb sich in der Nähe herum. Er verabschiedete sich von Andreou mit festem Händedruck.

»Grüßen Sie Ihre Frau von mir«, sagte er.

Andreou lachte. »Danke schön. Und Gottes Segen über Sie.«

Niko wollte noch mehr wissen über die fünftausend Dollar, die Rydal von Chester bekommen hatte. Nur fürs Stillschweigen? Hatte Rydal Chester bedrohen müssen, um das Geld zu kriegen? Rydal versuchte ihm zu erklären, daß Chester zu den Leuten gehörte, die sich erst sicher fühlen, wenn sie sich jemand mit Geld verpflichtet oder es jedenfalls versucht haben.

»Ich hab's ihm einmal sogar vor die Füße geworfen«, sagte Rydal. »Es lag auf dem Fußboden und seine Frau hob es auf und gab es mir wieder.« Rydal hob die Schultern: auch Niko schien seine Geschichte nicht zu glauben, er hielt sie wohl nur für eine dramatische Wendung.

Er lächelte. Nikos Unverblümtheit in Geldsachen war erfrischend. Rydal sah ihm an, wie sein Denkapparat funktionierte. Er überlegte jetzt vielleicht schon, wie er es anstellen konnte, um die fünftausend für Chesters neuen Paß zu kassieren, ohne das Dokument auszuhändigen. Aber dafür war es jetzt reichlich spät; Niko hatte Frank das Foto schon gegeben, das hatte er erzählt.

»Ach weißt du, wenn du noch länger mit Chester zu tun hast, wird er dich bestimmt ab und zu in Anspruch nehmen«, sagte Rydal.

»Hat 'ne Menge Kies, was?« fragte Niko sinnend.

»Haufenweise«, sagte Rydal. »Im Kofferfutter.«

»Hast du's mal gesehen?«

»Nein, nie. Bloß den Koffer.«

»Was meinst du – vielleicht fünfzigtausend?«

»Keine Ahnung. Kann schon sein.«

Sie setzten die kindische Unterhaltung noch eine Weile fort. Anna war dabei, das Geschirr abzuwaschen.

»Wär schlimm, wenn die Polizei ihn damit schnappte«, sagte

Niko kopfschüttelnd. »Die würden das einfach behalten, meinst du nicht?«

»Ja. Wenn sie feststellen, daß er der Betrüger Chester Mac-Farland ist. Dann schon.«

In Nikos Kopf nahm langsam eine Idee Gestalt an. Seine Augen begannen zu glänzen.

Rydal lächelte ihm zu. »Du weißt nicht, in welchem Hotel er wohnt, oder?«

»Das kann ich feststellen.«

»Für so was brauchst du einen andern. Du kannst Chester nicht bedrohen, denn er kann dir drohen, alles über dich und Frank und die Paßgeschichte auszupacken.«

»Hmm... Ja. Aber es gibt noch andere Wege.«

»Ja, natürlich. Nur – zieh Andreou nicht mit hinein.«

»Warum nicht?«

»Er hat genug getan, und er ist zufrieden. Du willst doch nicht, daß sie ihn schnappen, wo er eben fünftausend Dollar verdient hat, nicht wahr?«

»Nein, nein.« Niko stimmte lebhaft zu und schüttelte den Kopf.

»Denk an jemand anders – irgendeinen bedürftigen Landsmann.«

»Da weiß ich eine Menge«, sagte Niko auf englisch.

Um halb elf machte sich Niko auf den Weg. In der Tasche hatte er Rydals Foto und fünfzehnhundert Dollar als Vorschußzahlung auf den eventuellen Preis von zweitausend Dollar für einen italienischen Paß. Er war noch vor zwölf Uhr zurück mit der Nachricht, daß Frank den Paß liefern werde.

Am nächsten Morgen war der Fall Knossos aus den Zeitungen verschwunden. Rydal hatte Anna ausgesandt, um die *Daily Post* und auch die griechischen Zeitungen zu holen.

Er überlegte. Wenn die Polizei, wie er sicher annahm, mit Chester gesprochen hatte, dann würden sie ihn gewiß ein zweites und vielleicht auch ein drittes Mal aufsuchen und versuchen, noch mehr Einzelheiten von ihm zu erfahren oder vielleicht eine Lücke in seiner Geschichte zu entdecken. Er dachte an das Foto mit dem Schnurrbart, aber ohne den Backenbart, das Chester in seinem Paß hatte. Chester hatte es in Athen retouchieren lassen wollen, es sollte ein Backenbart hinzugefügt werden. Jetzt würde er das nicht mehr tun. Ob der Polizei nicht die Ähnlichkeit auffiel zwischen diesem Bild und dem Foto von Chester MacFarland alias Mr. Soundso als junger Mann, das der tote griechische Polizeibeamte in seinem Fahndungsbuch gehabt hatte? Und warum kam nicht endlich aus Amerika Chesters Paßbild, das ja als Chester MacFarlands Foto bei den Akten liegen mußte? Gab es einen Grund für die Verzögerung? Es konnte wohl nur daran liegen, daß man eben viel Zeit brauchte, um die Beweise für Chesters Betrügereien und Unterschlagungen zusammenzustellen. Wahrscheinlich waren sie dabei, überall soviel wie möglich zu sammeln, und bis das alles fertig vorlag, wurde nichts verlautbart. Und dabei war immer noch keine Verbindung hergestellt zwischen MacFarland und dem Mr. Chamberlain von der Knossos-Tragödie. Rydal hätte gern von einer Telefonzelle aus festgestellt – Niko und Anna hatten kein Telefon –, ob Chester im Hotel Akropolis oder im Greco wohnte. Aber er bezwang sich und blieb in der Wohnung.

Er wollte Geneviève Schumann anrufen. Unruhe und Langeweile erfüllten ihn, er hatte nichts zu lesen bei sich, und Niko und Anna hatten nichts im Haus außer ein paar Illustrierten und einer griechischen Bibel.

»Warum rufst du nicht Geneviève mal an?« fragte Anna.

Rydal lächelte. »Weil ich nicht 'rausgehen möchte.«

»Soll ich sie für dich anrufen?«

Es war jetzt viertel nach zwei. Er zuckte die Achseln – er wußte nicht, wo er mit der Erklärung anfangen sollte. »Und du sagst ihr dann, daß ich – ihr Griechisch ist nicht gut, weißt du. Du erklärst ihr zehn Minuten lang, daß ich die Frau in Knossos nicht umgebracht habe, ja? Und inzwischen hört eins der Dienstmädchen am Telefon mit; du sagst, ich wohne bei dir und sie soll mich doch mal besuchen, ja? Das würdest du doch sagen?«

Anna lachte. So hatte sie es sich tatsächlich vorgestellt.

»Nein, Anna. Das geht nicht.«

»Du könntest ihr aber schreiben. Ich kann den Brief hinbringen.«

Wie die Amme in Romeo und Julia, dachte Rydal. »Ich will nicht, daß sie oder sonst jemand erfährt, daß du weißt, wo ich bin.« Er setzte sich auf die durchgesessene Couch.

Anna ging wieder zum Ausguß, wo sie Hemden für Niko wusch.

Ein Brief: Rydal überlegte. Er konnte ihr die ganze Sache

schreiben – aber wozu? Sie war intelligent und phantasievoll, aber auch praktisch. Sie würde sagen: ›Wie konntest du dich überhaupt auf so ein Schlamassel einlassen? Warum hast du dem Mann beim Verstecken der Leiche im Hotel geholfen? Was hat dich dazu getrieben, Rydal?‹ Er würde deutlich verlieren in ihren Augen, und was immer er zur Erklärung vorbrachte: ihr würde es nicht genügen, das wußte er. Es war schlimm, aber zwischen ihm und Geneviève lag jetzt ein Graben, und der bedeutete, daß Geneviève nicht weiter wichtig war. So einfach war das.

Er erhob sich und trat zu Anna. »Anna, du darfst nicht versuchen, Geneviève eine Nachricht zu geben, hörst du? Es ist zu gefährlich. Mein Name stand schon gestern morgen in der Zeitung.« Er lachte. »Das beweist, daß die Polizei sich Chester vorgenommen hat. Ich weiß genau, was er sagt. Er ist leider ein geübter Lügner.« Er schob die Hände in die Taschen und trat wieder an die Couch. Die Finger umschlossen die Geldscheine: dreitausendfünfhundert Dollar.

Kurz nach fünf klopfte es. Rydal stand auf; er wußte, daß Anna niemanden erwartete. Einer Nachbarin, die manchmal nachmittags hereinschaute, hatte sie gesagt, sie wolle heute ihre Tante im Norden der Stadt besuchen.

»Laß nur«, flüsterte Anna, als sie leise in den Korridor schlüpfte. »Vielleicht Mouriades.«

»Wer?«

»Mouriades. Ein alter Mann. Dinas Vater.«

Also wohl ein Nachbar. Rydal sah sich im Zimmer um. Es war eine Sackgasse. Vor den schmalen Fenstern gab es nur einen engen Spalt zwischen den Mauern dieses und des Nachbarhauses, und ohne Haken und Seil war die sieben Meter hohe Mauer nicht zu erklimmen. Anna sprach jetzt zu jemandem; Rydal legte das Ohr an die angelehnte Tür und lauschte. Es war Pan.

Rydal stieß einen Seufzer der Erleichterung aus. Anna machte ihre Sache gut: sie schob ihn ab. Nein, Rydal war nicht hier, wieso denn? Sehr gut. Pan war ein Freund, er hätte sicher Verständnis und würde den Mund halten; Rydal hätte ihn gern begrüßt und gebeten, hereinzukommen. Nein, besser nicht.

Anna kam zurück und schloß die Wohnungstür. »Pan.«

»Ja, ich weiß. Vielen Dank, Anna, das hast du gut gemacht.«

»Ich mag ihn eigentlich nicht«, sagte Anna stirnrunzelnd und schüttelte den Kopf. »Ich traue ihm nicht.«

»Ach, der –« Rydal brach ab. Er hatte sagen wollen, sie irre sich, Pan könne man durchaus trauen. Aber besser ließ man es so, wie es war. Pan hätte womöglich einem Freund gegenüber geäußert, er wisse, wo Rydal sich aufhalte, und der Freund hätte es dann weitergegeben.

»Traust du ihm?« fragte Anna. Sie kannte Pan nicht näher; Rydal hatte ihn zweimal auf ein Glas Wein mitgebracht. »Ich glaube, er ist in Ordnung«, erwiderte Rydal.

Gerade um die Zeit, als sie Niko zurückerwarteten, klopfte es noch einmal. Anna ging an die Tür.

»Aber er ist doch gar nicht hier!« hörte Rydal sie protestieren. »Na meinetwegen, aber viel Zweck hat es nicht ... Gut, ja ... Ich weiß doch auch nicht mehr als Sie.«

Die Haustür schlug zu. Anna kam hocherfreut und mit verschmitztem Lächeln zurück, in der Hand einen blaßblauen Briefumschlag. »Von Geneviève! Das war ein Bote.« Sie schob ihm den Umschlag in die Hand.

Rydal öffnete ihn mit einem kleinen Stich im Herzen, einem leichten Gefühl der Angst, der Verlegenheit, wie es ihn fast immer überkam, wenn er einen Brief von seiner Familie in der Hand hielt. Der Brief war französisch geschrieben.

Donnerstag, 17 Uhr

Mein lieber Rydal,
vielleicht bist du bei Niko. Oder bei Pan? Ich weiß, du hast die Frau in Knossos nicht umgebracht, ganz sicher nicht. Haben sie wirklich dich im Verdacht? Warum hast du mir nicht gesagt, daß du nach Kreta fährst? Es kommt mir vor, als ob du entführt worden bist und sie dir nun ein Verbrechen anhängen. Aber jedenfalls bist du am Leben, in der Zeitung stand, daß du gestern morgen auf dem Schiff von Heraklion nach Piräus warst. Warum versteckst du dich? Wer weiß, ob du dies bekommst. Du fehlst mir so und ich habe so Angst um dich. (>Angst< war dreimal unterstrichen.) Wenn du dieses erhältst, komm doch zu uns; Papa sagt, er werde dir helfen. Du weißt, er mag dich sehr. Sei doch nicht so (hier folgte ein unübersetzbares Wort aus ihrem und Rydals Privatjargon, die Bezeichnung für einen törichten Protestler). Ich habe dich lieb und ich bete für

dich. Bist du auch wirklich in Ordnung, oder verletzt, krank? Bitte antworte mir, wenn du dies bekommst. Laß mir eine Nachricht überbringen, bitte.

*Bébises,
Geneviève.*

»Was sagt sie?« Anna hatte die Augen nicht von ihm abgewandt.

»Sie hofft, es geht mir gut.«

»Und was sonst noch?«

»Der Brief ist ganz kurz«, sagte Rydal ausweichend.

»Ja, aber was noch? Will sie dich nicht sehen?«

»Aber Anna! Sie sagt, ihr Vater will mir helfen, wenn nötig.«

»Ihr Vater? Der Professor?«

»Ja.«

»Dann laß ihn doch helfen. Kann er dir denn helfen?«

»Nein.«

»Aber du brauchst doch jemand, der sich für dich einsetzt. Du kannst dich ja nicht für immer verstecken.«

»Nein, nur noch bis morgen, denke ich. Morgen gehe ich.«

»Ich meine ja nicht, daß wir dich nicht behalten wollen, so lange du willst, Rydal. Du bist unser Freund.«

Die Unterhaltung irritierte ihn. Er zündete sich eine Zigarette an und stellte sich an das staubige Fenster. Die Ziegelmauer draußen war kaum zu sehen.

»Will sie keine Antwort haben?«

»Doch.«

»Gut, dann schreib ihr doch. Willst du was zum Schreiben haben?«

»Nein danke, das habe ich alles.« Rydal sah sie an. »Weißt du jemand, der den Brief hinbringen könnte?«

»Ja, natürlich. Das kann ich doch selber –«

»Nein, du nicht, Anna. Irgendein Junge in der Nachbarschaft. Du kannst ihm ja sagen, es handelt sich um Wäsche oder sowas.« Ihm war eingefallen, daß Anna manchmal für andere Leute wusch.

»Ja, ja, das mach ich schon.«

Rydal schrieb ebenfalls auf französisch.

Meine liebe Geneviève,
eben kam dein Brief. Ob du auch an Pan einen geschickt hast? Nun weißt du also, wo ich bin, aber bitte sage es nicht deinem Vater. Ich bin ihm sehr dankbar für sein Anerbieten, mir zu helfen, aber es ist nicht nötig, oder vielmehr: ich kann im Augenblick keinen Gebrauch davon machen. Du hast ganz recht, ich bin nicht schuld an der Sache in Kreta. Es ist schwer oder unmöglich zu erklären, wie ich in dieses Dilemma geraten bin – es ist eine Art Experiment, das ich durchstehen muß, und es ist noch nicht zu Ende. Wie sehr wünschte ich, wir säßen jetzt bei Alexandre in Paris zum Dinner und ich könnte dir alles erzählen. Wollen wir uns in vier Wochen, am 18. Feburar, abends um sieben bei Alexandre treffen?
Ich bin dir sehr dankbar, daß du mich nicht für schuldig hältst – das tun im Augenblick nicht viele Leute. Aber ›die öffentliche Meinung kümmert mich nicht‹: weißt du noch, das waren die Worte des Mannes ohne Hosen im Nationalpark im Dezember. Zu deiner Frage: nein, ich bin nicht verletzt. Und auch nicht ohne Hosen.
Alles Liebe und auf ganz bald!

Er ließ den Brief ohne Unterschrift. Anna ging nach draußen, um einen Boten zu finden, als Niko abends kam.

Niko brachte nichts Neues, als er kam. Kein Mensch, auch kein Polizeibeamter, hatte ihm irgendwelche Fragen gestellt. Frank wollte Chesters neuen Paß bis morgen fertig haben, vielleicht schon morgen früh.

»Ich möchte so bald wie möglich den Namen wissen«, sagte Rydal.

»Ja, das habe ich Frank gesagt.«

»Kannst du ihn nicht jetzt noch erreichen? Ich dachte, du wüßtest den Namen schon«, sagte Rydal unruhig und mit gerunzelter Stirn.

Niko überlegte einen Augenblick. »In der Wohnung hat Frank kein Telefon, aber ... wart mal; bei ihm in der Nähe ist eine Taverne ...«

Nach einer Weile kam Niko zurück. Chesters neuer Name war Philip Jeffries Wedekind. Den Paß wollte Frank morgen früh um halb zehn in einem Schuhkarton an Chester ins Hotel Greco schicken. Der Überbringer sollte den Liftjungen bitten, den Karton laut Mr. Chamberlains Auftrag in sein Zimmer zu stellen, wenn er selbst nicht da wäre. Rydals italienischer Paß sollte zur gleichen Zeit fertig sein, morgen früh, und Niko auf der Straße ausgehändigt werden.

»Bring ihn dann gleich hierher nach Hause!« bat Rydal. »Noch vor Mittag.«

»Vor Mittag. Okay.« Niko rieb sich die Nase und grinste Rydal von der Seite an.

»Zweitausend Dollar. Sehr anständig ... Dir habe ich auch zu danken, Niko.«

Niko hob die breiten schmutzigen Hände in die Höhe. »Ach was, keine Spur. Wir sind doch Freunde, du und ich. Wenn ich erst nach Amerika komme ...«

17

19. Januar 19 . .
An die Polizeibehörde, Athen.

Rydal Keener befindet sich, wie Ihnen bekannt ist, immer noch auf freiem Fuß. Ich weiß, daß er meinen Tod plant. Nachdem er meine Frau umgebracht hat, hat er jetzt vor, auch mich zu ermorden. Es liegt nahe, daß er sich hier in dieser Stadt aufhält. Ich bin dankbar für den Schutz, den Sie mir bisher gewährt haben, aber mein Gefühl sagt mir, daß es trotz Ihrer Bemühungen nicht mehr sehr lange gut gehen kann, vielleicht nicht einmal mehr für die paar Tage, die nötig sind, um Keener aufzuspüren. Ich bin nach wie vor bereit, hier in Athen zu bleiben (wo mich Keener zweifellos dauernd beobachtet) und damit einen neuen Überfall zu provozieren. Er ist jedoch ein sehr schlauer junger Mann, und ich halte es durchaus für möglich, daß er sowohl Sie wie mich hereinlegt, daß er mich umbringt und dabei selbst nicht gefaßt wird. Ich wiederhole: dies sind vielleicht nur die bösen Ahnungen eines besorgten und tief deprimierten Mannes. Aber ich möchte meine Befürchtungen doch aktenkundig werden lassen. Sollte ich verschwinden, so geschieht es nicht aus Angst, Feigheit oder Mutlosigkeit, sondern weil es Rydal Keener gelungen ist, Sie und mich zu überlisten. Wm. J. Chamberlain

Für diesen Brief hatte Chester vom Hotel eine Schreibmaschine entliehen. Er signierte ihn mit der Unterschrift aus seinem Paß, die ihm jetzt schon ganz geläufig war. Es war Viertel vor neun. Chester bestellte ein reichliches Frühstück; dann nahm er aus dem Futter seines Koffers den Rest des amerikanischen Geldes und verteilte es auf die verschiedenen Taschen seines Anzugs und seines Mantels.

Er war gerade fertig mit dem Frühstück, als es an die Tür klopfte. Er warf einen Blick auf die Uhr. Zwanzig vor zehn. »Ja?« sagte er hinter der geschlossenen Tür.

»Ein Paket für Sie, Sir.«

Er öffnete. »Ach ja, meine Schuhe. Vielen Dank.«

Der Liftboy überreichte ihm einen in dunkelgraues Papier eingeschlagenen Karton, und Chester gab ihm zehn Drachmen.

Das Paket hatte etwa das Gewicht von einem Paar Schuhe. Chester öffnete den Karton, lächelte über die richtig darin verpackten, etwas abgetragenen hellgelben Schuhe, suchte unter dem Seidenpapier, auf dem sie lagen, und fand den Paß. Erregt klappte er ihn auf. *Philip Jeffries Wedekind.* Seine eigenen Augen starrten ihn leer und nichtssagend aus dem Foto über der Unterschrift an. Wedekind – was war das für ein Name? Deutsch? Jüdisch? Die Handschrift war groß und dünn und neigte sich stark nach rechts. Das W war ein großes schräges Zickzack, ohne Schnörkel. Chester nahm seine Füllfeder und übte es ein paarmal auf einem Fetzen Papier, den er von der Serviette auf dem Frühstückstablett abriß. Es klopfte an der Tür; er schob den Paß in die Nachttischschublade und knüllte das Papier zusammen.

Der Kellner kam, um das Tablett abzuholen.

Als er gegangen war, nahm Chester den Paß von neuem vor und betrachtete ihn. *Beruf: Verkaufsleiter.* Das war gut, denn verkaufen konnte er schließlich alles. *Größe: einsfünfundsiebzig.* Sein Alter war nach dem Geburtsdatum fünfundvierzig – auch nicht schlecht. *Geburtsort: Milwaukee, Wisconsin.* Der Platz für *Frau und Kinder* war durchgestrichen. Sehr gut. *Ständige Adresse: 4556 Roosevelt Drive, Indianapolis/Indiana.* Chester schob den Paß in seine Brusttasche. Dann ging er hinüber ins Badezimmer und rasierte sich den Bart glatt ab. Sorgfältig spülte er alle Barthaare in den Ausguß und säuberte auch seinen Rasierapparat gründlich. Das Stückchen Papier mit den Unterschriftsübungen wollte er verbrennen, unterließ es dann aber; er konnte es zusammenknüllen und in der Tasche mitnehmen. Sein Brief an die Polizei lag neben der Schreibmaschine auf dem Tisch. Er las ihn noch einmal durch. Er hoffte inständig, daß Rydal tot war, und zwar schon seit etwa zwölf Stunden; aber wenn nicht ...

Chester zog Jacke und Mantel an und verließ das Zimmer. Er nahm nichts mit als die Schuhe, die in der gestrigen Ausgabe der *Daily Post* verpackt waren. Sein Zimmer lag im vierten Stock. Er benutzte die Personaltreppe; im zweiten Stock warf ihm ein Mann in weißer Jacke, der dort saubermachte, einen kurzen Blick zu, sagte aber nichts, sondern fuhr fort mit dem Ausfegen. In einer Passage hinter dem Hotel kam Chester heraus, ging vor zur Straße und bog in Richtung auf den Platz der Verfassung ein. An der nächsten Ecke ließ er die Schuhe in einen metallenen Mülleimer fallen. Dann trat er in ein Café und führte ein Telefongespräch von der Zelle im Hintergrund aus. Er erfuhr, daß heute noch zwei Flugzeuge nach Westen flogen, eins um elf und eins um halb zwei. Der Mann, mit dem er sprach, konnte Englisch, und Chester versuchte, einen Platz auf den Namen Wedekind in der Elfuhrmaschine reservieren zu lassen, erfuhr aber, daß telefonische Bestellungen nicht angenommen wurden.

Ein Taxi brachte ihn zum Platz der Verfassung. An einer Straßenecke stieg er aus und fand wenige Häuser weiter ein Koffergeschäft. Hier erstand er einen mittelgroßen schwarzen Rindlederkoffer, den er mit seinen letzten Drachmen bezahlte. Anschließend suchte er eine Bank auf, wechselte dreihundert Dollar in Drachmen und kaufte in den nächsten fünfundzwanzig Minuten drei Hemden, eine Sporthose, eine Tweedjacke, einen Schlafanzug und Socken und Wäsche – alles in zwei Läden und ohne jede Hast. Er entfernte die Preisschilder von den Sachen und besorgte sich in einer Drogerie noch Zahnpasta und eine Zahnbürste – eine amerikanische. Um zwanzig vor elf fuhr ihn ein Taxi zum Flugplatz. Sein Wächter würde ihn wohl erst nach zwölf, vielleicht sogar erst nach zwei Uhr vermissen. Gestern war er auch nicht vor elf Uhr ausgegangen. Es war durchaus denkbar, daß er heute den ganzen Morgen im Hotel blieb und sich seinen Lunch aus dem Restaurant heraufschicken ließ.

Er bekam bequem noch einen Platz im Flugzeug, die

Maschine war nur dreiviertel besetzt. Die erste Landung war in Korfu vorgesehen, die zweite in Brindisi, dann in Rom; dort mußte er umsteigen in eine Maschine nach Paris. Er musterte die Mitreisenden. Die meisten waren wohl Griechen, fast alles Männer, ruhig und zurückhaltend; sie sahen aus, als seien sie beruflich unterwegs. Die Paßkontrolle im Flughafen war schnell und glatt gegangen. Falsche Pässe machten Chester jetzt keine Sorgen mehr; unten auf dem Formular hatte er schnell und lässig seinen Namen hingesetzt. Entspannt und halb schlafend saß Chester auf seinem Platz, während die Maschine über das Ionische Meer flog. Zum Lunch nahm er eine reichliche Mahlzeit zu sich. Um zehn Uhr abends saß er mit seinem Koffer im Taxi von Orly nach Paris. Hier war er fast zu Hause; er fühlte sich wohl und glücklich. Hier konnte er auch die Sprache beinahe verstehen. Von hier aus konnte er nun endlich die Telegramme absenden, die er sich auf dem Flug schon überlegt hatte. Erstmal an Jesse Doty. *Hallo, Jessebelle!* Nein, das lieber nicht; das war bloß ein Scherzname, den er manchmal auf kleine Geschenke für Jesse schrieb. So nannten ihn die Freunde. Er würde damit allerdings sicherstellen, daß Jesse wußte, das mit Wedekind gezeichnete Telegramm kam von ihm, Chester.

Am Postamt Les Invalides ließ Chester den Wagen halten. Dies war der einzige Ort, wo er noch zu dieser Stunde ganz sicher ein Telegramm absenden konnte. Der Text, den er an Jesse Doty losließ, lautete:

Post erbeten an Philip Wedekind c/o American Express Paris. Wiederholt Nachrichten der letzten Tage. Drahtet wenn nötig. Informiert Vic und Bob. Phil.

Er ging zurück zu dem wartenden Taxi und gab dem Fahrer das Hotel Montalembert als Fahrtziel an. Neben dem Montalembert lag das Hotel Pont-Royal; dort hatte er einmal mit Colette in der Bar gesessen, deswegen fiel ihm der Name ein. Das Montalembert machte einen sehr soliden Eindruck; Heizung und Bedienung waren bestimmt gut. Lieber wäre er ins Hotel Georges v. gegangen, aber leider kannte man ihn dort. Das war die Strafe dafür, daß man sich in Paris wie zu Hause fühlte. Er empfand ein leichtes Angstgefühl, als er durch die Hoteltür schritt und ihm einfiel, daß man hier womöglich auch Philip Wedekind persönlich kannte. Aber es war alles in Ordnung. Man gab ihm ein Zimmer mit Bad im 5. Stock. Er nahm nur die Hose und das Jackett aus dem Koffer, legte den Pyjama auf dem Bett zurecht und verließ dann das Zimmer. In Orly hatte der Zollbeamte gesagt: »Sie haben ja nicht viel bei sich, M'sieur.« Chester hatte gelacht und gesagt:

»Ich bin vor zwei Tagen bestohlen worden, nun mußte ich alles neu kaufen.«

Sie hatten die Unterhaltung auf Englisch geführt. Der Zollbeamte hatte nicht nachgefragt, wo er bestohlen worden sei, er hatte bloß gesagt: »Ach –? Pech, sowas.« Er hatte ihn auch nur ganz kurz angesehen; während der paar Sekunden der Inspektion hielt er den Kopf über den Koffer gebeugt.

Nach einem Imbiß an der Ecke der Rue du Bac und Université sah er seine Lage weniger rosig vor sich. Schon in Athen hatte er die Gefahren erwogen; jetzt stiegen sie erneut drohend vor ihm auf. Die Hauptsache war: Wenn Rydal Keener noch am Leben war, so kannte er Chesters neuen Namen. Chester hatte zwar Franks Stillschweigen gefordert und auch bezahlt, denn das hatte zu dem Geschäft gehört; und Niko hatte versprochen, Frank zu bestellen, daß er Rydal nichts sagen dürfe. Aber wie weit konnte man sich darauf verlassen? Chester war skeptisch. Es war dasselbe mit diesem Andreou. Man konnte nichts tun als hoffen. Und Chesters einzige Hoffnung bestand darin, daß Rydal doch wohl Angst haben mußte, selbst wegen des Mordes an Colette in Schwierigkeiten zu geraten, wenn er die Polizei auf Chesters Spur setzte. So weit konnte er es also kaum kommen lassen. Überdies, wenn Rydal die Sache mit dem griechischen Beamten vorbrachte, so kam es heraus, daß er selber Chester beim Verstecken der Leiche geholfen hatte, und das wäre auch nicht gerade vorteilhaft für ihn.

Bis hier war alles in Ordnung. Aber Rydal brauchte ja nur ans Telefon zu gehen und der griechischen Polizei mitzuteilen, Chesters neuer Name sei Philip Wedekind – ein anonymer Anruf genügte. Das war im Augenblick die größte Gefahr. Und was Chester jetzt unternahm, war ein Vabanquespiel, ein erzwungenes Vabanquespiel. Er mußte es riskieren, ihm blieb gar nichts anderes übrig. Er mußte Nachricht haben aus Amerika, und irgendwann mußte er ja auch nach Amerika zurück. Auf dem kurzen Rückweg zum Hotel gewann er Kraft und Selbstvertrauen zurück. Wenn es zum Krach kam, dann konnte Rydal Keener noch einiges erleben. Er hatte noch allerhand in petto gegen Rydal Keener, das stand fest. Chester hielt sich einiges zugute auf seine Schläue, und dann würde er auspacken, aber gründlich. Rydal Keener, dieser Landstreicher, dieser windige Glücksritter, der sollte ihn nicht reinlegen. Ihn nicht. Seine Gedanken gingen zu dem Kabel, das Jesse nach New Yorker Zeit am frühen Morgen erreichen mußte. Diese Nacht schlief er ruhig und friedlich.

Am nächsten Mittag um zwölf fragte er beim American Express nach Post. Er wußte, Jesse konnte unmöglich so schnell geantwortet haben, aber irgend etwas trieb ihn hin. Die Tageszeit war sicher denkbar ungünstig. Das Kellergeschoß war angefüllt mit Lärm und Touristen und jungen Amerikanern in dicksohligen Schuhen und Blue jeans, Mädchen in engen Hosen und flachen Schuhen; alle warteten in den langen, alphabetisch bezeichneten Reihen. Überdies stand man wie auf einem Präsentierteller für sämtliche Amerikaner. Wer weiß, ob nicht einer von ihnen Howard Cheever kannte...

»Wedekind«, sagte Chester, als er bis zu dem geschäftigen Mädchen vorgerückt war, und hielt ihr seinen Paß geöffnet hin. Sie ging nachsehen, kam zurück und schüttelte den Kopf. Er dankte, stieg die Treppe hinauf und verließ das Gebäude.

Seine Gedanken wanderten zu seinem alten Freund Bob Gambardella in Milwaukee, dem er jetzt gern einen Brief geschrieben hätte, einen langen handschriftlichen Brief. Bob hatte für alles Verständnis. Nie verlor er den Kopf. Wenn was schiefging, sagte er höchstens: ›Herrgott nochmal...‹, müde aber resigniert, und dann grinste er und fuhr sich mit den Fingern durchs Haar. Nein, Bob behielt den Kopf oben. Chester kannte ihn seit vier Jahren. Chester wollte ihm von Rydal Keener erzählen und dabei Keener als Erpresser hinstellen von dem Augenblick an, als er Chester mit dem griechischen Polizeibeamten im Gespräch antraf. Chesters letzte Version der Story lief darauf hinaus, daß Rydal Keener ihm schon ein paar Tage aufgelauert hatte – wie er es vermutlich bei allen wohlhabend aussehenden Amerikanern tat –, in der Absicht, ihn um ein paar Dollars zu erleichtern. Rydal war also dem Beamten ins Hotel gefolgt, hatte die Lage mit schnellem

Blick abgeschätzt, dem Mann eins mit dem Knüppel über den Kopf gegeben und ihn getötet. Dann hatte er gedroht, die Tat Chester anzuhängen, wenn er nicht sofort Geld bekam ... Chester hatte das Gefühl, ein solcher Bericht an einen amerikanischen Freund werde vor Gericht viel überzeugender wirken als alles, was er mündlich der griechischen Polizei in Athen vorgetragen hatte. Er wollte Bob erzählen, wie Keener sich immer an Colette herangemacht hatte; auch von Colettes tragischem Tod, als Keener versuchte, Chester umzubringen, und von den dann folgenden Drohungen und Gefahren, die dazu geführt hatten, daß Chester sich einen neuen Namen zulegen mußte, um dem bösen Keener zu entgehen, der noch immer frei herumlief und sich in Athen verborgen hielt.

Er gönnte sich also einen behaglichen Lunch auf den Champs-Élysées. Er gab dem Kellner ein Trinkgeld mit der Bitte, ihm Briefpapier zu besorgen, und schrieb, während er die Flasche Weißwein austrank, den Brief an Bob. Er saß dort bis gegen fünf; ein paar Whiskies waren dem Wein gefolgt. Dann machte er sich auf den Weg zum American Express.

Jetzt war ein Telegramm für ihn da. Er ging in eine Ecke des großen Raumes und öffnete es gespannt.

Lage hier nicht gut. Empfehle dortbleiben. Informiere Bob nicht Vic. Brief folgt. Gruss an Colette.

Jesse

Das *Empfehle dortbleiben* verriet Chester sehr viel. Es bedeutete, daß Howard Cheever geplatzt war. *Nicht Vic* hieß, daß Vic ausgestiegen war oder sich an die Polizei gewandt hatte. Gegen die Unimex war also eine Untersuchung im Gange, sie war als Schwindelfirma entlarvt worden. Chester preßte die Zähne zusammen. Ganz illegal war die Firma nicht. Es war ein Spekulationsunternehmen, wie eigentlich fast alles an der Börse – wenn eine Gesellschaft genügend Mittel hatte, um selbständig zu existieren, dann brauchte sie ja keine Anteile zum Verkauf an den Markt zu bringen, nicht wahr ... Howard Cheever und Jesse Doty waren eng verbunden mit der Canadian Star Company. Die Canadian Star hatte keinen anderen Namen, hinter dem sie sich verbergen konnte, jedenfalls keinen Personennamen. Das war eine böse Nachricht.

Chester kaufte eine Zeitung, die erste heute. Er hatte schon morgens eine kaufen wollen, aber die Post, die Verbindung mit Amerika, war ihm wichtiger gewesen. Er nahm die Pariser Ausgabe der *Herald Tribune* und den *France Soir*. Die *Tribune* las er zuerst. Da stand es, auf der Titelseite, zum Glück ohne ein Foto. Der Bericht war nur wenige Zeilen lang und lautete:

Athen, 19. Januar. – Im Hotel Greco wurde heute das Verschwinden des amerikanischen Hotelbesitzers William J. Chamberlain, 42 Jahre alt, bemerkt. Die Polizei steht vor einem Rätsel und ist mit Auskünften zurückhaltend, gibt aber zu, daß Chamberlain unter Polizeiaufsicht gestanden hat, vermutlich um ihn vor einem möglichen Überfall zu schützen. Sein Gepäck befand sich vollzählig in seinem Hotelzimmer. Aus einer Notiz, die er zurückließ, geht hervor, daß er für sein Leben fürchtete.

Das war merkwürdig. Sehr merkwürdig. Sie hatten es also offensichtlich vermieden, Rydals Namen mit dem seinen in Verbindung zu bringen. Wenn Keeners Name in den Zeitungen erschien, wurde wiederum Chamberlain nicht erwähnt ... Das verstand er nicht. Warum starteten sie nicht eine große offene Suchaktion nach Rydal Keener im Zusammenhang mit dem Mord an Colette, Mrs. William Camberlain? Er sah keinen Grund, warum die griechische Polizei ihm etwa seine Aussage nicht geglaubt haben sollte. Wenn sie Zweifel hatten, warum hatten sie ihn dann nicht schärfer vorgenommen oder ihn zumindest etwas eingehender befragt als bei den beiden Verhören am Donnerstag im Hotel Greco?

Plötzlich kam ihm ein Gedanke. Wenn nun Rydal vorgestern selbst zur Polizei gegangen war und eine Aussage gemacht hatte? Hatte man vielleicht vor, Chesters Bericht dem von Rydal entgegenzuhalten? War das möglich? Chester wußte, so etwas kam vor. Die Polizei ließ sich die einzelnen Aussagen vorlegen, die sich vielleicht nicht deckten, und dann konfrontierten sie die beiden Erzähler miteinander, oder sie legten dem einen die Aussage des andern vor und beobachteten die beiderseitige Reaktion ... Aber bei dem zweiten Verhör am Donnerstag war Chester nicht der leiseste Verdacht gekommen, daß die Polizei Rydal vernommen haben könnte. Das zweite Verhör um zehn Uhr abends hätte glatt eine Wiederholung des ersten sein können. Chester hatte sich nicht aus dem Hotel entfernt, seit er mit der Polizei gesprochen hatte. Er hatte gar nichts Neues zu erzählen gehabt. Nein, das war es nicht. Die Polizei hatte Zeit genug gehabt, sie miteinander zu konfrontieren, und hatte es nicht getan. Der Gedanke an alles, was Rydal über ihn aussagen konnte, und dazu die Erinnerung an die schlimme Nachricht von Jesse ließen Chester leicht zusammenschauern, als er das Hotel Montalembert betrat.

In der Hotelhalle saß Rydal Keener.

Das Zusammenschauern wich einem plötzlichen Gefühl der Leere. Chester preßte die Zeitungen und die Flasche Whisky fest an sich, die ihm fast entglitten war. Einen Moment schwankte er auf den Fußspitzen, ob er umkehren oder weitergehen und seinen Schlüssel holen sollte; dann ging er an die Rezeption und stellte in peinlicher Verlegenheit fest, daß er seine Zimmernummer vergessen hatte und, so kam es ihm vor, eine volle Minute nachdenken mußte, bevor er seinen Namen aus dem Gedächtnis gegeben hatte.

»Wedekind, bitte«, sagte er halblaut.

Der Schlüssel wurde ihm zugeschoben. Langsam setzte er sich in Bewegung. Jetzt mußte er überlegen, was zu tun war. Er hatte keinen blassen Schimmer. Ohne Rydal anzusehen, ging er auf die Fahrstühle zu. Rydal blieb sitzen. Er saß in einem tiefen Sessel an einer Säule; wandte er den Kopf ein wenig nach links, so hatte er die Tür im Auge, wandte er ihn nach rechts, so sah er die Fahrstühle. Chester blickte ihn nicht an, aber aus dem Augenwinkel sah er Rydals Nicken und das leichte Lächeln auf seinen Lippen. Nein, *Rydal* war es ganz egal, ob das Hotelpersonal erfuhr, daß sie sich kannten. Rydal blieb in seinem Sessel sitzen, hatte das Kinn auf die Faust gestützt und sah Chester nicht an. Die Fahrstuhltür öffnete sich, und Chester entschwand nach oben.

In seinem Zimmer legte Chester eilig den Mantel ab und schenkte sich einen Whisky ein, den er sehr nötig hatte. Das Telefon klingelte. Hastig, bevor er Zeit zum Überlegen und zur Angst hatte, nahm Chester den Hörer auf.

»Hallo?« sagte Rydals Stimme freundlich. »Wie geht's Ihnen, Phil? Kann ich mal raufkommen?«

»Wer ist da?« fragte Chester unruhig, um Zeit zu gewinnen.

»Joe«, sagte Rydal. »Ich möchte Sie gern kurz sprechen.«

»Nein, danke. Ein andermal.«

»Phil, hören Sie zu ...«

Hier hörte Chester, wie der Portier in der Halle Rydal unterbrach.

»Oh, bestimmt ist es ihm recht«, sagte Rydal. Und zu Chester gewandt: »Ich komme jetzt rauf, Phil.«

Chester legte den Hörer auf.

Er hatte ihn kaum hingelegt, als das Telefon von neuem klingelte.

»Hallo?« fragte Chester.

»M'sieur, wenn Sie den Besuch dieses Herrn nicht wünschen, lassen wir ihn nicht hinaufkommen.«

»Ach, eh ... Nein; er ... Also nein, vielen Dank. Das ist ganz in Ordnung. Er ist ein guter Bekannter.« Chester legte auf. Er verschränkte die Arme und blickte wartend mit gerunzelter Stirn auf die Tür. Nein, das war nicht die richtige Haltung. Er ließ die Arme fallen. Er durfte nicht böse und verärgert aussehen, vor allem aber durfte er keine Angst zeigen.

Rydal klopfte.

Chester öffnete. Er war auf ein überhebliches Lächeln gefaßt gewesen, aber Rydals Gesicht war ruhig und gelassen. Er trat ein.

»Guten Abend«, sagte Rydal. Er blickte sich im Zimmer um, sah Chesters neuen Koffer auf dem Gepäckständer und sagte: »Nun, was gibt's Neues von daheim?« Er zog eine Packung Gauloises aus der Tasche und bot sie Chester an. »Zigarette?«

»Nein, danke ... Rydal, hören Sie zu: Wenn Sie Geld wollen, können wir uns vielleicht einigen ...«

»Oh!« Rydal verzog den Mund und löschte das Zündholz aus. »Ich habe nichts gegen Geld, aber daß wir beide uns je einigen, das möchte ich bezweifeln.«

Chester lachte geringschätzig. »So? Ich gebe niemals Geld an Leute, mit denen ich mich nicht vorher geeinigt habe.«

»Ach? Ich glaube, das werden Sie nach einigem Nachdenken nicht aufrechterhalten.«

»Schade, daß Sie nicht von Anfang an klargestellt haben, was Sie sind: ein Erpresser. Das hätten Sie mir sagen können, bevor wir nach Kreta fuhren.«

»Bevor wir nach Kreta fuhren, war mir das selber noch nicht klar. Wahrscheinlich hat mich erst die Bekanntschaft mit Ihnen geldgierig gemacht ... Heute bin ich es jedenfalls.« Er ließ sich in den Sessel fallen, blickte sich nach einem Aschenbecher um und schnippte gelassen die Asche auf den Teppich.

Chester ging zum Nachttisch, wo die Whiskyflasche stand, und goß etwas in sein Glas. »Nicht einen Cent kriegen Sie«, sagte er.

»Lächerlich. Ich will zehntausend, und zwar sofort.«

Chester schüttelte überlegen den Kopf. »Ich kann Ihnen gleich sagen, ich habe nur noch zwanzigtausend. Lohnt sich ...«

»Ich will zehn, und ich habe nicht die Absicht, die ganze Nacht hier zu sitzen und zu reden.« Stirnrunzelnd beugte sich Rydal nach vorn. »Nur noch zwanzigtausend! Lachhaft. Sie haben fünfzigtausend in jedem Schuh.«

Chester tat einen Schritt nach vorn und blieb gelassen stehen, das Glas in der Hand. »Ich zahle nichts an Erpresser, Keener ... Ich wäre übrigens durchaus in der Lage, auch Sie zu erpressen – wenn Sie irgend etwas hätten.« Er sah Rydal gerade ins Gesicht, aber es fiel ihm nicht leicht. Rydals Haß und der schwelende Zorn in seinen Augen verwirrten ihn. Er hatte es noch nie so deutlich in diesem Blick gelesen: Zorn, Verachtung und jene Art der Feindschaft, die sich ganz plötzlich in einer unvorhergesehenen Tat Luft machen kann ... Chester stellte sein Glas hin.

»Keine Angst, ich schlage Sie nicht in die Fresse, so gern ich's auch täte«, sagte Rydal. »Aber es gibt bessere Methoden, zivilisiertere und sicherer wirkende.« Er stand auf. »Ich will Sie nicht länger aufhalten, Mr. Wedekind. Ich wünsche die zehn – wie üblich in Fünfhundertdollarscheinen.«

Chester sagte: »Ich denke, ich werde jetzt unten anrufen und Sie rauswerfen lassen.«

Rydal schritt langsam auf ihn zu. Chester sah, daß er neue Schuhe trug – hübsche schwarze Schuhe mit dicken Gummisohlen.

»Sie lassen mich rauswerfen? Ich lasse Sie ins Gefängnis werfen, Sie Idiot!« Die Spannung in Rydals Augen ließ nach, er lächelte flüchtig.

Er hat recht, dachte Chester. Sie waren ein ungleiches Paar. Jedenfalls hier und jetzt, in diesem Zimmer ... Flüchtige Gedanken jagten durch seinen Kopf. Morgen würde er in ein kleineres Hotel umziehen, und ... Er mußte versuchen, Keener loszuwerden. Hier in Paris würde das nicht ganz einfach sein.

Nein, er mußte so schnell wie möglich in die Staaten zurückkehren, den Namen Wedekind ablegen und einen ganz neuen Namen annehmen. Herrgott ja, das war wirklich die einzige Chance.

»Los. Das Geld her«, sagte Rydal.

Langsam setzte sich Chester in Bewegung. Er nahm seinen Mantel vom Bett und griff in die Seitentasche. »Dies ist das letzte Mal. Ich bin ...«

»So? Warum?«

Chester zählte die Scheine, ohne das Geld ganz aus der Tasche zu ziehen. »Morgen fahre ich nach Amerika zurück. Versuchen Sie mal, mich da zu finden.« Mit einem bösen Lächeln reichte er Rydal die zwanzig Fünfhundertdollarnoten.

Rydal zählte sie ohne Hast; die neuen Scheine klebten noch zusammen. Dann schob er das Geld achtlos in die rechte Hosentasche. »Vermissen Sie Colette eigentlich?«

Chester sah das Zucken in Rydals linkem Augenlid. »Ich wünsche nicht, daß Sie ihren Namen aussprechen«, sagte er.

»Sie mochte mich gern.« Rydal blickte ihm in die Augen.

»Das ist gelogen. Sie fand Sie widerlich und hat sich geekelt, weil Sie ... weil Sie sich an sie heranmachten«, stieß Chester heftig hervor.

Rydal lächelte. »Merkwürdig. Das scheinen Sie tatsächlich zu glauben, und dabei ... Ich hab mit ihr geschlafen, wissen Sie. Weil sie es wollte. Sie hat es verlangt.«

»Raus!«

Rydal wandte sich um und verließ das Zimmer.

18

Rydal ging zu Fuß nach Saint-Germain-des-Prés und nahm dort den Bus 95 nach Montmartre. Er war gleichzeitig hochgestimmt und deprimiert, und der Grund dafür lag auf der Hand. Was er getan hatte, gefiel ihm selbst nicht. Es hatte ihm schon bei der Planung und Überlegung nicht gefallen. Die Freude daran war rein gefühlsmäßig gewesen und ganz irrational. Ihm lag nichts daran, Chester hochzunehmen, weil er ein Verbrecher war; und ebenso wenig lag ihm daran, etwas von einem Reichen zu nehmen, um es einem Armen zukommen zu lassen, und am allerwenigsten lag ihm daran, Chester der Polizei auszuliefern. Der Mittelpunkt von allem war Colette, das fühlte er. Sie war viel eher die treibende Kraft zu allem als die Tatsache, daß Chester seinem Vater so ähnlich sah und daß er, Rydal, es seinem Vater heimzahlen wollte. Nein, das war es gewiß nicht. Das wäre eine allzu kindische und alberne Begründung gewesen. Aber Chester hatte eine reizende, harmlose junge Frau umgebracht, ermordet, ausgelöscht. Eine Frau, die Rydal geliebt hatte, als sie starb. Und jetzt liebte er sie noch mehr.

Es stieg ihm heiß in die Kehle, als ihm einfiel, daß er vergessen hatte, von Chester ein Foto von Colette zu fordern. Das hatte er vorgehabt, verdammt. Wie gern hätte er es heute abend bei sich im Hotelzimmer gehabt. Na, nächstes Mal. Morgen. Morgen früh. Vielleicht reiste Chester tatsächlich morgen nach Amerika ab. Das war entschieden das Klügste, was er tun konnte ... Rydal hielt sich in dem überfüllten Bus an einer Stange fest und biß sich nachdenklich auf die Oberlippe. Wie konnte er Chester daran hindern, morgen heimzureisen? Einfach dadurch, daß er ihn wissen ließ, wenn er abfuhr, werde er, Rydal, der Polizei mitteilen, daß Philip Wedekind mit Chamberlain und auch mit MacFarland identisch war? Oder sollte er das mit MacFarland noch zurückbehalten als letzten Trumpf? Rydal verzog das Gesicht zu einem Lächeln und merkte, daß er ein Mädchen ansah, das zwei Plätze weiter saß, am Fenster, und ihn ebenfalls anlächelte. Jetzt wandte sie die Augen ab. Sie hatte kurzes glattes Haar, das vom Wirbel ohne Scheitel nach vorn gekämmt war. Um den Hals trug sie einen roten Schal. Jetzt sah sie ihn wieder an. Sie hatte die Lippen mit dem Stift nachgezogen, aber keinen Puder aufgelegt; die Nase glänzte ein wenig. Oben auf der linken Wange saß ein kleines Muttermal. An der nächsten Haltestelle stieg sie aus, und er folgte ihr, obgleich der Bus erst am Fuß von Montmartre angekommen war, am Bahnhof St. Lazare.

»*Bon soir*«, sagte Rydal, als er sie eingeholt hatte. »*Où allez-vous, Mademoiselle?*«

Sie blickte weg und unterdrückte ein Lächeln. Noch einmal, und er hatte gewonnen.

»Wenn es weit ist, nehmen wir ein Taxi. Auch wenn es nicht sehr weit ist ... Bitte! Ich muß heute abend feiern.«

»Feiern? Was feiern?«

»Ich habe heute eine Menge Geld gewonnen«, sagte er und lächelte. »Bitte kommen Sie mit. Taxi!« Sie waren gerade an einem Taxistand angelangt, drei Wagen standen am Straßenrand.

»Glauben Sie, ich komme mit Ihnen in ein Taxi? Sie müssen verrückt sein!« Sie lachte.

»Nein, verrückt bin ich nicht.« Seine Hand lag auf dem Griff. »Kommen Sie, Sie dürfen auch das Fahrziel angeben. Ich sage kein Wort.«

»Ich wohne bloß drei Straßen von hier ... Und bei meinen Eltern«, fügte sie lächelnd und noch unentschlossen hinzu.

»*Bien.* Steigen Sie ein. Oder gehen Sie aus Gesundheitsgründen zu Fuß?«

Sie stieg ein und nannte dem Fahrer ihre Adresse. Dann setzte sie sich zurück und wartete auf ein Wort von Rydal. Er schwieg und sah sie an.

»Wollen Sie gar nichts sagen?«

»Das hatte ich ja versprochen.« Er lehnte sich in die Ecke und sah sie an. Dann setzte er sich auf. »Aber weil die Fahrt so kurz ist und ich nur so wenig Zeit habe, werde ich Sie jetzt fragen: Wollen Sie mir die Ehre erweisen und heute abend mit mir essen?«

»Essen!« Sie lachte, als habe er ihr ein ganz unsinniges Ansinnen gestellt.

Er holte sie um Viertel vor acht ab, oder vielmehr traf er sie an einer vereinbarten Ecke, denn sie hatte behauptet, sie müsse ihren Eltern erzählen, daß sie mit einer Freundin ausgehe. Rydal fragte sie, wo sie am liebsten in ganz Paris mit ihm essen würde. Sie rollte die dunklen Augen, als habe er ihr eine Fahrt zum Mond für den Abend vorgeschlagen, und sagte:

»*Ah, la Tour d'Argent, je suppose ... Ou peut-être Maxim?*«

»Ein *apéritif* bei Maxim, und dann Essen im Tour d'Argent«, entschied Rydal und schob sie in ein Taxi.

In einem Kabarett auf dem linken Seine-Ufer beschlossen sie den Abend. Sie hieß Yvonne Delatier. Rydal hatte seinen Namen mit Pierre Winckel angegeben, weil er aus Erfahrung zu wissen glaubte, daß die meisten Franzosen unfranzösisch klingende Namen hatten, so wie Geneviève Schumann in Athen, deren Familie stockfranzösisch war. Winckel kam ihm viel echter französisch vor als etwa Carpentier. Immerhin: hier hieß also jemand Delatier und widerlegte seine Theorie.

Sie war zwanzig und wollte Krankenschwester werden, nachmittags arbeitete sie in einem Reisebüro an der Rue de la Paix bei der Oper. Ganz offensichtlich hatte sie nicht viel Geld. Sie hatte wahrscheinlich ihr bestes Kleid an, aber die kleine Handtasche war schäbig. Rydal hätte ihr gern tausend Dollar aufgedrängt, aber das wäre unmöglich gewesen. Da er sich anfangs mit seinem Geldsegen gebrüstet hatte, erfand er eine einfache Erklärung: sein Großvater in der Normandie, den er kaum gekannt hatte, war gestorben und hatte ihm fünfundzwanzigtausend Neue Francs hinterlassen, die er gerade heute erhalten hatte. Er erzählte weiter, er habe eine Stellung in einer Autofirma in Saint-Cloud, wohne aber im Augenblick in einem Hotel in Paris, um verschiedene juristische Dinge abzuwickeln, die mit dem Testament des Großvaters zusammenhingen. Im Kabarett saßen sie Hand in Hand. Als das Licht ausging, während die Darsteller die Bühne betraten und verließen, küßte er sie. Sie sagte, sie müsse spätestens um halb eins zu Hause sein. Im Taxi räusperte sich Rydal und fragte ohne viel Hoffnung, ob sie in sein Hotel in Montmartre mitkommen wolle. Lachend verneinte sie. So war das Leben. Einen halben Häuserblock von ihrer Wohnung entfernt ließ er sie aussteigen, wie sie gewünscht hatte, und sah ihr nach, bis sie sicher im Hause angekommen war.

Sie hatte ihn gefragt, ob er lange in Italien gewesen sei, er habe einen leicht italienischen Akzent. Komisch. Er hatte ihre Telefonnummer und versprach, er werde sie bald anrufen.

C'est la vie. Ein hübscher Abend. Er wollte ihn ebenso hübsch beschließen, steckte zwei von den Fünfhundertdollarnoten in einen Umschlag und sandte ihn, mit ein paar Dankesworten für die Gastfreundschaft, an Niko in Athen.

Rydal nahm sich vor, um acht Uhr aufzuwachen, und war um zwanzig vor acht wach. Er griff nach dem Telefon und ließ über die Zentrale das Hotel Montalembert anrufen. Er hätte Chester gestern abend noch angerufen, hatte aber bei dem Telefonisten des Hotels nicht durch einen so späten Anruf auffallen wollen. Und vorher hatte er den Abend mit Yvonne auch nicht durch ein Einminuten-Gespräch mit Chester unterbrechen wollen.

Chester meldete sich, noch schläfrig.

»Hier ist Joe«, sagte Rydal. »Tut mir leid, wenn ich Sie geweckt habe, aber ich wollte Ihnen doch noch eins sagen. Wenn

Sie heute nach Amerika abreisen, werde ich das sehr bald erfahren, noch bevor Ihr Flugzeug in New York ankommt. Sie wissen ja wohl, was das heißt, nicht wahr, Phil?«

Phil wußte es. Er legte verdrossen auf. Rydal zündete sich eine Zigarette an, legte sich auf den Rücken und ließ seine Gedanken wandern. Er dachte an Martha und Kennie in Amerika, die zweifellos schon von der Polizei vernommen worden waren. *Was für ein Mensch ist Ihr Bruder? Er hat doch mal Jugendarrest gekriegt wegen versuchter Notzucht und wegen Einbruchs, als er fünfzehn war ...* Rydal drehte sich um, lag jetzt auf dem Bauch und stützte sich auf die Ellbogen. *Niemals könnte Rydal jemand umbringen,* würde Martha in ihrer ernsthaften Art sagen. Und Kennie: *Er ist doch kein Verbrecher... Zu einem Verbrecher gehören bestimmte Eigenschaften... Ja, er hat in Yale studiert, warum fragen Sie mich danach? Das können Sie ja in Yale alles erfahren... Die Zeitungen haben berichtet, daß der Billettverkäufer in Knossos ihn gar nicht mit Namen kannte. Warum kann es dann nicht jemand anderes gewesen sein? Wieso mein Bruder?*

Ich muß ihnen wohl schreiben, dachte Rydal. Er runzelte die Stirn und dachte an das erste Hindernis: Wenn er schrieb, mußte er zu erklären versuchen, warum er überhaupt Chester geholfen hatte... Nein – es war besser, nicht zu schreiben. Wenn drüben ein Brief aus Paris eintraf, kam die Polizei vielleicht erst dahinter, daß er in Paris war. Jedenfalls wußten seine Geschwister jetzt, daß er nicht tot und vermutlich noch auf freiem Fuß war. Es hatte keinen Zweck, an Martha zu schreiben, ich muß mich in Paris verstecken, weil sie mir eine Falle stellen, oder sowas. ›Falle‹ war auch nicht ganz das zutreffende Wort.

Kurz vor elf rief er von einem *bistro* auf dem linken Seine-Ufer, nicht weit vom Hotel Montalembert, noch einmal dort an. Man teilte ihm mit, Mr. Wedekind sei abgereist.

»Tatsächlich? Um acht habe ich ihn doch noch gesprochen. Ist er erst vor kurzem abgereist?«

»Kurz nach neun, Sir«, sagte die Stimme.

»Danke schön.« Rydal verließ das *bistro* und ging zum Montalembert. Er beachtete jeden, den er auf der Straße sah. Dann stand er vor dem Hotel und faßte den Entschluß, einzutreten.

Der Mann an der Rezeption war nicht derselbe wie gestern. »Ich möchte Mr. Wedekind sprechen, bitte.«

Der Empfangschef sah in einer Liste nach und sagte dann: »Mr. Wedekind ist abgereist.«

»Vielen Dank.« Das stimmte also zweifellos.

Er ging wieder hinaus auf die Straße. Was konnte er jetzt tun? Er konnte verschiedene Fluglinien anrufen und fragen, ob Philip Wedekind auf irgendeiner Passagierliste stand. Oder er konnte ihn in einem andern Hotel suchen – im Voltaire, Lutetia, Saints-Pères, im Pas de Calais. Alle viel zu auffällig, zu sehr die Sorte Hotels, wo alle amerikanischen Touristen wohnten. Nein, irgendein kleineres Hotel ... Rydal seufzte. Im Pariser Telefonbuch gab es viele Seiten lang Hotels. Der Gedanke, sie alle aufzusuchen oder anzurufen und nach Chester zu fragen, war wirklich nicht ermutigend. Gestern hatte er Glück gehabt; das Montalembert war das dritte Hotel gewesen, das er angerufen hatte.

Aber würde Chester die Stadt tatsächlich so schnell verlassen? Bevor Post aus Amerika für ihn gekommen war? Er konnte natürlich mit New York telefoniert haben, aber das glaubte Rydal nicht, denn er wollte sicher vermeiden, daß von Wedekind zu den ominösen Partnern in New York – und umgekehrt – irgendeine Verbindung hergestellt wurde. Mit Chamberlain hatte er es genauso gemacht.

Nein – es stand für Rydal fest, und bei diesem Gedanken fühlte er ein seltsames Prickeln der Erregung und Freude: Chester war nicht abgereist; er war in diesem Augenblick noch in Paris. Vielleicht saß er draußen in Orly und wartete auf sein Flugzeug. Aber abgereist war er noch nicht.

Rydal rief den Flughafen an. Das Mädchen am Telefon war geduldig und hilfsbereit und nahm sich mehr als fünf Minuten Zeit, um die Fahrgastlisten nachzuprüfen, aber Philip Wedekind fand sie nicht. Rydal bedankte sich.

Chester konnte einen Freund getroffen haben. Das war in Paris durchaus möglich. Ein Freund konnte ihn bei sich untergebracht haben. Aber es schien etwas unwahrscheinlich, daß er an einem Sonntag morgen um neun aus einem Hotel in die Wohnung eines Freundes gezogen war ... Er konnte auch einen Zug nach Marseille genommen haben, um von dort aus ein Flugzeug oder ein Schiff zu nehmen.

Rydal zuckte die Achseln. Er kaufte eine Zeitung, ging in ein Café und bestellte einen Kaffee.

Sein Bild war auf der Titelseite der Zeitung. Sein Paßbild.

Nach dem ersten Schrecken machte er sich klar, daß er damit schon gestern hatte rechnen müssen. Oder schon vor Tagen in Athen. Wäre es gestern in der Zeitung gewesen, so wäre Yvonne wohl gestern abend nicht mit ihm ausgegangen. Das Foto war ihm sehr ähnlich, er blickte mit ernstem Ausdruck geradeaus. Rydal lehnte sich zurück und sah sich um. Nur ein kleiner Mann in Mantel und Mütze lehnte an der Bar und hatte ihm den Rücken zugekehrt; der Mixer stand hinter der Bar, und eine Frau wischte den gekachelten Boden. Auf dem Foto trug er das Haar kurzgeschnitten und ohne Scheitel. Vor etwa einem Jahr hatte er angefangen, es links zu scheiteln, wie er es den größten Teil seines Lebens getragen hatte; aber bevor er jetzt aus Athen abreiste, hatte er den Scheitel auf der rechten Seite gezogen, etwa in der Mitte zwischen einem Seiten- und einem Mittelscheitel. Viel machte es nicht aus, aber vielleicht doch etwas, dachte er. Das Bild beunruhigte ihn. Viel mehr konnte er nicht tun, um sein Aussehen zu verändern, wenn er nicht sein Haar färben wollte, und das paßte dann nicht zu seinem italienischen Paß. Der Text unter dem Foto war ganz interessant, wenn auch töricht und unsachlich. Man hielt Rydal Keener für den Mörder oder Kidnapper des William Chamberlain, der am Freitag, 19. Januar, aus seinem Athener Hotel verschwunden war. Wenige Tage zuvor hatte Chamberlain der Polizei mitgeteilt, daß Keener seine Frau, Mary Ellen Chamberlain, umgebracht habe; ihre Leiche war auf dem Palastgelände von Knossos gefunden worden. Die Polizei hatte den Namen der Toten zurückgehalten, bis *der Fall teilweise aufgeklärt war*. Nach dem Verschwinden Chamberlains wurde jedoch befürchtet, daß der noch nicht gefaßte Keener *sein Opfer doch erreicht* habe.

... Keener muß jetzt erkannt haben, daß Chamberlain reichlich Zeit hatte, um die Polizei von Keeners Tat zu informieren. Nach Chamberlains Aussage ist Keener jedoch ein brutaler und rachsüchtiger Typ, der vor nichts zurückschreckt. Aus seiner amerikanischen Polizeiakte geht hervor, daß er schon mit fünfzehn Jahren wegen Vergewaltigung und Raub vor Gericht ...

Soso, dachte Rydal. Aber sein Herz schlug schneller, als er den letzten Satz las. Na, jedenfalls nahm man an, daß sich Keener in Athen verborgen hielt, wo er Freunde hatte. Das hatte Chamberlain angegeben.

Er würde wohl einen Hut kaufen müssen. Er mochte keine Hüte.

Er bezahlte seinen Kaffee und verließ das Lokal. Wie war das mit seinem Hotel – hatte er Yvonne gestern abend nicht den Namen genannt? Jedenfalls hatte er etwas von Montmartre gesagt... Er mußte heute noch ausziehen. Sofort. Auf dem Boulevard Saint-Germain nahm er ein Taxi.

In weniger als einer Stunde hatte er ein Zimmer im Hotel Montmorency in einer kleinen Straße genommen, von der er nie gehört hatte. Sie lag im Norden nahe der Porte de Clignancourt. Es war seiner Meinung nach die Art Gegend und Hotel, die ein Italiener mit bescheidenen Mitteln und bescheidener Kenntnis der Stadt wählen würde. In seinem Paß stand als Beruf Beamter. Sobald er in seinem Zimmer war, nahm er den Rest seines Geldes – seines eigenen amerikanischen Geldes – aus dem Kofferfutter und steckte es zusammen mit Chesters neuen Scheinen in die Hosentasche. Er hatte jetzt sicher mehr als dreizehntausend Dollar; zählen mochte er sie nicht. Es war denkbar, daß er einmal aus irgendeinem Grunde nicht ins Hotel und zu seinen Sachen zurück konnte; dann war Geld immer nützlich. Er führte ein Telefongespräch – ein reiner Versuchsballon – mit dem Hotel Lutetia und fragte nach Mr. Wedekind. Natürlich war es eine Niete. Dann kam ihm ein anderer Gedanke: Er beschloß, sich am Montag vor dem American Express auf die Lauer zu legen. Man konnte auch noch an anderen Stellen Post erwarten, etwa bei Thomas Cook, aber wahrscheinlicher war es im American Express. An zwei Stellen zugleich konnte er sowieso nicht sein.

Am Montag morgen um neun ging er zum Büro des American Express nahe der Oper. Wenn Chester heute nicht kam, so war er nicht in Paris. Es wurde ein langweiliger Vormittag. Um halb zehn verließ Rydal seinen Posten für eine Viertelstunde und kaufte in einem nahen Geschäft einen Hut. Dann kehrte er auf seine Bank im Keller, wo die Post ausgegeben wurde, zurück und verbarg sich unter dem Hutrand und hinter einer Zeitung.

Kurz vor Mittag kam Chester die Stufen herunter. Rydal erhob sich, Chester sah ihn und kehrte sofort um. Einige ältere Damen stiegen zusammen die Treppe herab, und hinter ihnen drängte eine Anzahl ungeduldiger junger Leute nach unten. Als Rydal oben ankam, war Chester verschwunden. Er warf einen schnellen Blick ringsum in die belebte Halle mit den Schaltern für Reiseschecks und Auskünfte und ging dann auf die Straße, drehte sich im Kreise und suchte. Nein, Chester war verschwunden.

Rydal fluchte vor sich hin. Dann ging er langsam wieder nach unten. Chester hatte seine Post nicht abholen können, und Rydal wußte, wie viel ihm daran lag. Er ging wieder in die Postausgabe. An einer Wand standen Telefonzellen. Er betrat eine Zelle, schloß die Tür und setzte sich. Hier konnte er alle Postschalter im Auge behalten. Niemand wartete auf ein Telefon. Als nach einigen Minuten jemand auf seine Telefonzelle zukam, nahm er den Hörer vom Haken und tat, als spräche er. Er blieb dort lange sitzen. Sicher hatte sich Chester inzwischen entschlossen, erst einmal zu Mittag zu essen.

Kurz nach zwei kam Chester wieder. Rydal ließ ihn nicht aus den Augen. Chester wartete, bis er an die Reihe kam, und blickte sich ab und zu um auf eine Art, die den Experten verriet: ein lässiger Blick, der niemand auffiel und doch langsam und gründlich den ganzen Raum umfaßte. Nur das Glasfenster in der Telefonzelle hatte er ausgelassen.

Chester erhielt einen Brief. Er besah sich den Umschlag von beiden Seiten, schob ihn in die Manteltasche und ging auf die Treppe zu. Wenige Meter hinter ihm schritt Rydal. Jetzt fing es also an mit dem Beschatten; das war für Rydal noch ein neues Spiel. Wieviel leichter mußte es sein, wenn der Verfolgte den Verfolger nicht kennt. Zu dumm, daß Chester ihn heute morgen mit dem Hut gesehen hatte.

Chester ging die Avenue de l'Opéra entlang und betrat an der Ecke ein Café. An der Theke blieb er stehen und las seinen Brief. Rydal beobachtete ihn von der anderen Seite der schmalen Querstraße durch das Fenster. Er war zu weit entfernt, um Chesters Gesichtsausdruck zu erkennen, aber es sah nicht so aus, als enthalte der Brief gute Nachrichten. Rydal bog um die Ecke und ging ein paar Schritte die Avenue de l'Opéra hinunter, bevor er wieder umkehrte. Er konnte beide Türen des Cafés sehen. Nach einigen Minuten kam Chester heraus und wandte sich nach links. Rydal folgte ihm in etwa zwanzig Meter Abstand. Auf dem Gehweg waren ein paar Fußgänger; wenn

Chester sich umwandte, so mußte er Rydal nicht gleich sehen. Er ging jetzt weiter, um die Oper herum nach rechts, dann bog er in eine kleinere Straße ein. Rydal schöpfte Hoffnung: vielleicht ging er in sein Hotel ... Rydal ging über die Straße und blieb noch etwas weiter zurück. Hier gab es weniger Leute. Chester verschwand in einer Tür auf der linken Straßenseite. Chester ging weiter, um die Oper herum nach rechts, dann bog er in eine kleinere Straße ein. Rydal schöpfte Hoffnung; vielleicht ging er in sein Hotel ... Chester verschwand in einer Tür auf der linken Straßenseite.

Rydal blieb stehen und zögerte in der plötzlichen Vorstellung, Chester habe vielleicht genau gewußt, daß er beschattet wurde, und sei ins erstbeste Hotel geschlüpft, nur um Rydal abzuschütteln. Rydal sah die Namensschilder an beiden Seiten der Tür, aber er konnte sie von seiner Straßenseite aus nicht lesen. Er wartete fünf Minuten und zwang sich, noch weitere fünf Minuten auszuharren, genau nach der Uhr. Dann ging er über die Straße und schlenderte am Rande des Gehwegs nahe am Hotel vorbei.

Das Hotel war das Elysée-Madison.

Rydal kehrte um. Das erste, was er sah, war ein Polizist, der langsam auf ihn zukam. Das Cape fiel schräg an ihm herab, als habe er darunter die Hände auf die Hüften gelegt. Rydal blickte weg. Der verhaßte neue Hut mußte es sein, der ihn auffallen ließ, obwohl es ein einfacher dunkelbrauner Filzhut war.

Der Polizist ging langsam an ihm vorbei, aber Rydal hatte das deutliche Gefühl, daß er stehengeblieben war und sich nach ihm umgesehen hatte. Rydal hatte sein Gesicht so tief wie möglich in dem aufgeschlagenen Mantelkragen verborgen. Jetzt zwang er sich, geradeaus zu gehen und sich nicht umzuwenden. Er mußte ein Telefon finden, das war sein einziger Gedanke. Ein paar Häuser entfernt sah er eine *bar-tabac*. Er wollte hinstürzen, brachte es aber fertig, ruhig zu gehen.

Drinnen ließ er sich eine Telefon-Münze geben. Dann sah er im Telefonbuch die Nummer des Hotels nach. Seine Hände waren feucht. Er wußte, er hatte Angst, und das erschreckte ihn noch mehr. Er wählte die Nummer.

»Ich möchte Mr. Wedekind sprechen, bitte«, sagte er auf französisch mit dem italienischen Akzent, der ihm in drei Tagen geläufig geworden war.

»*Oui, Monsieur, un moment*«, sagte eine freundliche weibliche Stimme.

Rydal blickte durch das Fenster der Telefonzelle und sah den Polizisten auf dem Gehweg vor der Tür stehen. Ein Schauer überlief ihn, er fuhr sich mit der Zunge über die Lippen. »Hallo, Phil«, sagte er hastig auf Chesters »Hallo«. »Nicht auflegen. Ich habe Ihnen etwas Wichtiges zu sagen.«

Chester gab einen grollenden Ton von sich. »Was?«

»Wir treffen uns heute abend. Les Halles. Verstanden? In der Blumenabteilung. Das ist so ein langer Gang mit lauter Blumen und Lieferwagen. Viele Pflanzen. Verstanden? Um neun.«

»Und warum?«

»Ich fahre nach Amerika zurück.« Rydals Kehle war so ausgetrocknet, daß seine Stimme heiser klang. »Ich gehe nach Amerika, Chester, und ich brauche noch etwas Geld. Zum letztenmal. Zehntausend. Okay? Das letzte Mal.«

»Ha!« sagte Chester mit betonter Abscheu. »Wann fahren Sie?«

»Morgen früh. Ich fliege. Das heißt also Good-bye, Mr. Wedekind, und für noch mal zehntausend werde ich Ihr kleines Geheimnis bewahren ... Ihre Geheimnisse, wollte ich sagen. Also – bleibt es bei heute abend? Los, los. Sie wissen ja, was sonst geschieht, nicht wahr? Ich bin hier in einer Telefonzelle...« Seine Stimme schlug fast um. »... und wenn Sie keine Lust haben, dann sage ich einfach der... Na, Sie wissen schon – daß Sie im Élysée-Madison wohnen ... Ich bin hier gerade um die Ecke. Sie können gar nicht aus dem Haus, ohne daß ich Sie sehe.« Er wartete.

»Gut. Ich komme hin.« Chester legte auf.

Rydal hängte den Hörer ein und öffnete die Tür. Er kaufte ein Päckchen Gauloises an der Theke. Der Polizist war immer noch da; Rydal sah ihn, ohne hinzusehen. Er öffnete die Packung, indem er ein kleines Loch in die untere Ecke riß. Herrgott, dachte er, was hat mich verraten? Der blödsinnige Hut? Er zündete die Zigarette an und ging zur Tür, ohne den Polizisten anzusehen.

»*Excusez, Monsieur ... Votre carte d'identité, s'il vous plaît.*«

»*Ma quoi?*«

»*Carte d'identité, s'il vous plaît.*«

»*Ah – carta d'identità*«, sagte Rydal. »*Si.*« Er zog den dunkelgrünen italienischen Paß aus seiner Jackentasche. »*Mi passaporto*«, sagte er freundlich lächelnd.

Der Polizist prüfte den Paß; seine Augenbrauen hoben sich, als er das Bild sah, und senkten sich dann wieder. Etwas hatte Franks Retusche doch genützt, dachte Rydal hoffnungsvoll. Frank hatte die Augenbrauen stärker gemacht und den Mundwinkeln mit Hilfe einer kleinen Schattierung eine Wendung nach oben gegeben. Der Polizist zögerte. Er war ein schlanker Mann, mittelgroß, mit graumelierten Schläfen und schwarzem Schnurrbart.

»Enrico Perassi ... Sie kommen aus Italien?«

»*Si. Roma*«, sagte Rydal, obwohl er wußte, daß die Frage sich auf das Land bezog, von dem aus er nach Frankreich gekommen war.

»Griechenland«, las der Polizist mit Betonung die Eintragung hinten im Paß. »Sie sind vor drei Tagen aus Griechenland gekommen?«

»*Si*. Ich mache Reise in Griechenland.«

»Wie lange?«

»Drei Wochen«, antwortete Rydal ohne Zögern. Er hatte die Daten des Passes im Kopf.

»Würden Sie bitte den Hut abnehmen?«

»Hut?« wiederholte Rydal auf italienisch und nahm lächelnd den Hut ab.

Der Polizist starrte ihn mit gerunzelter Stirn an. Dann blickte er auf den Anzug, auf die neuen Schuhe, und wieder ins Gesicht.

In diesem Augenblick fühlte Rydal, daß seine Selbstbeherrschung ihn zu verlassen drohte. Sein linkes Augenlid zuckte; der Mund war hart und trotzig und lächelte nicht mehr. Scham und Schuldgefühl überwältigten ihn. Eine Sekunde lang stand er wieder in seines Vaters Arbeitszimmer und wurde beschuldigt, Agnes Gewalt angetan zu haben. Im nächsten Moment war es vorbei; er brachte ein mühsames Lächeln zustande. Aber seine Stirn war mit kaltem Schweiß bedeckt.

»Wo wohnen Sie hier?«

»Im Hotel Montmorency. Rue Labat.« Rydal sprach jeden Buchstaben der beiden Namen deutlich aus.

»Sie sprechen gut Italienisch? Sagen Sie etwas.«

Rydal sah verwirrt aus, als habe er nicht ganz verstanden.

Dann erschien das Lächeln auf seinem Gesicht; er redete schnell und lebhaft und gestikulierte mit offenen Händen dazu, wie immer, wenn er Italienisch sprach. »Gewiß, gerne. Warum auch nicht? Es ist ja meine Muttersprache. Sehr leicht für mich. Nicht wie Französisch. Wenn ich mal anfange, kann ich gar nicht wieder aufhören. Mögen Sie Italienisch? Sie verstehen doch, was ich sage, Signor?« Er lachte und schlug den Polizisten leicht auf den Arm.

Nicht schlecht. Aber genützt hatte es nichts. Der Polizist schüttelte den Kopf, gab Rydal den Paß zurück und sagte: »Bitte kommen Sie mit auf die *préfecture*. Es sind da noch einige Fragen ... Wird nicht lange dauern.« Er hatte Rydal am Arm gefaßt und erhob mit der andern Hand den weißen Stab, um ein Taxi zu rufen.

Sie kamen zur Polizeiwache; neben der Tür waren kleine blaue Lampen angebracht. Hier setzte eine lebhafte Unterhaltung ein zwischen Rydals Polizisten und einem anderen Beamten über *Riedal Kénaire* aus Griechenland. Sie untersuchten Rydals Kleidung. Sein Anzug war aus Italien, aber das keineswegs neue Hemd war aus Frankreich. Sein Schlips war englisch (das war etwas merkwürdig, aber nicht unmöglich, obwohl Enrico Perassi, nach seinem Paß zu urteilen, nie in England gewesen war). Seine Unterwäsche, ausgerechnet, kam aus der Schweiz. Vor mehr als einem Jahr hatte er sie in Zürich gekauft. Zweifellos würden die Beamten jetzt zu ihm ins Hotel gehen. Sein Koffer war aus Amerika; im Futter steckte sein amerikanischer Paß – außer Sicht für Zollbeamte, aber durchaus nicht außer Sicht für die französische Polizei. Das Spiel war aus.

»Na schön«, sagte Rydal auf französisch. Er stand in einem Hinterzimmer, nur mit seiner Unterwäsche bekleidet. »Es stimmt. Ich bin Rydal Keener.«

»Ach – Sie sind Amerikaner?« sagte der zweite Beamte, als sei diese Tatsache weit interessanter als die, daß er Rydal Keener war.

»Und William Chamberlain ist noch am Leben«, sagte Rydal. »Und ich habe seine Frau nicht umgebracht.«

»Moment mal, Moment mal!« Der zweite Beamte holte Papier herbei und setzte sich an die Schreibmaschine, um alles ordentlich aufzunehmen. Der andere Polizist, der Rydal entdeckt und mitgebracht hatte, ging stolz wie ein Pfau im Raum auf und ab, ein Lächeln tiefster Befriedigung auf dem Gesicht.

Rydal zog Hemd und Hose an. Zunächst beantwortete er eine Menge Fragen mit Ja und Nein; dann bat man ihn um einen Bericht über das, was sich in Kreta zugetragen hatte. Er sagte, dort habe er die Chamberlains kennengelernt. Er gab zu, daß Chamberlains Frau Zuneigung zu ihm empfunden hatte. Chamberlain sei eifersüchtig gewesen, denn seine Frau habe ihm gesagt, sie liebe Rydal und wolle sich scheiden lassen. Das schien den beiden Beamten durchaus glaubwürdig. Rydal berichtete weiter, er habe die beiden verlassen und nach Athen zurückfahren wollen, um dort auf Mrs. Chamberlain zu warten, die unterdessen ihre Scheidung einleiten sollte; aber Chamberlain hatte darauf bestanden, daß er bei ihnen blieb. Im Knossos-Palast hatte dann Chamberlain versucht, ihn zu töten. Diesen Teil konnte Rydal völlig wahrheitsgemäß beschreiben; es klang alles, wie er meinte, ganz überzeugend.

»Natürlich war Chamberlain verzweifelt, als er merkte, daß er seine Frau umgebracht hatte. Er lief weg. Ich blieb ein paar Sekunden bei ihr; ich war einfach fertig. Dann rannte ich hinter Chamberlain her. In Heraklion fand ich ihn wieder. Das ist nur ungefähr dreißig Kilometer weit weg. Ich wollte ihn der Polizei übergeben, aber er sagte, dann würde er angeben, ich hätte seine Frau umgebracht, weil sie mich abgewiesen hätte ... Irgend so was. Verstehen Sie?«

»Hmmm ...« grunzte der erste Beamte, der jetzt sehr aufmerksam zuhörte. Sicher würde er diese Geschichte noch oft erzählen.

»Weiter bitte«, sagte der Mann an der Schreibmaschine.

»Wir fuhren zusammen nach Athen, und dort ...«

»Zusammen?«

»*Tais-toi*«, sagte der maschinenschreibende Beamte abwesend.

»Ja, zusammen. Mrs. Chamberlain wurde nicht gleich identifiziert, deshalb war es für Chamberlain nicht weiter schwierig, sich frei zu bewegen. In Athen hat er sich dann einen neuen Paß verschafft, da bin ich sicher.«

»Wieso denn?« fragte der Beamte an der Maschine.

»Weil ... Er ist jetzt hier in Paris, und er soll doch angeblich tot oder in Athen entführt worden sein ... Unter dem Namen Chamberlain kann er nicht nach Frankreich gekommen sein und auch nicht Griechenland verlassen haben.«

»Hmmm ...« machte der Beamte wieder.

»Und wo ist er jetzt? Wissen Sie das?« fragte der Schreibende.
Rydal fuhr sich über die Lippen. »Könnte ich wohl ein Glas Wasser haben?«

Das Wasser kam. Er sprach weiter, immer noch im Stehen. »Ich weiß nicht, wo er abgestiegen ist, aber ich habe ihn hier in Paris gesehen. Er muß seit Freitag hier sein. Ich habe mir gedacht, daß er nach Paris kommen würde, deshalb bin ich ja hergekommen.«

»Apropos falscher Paß«, sagte der erste Beamte, »wo haben Sie Ihren her? Warum brauchen Sie überhaupt einen falschen Paß?«

»Aus Athen. Rydal Keener wurde wegen ... wegen Mordes gesucht. Ich mußte einen Paß haben, verstehen Sie; und außerdem bin ich auf der Suche nach Chamberlain.« Das letzte kam mit ungestümer Heftigkeit.

»In Athen, waren Sie da auch immer mit Chamberlain zusammen?«

»Nein, im Gegenteil. Er verschwand in Piräus. Ich meine, aus meinen Augen. Einige Tage lang ... Sehen Sie, ich hatte die Frau geliebt, und ich war wie von Sinnen ... Mein Kummer war viel größer als mein Haß auf Chamberlain, verstehen Sie? Ich hätte der Athener Polizei die Geschichte sofort erzählen und sagen können: ›Suchen Sie Chamberlain ...‹ Aber vergessen Sie nicht, er hatte gedroht, mich zu beschuldigen, wenn ich ihn beschuldigte. Hier hätte ein Wort gegen das andere gestanden; wir hatten ja keine Zeugen.« Rydal leerte das Wasserglas.

»Wo haben Sie ihn hier in Paris gesehen?«

Er holte tief Atem. »Auf den Champs-Élysées, heute morgen. Ich habe mit ihm gesprochen, obwohl er mich nicht kennen wollte. Ich tat, als ob ...«

»Warum haben Sie nicht sofort die Polizei gerufen, als Sie ihn sahen?« fragte der Beamte an der Maschine.

»Weil ... Ich glaube ... Ach was: Ich hatte Angst, wie vorher. Ich hatte Angst, was Chamberlain der Polizei über mich sagen würde. Was ich wollte, ist genau das, was ich jetzt getan habe. Mit der Polizei reden und ...«

Lautes Lachen des Polizisten, der ihn entdeckt hatte, unterbrach Rydal. »Und dann haben Sie sich soviel Mühe gegeben, für einen Italiener gehalten zu werden!«

»Ich hatte Angst«, murmelte Rydal etwas beklommen.

»Noch eine Frage«, sagte der Beamte an der Maschine; »ich habe hier Platz dafür freigelassen: Wo haben Sie in Athen gewohnt? Haben Sie sich den falschen Paß sofort besorgt? Sie waren doch drei oder vier Tage in Athen, nicht wahr?«

»Von Mittwoch bis Freitag, den neunzehnten«, antwortete Rydal. »Gewohnt habe ich bei einem Freund. Ich möchte seinen Namen nicht nennen; ich glaube, das wäre nicht fair. Finden Sie nicht?« Er sah den Beamten an.

Der Franzose hob die Schultern und lächelte seinem Kollegen zu.

»Ich war unschuldig. Ich bin unschuldig, und ich denke, es ist mein gutes Recht, bei einem Freund zu wohnen, der weiß, daß ich unschuldig bin. Ich möchte meine Freunde da nicht hineinbringen.« Und etwas ruhiger fügte er hinzu: »Ich denke, das werden Sie verstehen.«

»Darauf kommen wir später noch zurück«, sagte der Beamte an der Maschine und legte die Finger wieder auf die Tasten. »Also, wo haben Sie Mr. Chamberlain gesehen, bitte?«

»Auf den Champs-Élysées, nahe dem Concorde ... Ich versuchte, ihm Angst einzujagen, damit er mir seinen jetzigen Namen sagte und das Hotel, wo er abgestiegen ist. Das lehnte er ab. Dann drehte ich den Spieß um und drohte ihm. Ich sagte, wenn er mir nicht zehntausend Dollar gibt, geh ich zur Polizei und laß ihn hochgehen ... Er sagte, er würde mir das Geld geben. Wir sind verabredet – heute abend, neun Uhr. Er wird bestimmt kommen.«

»Wohin?«

»Les Halles. Auf dem Blumenmarkt.«

»Oha«, grunzte der Beamte. »Da wird's voll sein ... Und Sie glauben wirklich, daß er kommt?« fügte er zweifelnd hinzu und verschränkte die Arme.

»Ja.« Rydal lächelte. Chester würde kommen, und es war an der Zeit, jetzt Schluß zu machen. Um Schluß zu machen, gab es aber doch keinen anderen Weg als den über die Polizei, und soweit war es jetzt. Er selbst würde auch seine Suppe auslöffeln müssen, denn er hatte Chester geholfen, die Leiche des griechischen Polizeibeamten zu verbergen. Das war ein Fehler gewesen, und für Fehler muß man zahlen. Aber der Preis war nicht zu hoch. Es würde sich lohnen, Chester stürzen zu sehen.

Die Schreibmaschine stand still.

»Mit wem haben Sie in der *bar-tabac* telefoniert?« fragte der Polizist.

»Mit niemand«, sagte Rydal langsam. »Ich tat nur so, als ob ich telefonierte, weil ich dachte, Sie würden weggehen, wenn es lange genug dauert.«

Der Beamte nickte überlegen, als amüsiere ihn die Dummheit von Leuten, die glauben, er ließe sich abschütteln. »Noch etwas: Sonnabend haben Sie diniert mit einer jungen Dame namens Yvonne ... Yvonne ...«

Der andere Beamte blickte auf ein Stück Papier, das auf seinem Schreibtisch lag. »Delatier«, sagte er.

»Stimmt«, sagte Rydal.

»Ja. Sie rief gestern bei uns an ... Sie hat Ihr Bild in der Zeitung gesehen und sagte, Sie hätten sehr viel Geld.«

»Nicht ganz soviel, wie ich behauptet habe. Ich habe ein bißchen aufgeschnitten.« Das Geld hatte er noch, es steckte in seiner linken Hosentasche. Sie hatten seine Kleidung nach Waffen abgeklopft und nach Etiketts untersucht, aber in die Taschen hatten sie nicht geschaut. In einer steckte ein zerknülltes Taschentuch, in der anderen dreizehntausend Dollar.

Der andere Beamte telefonierte jetzt. Sicher wollte er melden, daß man Rydal Keener gefunden habe.

»Eine Verbindung mit Athen bitte ... Ja, das Polizeipräsidium.«

19

Um Viertel vor neun fuhren zwei Polizeibeamte – einer war der Mann, der ihn aufgegriffen hatte – mit Rydal zu den Markthallen. Sie fuhren in einem einfachen schwarzen Citroën. Rydal war sehr nervös und zugleich entsetzlich müde; während der Fahrt schlief er fast ein. Er hatte nicht angegeben, daß Chester sich den Backen- und Schnurrbart abrasiert hatte. Sie hatten ihn gefragt: *Hat er einen Backenbart und einen Schnurrbart?* und Rydal hatte das ohne Zögern bestätigt. Er hatte sich verbessern wollen und es dann doch unterlassen; es hätte ihn vielleicht unsicher erscheinen und seine Behauptung, daß er Chester in Paris gesehen habe, unwahr klingen lassen. Aber er wußte wohl, daß dies nicht der eigentliche Grund war. Wenn er angab, daß Chester jetzt glattrasiert war, so hatte die Polizei mit dieser

Information einen erheblichen Vorsprung. Es war sportlicher, Chester diesen Pluspunkt zu überlassen, dachte Rydal. Und er hatte auch noch besonders betont, wie geübt Chester im Erkennen von Polizisten sei – in Zivil oder in Uniform; sie sollten sich deshalb lieber etwas in einiger Entfernung halten, bis sie sicher waren, daß sie ihn hatten. Sie hatten gefragt: *Ach? Wo hat er das denn so gut gelernt?* Das wußte Rydal nicht, aber es war so.

»Nicht zu nahe«, sagte Rydal, als er die ersten Blumentöpfe sah, die auf der Straße aufgestellt waren. »Lassen Sie mich hier aussteigen ... Nein, lieber da drüben. Links.«

Der Wagen verlangsamte die Fahrt und bog nach links in die breite Straße ein. Es regnete. Die Lichter des Marktes malten verwischte gelbe Spuren über die glänzend-schwarzen Straßen. Ab und zu schimmerten rote Lichter darin auf und weckten in Rydal die Erinnerung an vergossenes Blut.

»Da drüben, die kleine Straße. Da hinein«, sagte Rydal, der sich jetzt ärgerte. »Wenn er sieht, wie ich hier aus dem Wagen steige, weiß er, daß was los ist.«

»Sehr wohl der Herr«, grinste der Fahrer spöttisch.

Rydal und der Beamte in Zivil stiegen gleichzeitig rechts aus dem Wagen. Der Beamte hielt die Hände in den Manteltaschen, wo sich zweifellos ein Revolver befand. Er sah aus wie ein Polizeibeamter in Zivil mit Revolver, fand Rydal.

»Ich gehe voraus«, sagte Rydal. »Vier oder sechs Meter, würde ich sagen.«

»Ach?« Der Beamte wiegte zweifelnd den Kopf.

Auch der andere Beamte stieg jetzt aus.

Rydal wandte sich um und ging quer über die Straße auf den Gehweg zu, wo Pflanzen und Blumen standen. Lastwagen mit offenen Ladeklappen standen am Straßenrand; der Boden war bedeckt mit Pflanzen und kleinen Bäumen, deren Wurzeln in grobes Leinen verpackt waren, und in einigen Wagen lag ein Mann oder eine Frau schlafend auf den Säcken, müde nach dem langen Arbeitstag, der früh morgens begonnen hatte. Rydal suchte zunächst nicht nach Chester; er ging langsam den Weg entlang, jetzt ohne Hut, mit gesenktem Kopf, und betrachtete die Pflanzen.

»Efeu hier – billig billig!« rief eine durchdringende Frauenstimme. »Blühende Hyazinthen – nehmen Sie eine mit für Ihre Freundin! Suchen Sie selber aus, M'sieur!«

Die dicken Blätter der Gummibäume glänzten hell im Lampenlicht. Es roch nach guter feuchter Erde, der Efeu sah prächtig aus in der kühlen Luft, die Blumen prangten vor Vitalität, und Rydal dachte mit flüchtigem Bedauern daran, wie viele in gasgeheizten Pariser Wohnungen enden würden. Rydal blieb stehen und sah sich um. Der Beamte war fünf Meter hinter ihm und hielt eine Hand in der Tasche. Rydal runzelte die Stirn, fuhr sich mit der Hand durchs Haar und ging weiter.

Er sah Chester kommen, und seine Kopfhaut spannte sich. Chester kam gerade auf ihn zu. Er hielt einen in Zeitungspapier eingeschlagenen Blumentopf in der Hand, aus dem oben ein paar rote Blüten herausschauten. Gute Idee, dachte Rydal. Chester war noch etwa sechs Meter entfernt; er besah sich die Pflanzen auf beiden Seiten und blickte dann geradeaus.

Rydal ging langsamer und blieb stehen. Er sah auf eine Auslage von Kakteen in kleinen Töpfen, die rechts von ihm aufgebaut waren.

»Drei Stück fünf Franken, M'sieur«, sagte der Händler. »Diese hier kriegen hübsche rote Blüten.«

Rydal haßte seine Rolle. Am liebsten wäre er mit einem Riesensprung quer über die Kakteen und die Mauer dahinter gesetzt und dann verschwunden. *Denk an Colette*, sagte er sich; *Chester ist ein Gauner ... Er betrügt ehrliche Menschen ...* Aber er hatte gar keine Zeit, an Colette zu denken und an Chesters Unehrlichkeit. Rydal wandte sich von den Kakteen ab und schlenderte weiter. Chester hatte ihn jetzt gesehen. Rydal schloß halb die Augen und schüttelte kaum merklich den Kopf, dann beugte er sich etwas nach links und rieb sich das linke Ohr, als sei ihm Wasser hineingeraten.

Chester kam heran und ging an ihm vorbei.

Rydal schritt weiter bis zu der Stelle, wo er ihn zuerst gesehen hatte. Er fühlte sich sonderbar erleichtert, als habe er auf seinem Weg eben eine gefährliche Gletscherspalte überquert. Angestrengt lauschte er auf irgendein Geräusch hinter sich. Er sehnte die Dunkelheit herbei, die an der Ecke begann. Dort war es dunkler; es war eine Seitenstraße. An der Ecke beschleunigte er seine Schritte ein wenig. Im nächsten Moment würde er für ein paar Sekunden außer Sicht der Polizeibeamten sein. Er durfte aber auch auf dieser Seite des Häuserblocks nicht durch Hast oder Laufen auffallen ... Jetzt! Er bog um die Ecke. Noch

zwölf Schritte ... Mit einem Satz war er im Laderaum eines
Lastwagens verschwunden. Er hielt den Atem an und die Augen
geschlossen. Eine Stimme? Nichts. Er öffnete die Augen. Der
Wagen war leer und schwarz bis auf ein kleines Fenster, durch
das der Fahrer während der Fahrt zurückblicken konnte. Rydals
Hände griffen in feuchte Erde, berührten nasses Zeitungspapier
und kleine Blumentöpfe...
Ganz in der Nähe begann ein Leierkasten zu spielen.

> ...il me parle tout bas;
> Je vois la vie en rose...

Auf dem Bauch kroch Rydal ins Innere des Wagens. Die
Hände berührten Stoff, erschrocken dachte er, es sei die Decke
eines Schlafenden. Aber es war nur ein Haufen Säcke, die vielleicht zum Abdecken von Pflanzen benutzt wurden. Rydal kroch
in die Ecke und zog sich das Zeug über Kopf und Füße. Er lag
ganz still. Nicht einen Augenblick zu früh, denn jetzt strich das
Licht einer Taschenlampe über den Wagen. Er sah es durch die
Sackleinwand.

> ...ça dura pour la vie-e-e...

Rydal verzog das Gesicht. Nein, das denn doch nicht.
»Non«, grunzte eine Stimme. Schnelle Fußtritte entfernten
sich.
Er lauschte. Dann blickte er hinaus. Hinter dem Wagen lag
eine dunkle Mauer jenseits des Gehwegs. Nur von rechts fiel ein
wenig Licht und malte ein Dreieck auf den Boden des Wagens.
Plötzlich erschien die Gestalt eines Mannes. Er hatte eine
Mütze auf und stieß die heruntergelassene Rückwand des Lastwagens mit der lauten und unbekümmerten Gebärde des Eigen-
tümers in die Höhe. Ein Riegel wurde vorgeschoben. Pfeifend
ging der Mann nach vorn, seine Schuhe klapperten auf Metall,
als er den Sitz erklomm. Der Motor wurde angelassen.
Glück gehabt!
Der Mann fuhr wie ein Besessener. Alle paar Sekunden wurde
Rydal in die Luft geworfen. Ob der Fahrer ebenfalls vor irgend
etwas davonlief? Aber über dem Lärmen des Motors konnte
Rydal ihn pfeifen und singen hören.

Rydal kauerte sich an die niedrige Klappe. Sie befanden sich noch mitten im Verkehr, und wenn der Wagen vor einer Ampel anhielt, wurde die Rückwand hell erleuchtet von den Scheinwerfern des nächsten Wagens. Einmal hielten sie unter einem erleuchteten Straßenschild: Rue de Belleville. Das kümmerte Rydal nicht.

Bei einer Linkskurve rollte Rydal gegen die rechte Seitenwand. Wieder kauerte er sich an die Klappe. Sie waren jetzt in einer weniger erleuchteten Gegend. An einer roten Ampel hielt der Wagen, und Rydal sprang ab. Seine Gummisohlen machten ein klatschendes Geräusch, aber der Fahrer hatte es wohl kaum gehört. Ein Mann und eine Frau, die zusammen unter einem Schirm gingen, sahen ihn. Na, wenn schon! Es kam öfter vor, daß Leute im Lastwagen mitfuhren, daß Fahrer die Arbeiter hier und da absetzten; seine Kleidung war jetzt auch so, daß man ihn ohne weiteres für den Beifahrer halten konnte. Außerdem war es dunkel. Außerdem gingen der Mann und die Frau ruhig weiter. Außerdem war er frei!

Lächelnd hob Rydal den Kopf dem Regen entgegen, als er die Straße hinunterging. Dies war irgendeine Straße in Paris; wie sie hieß, wußte er nicht. Sie war mittelgroß und eine Einbahnstraße, das sah er. Hundert Meter vor ihm glühte die schräge rote Lampe einer *bar-tabac*. Rydal pfiff *La vie en rose* vor sich hin. Er ging mit hochgeschlagenem Kragen und zerwühlt-nassem Haar in die *bar-tabac*; sein Ausdruck war so fröhlich, daß niemand ohne weiteres eine Ähnlichkeit mit dem ernsthaften jungen Mann namens Rydal Keener hätte feststellen können, der in der Zeitung abgebildet war. Trotzdem war es Pech, daß die Polizei, weil sie Chester heute festnehmen wollte, nicht die Verhaftung von Rydal Keener bekanntgegeben hatte. Das wäre der allerbeste Schutz gewesen.

Er kaufte einen Telefon-Jeton und wählte die Nummer des Hotels Élysée-Madison, die er noch auswendig wußte.

Mr. Wedekind war nicht im Hotel.

»Er ist doch nicht abgereist, nicht wahr?« fragte Rydal.

»Nein, M'sieur.«

»Danke schön.« Nein, selbstverständlich war er noch nicht abgereist; dafür hatte er noch gar keine Zeit gehabt. Es waren ja erst fünfzehn Minuten vergangen, seit Rydal ihn getroffen hatte. Und doch hatte er es vor Stunden für möglich gehalten, daß Chester sich gleich nach dem Telefongespräch am Nachmittag zur Abreise entschlossen hatte. Ob er vielleicht Bedenken gehabt hatte, seine Sachen aus dem Hotel zu holen, aus Angst, daß Rydal es der Polizei genannt hatte? Denkbar war es.

Was hatte sich Chester wohl überhaupt gedacht, als Rydal ihn auf dem Blumenmarkt mit den Augen warnte und dann vorbeigehen ließ? Mußte er nicht annehmen, daß die Polizei Rydal Keener aufgespürt hatte und ihn jetzt dazu benutzte, Philip Wedekind zu finden? Oder mindestens, daß man ihn beobachtete? Natürlich mußte er das annehmen.

Rydal schritt weiter, ohne sich zu beeilen; der Regen durchweichte ihn, aber das war ihm egal. Er ging in Richtung des Stadtzentrums, die er instinktiv wußte. Jetzt erkannte er ein paar Straßennamen; Faubourg du Temple, und dann die Avenue Parmentier, nicht weil er dort schon gewesen war, sondern weil er als Junge oft über den Stadtplänen von Paris und Rom und London gesessen hatte. Er wußte ungefähr, daß er hier im Nordosten von Paris war, denn ›Parmentier‹ hatte in der rechten oberen Ecke seines Faltplans gestanden. Er war jetzt müde und nahm ein Taxi bis zur Seine.

Der Fahrer fragte, wo er ihn absetzen solle.

»Irgendwo bei Notre-Dame«, sagte Rydal unbekümmert.

Dann ging er den Quai Henri-Quatre entlang, auf die Ile Saint-Louis zu. Hier war er vor einem guten Jahr entlanggegangen; er entsann sich noch der strengen und kalten Atmosphäre der glatten Häuser am Fluß. Förmlich, elegant, kalt und unfreundlich, hatte er damals gedacht. Weder die Häuser noch er selbst hatten sich geändert, und doch erschien ihm die Umgebung heute froh und glücklich, trotz Regen und Dunkelheit. Er war frei. Er konnte nicht ins Hotel zurück, um den Rest seiner Sachen und das Notizbuch mit den Gedichten und die paar Bücher zu holen; die Polizei suchte ihn, und er hatte keinen Paß. Aber er hatte dreizehntausend Dollar, und er war frei. Lange konnte es nicht dauern. Aber diese paar Stunden Freiheit, die wollte er haben – die wollte er genießen und auskosten und nie vergessen. Ihm war, als befinde er sich in einem Element, das auf der Erde gar nicht existierte – das Element, in dem Engel flogen oder Geister miteinander verkehrten.

Er sah auf die Uhr. Es war Viertel nach zehn. Seit etwa einer Stunde war er frei.

Nein, Chester würde wohl gar nicht ins Hotel zurückkehren. Chester trug seinen Paß stets bei sich, und jetzt wahrscheinlich auch sein Geld. Es wäre typisch für ihn, wenn er es riskierte, mit dem Wedekind-Paß ein Flugzeug nach Amerika zu besteigen ... Was blieb ihm aber sonst übrig? Ob er vielleicht jetzt in Orly oder in Le Bourget saß – ein Fahrgast ohne Gepäck? Rydal stützte die Arme auf die Kaimauer und betrachtete die erleuchtete Fassade von Notre-Dame. Die Struktur war komplex und unbeweglich und doch irgendwie schwebend, ein Kunstwerk, das ihm vollkommen erschien und das, wie er fand, zu den Sieben Weltwundern zählen müßte, vielleicht an Stelle der Pyramiden von Gizeh. Lächelnd, mit halbgeschlossenen Augen betrachtete er die merkwürdig schwerelose Masse der Kathedrale; und dann runzelte er die Stirn. Warum hatte er Chester entkommen lassen? Natürlich war er nicht ganz weg, er war nicht frei, denn Rydal kannte seinen Decknamen, er brauchte ihn nur der Polizei mitzuteilen. Er löste sich von der Kaimauer und ging weiter. Am Pont-Neuf ging er auf die linke Seite hinüber und schritt durch die Rue Dauphine zum Boulevard Saint-Germain. Beim Überqueren einer Straße kam er an einem Polizisten vorbei und warf ihm, wie es jeder andere getan hätte, nur einen flüchtigen Blick zu, ohne sein Tempo zu verändern. Sicher war jetzt jeder Polizist auf Streifendienst schon von der Flucht Rydal Keeners informiert. Rydal ging in Saint-Germain in das erste Café, das er sah. Er rief Chesters Hotel an. Es war wie ein Zwang. Während er wartete, daß sich das Hotel meldete, war er sich darüber klar: wenn Chester nicht da war, würde er jetzt hingehen und dort auf ihn warten. Er würde endlos in der Halle warten, das wußte er; das Personal würde zweifellos aufmerksam werden und ihn erkennen, die Polizei rufen – und er wäre wieder soweit wie vorher, nur ohne die Verabredung mit Chester.

»Ich möchte gern Mr. Wedekind sprechen.«

»*Oui, Monsieur.*«

Rydal wartete eine volle Minute oder noch länger. »Ist er nicht da?« fragte er.

Jetzt kam Chesters Stimme, heiser und fast atemlos. »Hallo?«

»Hallo«, sagte Rydal. »Hallo, Phil.«

»Wo sind Sie?« Die Frage klang kalt.

»Ich bin ... Also irgendwo in der Nähe von l'Abbaye in Saint-Germain. Warum?«

Chester zögerte. »Ist die Polizei bei Ihnen?«

Rydal lächelte. »Nein, die Polizei ist nicht bei mir. Ich bin vollkommen frei. Und Sie? Sie klingen bedrückt.«

Chesters stoßweises Atmen war in der Leitung zu hören.

»Ist die Polizei bei Ihnen?« fragte Rydal. »Läßt man Sie noch packen?«

»Was ist das jetzt wieder für ein Trick?« knurrte Chester in dem gereizten Ton, den Rydal so gut kannte.

»Gar kein Trick, Chester. Ich hatte vorhin die Polizei bei mir, aber jetzt nicht mehr ... Wie ist es, kann ich zu Ihnen kommen?« Er legte auf, bevor Chester antworten konnte.

Rydal lief zu einem Taxistand nahe der Brasserie Lipp. Der Chauffeur kannte weder das Hotel noch die Straße.

»Bei der Oper«, sagte Rydal. »Fahren Sie zur Oper, dann sag ich's Ihnen schon.«

Während der Fahrt saß er auf der Vorderkante des Sitzes und war so heiter, als habe er einen besonderen Jux vor. Ihm war zumute, als habe er sich dem absolut Irrationalen überlassen, etwa so, als wäre er schwer betrunken und im Begriff, etwas Unsinniges zu tun – die ungeschützten Haarnadelkurven des St.-Gotthard-Passes bei Nacht hinaufzufahren oder so etwas. Es gab so viele Gründe für seinen Besuch bei Chester. Chester hatte Angst, und Rydal freute sich darauf, ihn mit eigenen Augen in diesem Zustand zu sehen. Vielleicht würde er niemals wieder auf Chesters Gesicht die väterliche Strenge sehen wie in dem Augenblick, bevor er ihn vorhin auf dem Blumenmarkt warnte. In diesem Moment, als Rydal den Kopf schüttelte, da war wohl Chesters Mut zusammengebrochen. Er war sicher gleich ins Hotel zurückgejagt, jedenfalls hatte er schleunigst die Markthallen verlassen. Und vielleicht ... Vielleicht, überlegte Rydal, würde er Chester heute abend noch zusammenschlagen. Na ja, nicht mehr als zwei ordentliche Kinnhaken, das sollte genügen. Gerade Haken, nicht so ein Schlag gegen die Kniescheibe oder in die Magengrube, wie sie Chester auf der Überfahrt von Kreta praktiziert hatte. Ein Hieb auf den Mund – auf den Mund, der Colette so oft geküßt hatte. Ach nein, das war doch etwas primitiv. Nichts dergleichen, sagte er sich warnend. Keine Schlägerei, nur ein paar deutliche Worte ... Er blickte auf die Lichter der Tuilerien – es war wie ein Blick ins siebzehnte Jahrhundert. Plötzlich stand vor seinem geistigen Auge eine Szene der Gnade

– er sah sich Chesters zuckende Schulter berühren und etwas sagen – aber was? Irgend etwas Markantes über Chesters Flucht vor der Polizei; es würde ihm schon noch einfallen ... Er lächelte. Unsinn. Er wollte ja Chester gar nicht helfen.

»Biegen Sie an der nächsten Ecke nach rechts ab«, sagte Rydal zu dem Chauffeur. »Dann ist es die zweite Querstraße auf der linken Seite.« Er hielt sein Geld bereit.

Vor dem Hotel stieg er aus und trat ein. In der kleinen Halle ging er zur Rezeption und bat den Empfangschef, Mr. Wedekind zu bestellen, daß M. Stengel jetzt hinaufkäme. Der Name war ihm gerade eingefallen. Ganz egal. Der Angestellte rief Chester an und sagte dann, Rydal könne hinaufgehen. Chester machte die Tür auf, bleich und fahrig. Sein Kragen stand offen, der Schlips hing herunter.

»Ich bin allein«, sagte Rydal und trat ein. Das Zimmer war unordentlich, auch das Bett war zerdrückt, als habe Chester versucht, sich darin zu verstecken, als er heute abend aus den Markthallen zurückkam.

»Sie kommen wohl wegen des Geldes?« fragte Chester.

»Oh – na ja, wie ich schon sagte: Ich bin nicht abgeneigt.«

»Und diesmal kriegen Sie nichts.«

»Ach?« sagte Rydal höflich und mit einem Mangel an Interesse, der nicht gespielt war. Er blickte Chester an.

Die einzige Farbe in Chesters Gesicht war ein helles Rosa um seine Augen. In der Hand hielt er ein fast leeres Glas mit Whisky. Die unvermeidliche Flasche stand auf dem unvermeidlichen Hoteltisch.

»Was war los mit Ihren Polizeifreunden, vorhin?« fragte Chester.

»Ich bin ihnen entwischt.«

Chester nahm einen Schluck. »Die haben Sie festgenommen?«

Ganz plötzlich wurde Rydal von Zorn ergriffen, von einer Wut, die wie eine Flamme züngelte und wuchs. Er wartete, bis sie erloschen war, und sagte: »Nein. Ich ging gerade vorbei, da bin ich hineingegangen und hab mit ihnen gesprochen.«

»Was?« Chester runzelte die Stirn. »Reden Sie doch kein Blech. Worauf warten die dann jetzt noch?«

Rydal sah ihn an. Er erkannte ohne Worte, daß Chester am Ende war, daß sein gesamtes Geld und seine Guthaben in Amerika weg waren, vielleicht beschlagnahmt von der amerikanischen Polizei oder vielleicht auch gestohlen von seinen Kumpanen. Nur Geldverlust konnte Chester so zerschlagen haben. Der Verlust Colettes hatte diese Wirkung nicht gehabt.

»Rydal, was für ein Spiel spielen Sie?« fragte Chester.

Rydal zuckte die Achseln. »Sie müssen doch schon gemerkt haben, daß ich der Polizei weder Ihren neuen Namen noch den Namen dieses Hotels genannt habe. Sonst wäre sie längst hier.«

»Na schön. Und? Dafür erwarten Sie Bezahlung, nicht wahr?«

Rydal hatte eine scharfe Antwort auf der Zunge, aber er hatte die Streiterei satt. Chester hätte gewiß dafür gezahlt, daß die Polizei seinen neuen Namen nicht erfuhr; er hätte auch gezahlt, wenn sie ihn vierundzwanzig Stunden lang nicht erfuhr. Das würde reichen, nach Amerika zurückzukehren.

»Warum machen Sie nicht, daß Sie aus Frankreich rauskommen?«

»Um mir das zu sagen, sind Sie hergekommen?« fragte Chester mißtrauisch.

»O nein; das hätte ich Ihnen auch am Telefon sagen können ... Ich bin gekommen, um Sie zu *sehen*.« Rydal lächelte und zündete sich eine Zigarette an.

Chesters rotgeränderte Augen starrten. »Was haben Sie der Polizei gesagt?«

»Was in Knossos passiert ist. Was in Kreta passiert ist ... Ich habe gesagt, dort hätte ich Sie kennengelernt ... Mr. und Mrs. Chamberlain. Und dann sind Sie in Athen verschwunden, habe ich gesagt. Das wollten sie nicht recht glauben; aber als ich ihnen sagte, ich sei heute abend mit Ihnen verabredet, haben sie das andere auf sich beruhen lassen. Auf Sie waren sie scharf.«

»Und? Warum haben Sie sie daran gehindert, mich ...?« Chesters Stimme war wieder heiser; Selbstmitleid schwang darin mit. »Rydal, ich bin ruiniert. Hier – sehen Sie. Dieser Brief.« Er wies auf die Papiere auf dem Nachttisch, die Rydal in der allgemeinen Unordnung vorher nicht bemerkt hatte. »Ich habe keinen Cent mehr in Amerika. Ich bin MacFarland – in dem Brief da. Ich werde wegen Mordes gesucht ...« Seine Stimme brach ab, der Ton blieb in der Luft hängen.

»Kann ich mir denken. Ist mir egal«, sagte Rydal.

»Was wollen Sie – sagen Sie es mir! Raus damit! Wenn Sie die Polizei hierher zitiert haben ...«

»Wenn ich das getan hätte, wäre sie eher hier gewesen als ich. Wissen Sie, was ich will, Chester?« Rydal ging auf ihn zu und sagte langsam: »Ich möchte ein Foto von Colette. Haben Sie eins?«

Chester war einen Schritt zurückgetreten. Er runzelte die Stirn. »Ja ... Ja, ich habe eins«, sagte er böse und resigniert, betäubt und ohne Hoffnung. Er nahm wie im Traum seine Jacke, die über einem Stuhl lag, und suchte in der Innentasche. Er zog einen Packen Papiere und Geld heraus. Eine kleine Karte fiel zu Boden.

Rydal bückte sich, um sie aufzuheben, und fing eine Fünfhundertdollarnote auf, die zu Boden segelte.

»Dies ist das einzige, das ich noch habe«, sagte Chester. »Die andern sind ... drüben in Amerika.«

»Schade.« Rydal nahm ihm das Foto aus der Hand und sah es an. Sie lächelte. Es war ein Farbfoto. Colette sah ihn voll an, das rötliche Haar lag locker um ihr Gesicht; und sie lächelte. Er sah ihre dunkelblauen Augen und hörte sie sagen: *Ich hab dich lieb, Rydal. Wirklich* ... Hatte sie es jemals ausgesprochen? Egal, er hörte sie jetzt. »Schade, daß Sie sie umgebracht haben«, murmelte er.

Chester setzte sich auf das Bett und hielt das Gesicht in den Händen verborgen.

»Nehmen Sie sich zusammen«, sagte Rydal scharf. »Entweder Sie gehen zur Polizei oder Sie packen Ihre Sachen und fliegen heim.« Chester sah aus, als brächte er es höchstens noch fertig, sich der Polizei zu stellen. Rydal fiel plötzlich etwas ein, eine Kleinigkeit, die sie noch aushandeln konnten: Die Leiche des griechischen Polizeibeamten im Hotel King's Palace in Athen. Wenn Chester nicht erwähnte, welche Rolle Rydal dabei gespielt hatte, könnte er im Austausch ... Nein, Rydal scheute zurück. Es war feige und unehrlich. Er mußte lächeln, als er an das plötzliche Wiederauftauchen seines Ehrgefühls dachte, das wie ein Phönix auferstanden war – woher? »Was wollen Sie also tun?« fragte er.

Chester blickte ins Leere, seine Schultern waren gebeugt. »Am besten mach ich, daß ich in die Staaten komme. Ich muß nach Hause. Neu anfangen.« Er stand schwerfällig auf und ging zum Tisch hinüber, wo die Flasche stand. Als er sie in der Hand hielt, blickte er wie ein Halbblinder im Zimmer umher und suchte das Glas.

Rydal sah es und gab es ihm. »Ihre Energie ist bewunderungswürdig«, sagte er in einem Ton, wie ihn sein Vater in einer seiner fulminanten Reden benutzt hätte. »Aber wie lange meinen Sie, daß Sie es in Amerika noch treiben können? Womit soll Philip Wedekind anfangen? Faule Aktien an leichtgläubige ältere Damen verkaufen, oder ...«

»Ach was, sobald ich zu Hause bin, kann Philip Wedekind verschwinden«, sagte Chester.

Der Drink in seiner Hand hatte sein Selbstvertrauen für den Augenblick gestärkt. Rydal fühlte, wie der Zorn von neuem in ihm hochstieg. »Ach so – und dann, wenn Sie als Mr. X festgenommen werden und man feststellt, daß Sie auch Chamberlain und MacFarland sind und so weiter, dann geht die alte Geschichte von neuem los, was? Keener hat meine Frau umgebracht, Keener hat mich erpreßt, Keener hat damals auch den Beamten in dem Athener Hotel umgelegt ... Dann geht's wieder von vorn los, was?«

Chester antwortete nicht; er sah ihn nicht einmal an. Aber Rydal wußte auch so, daß er recht hatte. Was konnte er von einem Mann wie Chester auch anders erwarten?

Chester schleppte sich quer durch das Zimmer an die Kommode.

»Ich verschwende hier meine Zeit und Ihre dazu«, sagte Rydal. »Wir können alles noch ein bißchen hinauszögern; vielleicht könnte ich mir eine französische Kennkarte besorgen, vielleicht könnten Sie in die Staaten kommen ... Aber wozu? Warum gehen Sie nicht jetzt ans Telefon, Chester? Ich weiß genau, die französische Polizei würde ...«

Chester stand ihm gegenüber, einen Revolver in der Hand.

Rydal war überrascht, aber nicht erschrocken. »Was soll das? Wenn Sie hier Lärm machen, läuft das ganze Hotel zusammen.«

Chester kam näher. Sein Gesicht war ruhig, und ebenso ruhig war die Hand mit dem Revolver. Rydal erkannte: Chester hatte nichts mehr zu verlieren. *Er will mich umlegen. Jetzt ist ihm alles egal* ... Rydal griff nach Chesters Handgelenk, erwischte es auch, konnte es aber nicht festhalten; Chester drückte ab. In plötzlicher Wut schlug Rydal ihn mit aller Wucht aufs Kinn. Chester fiel um. Rydal ging zur Tür und trat hinaus. Er lief die Treppe hinunter; eine Etage tiefer sah er an den aufleuchtenden Knöpfen, daß der Fahrstuhl gerade nach oben fuhr.

Er drückte den ›Abwärts‹-Knopf. Der Fahrstuhl fuhr an ihm vorbei nach oben.

»Was war das?« fragte eine Frauenstimme im oberen Korridor auf französisch.

»Ein Schuß?« sagte eine Männerstimme.

Der Fahrstuhl kam jetzt von oben und hielt an. Rydal stieg ein. Er war in einem solchen Zustand innerer Anspannung, daß er keinen klaren Gedanken fassen konnte. Er wußte nur eines: *Ich darf nicht rennen* . . . Sein Ziel war die dunkle Straße, und er fühlte Triumph und Erleichterung, als er sie erreicht hatte. Der Mann, der mit ihm im Fahrstuhl gefahren war, schritt ruhig in der entgegengesetzten Richtung davon. Rydal ging einen Häuserblock weit, dann noch einen. Er war verstört und wie betäubt, als sei das eben Geschehene sehr kompliziert und völlig unerklärlich.

Mit einemmal fühlte er sich sehr alt. Ein Gefühl der Trauer überkam ihn. Er hob den Kopf und sah, daß er an der Ecke des Boulevard Haussmann und der Chaussée d'Antin stand. Mit festen Schritten ging er weiter und suchte nach einem Telefon.

In der Brasserie fand er eines. Er wußte nicht, mit welchem Polizeirevier die Telefonistin ihn verbunden hatte, aber der Mann, mit dem er dann sprach, kannte den Namen William Chamberlain. Rydal sagte, William Chamberlain sei im Hotel Élysée-Madison unter dem Namen Philip Wedekind zu finden.

»Gut, vielen Dank. Darf ich um Ihren Namen bitten, Sir?«

»Rydal Keener«, sagte Rydal.

»Was – Rydal Keener! Wo sind Sie? Wenn Sie es nicht sagen, können wir auch so feststellen, von wo Sie telefonieren.«

»Sparen Sie sich die Mühe. Ich bin im Café Normandie, am Boulevard Haussmann – bei der Oper. Ich erwarte Sie hier.«

Das war das Ende der Freiheit.

20

Im gleichen Augenblick lief Chester den Boulevard Haussmann entlang in der Richtung, die von dem Café wegführte, in dem Rydal saß. Er war in Hut und Mantel; sein Paß steckte wie immer in der Innentasche des Mantels, aber sonst hatte er nichts bei sich. *Eine elektrische Birne . . . eine elektrische Birne hab ich fallen lassen* ... Das hatte er zu der Frau gesagt, die – zwei Türen von ihm entfernt im Hotel – den Kopf in den Gang hinausgestreckt hatte in dem Augenblick, als er aus seiner Tür schaute. *J'ai laissé tomber une ... une lumière?* Was hatte er gesagt? Sie hatte ein erstauntes Gesicht gemacht, aber weiter nichts unternommen. Jedenfalls war er aus dem Hotel herausgekommen, das war die Hauptsache. *Kaltes Blut, Chester, das ist jetzt wichtig,* hörte er eine müde kleine Stimme ganz weit entfernt sagen, eine mechanische Stimme tief innen. Gelassen wie immer hatte er den Fahrstuhl nach unten genommen und war ruhig durch die Halle geschritten, obwohl er halb erwartet hatte, daß die Polizei, von Rydal alarmiert, schon unten auf ihn wartete. Zumindest war er sicher gewesen, Rydal unten zu finden. Er verstand gar nicht, was Rydal vorhatte und warum er so weggelaufen war. Aber vielleicht wollte er die Polizei aus sicherer Entfernung rufen, etwa aus einer öffentlichen Telefonzelle, wo er sie informieren konnte, ohne seinen eigenen Namen anzugeben. Das war das Wahrscheinlichste, und deshalb hatte Chester sich beeilt, aus dem Hotel wegzukommen. *J'ai laissé tomber une ...* Er schüttelte nervös den Kopf. Schluß damit. Aufhören mit dem Unsinn. Er mußte weg von Paris. Er wollte nach Marseille, oder nach Calais oder Le Havre, wo die Schiffe abfuhren. Wohin jetzt der nächste Zug ging, da wollte er hin. Es würde zu lange dauern, bis er zum Flughafen kam, und außerdem wurden wahrscheinlich die Flughäfen eher kontrolliert als die Bahnhöfe ... Endlich ein Taxistand.

Chester stieg in den Wagen und sagte zu dem Fahrer: »Gare du Nord.« Das war vermutlich der größte Bahnhof. Jedenfalls war er, wenn er nicht geflogen war, stets dort angekommen oder abgefahren.

Um sechs Uhr früh fuhr ein Personenzug nach Marseille. Nach Calais gab es mehrere Züge, aber er wollte lieber nach Marseille.

Er verließ den Bahnhof, trat in eine Bar in der Nähe und bestellte einen Whisky, der ihn wunderbar belebte. Es war töricht, auf den Zug zu warten, denn Rydal hatte wohl inzwischen die Polizei benachrichtigt. Ja, das war mit Sicherheit anzunehmen, denn Rydal mußte den Kopf verloren haben, sonst hätte er kaum vorgeschlagen, sie sollten *beide* zur Polizei gehen und alles aussagen ... So ein Blödsinn! Chester trank noch einen Whisky.

Dann verließ er die Bar und suchte ein Taxi. Nachdem er mit drei Fahrern gesprochen hatte, fand er einen, der bereit war, ihn für den Fünfzigdollarschein, den ihm Chester unter einer Laterne vorwies, nach Lyon zu fahren. Chester erzählte ihm, er habe gerade erfahren, daß sein Schiff morgen früh von Marseille fuhr, und er mußte es unbedingt erreichen.

Im Taxi fühlte er sich völlig sicher. Er war verborgen und unsichtbar in der Dunkelheit. Der Fahrer war zuerst recht redselig; er wollte wissen, wieso er ganz ohne Gepäck in Paris sei, und Chester erzählte, er habe sich im letzten Augenblick zu einem Zweitagebesuch in Paris entschlossen und bei einem Freund gewohnt. Dann konzentrierte sich der Mann aufs Fahren, und die Unterhaltung schlief ein.

Um fünf Uhr früh kamen sie in Lyon an. Chester gab dem Fahrer fünfzig Francs außer den fünfzig Dollar, die er ihm schon in Paris bezahlt hatte. Er stieg aus, und als er ein erleuchtetes Café sah, beschloß er, dort zu warten, bis es Tag wurde. Sicher hatte er jetzt einen kleinen Vorsprung, und in Lyon würde ihn die Polizei so leicht nicht suchen. Um halb neun ließ er sich rasieren und nahm dann eine Fahrkarte für den Zug um halb zehn nach Marseille. Im Zug schlief er ein. Mit ihm im Abteil saßen zwei Männer, die nur Augen für ihre Zeitungen hatten; sie sahen beneidenswert ausgeruht und frisch aus in sauberen Hemden und tadellosen Anzügen.

Am frühen Nachmittag stiegen die Fahrgäste in dem großen, grauen Marseiller Bahnhof aus, den Chester so schnell wie möglich verließ, ohne sich die Zeit für einen Whisky oder eine Zeitung zu nehmen. In Bahnhöfen war ihm sehr unbehaglich zumute, so als sei jeder Mann hinter einer Zeitung oder auf einer Bank ein Polizeibeamter, der auf ihn wartete. Die Straßen gingen abwärts; er nahm an, sie führten zum Hafen, den er aber nach mehreren Minuten immer noch nicht sah. Endlich gelangte er an eine breite geschäftige Straße und sah, daß es die Cannebière war. Von der Cannebière, der Hauptstraße von Marseille, hatte er schon gehört. Er blickte hinunter und sah eine kleine Wasserfläche, ein Stückchen Mittelmeer. Dorthin wandte er sich. Auf der Cannebière gab es vielerlei Läden, Weißwaren, *bartabacs*, Apotheken und anscheinend an jedem Häuserblock auch drei oder vier Restaurants oder Bars mit Glasscheiben, wo man im Sommer draußen auf dem breiten Gehweg sitzen konnte.

Das geschäftige Straßenleben gefiel ihm; es gab so viele verschiedene Typen – Arbeiter mit Schaufeln über der Schulter, Frauen mit reichlich Make-up, Krüppel, die Bleistifte feilhielten, ein paar britische Matrosen, Männer mit Bauchläden voller Souvenirs. Es kam ihm vor, als könne er das Meer riechen.

Er hatte sich vorgestellt, er brauche bloß zum Wasser hinunterzugehen, um ein ausfahrendes Schiff – Frachter oder Passagierdampfer – zu finden. Zunächst jedoch sah er nichts als einen kleinen rechteckigen Hafen voller Fischerboote, die mit eingezogenen Segeln an der Pier lagen. Auf einem Schild war ein Nachmittagsausflug zum Château d'If angezeigt.

»Wo sind die großen Schiffe?« fragte er einen Fischer.

»Oh – da draußen«, sagte der Mann und wies mit dem Arm nach rechts. »Dies hier ist der *alte* Hafen.«

»Danke.« *Le vieux port*, davon hatte Chester gehört.

Er ging am rechten Ufer entlang, wo Fischer ihre Netze flickten und Taue aufrollten. Beinahe hätte ihn ein Korb mit Langustenschalen getroffen, den eine Frau aus der Tür eines kleinen Lokals hinauswarf. Er ging weiter, fand aber nichts als eine sehr schöne Aussicht über den Hafen. Er sah ein graues Schlachtschiff, es konnte ein Brite oder Amerikaner sein, nirgends jedoch etwas wie ein Passagierschiff. Er kehrte um und ging zurück zur Cannebière, wo er vorhin mehrere Reisebüros gesehen hatte.

Kein Schiff fuhr heute noch aus. Morgen fuhr ein schwedischer Frachter nach Philadelphia; aber der Angestellte im Reisebüro konnte, als er das Schiff anrief, nicht den zuständigen Mann erreichen, der Bescheid wußte, ob es auf dem Frachter Kabinen für Passagiere gab. Der einzige Passagierdampfer, von dem der Mann im Reisebüro wußte, war ein Italiener; er wurde morgen erwartet und sollte am nächsten Tag wieder auslaufen.

So lange wollte Chester nicht warten. Fliegen war sicher das beste, und das wollte er versuchen. Er rief im Marignane-Flughafen an und erfuhr, daß heute in keiner Maschine noch ein Platz frei war.

»Und morgen?« fragte Chester.

»Ja, morgen um zwei Uhr nachmittags, Sir. Wollen Sie einen Platz belegen?«

»Ja, bitte, für den Flug um zwei. Auf den Namen Wedekind.«

Das Flugticket könne er in einem Reisebüro auf der Cannebière bezahlen, sagte man ihm noch. Das wollte er sofort erledigen; er ging zu einer Bank, tauschte Francs ein und holte dann das Ticket. Danach schlenderte er durch die Straßen. Marseille erschien ihm wie eine schmutzigere Ausgabe von Paris; die Stadt sah sogar noch älter aus. Er hatte Durst auf einen Whisky und ging in ein Café, wo er zwei trank; dann wanderte er weiter. Er kam an einen offenen Marktplatz, aber der Markt war vorüber; Männer und Frauen waren dabei, die letzten Kohlblätter, Papierfetzen und angestoßenen Tomaten und Orangen zusammenzufegen. Die Stadt schloß ihre Läden; dann ging der Betrieb in den Restaurants und Bars sicher bald los.

Um halb sieben stand Chester in der Herrentoilette des Hôtel de Noailles, zog ein frisches weißes Hemd an, das er gekauft hatte, und bemühte sich, die Fingernägel zu säubern und das Haar ohne Kamm zu glätten. Er war recht angeheitert – es war nicht bei zwei Whiskies geblieben –, aber er fühlte sich vollkommen sicher und zuversichtlich. In der Tasche steckte die Flugkarte und reichlich Geld. Morgen, bevor er zum Flughafen ging, wollte er Jesse Doty anrufen. Jesses Brief hatte sehr unruhig und besorgt geklungen, als ob er sich geschlagen gäbe. *Ich vernichte alle Unterlagen* ... Ich muß dem Jungen mal gut zureden, dachte er.

Chester ging zurück in die Hotelbar. Auf der Theke stand noch ein Whisky, an dem er erst einmal genippt hatte. Die Tüte, in der sein neues Hemd eingepackt gewesen war, enthielt jetzt das schmutzige Hemd, ein gutes schwerseidenes, das Colette für ihn in New York gekauft hatte. In ein paar Minuten wollte er gehen und sich hier nach einem Zimmer für die Nacht erkundigen. Das Hôtel de Noailles gefiel ihm.

Was wohl Rydal jetzt machte? Ob er überall in Paris gesucht wurde? Chester lachte leise auf, sah, wie der Barmixer zu ihm herüberblickte, und setzte eine ernste Miene auf. Er starrte in sein Glas. Im Geiste sah er zahlreiche eifrige französische Polizeibeamte, die sicher gestern abend in sein Hotelzimmer in Paris gestürzt waren und es leer gefunden hatten. Vermutlich hatten sie die ganze Nacht im Regen – viel Glück! – die Pariser Straßen nach ihm abgesucht, während er im Taxi nach Lyon fuhr. *Vielleicht denken sie auch, ich bin in die Seine gesprungen* ... Hoffentlich. Er mußte gestern abend auf Rydal recht elend gewirkt haben – etwa wie ein Mann, der vom Selbstmord nicht allzu weit entfernt ist ... Nun, Chester MacFarland war noch nicht erledigt, noch lange nicht. Und Philip Wedekind auch nicht. *Also, Mr. Keener, würde die französische Polizei sagen, wo ist denn nun dieser Wedekind, von dem Sie dauernd reden? Sie sagen, er ist identisch mit Chamberlain? Das beweisen Sie mal. Wo ist er?*

Chester überlegte. Besser nicht im Noailles übernachten – überhaupt nicht in einem Hotel, falls Rydal den Namen Wedekind angegeben hatte ... Ein Bordell! Ja, das war das beste Versteck. Es dürfte in dieser Stadt auch nicht schwer sein, eines zu finden; er war schon dreimal angesprochen worden. In Bordellen hatte sich schon mancher verborgen, der in Druck war. Ja, das war das beste.

»*Un autre, s'il vous plaît*«, sagte Chester und schob sein Glas über die Theke.

»*Oui, M'sieur.*«

Während er das zweite Glas leerte, konsultierte er den Barmixer wegen eines Lokals, wo man gut essen konnte. Der Barmixer empfahl zunächst das Restaurant des Hotels, aber im Laufe der Unterhaltung nannte er auch noch einige andere, und Chester entschloß sich für das Caribou, hauptsächlich, weil er den Namen am besten behalten konnte. Das Caribou – den Straßennamen hatte er wieder vergessen – lag weiter unten am Alten Hafen.

Kurz vor neun kam er dort an. An der oberen Ecke des Vieux Port war er in ein Lokal geraten, weil ein Schlepper ihn fast mit Gewalt hineingezerrt hatte. Als er drinnen war, beschloß er, die Marseiller Bouillabaisse zu probieren, die der Schlepper als die beste in der Stadt angepriesen hatte. Sein Appetit reichte heute abend ohnehin für zwei komplette Dinners. Irgendwie geriet er in diesem Lokal zu zwei Kindern, die hinter ihm herzogen, obgleich er jedem fünf Francs gegeben hatte unter der Bedingung, daß sie verschwänden. Die Kinder zogen mit ihm zum Caribou. Sie führten ihn hin. Der Maître d'Hôtel oder Oberkellner schickte die Kinder sofort hinaus und machte Anstalten, auch Chester den Eintritt zu verwehren. Chester sagte so feierlich wie möglich:

»Ich erwarte noch jemand. Einen Tisch für zwei Personen, bitte.«

Er bekam den Tisch.

Von da an wußte Chester nicht mehr viel. Warmes Kerzenlicht. Eine Art Galerie, von der aus die ausgestopften Köpfe von Caribouhirschen auf ihn herunterblickten. Ein Teller mit zwei runden Scheiben dunklen Fleisches – aber was? Er wußte nicht mehr, was er bestellt hatte. Eine Flasche Weißwein, die hätte rot sein sollen. Er wußte genau, er hatte roten bestellt. Eine hübsche, aber kalte und unsympathische Brünette am Nebentisch, die es ablehnte, zu antworten, als er sie anredete. Von irgendwoher kam Streichmusik.

Und von irgendwo, tief innen, stiegen Hoffnung und Zuversicht in ihm auf. Er lachte laut. Ganz gewiß, er war ziemlich betrunken, aber er war noch durchaus bei Sinnen. Er konnte auch noch gehen. Nach allem, was er durchgemacht hatte, durfte er ja wohl betrunken sein. Er nahm seinen Kugelschreiber und begann ein Telegramm aufzusetzen, oder den Inhalt seines Telefongesprächs mit Jesse morgen früh; aber er konnte nun doch nicht mehr deutlich schreiben, jedenfalls nicht so deutlich, daß es morgen noch zu lesen war. Na, das machte nichts.

Das nächste, an das sich Chester erinnerte, waren nasse Pflastersteine im Gesicht und ein Schmerz an den Füßen. Jemand stieß dreimal, viermal gegen seine Fußsohlen; eine Männerstimme schrie etwas auf französisch. Chester blickte auf, entlang an dem roten Streifen eines Hosenbeins, in das grinsende Gesicht eines Polizisten. Chesters Haar war naß und schmutzverklebt und hing ihm ins Gesicht. Er versuchte aufzustehen; sein ganzer Körper schmerzte, und er fiel wieder zurück. Die Polizisten lachten; es waren zwei. Chester merkte, daß er barfuß war und keine Hose anhatte. Er war nackt unter seinem Mantel. Er sah sich nach seinen Sachen um, wie in einem Zimmer, in dem er sich ausgezogen haben mußte; aber er sah nur einen Rinnstein mit klarem Wasser, Pflastersteine, Platanen mit abbröckelnder Rinde am Gehsteig, und die Polizisten.

»Ihr Name, M'sieur?« fragte der eine auf französisch. »Kennkarte?« Seine Stimme bebte vor Lachen.

Im kahlen, sonnenhellen Wipfel eines Baumes zwitscherte hell und klar eine Vogelstimme.

Chester fühlte nach seinem Paß. Er war nicht mehr da. Die Taschen waren leer. Der Mantel hatte nicht viele Taschen. Sie enthielten nichts, nicht einmal eine Zigarette.

»Hören Sie – ich habe keine Ahnung, wie ich hierher gekommen bin«, begann Chester auf englisch. Er schwankte auf den bloßen Füßen, als zöge ihn das Gewicht der Schmerzen in seinem Kopf von einer Seite zur andern.

Der junge Polizist mit dem Schnurrbart, der zu ihm gesprochen hatte, trat vom Kantstein herunter, schob seinen *bâton* unter den Arm und untersuchte Chesters Manteltaschen. Er grinste immer noch. Der ältere wiegte sich vor Lachen auf den Absätzen. Über ihnen öffnete sich ein Fenster.

»Könnt ihr nicht die Straßen sauberhalten von solchem Dreck?« schrie eine Frau in weißem Nachthemd. »Einen um diese Zeit aufzuwecken!«

»Ah, Marseille hat viele vornehme Touristen«, gab der junge Polizist zurück. »Was täten wir ohne unsere Touristen? Dieser hier hat sein ganzes Geld hiergelassen!«

Irgendwie waren Chester die Worte völlig klar, so klar wie das Lied des Vogels, der oben auf dem Baum saß und sang. *Warum sucht ihr nicht nach den Leuten, die mich ausgeraubt haben?* Er hatte die Hälfte des Satzes auf französisch formuliert, dann aber ging alles unter in einer Woge des Selbstmitleids. Er begann zu fluchen, handfeste englische Flüche. Unter Tränen fluchte er. Er schüttelte die Hände der Polizisten ab. Wenn er gehen mußte, so konnte er allein gehen, ohne ihre Unterstützung.

Sofort wurden die Polizisten hart. Der weiße *bâton* landete auf Chesters Hinterkopf. Seine Knie gaben nach. Die Männer packten ihn. Sie führten ihn ab, um die Ecke. Sein Kopf rollte hin und her. Undeutlich sah er seine weißen Füße, die wie gerupfte Vögel unter ihm dahinwatschelten, zerkratzt und sicher blutend von den kalten, groben Pflastersteinen.

»Gibt's denn hier um Himmels willen kein Taxi?« brüllte er.

»Dam-di-dam-didaa...« trällerte der junge Polizist, der mit forschem Schritt an Chesters linker Seite schritt. Der an seiner rechten Seite wieherte.

Dann war er plötzlich in einem Raum, der nach toten Ratten, schweißigem Holz und altem Tabak roch. Unsanft stießen sie ihn auf einen Stuhl.

»*Votre nom – votre nom – votre nom!*« Ein barhäuptiger Polizeibeamter beugte sich zu ihm, Block und Bleistift in der Hand. Chester teilte ihm mit, was er ihn könne, aber der Mann schien es nicht zu verstehen.

»Ihr ... Name«, sagte er statt dessen mühsam auf englisch.

»Oliver Donaldson. Oliver Donaldson.« Er mußte den Namen behalten. »Ein Glas Wasser«, sagte er französisch.

Jemand packte ihn am Kinn und drehte sein Gesicht hin und her. Es folgte eine lebhafte Unterhaltung zwischen den dreien; sie sprachen halblaut, und Chester konnte nicht folgen. Er starrte sie alle an. Sie grinsten über seine Erscheinung.

»Philippe Weddekien?« fragte der eine.

Chester blieb unbeweglich sitzen, die Füße so fest auf den Boden gestellt, als sei er vollständig angezogen und habe Stulpenstiefel an den Füßen.

Ein zweiter Polizist stürzte so eilfertig herbei, daß er fast gestolpert wäre. Er hielt Chester ein kleines Foto vor die Augen. Es war sein Paßbild.

Allgemeines Geschrei. »*Si! – Si! Mais oui!*«

»Nein«, sagte Chester. Das Wort wirkte wie ein Signal zum Aufruhr; die Polizisten sprangen auf, schrien und gestikulierten, schlugen einander auf die Schulter... *So, jetzt langt's mir!* Chester stand auf, bereit zum Kampf. Er wußte hinterher noch, daß er zwei von ihnen vorn an der Uniform gepackt hielt, und er glaubte sich auch zu erinnern, sie mit den Köpfen zusammengestoßen zu haben. Dann traf ihn etwas auf den Kopf.

Als er das Gesicht wieder hob, hob sich ein Teil des Lakens mit ihm, das von Blut durchtränkt war. Chester berührte seine Nase, erschrak über die Wirkung und nahm die Hand weg. Er lag auf einer Pritsche in einer Zelle. Auf seinen Kopf fiel ein heller Sonnenstrahl, aber es war kalt. Er zitterte vor Kälte; seine Zähne klapperten, und er biß sie zusammen. Das Klappern hörte auf. Er starrte mit gerunzelter Stirn auf die graue Steinwand vor seinen Augen.

Wie ein jäher Sturz aus großer Höhe kam ihm die Erkenntnis seiner Lage, seiner Gefangenschaft, die Halbnacktheit und sein elender physischer Zustand. Es war wie ein Sturz, der mit einem scharfen Ruck durch ein Seil gebremst wird... Es war ein neues Gefühl für Chester. Er war noch nie so tief gesunken. Er saß tief unten in einer Grube, aus der er vielleicht nie wieder herauskam. Sein Kopf war ganz klein und ganz weit von ihm entfernt. Das Foto fiel ihm ein. Sie hatten gesagt, das sei Philip Wedekind, als sie es ihm vors Gesicht hielten. Aber es gab von ihm ja gar keine Polizeiakte unter dem Namen Wedekind und also auch kein

Foto mit diesem Namen. Das konnte nur Rydal Keener ihnen gesagt haben. Das Foto mußte von den amerikanischen Paßbehörden stammen. Es war nicht das Bild, das der griechische Polizeibeamte in seinem Notizbuch gehabt hatte. Es war das Paßbild von Chester MacFarland... Er setzte sich auf. Das alles hatte ihm Rydal Keener eingebrockt. Rydal Keener war schuld daran, daß er Colette getötet hatte. Rydal Keener war noch in Paris ... *Ich will seinen Kopf — und wenn es mich das Leben kostet!*

Jemand trat in seine Zelle; es war ein Polizist, der etwas in einer Blechschüssel brachte. Er lächelte; das Lächeln war nicht unfreundlich.

Chester stand auf. Langsam, so daß der Polizist nicht gleich merkte, was er vorhatte, riß er die Pistolentasche des Beamten auf und nahm die Waffe heraus.

Die Suppenschüssel fiel zu Boden.

Chester gestikulierte mit der Pistole, um dem Polizisten zu bedeuten, er solle sich gegen die Wand stellen. An der Zellentür entstand Bewegung, und Chester wollte auf den Mann schießen, der die Suppe gebracht hatte. Aber der Abzug ließ sich nicht bewegen ... Chester fingerte noch an der Sicherung, als ihn ein Schuß in die Seite traf. Er fiel um. Ein zweiter Schuß fuhr ihm in die Wange.

21

In den letzten Minuten seines Lebens wurde Chester von Todesangst gepackt. Mit letzter Kraft beichtete er dem katholischen Priester, den die Polizisten eiligst in die Zelle geholt hatten.

Rydal erhielt Nachricht von Chesters Tod am Mittag in Paris in der Polizeiwache, wo man ihn festhielt, seit er in dem Café am Boulevard Haussmann festgenommen worden war. Chester war im Hotel Élysée-Madison nicht zu finden gewesen, als die Polizei hinkam. Er war entkommen, offensichtlich ohne Gepäck; eine Überprüfung der Pariser Hotels, Flughäfen und Bahnhöfe war erfolglos verlaufen. Dann kam aus Marseille die Meldung, daß man ihn im Rinnstein gefunden habe, ohne Geld, Papiere und fast nackt. Das hatte man Rydal um etwa zehn Uhr morgens mitgeteilt, als er in der Zelle erwachte, in die man ihn gebracht hatte. Später rechnete er sich aus, daß Chester ungefähr um die Zeit gestorben sein mußte, als er selbst die Meldung von seiner Auffindung erhielt. Die Nachricht von seinem Tod kam mittags.

Chester hatte dem Priester und den anwesenden Polizeibeamten gestanden, daß er William Chamberlain sei und ebenso Chester MacFarland; dies sei sein richtiger Name. Er berichtete keuchend und stoßweise, von Blutstürzen unterbrochen – er hatte einen Lungenschuß – von dem Mord an dem griechischen Polizeibeamten im Hotel King's Palace in Athen. Der Beamte, von dem Rydal später alles erfuhr, hatte den Bericht vor sich, der fernschriftlich aus Marseille gekommen war. Er las vor:

»›... Rydal Keener war im Hotelkorridor. Er sah mich mit der Leiche. Ich sagte zu ihm, wenn Sie den Mund nicht halten, werde ich sagen, daß Sie es getan haben. Ich gab ihm Geld. Ich wollte ihn bei mir behalten, damit ich ihn überwachen konnte. Rydal Keener hat sich nichts zuschulden kommen lassen, aber ich habe ihn beim Verstecken der Leiche in der Besenkammer helfen lassen. Es ist nicht wahr, daß er mich erpreßt hat...‹ Stimmt das?« fragte der Polizist.

Zwei weitere Beamte standen in der Zelle und hörten zu. Die Zellentür war nicht mehr abgeschlossen.

»Weiter«, sagte Rydal.

»›Ich habe Schwindeleien begangen. Ich habe Betrügereien gemacht. Ich habe in Amerika viele Leute ruiniert. Ich habe Rydal als Spion und Leibwächter beschäftigt, und dann, als er sich an meine Frau heranmachte, wurde ich wütend. Ich habe versucht, ihn umzubringen. In Knossos. Die Urne fiel aber auf meine Frau. Dann habe ich ihm gesagt, wenn er versuchte, mich zu belasten, würde ich der Polizei sagen, daß er sie getötet habe bei dem Versuch, mich umzubringen.‹ Der Rest ist... nur Gestammel«, schloß der Polizist.

Rydal war tief betroffen und einen Augenblick völlig verwirrt. War das alles wahr? Er hatte das Gefühl, als höre er einen Bericht vom Zusammenbruch seines eigenen Vaters, als vernehme er etwas ganz und gar Unglaubhaftes. Und doch wußte er, daß Chester das alles gesagt hatte, alle diese Gedanken, die von den Beamten dann in französische Worte und lange Sätze gefaßt worden waren. Chester hatte sein möglichstes getan, um ihn zu entlasten. *Rydal Keener hat sich nichts zuschulden kommen lassen* ... Chester hatte ihm etwas Gutes tun wollen, etwas wirklich Gutes.

»Stimmt das, was er gesagt hat?« fragte der Polizeibeamte schließlich noch einmal.

»Es stimmt – im wesentlichen.« Rydal sah dem Beamten zu, der noch etwas unten auf den Bogen schrieb. Im ersten Teil seiner Aussage hatte Chester angegeben, er nehme mit Sicherheit an, daß Rydal Keener in Paris ›ausgepackt‹ haben müsse; aber das traf nicht zu. Rydal hatte den Namen MacFarland nicht erwähnt; er war dabei geblieben, daß er die Chamberlains erst auf Kreta kennengelernt habe. Die Polizei war auf MacFarland gestoßen, so hörte Rydal, nachdem sie Philip Wedekinds Post beim American Express in Paris beschlagnahmt hatte. Die New Yorker Polizei war per Kabel beauftragt worden, einen Mann namens Jesse Dorty zu suchen, und so hatte man die Verbindung Wedekind–MacFarland aufgedeckt.

Der Polizist – nicht der, der die Aussage vorgelesen hatte, sondern der andere, der Rydal am Abend zuvor nach dem Rendezvous am Boulevard Haussmann festgenommen hatte – fragte jetzt: »Stimmt es, daß Sie MacFarland auf dem Hotelkorridor mit der Leiche des Griechen gesehen haben?«

»Ja.«

»Sie kannten MacFarland schon?«

»Nein.«

»Sie trafen ihn erst in diesem Moment auf dem Gang? Rein zufällig?«

»Ja.«

»Und er drohte Ihnen, Sie zu beschuldigen, wenn Sie ihn verrieten?«

Die Frage klang leicht skeptisch, das war selbstverständlich. »Er hatte eine Pistole in der Tasche«, sagte Rydal. »Die Pistole des Griechen. Ich sollte ihm helfen, die Leiche in die Besenkammer zu bringen. Und dann, als ich das getan hatte, dachte ich, damit sei ich zum Helfershelfer geworden!«

Der Polizist nickte. »Aha. Das muß aber noch notiert werden ... Ihre Stellungnahme.« Er vertiefte sich in die Papiere, die er in der Hand hielt.

Rydal wußte, er hatte eine halbe Lüge gesagt. Aber Chester hatte eine ganze gesagt, und nur, um Rydal zu entlasten. Chesters Lüge rettete ihn. In Wahrheit hatten sie beide gelogen.

Rydal hatte gelogen, indem er den Mord in Athen verschwiegen und behauptet hatte, er habe die Chamberlains erst auf Kreta kennengelernt. Die Polizei mußte annehmen, er habe das getan, um die Tatsache zu verbergen, daß er zum Helfershelfer geworden war. Und nur er selbst, das wußte Rydal, würde je wissen, daß er den Vorfall im Hotel King's Palace nicht nur verschwiegen hatte, um nicht als Helfershelfer angeklagt zu werden, sondern auch, um Chester vor einer Mordanklage zu bewahren. Rydal wußte noch nicht, wie diese Lüge einmal sein Gewissen belasten würde.

Der Beamte blickte ihn nachdenklich an. »Ihr Verhalten in Athen nach dem Tode von Mrs. MacFarland ist noch unklar. Sie waren achtundvierzig Stunden in Athen. Sie sagen, Sie verschafften sich Ihren falschen Paß aus derselben Quelle wie MacFarland seinen Wedekind-Paß, und dort erfuhren Sie, daß sein neuer Name Wedekind sei... Und trotzdem haben Sie nichts unternommen? Er wohnte im Hotel Greco. Wenn Sie der Polizei seinen Namen angegeben hätten...« Der Polizist hob die Schultern. »Aber nein, im Gegenteil. Sie haben geschwiegen und sich einen falschen Paß besorgt.«

»Ja«, sagte Rydal, »aber zu der Zeit war ich in einer viel übleren Lage als vorher. Er hatte gedroht, mich des Mordes an seiner Frau zu bezichtigen – und das hat er ja dann auch getan bei der Polizei in Athen. Die suchte mich dann. Ich sage Ihnen doch, wir hatten keine Zeugen... Sein Wort hätte da gegen meines gestanden, und der Billettverkäufer in Knossos hatte gesehen, wie ich aus dem Palastgelände lief.«

»Ach?« Das klang zweifelhaft. »Aber MacFarland hatte als Chamberlain doch so viel Angst, daß er seinen Namen in Wedekind änderte. Hatte er vor Ihnen Angst?«

»Ja«, sagte Rydal fest. »Er wußte, daß ich... daß ich ihn haßte, weil er Colette getötet hatte. Seine Frau. Er wußte, wie mich das umgeworfen hatte. Er hatte Angst, ich würde in Athen zur Polizei gehen und sagen, was wirklich geschehen war. Ich hätte auch noch weiter zurückgehen und alles über MacFarland aussagen können... Kein Wunder, daß er sich aus dem Staube machen wollte vor mir.«

»Und trotzdem haben Sie keinen Finger gerührt.«

»Monsieur – ich liebte die Frau, und sie war tot.« Rydals Stimme klang überzeugend. Es war ja auch die Wahrheit – fast die ganze Wahrheit. Und wie sollte er einem bürokratischen Hirn seine komplexen Gefühle für Chester und Colette verständlich machen!

»Wir werden Sie noch einmal formeller vernehmen müssen als jetzt«, sagte der Polizeibeamte. »Ich will zusehen, daß es vielleicht heute am Spätnachmittag geht. Inzwischen muß ich Sie bitten, hierzubleiben.«

Alle verließen seine Zelle, die wieder abgeschlossen wurde. Rydal ließ sich auf die Pritsche fallen und starrte auf seinen alten braunen Koffer, den er im Hotel Montmorency zurückgelassen hatte. Den wenigstens hatten sie geholt und ihm gegeben; sein Paß war noch darin.

Die Vernehmung fand in der Dämmerung des gleichen Tages in einem Hause ein paar Straßen weiter statt. Anwesend waren etwa acht Menschen – Juristen, Polizisten und Schreiber. Alle Fakten wurden wie Kieselsteine aufgenommen, untersucht und fallengelassen. Das Ergebnis, so schien es Rydal, war ein Zerrbild des tatsächlichen Geschehens; aber in allen Hauptpunkten wurde er entlastet. Er ging aus dieser Untersuchung keineswegs als Held hervor, und sein Verhalten erschien alles andere als intelligent, aber keine seiner Handlungen wurde als kriminell bezeichnet. Keine außer der – wie es ihm schien – unwichtigsten, der Beschaffung eines falschen italienischen Passes, verdiente in den Augen der Anwesenden auch nur den geringsten Tadel. Für den Paß hatte er an den italienischen Staat eine Strafe zu zahlen. Man entließ ihn mit der Auflage, seinen Paß – den echten – in Ordnung bringen zu lassen: Es fehlte ja der Einreisestempel.

Rydal fragte den Polizisten, der ihn in der Zelle vernommen hatte: »MacFarland wird wohl in Marseille begraben werden? Oder ist irgendwas veranlaßt worden, daß er nach Amerika gebracht wird?«

Der Polizist breitete die Arme aus und zuckte die Achseln.

»Könnten Sie das bitte feststellen? Würden Sie für mich in Marseille anrufen?«

Als sie wieder in der Polizeiwache waren, wo Rydal die Nacht verbracht hatte, rief der Beamte in Marseille an. Chesters Leiche sollte früh am folgenden Morgen außerhalb von Marseille in einer Kiesgrube begraben werden. Blitzartig sah Rydal das Bild vor sich: Ein hölzerner Kasten, den man unsanft in die Grube fallen ließ ... Wahrscheinlich bei Nieselregen und unter den gelangweilten Augen von einem oder zwei Beamten – der Mindestanzahl, die das Gesetz vorschrieb –, die ungeduldig warteten, daß alles vorüber war und sie heimgehen konnten. Keine Freunde, keine Trauergäste, keine Blumen ... Nein, das hatte Chester nicht verdient.

»Warum interessiert Sie das?« fragte der Polizist.

»Weil ich vielleicht hinfahren wollte zu der ... Beisetzung«, sagte Rydal. Er mußte hin, das war keine Frage. Er blickte den verständnislos aussehenden Beamten gerade an. »Ja, ich fahre hin«, sagte er.

Patricia Highsmith
im Diogenes Verlag

Suspense
oder Wie man einen Thriller schreibt
Aus dem Amerikanischen von Anne Uhde
Broschur

Geschichten von natürlichen und unnatürlichen Katastrophen
Deutsch von Otto Bayer. Leinen

Der Stümper
Roman. Deutsch von Barbara Bortfeldt
detebe 20136

Zwei Fremde im Zug
Roman. Deutsch von Anne Uhde
detebe 20173

Der Geschichtenerzähler
Roman. Deutsch von Anne Uhde
detebe 20174

Der süße Wahn
Roman. Deutsch von Christian Spiel
detebe 20175

Die zwei Gesichter des Januars
Roman. Deutsch von Anne Uhde
detebe 20176

Der Schrei der Eule
Roman. Deutsch von Gisela Stege
detebe 20341

Tiefe Wasser
Roman. Deutsch von Eva Gärtner und Anne Uhde. detebe 20342

Die gläserne Zelle
Roman. Deutsch von Gisela Stege und Anne Uhde. detebe 20343

Das Zittern des Fälschers
Roman. Deutsch von Anne Uhde
detebe 20344

Lösegeld für einen Hund
Roman. Deutsch von Anne Uhde
detebe 20345

Der talentierte Mr. Ripley
Roman. Deutsch von Barbara Bortfeldt
detebe 20481

Ripley Under Ground
Roman. Deutsch von Anne Uhde
detebe 20482

Ripley's Game
Roman. Deutsch von Anne Uhde
detebe 20346

Der Schneckenforscher
Gesammelte Geschichten. Vorwort von Graham Greene. Deutsch von Anne Uhde
detebe 20347

Ein Spiel für die Lebenden
Roman. Deutsch von Anne Uhde
detebe 20348

Kleine Geschichten für Weiberfeinde
Deutsch von W. E. Richartz. Mit Zeichnungen von Roland Topor. detebe 20349

Kleine Mordgeschichten für Tierfreunde
Deutsch von Anne Uhde. detebe 20483

Venedig kann sehr kalt sein
Roman. Deutsch von Anne Uhde
detebe 20484

Ediths Tagebuch
Roman. Deutsch von Anne Uhde
detebe 20485

Der Junge, der Ripley folgte
Roman. Deutsch von Anne Uhde
detebe 20649

Leise, leise im Wind
Erzählungen. Deutsch von Anne Uhde
detebe 21012

Keiner von uns
Erzählungen. Deutsch von Anne Uhde
detebe 21179

Leute, die an die Tür klopfen
Roman. Deutsch von Anne Uhde
detebe 21349

Nixen auf dem Golfplatz
Erzählungen. Deutsch von Anne Uhde
detebe 21517

Elsie's Lebenslust
Roman. Deutsch von Otto Bayer
detebe 21660

Meistererzählungen
Ausgewählt von Patricia Highsmith. Deutsch von Anne Uhde, Walter E. Richartz und Wulf Teichmann. detebe 21723

Als Ergänzungsband liegt vor:

Über Patricia Highsmith
Essays und Zeugnisse von Graham Greene bis Peter Handke. Mit Bibliographie, Filmographie und zahlreichen Fotos. Herausgegeben von Franz Cavigelli und Fritz Senn
detebe 20818

Margaret Millar
im Diogenes Verlag

Gesetze sind wie Spinnennetze
Roman. Aus dem Amerikanischen von Barbara Rojahn-Deyk und Jobst-Christian Rojahn. Leinen

Liebe Mutter, es geht mir gut ...
Roman. Deutsch von Elizabeth Gilbert
detebe 20226

Die Feindin
Roman. Deutsch von Elizabeth Gilbert
detebe 20276

Fragt morgen nach mir
Roman. Deutsch von Anne Uhde
detebe 20542

Ein Fremder liegt in meinem Grab
Roman. Deutsch von Elizabeth Gilbert
detebe 20646

Die Süßholzraspler
Roman. Deutsch von Georg Kahn-Ackermann und Susanne Feigl. detebe 20926

Von hier an wird's gefährlich
Roman. Deutsch von Fritz Güttinger
detebe 20927

Der Mord von Miranda
Roman. Deutsch von Hans Hermann
detebe 21028

Das eiserne Tor
Roman. Deutsch von Karin Reese und Michel Bodmer. detebe 21063

Fast wie ein Engel
Roman. Deutsch von Luise Däbritz
detebe 21190

Die lauschenden Wände
Roman. Deutsch von Karin Polz
detebe 21421

Nymphen gehören ins Meer!
Roman. Deutsch von Otto Bayer
detebe 21516

Kannibalen-Herz
Roman. Deutsch von Michael K. Georgi
detebe 21685

Blinde Augen sehen mehr
Roman. Deutsch von Renate Orth-Guttmann. detebe 21827

Banshee die Todesfee
Roman. Deutsch von Renate Orth-Guttmann. detebe 21836

Friedrich Glauser im Diogenes Verlag

Wachtmeister Studer
Roman. detebe 21733

Mord? Selbstmord? Oder doch Mord? Der erste Roman Glausers mit Wachtmeister Studer.

»Glauser erfand die Figur des Wachtmeisters Studer. Nach eigener Auskunft dachte er dabei an Georges Simenons Maigret. Aber Studer wurde nicht eine Kopie. Glauser verhalf ihr zu unverkennbar helvetischer Selbständigkeit, indem er das Hintergründige in die Biederkeit steckte.« *Hugo Loetscher*

»Der Fahnder, den sogar die Sträflinge mit ›Eh, der Studer!‹ begrüßen, ist ein massiger Mann, ›schwer und hart wie einer jener Felsblöcke, die man auf Alpwiesen sieht‹. Wer je den Schauspieler Heinrich Gretler im Film als Wachtmeister Studer gesehen hat, der kann auf weitere Metaphern verzichten. Studers Lieblingsgetränk ist ›Kaffee Kirsch‹, unter seinem Schnauzer ragt eine Brissago hervor, und wenn er seine langen Verhöre beginnt, dann zieht er ein Ringbuch aus der Tasche und fordert den Verdächtigen auf: ›Hocked ab.‹ Das ist ein Ritus wie das Bier und die belegten Brote, die sein Pariser Kollege Maigret aus der Brasserie Dauphine holen läßt.« *Süddeutsche Zeitung, München*

Die Fieberkurve
Roman. detebe 21734

Wachtmeister Studers zweiter Fall: Die Spur beginnt in Paris, über Basel und Bern gelangt Studer nach Marokko, das Glauser aus seiner Zeit als Fremdenlegionär kennt.

»Auf Mörderjagd in Marokko raucht Studer Kif, und die Haschischmusik klingt ihm, ›als werde der Berner

Marsch von himmlischen Heerscharen gespielt‹. Darüber geht ihm nichts, und um sein höchstes Wohlgefühl auszudrücken, ist schon sein stärkster Superlativ nötig: ›Suber!‹ sagte er. ›Cheibe suber isch es gsy!‹«
Süddeutsche Zeitung, München

»Friedrich Glauser mit seinem abenteuerlich umgetriebenen Leben und seiner Fähigkeit, es spontan in Sprache umzusetzen, mit seiner Unmittelbarkeit, seiner leidend und leidenschaftlich durchlebten Erfahrung ist tatsächlich eine Entdeckung.«
Bayerischer Rundfunk, München

Matto regiert
Roman. detebe 21735

Unfall oder Mord? Wachtmeister Studer recherchiert in einer Umgebung, die Glauser aus eigener Erfahrung nur zu gut gekannt hat:
»Eine Geschichte muß irgendwo spielen. Die meine spielt im Kanton Bern, in einer Irrenanstalt. Was weiter?... Man wird wohl noch Geschichten erzählen dürfen?«
Friedrich Glauser in seiner ›Notwendigen Vorrede‹

»Offenkundig autobiographisch geprägt ist dieser Roman, der eine deprimierende Fülle hoffnungsloser Lebensläufe ganz undramatisch, als handele es sich um lauter Normalfälle, erzählt, Lebensläufe, die im Alkoholismus, in Schizophrenie und Mord enden und enden und enden.«
Bücherkommentare, Freiburg im Breisgau

»In diesem Werk Glausers ist auch ein surrealistisches, ein visionäres Element, Einfühlung für die Verrückten und ihre andere Welt: ›Ich kann mich nicht mehr über Verrückte wundern, die Stimmen hören, denn ich habe selbst Unsichtbare sprechen gehört.‹ Der Roman *Matto regiert* spielt in einem Irrenhaus, und das Irrenhaus wiederum ist hier – wie schon oft – ein Bild für die Welt.«   *Die Zeit, Hamburg*

Der Chinese
Roman. detebe 21736

»Eine Schweiz, wie sie sonst keiner kennt: Pfründisberg, ohne jeden Fremdenverkehr, ein Weiler, bestehend aus einer Armenanstalt, einer Gartenbauschule, zwei Bauernhöfen, der Schnapsbeize ›Zur Sonne‹, wo die Armenhäusler am Wochenende ihr ›Bätziwasser‹ trinken und aus dem Friedhof, wo man auf einem Grab die Leiche des ›Chinesen‹ findet, eines in seine Heimat zurückgekehrten Auslandschweizers – er ist erschossen, es ist Mord, und seine Ermordung hat der ›Chinese‹ schon vor drei Monaten dem Wachtmeister Studer vorausgesagt. *Der Chinese* ist mehr als ein Rätselspiel für den Fahnder Studer – soziale und psychische Atmosphäre: Armut und Angst, wie sie Simenon nicht besser geschildert hat.«   *Süddeutsche Zeitung, München*

»Glauser, den man zum Lügner gemacht hatte, stellte fest, daß alle lügen. Ihm leuchtete die Kollektivlüge ein; ansonsten wäre in einer Gesellschaft nicht möglich, was er ›Geselligkeit‹ nannte. Genau diese Geselligkeit aber zerstörte er. Er, der nicht ins Bild paßte, zeigte, wie das Bild nicht stimmt. Er führte vor, was wir alle zu vermeiden suchen: ›Als jener arme Hund dazustehen, der jeder von uns nun einmal ist.‹«
Hugo Loetscher

Krock & Co.
Roman. detebe 21737

»Wachtmeister Studer ist kein superschlauer Meisterdetektiv mit divinatorischen Kombinationsgaben, eher der Typ des etwas schwerfälligen Dorfpolizisten, ein Mann, der den Alkohol nicht verschmäht und der sich gern aus der Enge seiner Lebensverhältnisse hinwegträumt in bessere ferne Welten, ein Mann, der aus eigener Erfahrung weiß, was es heißt, im Schatten dahinleben zu müssen.« *Hessischer Rundfunk, Frankfurt*

»Wie Maigret muß Studer eine Zeitlang im Milieu der Verdächtigen untertauchen, muß er ein Teil dieses Milieus werden, dann kann er mühelos so viele Verdächtige ausscheiden, bis der Schuldige zwangsläufig übrigbleibt. Studer freilich tut dies auf eine zurückhaltende und bedächtige Berner Art; er weiß: ›Es war nie gut, sich auf einen Fall zu stürzen wie eine hungrige Sau aufs Fressen‹; er macht systematisch Bekanntschaften und sammelt Bilder, ›eigentlich nicht anders als ein Fisel Schokoladebildli‹.«
Süddeutsche Zeitung, München

Der Tee der drei alten Damen
Roman. detebe 21738

Das Genf der dreißiger Jahre als Schauplatz internationaler Intrigen, schwarzer Magie und rätselhafter Todesfälle.

»Glausers Kriminalromane sind nicht nur Schilderungen, angesiedelt in helvetischer Umgebung. Vorbild mußten für den Schriftsteller die ersten Maigret-Romane von Georges Simenon sein. In dem Roman *Der Tee der drei alten Damen* heißt es einmal: ›Spotten Sie nicht über Kriminalromane – sie sind heutzutage das einzige Mittel, vernünftige Ideen zu propagieren.‹ Für Glauser war die Form des Kriminalromans ein Mittel, sich für die verschiedensten Themen einzusetzen: es waren und es sind Themen, die ihm von eigenen Erfahrungen aufgedrängt wurden. Strafvollzug, Rauschgiftsüchtigkeit, Bedrängnis im Außenseitertum: es sind damit nur Andeutungen gegeben, wie Glauser versuchte, Verhaltensweisen in Situationen darzustellen.« *Tages-Anzeiger, Zürich*

Gourrama
Ein Roman aus der Fremdenlegion

detebe 21739

In *Gourrama* hat Glauser seine Erfahrungen als Fremdenlegionär aus den Jahren 1921 – 1923 literarisch umgesetzt.

»Stimmungen zwischen Angst und Langeweile, zwischen fieberartiger Erregtheit und Erschlaffung, Mißtrauen, Prahlerei und gegenseitiges Werben um kleinste Zeichen von Anteilnahme bestimmen das Leben der Legionäre, einer zusammengewehten Truppe von Verlorenen und Verbannten. Abgeriegelt sind sie nicht nur von einer schuldbeladenen oder doch belastenden Vergangenheit, ausgesperrt sind sie auch von der Gegenwart der sie umgebenden Landschaft.«
Neue Zürcher Zeitung

»Ich glaube, daß *Gourrama* eines der besten Bücher ist, das in diesem Jahrhundert in der Schweiz geschrieben wurde.« *Peter Bichsel*

*Robert van Gulik
im Diogenes Verlag*

Kriminalfälle des Richters Di,
alten chinesischen Originalquellen entnommen
Mit Illustrationen des Autors im
chinesischen Holzschnittstil

Mord im Labyrinth
Roman. Aus dem Englischen von Roland Schacht. detebe 21381

Tod im Roten Pavillon
Roman. Deutsch von Gretel und Kurt Kuhn
detebe 21383

Wunder in Pu-yang?
Roman. Deutsch von Roland Schacht
detebe 21382

Halskette und Kalebasse
Roman. Deutsch von Klaus Schomburg
detebe 21519

Geisterspuk in Peng-lai
Roman. Deutsch von Irma Silzer. detebe 21622

Mord in Kanton
Roman. Deutsch von Klaus Schomburg
detebe 21623

Der Affe und der Tiger
Roman. Deutsch von Klaus Schomburg
detebe 21624

Poeten und Mörder
Roman. Deutsch von Ulrike Wasel und Klaus Timmermann. detebe 21666

Die Perle des Kaisers
Roman. Deutsch von Hans Stumpfeldt
detebe 21766

Mord nach Muster
Roman. Deutsch von Otto P. Wilck
detebe 21767

Das Phantom im Tempel
Roman. Deutsch von Klaus Schomburg
detebe 21768

»Umberto Eco stieg ins Mittelalter mit seinem Klosterkrimi *Der Name der Rose*, Richter Di lebt in der Tang-Epoche Chinas (618– 906), und dieser Magistratsbeamte im alten Reich der Mitte ist ein wahrer Sherlock Holmes!
Hast du, Leser, erst einmal am Köder des ersten Falles geschnuppert, dann hängst du auch schon rettungslos an den Haken, denn nach dem ersten Fall kommt ein zweiter und danach noch ein dritter, und du schluckst und schluckst (mit den lesenden Augen), bis du alle Fälle verschlungen hast. Daraufhin eilst du fliegenden Fußes in die Buchhandlung, dir den nächsten Richter-Di-Roman zu besorgen, mit den nächsten Fällen. Warst du so gierig, gleich alle drei bisher erschienenen Bände hintereinander weg zu schmökern, dann wird es dir leid tun, daß noch nicht mehr

deutsche Ausgaben vorliegen, weil du, auf dem Wege, ein Chinaexperte zu werden, aufgehalten wirst.*
Der niederländische Diplomat und Chinakenner Robert Hans van Gulik hatte 1949 einige Fälle des Richters Di übersetzt. Danach begann er, zum Teil gestützt auf andere klassische Kriminalberichte aus der chinesischen Literatur, eigene Geschichten um diesen legendären Beamten zu schreiben. Historie, Kultur und Lebensart der Zeit sind authentisch, Gulik beschreibt genau, aber immer fesselnd erzählend, das Leben in der chinesischen Provinzstadt Pu-yang, in der fern der Metropole von Barbaren und örtlichen Tyrannen bedrohten Grenzstadt Lan-fang und sogar in einer Art chinesischem Las Vegas, mit Glücksspielhöllen und ordentlich kontrolliertem Gunstgewerbe (da gab es vier Klassen), auf der ›Paradiesinsel‹. Der Richter ermittelt in allen Fällen selber mit seinen verwegenen Gehilfen Hung, Ma, Tschiao und Tao, er urteilt ab und muß auch schlimmstenfalls bei den allerärgsten Hinrichtungen dabei sein, das verlangt das Gesetz.
Übrigens hat Gulik die Geschichten in die Ming-Ära verlegt (1368–1644), aber das macht gar nichts – die Literatenprüfungen, die in China die Beamtenlaufbahn eröffneten, waren von Beginn des 7. Jahrhunderts an bis 1905 immer genau gleich, klassische literarische Bildung mußte beherrscht werden. Das alles und noch viel mehr kriegt man hintenherum mit, wenn man bei Richter Dis Kriminalfällen zum Chinaexperten wird... Bestes Lesefutter!« *Til Radevagen / zitty, Berlin*

* dem ist nicht mehr so!